Bettine von Arnim (1785-1859) war eine vielseitige Frau. Erst spät, nach dem Tod ihres Mannes 1831, begann sie ihr Leben als mutige und streitbare Schriftstellerin. Umgeben von ihren sieben Kindern, von Bewunderern und Spöttern, von Gleich- und Andersgesinnten, wird sie zum Mittelpunkt im gesellschaftlichen Leben der preußischen Hauptstadt Berlin. Gerühmt von den einen als couragierte und hilfsbereite Demokratin, verdächtigt von den anderen als versponnene Sibylle der Romantik. Goethe nannte sie »das wunderlichste Wesen von der Welt«. Ihre Gedichte, ihre philosophische Prosa, aber auch ihre Briefe sind reich an menschheitlichen Utopien. Als Verfechterin für die »freie Entwicklung aller« brachte sie ein menschliches Pathos in die deutsche Literatur, dem man sich bis heute kaum entziehen kann.

Gerhard Wolf, geboren 1928 in Bad Frankenhausen, ist freier Schriftsteller, Publizist und Verleger. Er lebt in Berlin.

insel taschenbuch 3284

Bettine von Arnim

Die Sehnsucht hat allemal Recht

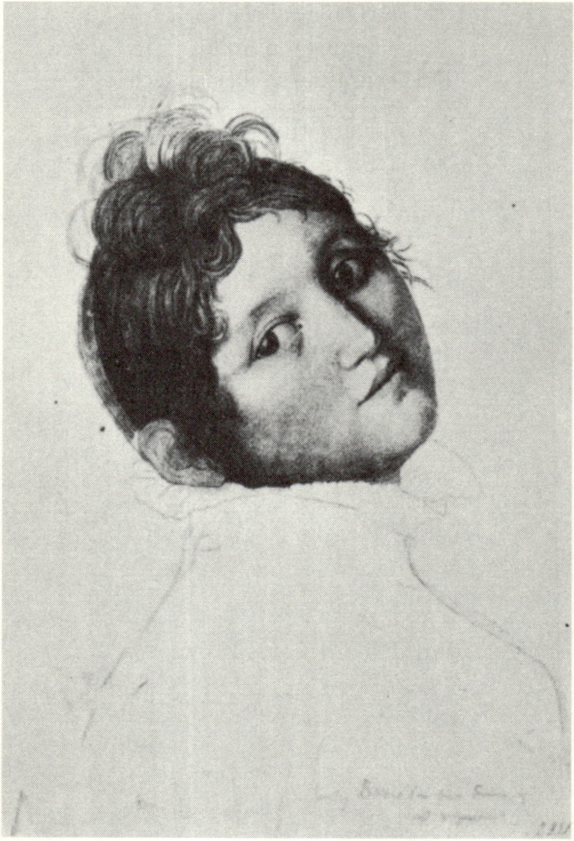

Selbstporträt Bettine von Arnims,
Zeichnung

# BETTINE VON ARNIM
# DIE SEHNSUCHT HAT ALLEMAL RECHT

*Gedichte, Prosa, Briefe*

Herausgegeben
und mit einem Nachwort
von Gerhard Wolf

Insel Verlag

Diese Zusammenstellung erschien erstmals 1984
im Buchverlag Der Morgen, Berlin,
Umschlagabbildung: Bettine von Arnim.
Pastell von Achim von Arnim.

insel taschenbuch 3284
Erste Auflage 2007

Vertrieb durch den Suhrkamp Taschenbuch Verlag
Umschlag nach Entwürfen von Willy Fleckhaus
Satz: Hümmer GmbH, Waldbüttelbrunn
Druck: Druckhaus Nomos, Sinzheim
Printed in Germany
ISBN 978-3-458-34984-6

1 2 3 4 5 6 – 12 11 10 09 08 07

# INHALTSVERZEICHNIS

## *Gedichte*



## *Prosa*



## *Briefe*

## *Bettine in der Beschreibung von Zeitgenossen*



## *Anhang*

Abdala führte den schuldlosen Knaben zur Höhle. Fürchte dich nicht, bald wird dein dunkler Weg durch irdische Schätze erleuchtet. Haufen von Gold, Juwelen, Perlen, Karfunkel, alles sei dein, nur den prunklosen Leuchter, rings Eisen, in der Mitte die Kerze, bring mir zum Dank.

Das Kind eilt gehorsam hinab, die Schätze wollen es blenden, doch erst greift es dankbarlich nach dem unscheinbaren Leuchter, den es vom Rost zu reinigen mit dem Zipfel des Rokkes polieret; und sieh: Der geriebene Magnet zieht herbei die Geister, die hinfort ihm dienen, und in dem Schutz dieser geht es den Pfad des Lebens bergan, allen Heil bringend, die ihm vertrauen; aber Abdala, dem Heiden, ward durch Gottes Verhängnis und durch die Frommheit des Kindes die Kraft, die er listig wollt stehlen und zu bösem Zauber gebrauchen, entwendet und in unschuldigen Händen ein Segen der Menschheit.

# GEDICHTE

*Seelied*

Es schien der Mond gar helle,
Die Sterne blinkten klar,
Es schliefen tief die Wellen,
Das Meer ganz stille war.

Ein Schifflein lag vor Anker,
Ein Schiffer trat herfür:
Ach wenn doch all mein Leiden
Hier tief versunken wär.

Mein Schifflein liegt vor Anker,
Hat keine Ladung drin,
Ich lad ihm auf mein Leiden
Und laß es fahren hin.

Und als er sich entrissen
Die Schmerzen mit Gewalt,
Da war sein Herz zerrissen,
Sein Leben war erkalt'.

Die Leiden all schon schwimmen
Auf hohem Meere frei,
Da heben sie an zu singen
Eine finstre Melodei.

Wir haben festgesessen
In eines Mannes Brust,
Wo tapfer wir gestritten
Mit seines Lebens Lust.

Nun müssen wir hier irren
Im Schifflein hin und her:
Ein Sturm wird uns verschlingen,
Ein Ungeheuer im Meer.

Da mußten die Wellen erwachen
Bei diesem trüben Sang;
Verschlangen still den Nachen
Mit allem Leiden bang.

### *Das Abendrot am Strand hinzieht*

Das Abendrot am Strand hinzieht,
Ergibt den Wellen sich mit Lust,
Da schwellet die beklemmte Brust
Der unbewußten Sehnsucht Lied,
So kühn gewaltig zwingt das Lied,
Die Trauer der beklemmten Brust,
In Lebensmut erstrebt sie Lust,
In Liebesflut sie Wolken zieht,
Und weckt in der beklemmten Brust
Der hohen Freiheit kühnes Lied.
Sein voller Klang
Das Herz durchdrang,
Das Lied sich schwang
In Liebesdrang.
Zu ihm, zu dem ich hin verlang,
Dort über die Berge mit der Lerche,
Ihm nach der Hymne zu singen dem Volk,
Dem von seinen Lippen sie sollte erklingen.

### *Eilt die Sonne nieder zu dem Abend*

Eilt die Sonne nieder zu dem Abend,
Löscht das kühle Blau in Purpurgluten,
Dämmrungsruhe trinken alle Gipfel.

Jauchzt die Flut hernieder silberschäumend,
Wallt gelassen nach verbrauster Jugend,
Wiegt der Sterne Bild im Wogenspiegel.

Hängt der Adler, ruhend hoch in Lüften,
Unbeweglich wie in tiefem Schlummer;
Regt kein Zweig sich, schweigen alle Winde.

Lächelnd, mühelos in Götterrhythmen,
Wie den Nebel Himmelsglanz durchschreitet,
Schreitet Helios schwebend über Fluren.

Feucht vom Zaubertau der heilgen Lippen,
strömt sein Lied den Geist von allen Geistern,
Strömt die Kraft von allen Kräften nieder.

In der Zeiten Schicksalsmelodien,
Die harmonisch ineinander spielen
Wie in Blumen hell und dunkle Farben.

Und verjüngter Weisheit frische Gipfel
Hebt er aus dem Chaos alter Lügen
Aufwärts zu dem Geist der Ideale.

Wiegt dann sanft die Blumen an dem Ufer,
Die sein Lied von süßem Schlummer weckte,
Wieder durch ein süßes Lied in Schlummer.

Hätt ich nicht dem Göttlichen gelauschet,
Hätt ich nicht dem Göttlichen gelauschet,
Und ich säh den heilgen Glanz der Blumen,

Säh des frühen Morgens Lebensfülle,
Die Natur wie neugeboren atmet,
Wüßt ich doch, es ist kein Traum gewesen.

Weißt Du noch jenen Abend, im Frühjahrsanfang, wo der Arnim auf dem Trages seine Gedichte uns vorlas? – Da hab ich mich auf dem Turm in dem laulichen, keimetreibenden Wetter wieder dran erinnert, und der Rhythmus, der, wie gesagt, noch aus jener Vorlesung mich verfolgt, schien mir dies alles, was hier auf dem Papier so ganz dürr aussieht, in großer Fülle auszusprechen ...

*Eros*

Im Bett der Rose lag er eingeschlossen,
Im Wechselschimmer ihrer zarten Seiten,
Die taugebrochnen Strahlen schmeichelnd gleiten
Hinein zu ihm, von Geisterhauch umflossen,

Mich dünkt, im Schlummer waren hingegossen
Die reinen Glieder, durch des Dufts Verbreiten
Und durch der Biene Summen, die zuzeiten
Vorüberstreift an zitternden Geschossen.

Doch da beginnt mit einemmal zu schwellen
Der Blume Kelch! Ins Freie nun gehoben,
Erkenn ich ihn im Tagesglanz, dem hellen.

Es ist mein Auge vor ihm zugesunken,
Der mich so seltsam mit dem Blick umwoben,
In seinem Lichte lieg ich traume-trunken.

## *Im Grase liegen*

Im Grase liegen!
im Regengeträufel
Den Busen kühlen,
Den heißen!
Den du bewegst, Liebe,
Träumende;
Mich Träumer schiltst,
Der *dich* nur träumt, Liebe.
Nicht stören
Emse, Käfer, goldne Biene
Eurer finstern Vesten,
Eurer sonnigen grünen Reiche
Verständig Gewimmel;
Nicht mich erhebend,
Euch bewegen, weiche Halme.
Den rollenden Sand unter der Sohle,
Dein Schweigen, Natur, nicht brechen.
Nicht auf raschlendem Blatt
Mit dem Griffel dich wecken,
Genius! – Träumender!
Schön ruhender!
Dein Hauchen Abendwind! Überm Wasser!
Traube! – Herbstbereifte! – Dein Feuer!
Zu hauchen, mit schüchternen Lippen
In *ihren* Hauch,
Die meine Brust bewegt –
Die Liebe!

## *Ob ich dich liebe, weiß ich nicht*

Ob ich dich liebe, weiß ich nicht,
Seh ich nur einmal dir ins Gesicht,
Kann ich nicht sagen, wie mir geschieht.
Ob ich dich liebe, weiß ich nicht.

Ob ich dir traue, weiß ich nicht,
Entgeht mir deine Lehre nicht,
Tue ich auf eignen Geist Verzicht.
Ob ich dir traue, weiß ich nicht.

Ob ich dich kenne, weiß ich nicht,
Ich glaub, was deine Lippe spricht,
Dein Geist ist mir das höchste Licht.
Ob ich dich kenne, weiß ich nicht.

Ob treu dein Kind bleibt, weiß es nicht,
Daß nie ihm deine Lieb gebricht,
Ist, was sein Flehn zum Himmel spricht.
Ob es dir treu bleibt, weiß ich nicht.

## *Die Sonne stand wohl auf*

Die Sonne stand wohl auf
Des Morgens um halber vier.
Sie zog ihr Hemdlein aus
Und hängt es an die Tür.

Herfür trat sie an Strom
Und bad't sich ganz darein,

Am ganzen Leibe schön
Wie eine Perle fein.

Alsdann ging sie von danne
Wohl über Berg und Tal,
Bis daß sie endlich kame
An einen hellgrünen Wald.

Im Wald da floß ein Bächelein,
Das hat gesehen
Ein weiß und rot schön Jungfräulein
Ganz ohne Röcklein stehen.

Da kam ein junger Knab,
Der sprach: »Ei wohl fürwahr,
Du tust dein Hemdlein ab
Beim hellen lichten Tag.«

»Mein Hemdlein kann ich lassen,
Ich war ja ganz allein.
Wenn du willst mit mir spaßen,
Nehm ich mein Hemdelein.«

»Dein Leben will ich dir nehmen«,
so sprach der junge Knab,
»Du sollst mir nimmer buhlen
Wohl mit dem jungen Tag.

Ich halt dich mit den Händen,
Drück tot dein Herzelein,
Daß du magst nimmer wenden
Die Augen zum klaren Schein.«

Als dies die Sonne tat schauen,
Da eilt sie schnell davon
Wohl über Berg und Täler,
Bis sie nach Hause kam.

Sie hängt ihr Hemdelein ab,
Sie hängt ihr Hemdelein um,
Daß wenn mein junger Buhler kommt,
Mich nimmer bringet um.

Nun liegt die Sach ganz klar am Tag,
Die Welt ist Nebels voll,
Kein Kraut, kein Wein, geraten mag,
Die Jungfern wissen's wohl.

### *Wer sich der Einsamkeit ergibt*

»Wer sich der Einsamkeit ergibt,
Ach der ist bald allein;
Ein jeder lebt, ein jeder liebt
Und läßt ihn seiner Pein.«

Wer sich dem Weltgewühl ergibt,
Der ist zwar nie allein.
Doch was er lebt und was er liebt,
Es wird wohl immer sein.

Nur wer der Muse hin sich gibt,
Der weilet gern allein,
Er ahnt, daß sie ihn wieder liebt,
Von ihm geliebt will sein.

Sie kränzt den Becher und Altar,
Vergöttlicht Lust und Pein.
Was sie ihm gibt, es ist so wahr,
Gewährt ein ewig Sein.

Es blühet hell in seiner Brust
Der Lebensflamme Schein.
Im Himmlischen ist ihm bewußt
Das reine irdsche Sein.

*Petőfi dem Sonnengott*

Wie Vögel, die kaum befiedert im Frühling flattern,
Nächtlich aufrauschen im Nest, – schlummer – trunken, –
Wähnend im Schlaf sich zu heben gen Abend oder
gen Morgen:
So aus Träumen auffahrend, ungewohnt schwebender Fühlung,
Nicht ihr vertrauend – sinket betäubt ihr zurück,
Schüchterne Vögel, Gedanken –
Nacht ist's! – Beteuert der Mond euch und glitzerde Sterne,
Die Flügel verschränkt, duckt ihr zusammen im Nest;
Da schwellen Träume euch den Busen.
Aus der umfangenden Eos Saffrangebinde
Windeln sich los – so träumt ihr – die Morgenwinde
und tragen
Goldbewimpelt glorreich durchs leuchtende Blau
Euer Gefieder Helikons Gipfel hinan
Zur schwankenden Flut, die sein Bild malt dem Narziß,
Und er liebt sich in ihr – nur des Liebenden Spiegel ist Liebe –
Wie ihm – schönheitslusttrunken euerm Abglanz zu lauschen
Auf sonniger Welle – sendet lieblich der heitere Gott,
Euch umleuchtend, euer Antlitz zurück euch –

Träumende Vögel, Gedanken!
Und hymnenbeschwingt durchrudert ihr
rhythmusströmenden Lüfte,
Dem tönenden Schwan nach, der frei von der Sorge Befleckung
Siegender Feuer kraftvoll – das trübe Leben, das sterblich
nur ist
Über die alles schauende Zeit,
Zum hochwolkigen Zeus
Mit unsterblichem Liede hinauftönt,
Oder in wolkensammelnder Gewitter Sturmbett
Über Donnergeprassel und wirbelnder Purpurglut
Getragen euch bringt mit sausendem Fittig.
Euch durchschauern nicht am nachtgedeckten Himmel
Die hintreibenden Winde. Denn warm eingehüllt ganz
In deiner Strahlen goldnem Schnee
Wenden das Antlitz sie *dir* zu, Apollon,
Der herablächelnd wieder sie anglühest, Phöbus Apollon!
Und tönest – so wähnen sie träumend und lauschen –
Zärtlichen Wiegengesang ihnen zu.
Willst *du* die alles schauende Zeit nicht hinein haben, so laß
sie hinaus.
Und während Dunkel auf irrenden Pfaden
Der Menschen Geschicke umkreist,
Preisen den ahnungsvollen Tag sie
In sonnedurchschimmerter Nacht, dir geheiligt, o Taggott.
O wieder zu früh macht Geräusch ihr Phäanszwitschern! –
Horche, Lichtspender! Eh' noch dein siegendes Lied
Mächtig dem Widerhall ruft, dem Jo, im Traum ihr gesungen,
Süßer Zärtlichkeit voll, schlummerempfangen von dir.

Doch jetzt weckt Mondlicht sie,
Das jenseits der Haine scheidend herabsinkt;
Silbern leuchtet der Fluß durch Morgennebel,

Die halb du zerteilest, Himmelswandelnder!
Wie flockigte Herden hinab zur Flut sie treibend.
Schon streift die frühe Schwalbe
Mit schneidendem Flug die kreiselnden Wasser, –
Durchkreuzt lustatmend deine Bahn.
In heiterer Bläue fängt ihr nächtlich Gefieder
Deiner Pfeile blitzenden Glanz auf,
Und am weiten Himmelsbogen erspäht sie
Allein nur *deines* Tempels Zinne, schützender Gott,
Ihr Nest zu bauen.

So, Leuchtender! der die Himmelsfesten durchmißt,
Ermesse an deines Tempels Gebälk
Mir den Raum – klein, wie ein Vöglein bedarf –
Wo ich schlafe, in Träumen dir nach mich schwingend,
Wo dein frühester Strahl mich weckt
Und wie die Schwalbe die Flügel ich netze im Quell
Zwischen Reigen goldumschleierter Musen
Silbern – dem Rossehuf entsprudelnd – hinab vom Gipfel,
Der von allen stolzen Gebirgen zuerst am Morgen
Den purpurhüllenden Mantel abwirft vom Nacken,
Deinem feuerküssenden Strahl.
Dann wie die Schwalbe durchkreuz ich deine Bahn
Mit morgenfrischem Hauch, fort bis zum Abend
In deinem Licht, milder Gott, mich freuend,
Und beseligt, daß dein ich gehöre,
Berg ich, beim Sternenlicht im Nest mich am Tempel,
Wo du, Wissender! der Menschen sterbliche Sinne
Unsterblich erleuchtest.
Da schlaf süß ich – in Träumen schüchtern deiner Saiten
Spiel rührend,
Und mich freuet ihr Klang, wie denn selber du anschlägst
das Erz.

Gewaltiger! – geheimnisvoll emporblühende Göttersprache
strömend.
Dann im geträumten Zwielicht blitzet vergoldet der Hain
Des heiligen Lorbeer, und am wankenden Zweig
Bersten schwellende Knospen dem kommenden Tag.

## *Auf diesem Hügel überseh ich meine Welt*

Auf diesem Hügel überseh ich meine Welt!
Hinab in's Thal, mit Rasen sanft begleitet,
Vom Weg durchzogen, der hinüber leitet,
Das weiße Haus inmitten aufgestellt,
Was ist's worin sich hier der Sinn gefällt? –

Auf diesem Hügel überseh ich meine Welt!
Erstieg ich auch der Länder steilste Höhen,
Von wo ich könnt' die Schiffe fahren sehen
Und Städte fern und nah von Bergen stolz umstellt,
Nichts ist's was mir den Blick gefesselt hält.

Auf diesem Hügel überseh ich meine Welt!
Und könnt' ich Paradiese überschauen,
Ich sehnte mich zurück nach jenen Auen
Wo Deines Daches Zinne meinem Aug' sich stellt,
Denn der allein umgrenzet meine Welt.

# PROSA

# BETTINE ÜBER FRIEDRICH HÖLDERLIN

an die Günderode

(Am 10.)

Heut morgen hab ich Deinen Brief beim Frühstück der Großmama vorgelesen; sie ist schon so alt, sie nimmt's all mit ins Grab, sie hat Dich so lieb, sie sagt, Du wärst die edelste Kreatur, die sie je gesehen, und dann sprach sie von Deiner Anmut; sie spricht immer schwäbisch, wenn sie recht heiter ist. »Siehst, Mädele, wie anmutig und doch gar bequem Deine Freundin ist.« – Sie ist wirklich liebreizend, und da las ich ihr auch meinen Brief vor; sie sagt: »Du bischt halter e verkehrts Dingele«, und dann hat sie mir den Stein mit der Daphnis doch geschenkt für Dich; ich lasse ihn fassen, Du mußt ihn tragen und mußt nicht sagen, von wem er ist. – Was ist Dein Brief voll schöner Geschichten, nur der Clemens ist doch mein Adam nicht; das prophezeist Du schlecht, daß er mich erst nach hundert Jahren auf dem Berg der Erkenntnis treffen werde. Ich hab ihn so lieb; so lang kann ich nicht Versteckelches mit ihm spielen, und doch hast Du vielleicht recht, im nächsten Brief will ich's sagen: aber dem Clemens fall ich um den Hals und küß ihn, da hat er mich, wie ich bin. Aber! – es geht ein Weg – der führt in die Alleinigkeit. – Ist der Mensch in sein eignen Leib allein geboren, so muß er auch in seinen Geist allein geboren sein. – Der St. Clair ist gut, voll Herz; er wollt ja zum kranken Hölderlin reisen – er soll doch hin! nach Homburg – ich möcht wohl auch hin. – Er sagt, es würde dem Hölderlin gesund gewesen sein; ich möcht wohl, ich darf nicht. – Der Franz sagt: »Du bist nicht recht gescheut, was willst Du bei einem Wahnsinnigen? willst Du auch ein Narr werden?« – – Aber wenn ich wüßt, wie ich's anfing, so ging ich hin, wenn Du mitgingst, Günderode, und wir sagten's niemand, wir sagten, wir gingen nach Hanau. Der Großmama dürften wir's sagen, die litt's; ich hab heute auch mit ihr von ihm gesprochen und ihr erzählt, daß er dort an einem Bach in einer Bauernhütte wohnt, bei offnen Türen schläft und daß er stundenlang beim Gemurmel des Bachs griechische Oden hersagt; die Prinzeß von Homburg hat ihm einen Flügel geschenkt, da hat er die Saiten entzweigeschnitten, aber nicht alle, so daß mehrere Klaves klappen, da phantasiert er drauf; ach, ich möcht wohl hin, mir kommt dieser Wahnsinn so mild und so groß vor. Ich weiß nicht, wie die Welt ist, wär das so was Unerhörtes, zu ihm zu gehen und ihn zu pflegen. Der St. Clair sagte mir, »ja, wenn Sie das könnten, er würde gesund werden, denn es ist doch gewiß, daß er der größte elegische Dichter ist; und ist's nicht traurig, daß nicht ein solcher behandelt werde und geschützt als ein heiliges Pfand Gottes von der Nation«, sagte er; »aber es fehlt der Geist, der Begriff, keiner ahnt ihn und weiß, was für ein Heiligtum in dem Mann steckt; ich darf ihn hier in Frankfurt gar nicht nennen, da schreit man die fürchterlichsten Dinge über ihn aus, bloß weil er eine Frau geliebt hat, um den Hyperion zu schreiben; die Leute nennen hier lieben heiraten wollen, aber ein so großer Dichter verklärt sich in seiner Anschauung; er hebt die Welt dahin, wo sie von Rechts wegen stehen sollte, in ewiger, dichterischer Fermentation; sonst werden wir nie die Geheimnisse gewahr werden, die für den Geist bereitet sind. Und glauben Sie, daß Hölderlins ganzer Wahnsinn aus einer zu feinen Organisation entstanden; wie der indische Vogel in einer Blume ausgebrütet, so ist seine Seele, und nun ist es die härteste rauhe Kalkwand, die ihn umgibt, wo man ihn mit den Uhus zusammensperrt; wie soll er da wieder gesund werden. Dieses Klavier, wo er die Saiten zerrissen, das ist ein wahrer Seelenabdruck von ihm; ich hab auch den Arzt darauf aufmerksam machen wollen, aber einem Dummen kann man noch weniger begreiflich machen als einem Wahnsinnigen.« – Er sagte mir noch so viel über ihn, was mir tief durch die Seele ging, über den Hölderlin, was ich nicht wieder sag, und ich hab mehre Nächte nicht schlafen können vor Sehnsucht hinüber nach Homburg; ja, wollt ich ein Gelübde tun, ins Kloster zu gehen, das könnte doch niemand wehren; gleich wollt ich das Gelübde tun, diesen Wahnsinnigen zu umgeben, zu lenken, das wär noch keine Aufopferung; ich wollt schon Gespräche mit ihm führen, die mich tiefer orientieren in dem, was meine Seele begehrt; ja, gewiß weiß ich, daß die zerbrochnen unbesaiteten Tasten seiner Seele dann wieder anklingen würden. Aber ich weiß, daß es mir nicht erlaubt würde. So ist es, das natürliche Gefühl, was jedem aus der Seele tönt, wenn er nur drauf hören wollte (denn in jeder Brust, auch in der härtesten, ist die Stimme, die ruft: hilf deinem Bruder), diese Stimme wird nicht allein unterdrückt, sondern auch noch als der größte Unsinn gestraft, in denen sie sich vernehmlich macht. Ich mag gar von Religion und von Christentum nichts mehr hören, sie sind Christen geworden, um die Lehre Christi zu verfälschen. – Brokken hinwerfen und den nackten Leib decken, das nennt man Werke der Barmherzigkeit – aber Christus in die Wüste folgen und seine Weisheit lernen, das weiß keiner anzufangen. – Bildungsflicken hängt man einem auf, mit denen man nichts anzufangen weiß, aber die Tiefe und Gewalt eines einzigen Seelengrundes zu erforschen, da hat kein Mensch Zeit dazu; glaubst Du denn nicht, daß ich statt dem Geschichtsgerümpel, wohl mit der größten Sammlung, mit der tiefsten Andacht hätte jenem folgen wollen, wenn er mir gelehrt hätte, wie er andern lehren mußte, um sein Leben zu gewinnen, und wahnsinnig drüber werden mußte. Wenn ich bedenk – welcher Anklang in seiner Sprache! – Die Gedichte, die mir St. Clair von ihm vorlas – zerstreut in einzelnen Kalendern – ach, was ist doch die Sprache für ein heilig Wesen. Er war mit ihr verbündet, sie hat ihm ihren heimlichsten, innigsten Reiz geschenkt, nicht, wie dem Goethe, sondern durch ihren persönlichen Umgang. So wahr! er muß die Sprache geküßt haben. Ja, so geht's, wer mit den Göttern zu nah verkehrt, dem wenden sie's zum Elend.

St. Clair gab mir den Ödipus, den Hölderlin aus dem Griechischen übersetzt hat; er sagte, man könne ihn so wenig verstehen oder wolle ihn so übel verstehen, daß man die Sprache für Spuren von Verrücktheit erklärt; so wenig verstehen die Deutschen, was ihre Sprache Herrliches hat. – Ich hab nun auf seine Veranlassung diesen Ödipus studiert; ich sag Dir, gewiß, auf Spuren hat er mich geleitet, nicht der Sprache, die schreitet so tönend, so alles Leiden, jeden Gewaltausdruck in ihr Organ aufnehmend, sie und sie allein bewegt die Seele, daß wir mit dem Ödipus klagen müssen, tief, tief. – Ja, es geht mir durch die Seele; sie muß mittönen, wie die Sprache tönt, aber wie mir das Schmerzliche im Leben zu kränkend auf die Seele fällt, daß ich fühl, wie meine Natur schwach ist. So fühl ich in diesem Miterleiden eines Vergangnen, Verlebten, was erst im griechischen Dichter in seinen schärfsten Regungen durch den Geist zum Lichte trat und jetzt durch diesen schmerzlichen Übersetzer zum zweitenmal in die Muttersprache getragen, mit Schmerzen hineingetragen – das Heiligtum des Wehtums – über den Dornenpfad trug er es, schmerzlich durchdrungen. Geweihtes Blut tränkt die Spur der verletzten Seele, und stark als Held trug er es herüber. – Und das nährt mich, stärkt mich; wenn ich abends schlafen gehe, dann schlag ich's auf und lese es, lese hier, dem Päan gesungen, den Klaggesang; den sing ich abends auf dem Dach vom Taubenschlag aus dem Stegreif, und da weiß ich, daß auch ich von der Muse berührt bin und daß sie mich tröstet, selbst tröstet. Oh, was frag ich nach den Menschen, ob die den Mangel an historischem Sinn und der Logik an mir rügen; ich weiß den Teufel, was Logik ist. – Und daß mir St. Clair so viel zutraut, daß ich die Fahne glücklich schwingen werde und sicher und die Besseren und Hohen unter ihr sammeln. – Sag ihm von mir, ich werde nicht fehlen, was mir einer zutraut, alle Kräfte dranzusetzen. Den kleinen Brief von Papa hab ich ihm selbst geschenkt; er wollte ein Andenken von mir zum Gegengeschenk für den Ödipus, da hab ihn wählen lassen unter meinen Papieren; da hat er den hervorgezogen.

Lese hier den Klaggesang, dem Päan geweiht, ob's Dir nicht durch die Seele weint.

Weh! Weh! Weh! Weh!
Ach! wohin auf Erden?
Jo! Dämon! wo reißest du hin?

Jo! Nachtwolke mein! du furchtbare,
Umwogend, unbezähmt, unüberwältigt!
O mir! wie fährt in mich
Mit diesen Stacheln
Ein Treiben der Übel!

Apollon wars, Apollon, o ihr Lieben,
Der das Wehe vollbracht,
Hier meine, meine Leiden.
Ich Leidender
Was sollt ich sehn,
Dem zu schauen nichts süß war:

Was hab ich noch zu sehen und zu lieben,
Was Freundliches zu hören? – ihr Lieben,
Führt aus dem Orte geschwind mich,
Führt, o ihr Lieben! den ganz Elenden,
Den Verfluchtesten und auch
Den Göttern verhaßt am meisten unter den Menschen.

So hab ich mir die Zeilen zusammengerückt, sie zu singen, diese Leidensprache, und sie fesselt mich an seine Ferse, der sich Frevler nennt.

Wirf aus dem Lande mich, so schnell du kannst,
Wo ich mit Menschen ins Gespräch nicht komme.

In die Ferne sehend, nach dem Taunus, still getränkt im Abendschein, der die Nebel durchlichtet, die flüchtenden, die ihn umschweifen; – da denk ich mir das Grabmal selber ihm erkoren von Vater und Mutter, sein Kithäron. Da sing ich meinen Gesang hinüber, und der Wind spielt mich an, und gewiß, er bringt mein Lied hinüber zum Grab; mir ist's eins, ob der Zeiten Last sich drübergewälzt, doch dringt die Trän hinab, das Grab zu netzen; drang doch sein Weh herauf zu mir, und heute nur stieg's auf mir im Herzen, als ich die Laute dem Gott – die jammernden, der ganzen Welt geschrien – zaghaft in Musik verwandelte. – Und dort wohnt auch er, der die noch lebenswarme Brust voll Wehe, und gesäet voll der Keime des Dichtergottes, jetzt zermalmt im Busen die Saat – in aufseufzenden Tönen herübertrug ins Mutterland, und wärmte – das Jammergeschick des Zwillingsbruders – in der Liebe, die aus der Verzweiflung Abgrund ihn mit heißer Begierde heraufrief, das müde, jammervolle Haupt sanft zu lehnen, zusammen mit dem Geschick, das ausgeblutet hat. Ja, wer mit Gräbern sich vermählt, der kann leicht wahnsinnig werden den Lebenden – denn er träumt nur hier am Tag, wie wir träumen in der Nacht; aber drunten im Schlaf wacht er und geht mit jenen mitleidsvoll Hand in Hand, die längst verschollen der geschäftigen Eile des Tags sind. Dort fällt der Tau auf die Seele ihm, die hier nicht Feuchtung in der Kehle mehr hatte zum Seufzen. Dort grünen die Saaten und blühen, die hier der Dummheit Pflug – die Wurzel umstürzend, wie Unkraut der Luft preisgab, und die tauvolle Blüte rein vom Staube stürzt in der Erde Grab. – Denn irgendwie muß die Saat der Götter lebendig werden, sie können Ewiges nicht verdorren lassen. Seine Seele wächst, die hier unten schläft und verwirrte Träume hat, hinauf als himmlisches Grün, die schwebende Ferse der Götterjünglinge umspielend, wie der frische Rasen hier seine tanzenden Blumen an meinem flüchtigen Lauf hinbewegt. – Ach, Poesie! heilig Grabmal, das still den Staub des Geistes sammelt und ihn birgt vor Verletzung. – Oh, du läßt ihn auferstehen wieder; laß mich hinabsteigen zu ihm und die Hand ihm reichen im Traum, daß er mit heiligem Finger die goldnen Saatkörner mir auf die offne Lippe streue und mich anblase mit dem Odem, den er nach dem Willen der Götter aus ihrem Busen trinkt. Denn ich begehr sehnsüchtig, mitzutragen gemeinsam Weh des Tags und gemeinsam Tröstung zu empfangen in den Träumen der Nacht. –

Was willst du? halte mir's zugut, Günderode, daß ich so spreche; verfolg den Faden meiner Gedanken, so wirst Du sehen, es geht nicht anders. Du trägst ja auch mit mir, daß sie Dich meiner Narrheit beschuldigen. Mangel an historischem Sinn – ist es doch, das Weh, was in der Fabelwelt begraben liegt, mit dem zu mischen des heutigen Tages. – Sie haben recht, mir keine Logik zuzusprechen; da müßt ich ja den dort verlassen, der aufgegeben ist, da müßt ich mich aufgeben, was doch nichts fruchtet. – Sei nicht bang um mich, ich bin alle Tage so; aber ich komm eben vom Taubenschlag, wo die Sonne mir die blauen Berge anglänzte, wo Hölderlin schläft über dem Grabe des Ödipus, und hab ihnen den Gesang gesungen, mit Tönen, unzurechnungsfähig der Kunst, auffassend, was sie vermochten an scharfem Wehe, und es besänftigend mit dem Schmelz der Liebe, den ich durch die Stimme hinzugoß aus dem Herzen, daß er durch die Wolken dringe – hinab am Horizont, hinauf – wo die gewaltigen Geschicke immer auch weilen –

und sich mische mit ihren bitteren, salzigen Fluten. Was wären doch die Dichter, wären sie es nicht, die das Schauervolle ins Göttliche verwandeln. – Wo der Gesang doch allein aus meinen Sinnen hervordringt, nicht aus dem Bewußtsein, da spricht's nachher so aus mir, daß Stimmen aus mir reden, die mit keinem andern im Einklang sind; der Ton, der Rhythmus, den ich übe, ist es auch nicht; keiner würde zuhören wollen, aber jene, denen ich singe, die müssen's doch wohl hören, nicht wahr? –

Es ahnt mir schon, Du wirst wieder bange werden um mich, wie vorm Jahr! – aber Du weißt ja, es ist nichts, ich rase nicht, wie die andern mich beschuldigen und mir die Hand auf den Mund legen, wenn ich sprechen will. Sei nicht dumm, lasse Dir nicht von den Philistern bange machen um meine Gesundheit, wo sie mir schon den Verstand absprechen; wer seinen Bruder einen Narren schilt, ist des Todes schuldig; sie sind unschuldig, ich bin ihr Bruder nicht, Du bist mein Bruder. Noch einmal, ich bin nicht krank, störe mich nicht damit, daß Du mir das geringste sagst, denn ich will Dir noch mehr sagen, wenn's möglich ist; was hättest Du an mir, wenn ich nicht lernte Dir meine Seele geben, nackt und bloß. Freundschaft! das ist der Umgang der Geister, nackt und bloß. –

## An die Bettine

Liebe Bettine! – Du drückst mir die Schreibefinger zusammen, daß ich kaum atme, noch weniger aber es wage zu denken, denn aus Furcht, ich könne willkürliche Gedanken haben, denke ich lieber gar nicht; magst Du am Ende meines Briefes fühlen, ob ich in den engen Grenzen meiner geistigen Richtungen Dich nicht verletzte, so daß Dein Vertrauen ohne Hindernis hinabströme zu mir, ja hinab, denn ich bin nichts. So lasse mich denn gesund mit Dir sprechen, da nichts mir fremd ist in Dir, denn in Deine Töne eingehen, das wäre Deinen Lauf stören.

In Dein Lamento über Deine Geschichtsmisere stimme ich ein, sie macht mich mit kaputt, kauf in Gottes Namen ein Paar Beinkleider als Sühneopfer und entlasse Deinen Arenswald in Gnaden. Clemens schreibt, daß ich ihm Antwort schuldig sei; ich wußte nicht, daß er in Marburg ist; wenn Du ihm schreibst, so gib ihm die Einlage; er ist mehr wie unendlich gut gegen Dich, und es ist ein eigen Schicksal, daß unser beider Bemühung, Dich zu einer innern Bildung zu leiten oder vielmehr sie Dir zu erleichtern, nicht gelingen will, so schreibt er mir heute. Unter vielen Witzfaseleien, träumerischem Geseufze und Beteuerungen, daß er gar nicht mehr derselbe sei, ist es das einzige, was auf Dich Beziehung hat. Weil er Dich immer auffordert, Deine phantastischen Ahnungen zu sammeln, diese Fabelbruchstücke Deiner Vergleiche, Deine Weltanschauung in irgendeiner Form niederzulegen, so meinte ich wie ein guter Bienenvater Deinen Gedankenschwärmen eine Blumenwiese umherzubauen, wo Deine Gedanken nur hin und her summen dürfen, Honig zu sammeln. Ein glücklicher Schiffer muß guten Fahrwind haben; ich dachte, Deine Studien sollten wie frischer Morgenwind Dir in die Segel blasen. – Ich schrieb heute an Clemens, es werde sich nicht tun lassen, Deinen Geist wie Most zu keltern und ihn auf Krüge zu füllen, daß er klarer, trinkbarer Wein werde. Wer nicht die Trauben vom Stock genießen will, wie Lyaeus der Berauscher, der Sohn zweier Mütter, der aus der Luna Geborne, endlich sie reifen lasse, der Vorfechter der Götter, der Rasende; – und heilige Bäume pflanzte, heilige Wahrsagungen aussprach.

Der Naturschmelz, der Deinen Briefen und Wesen eingehaucht ist, der, meint Clemens, solle in Gedichten oder Märchen aufgefaßt werden können von Dir; – ich glaub's nicht.

In Dich hinein bist Du nicht selbsttätig, sondern vielmehr ganz hingegeben bewußtlos; aus Dir heraus zerfließt alle Wirklichkeit wie Nebel; menschlich Tun, menschlich Fühlen, in das bist Du nicht hineingeboren, und doch bist Du immer bereit, unbekümmert alles zu beherrschen, Dich allem anzueignen. Da war der Ikarus ein vorsichtiger, überlegter, prüfender Knabe gegen Dich, er versuchte doch das Durchschiffen des Sonnenozeans mit Flügeln, aber Du brauchst nicht Deine Füße zum Schreiten, Deinen Begriff nicht zum Fassen, Dein Gedächtnis nicht zur Erfahrung und diese nicht zum Folgern. Deine gepanzerte Phantasie, die im Sturm alle Wirklichkeit zerstiebt, bleibt bei einer Schwarzwurzel in Verzückung stocken. Der Strahlenbündel im Blumenkelch, der Dir am Sonntag im Feldweg in die Quer kam, wie Du dem rückwärts gehenden Philosophen Ebel Deine Philosophie eintrichtern wolltest, ist eine blühend Scorza nera, so sagt Lehr, der weise Meister. – Ich werd eingeschüchtert von Deinen Behauptungen, ins Feuer gehalten von Deiner Überschwenglichkeit. Hier am Schreibtisch verlier ich die Geduld über das Farblose meiner poetischen Versuche, wenn ich Deines Hölderlin gedenke. Du kannst nicht dichten, weil Du das bist, was die Dichter poetisch nennen; der Stoff bildet sich nicht selber, er wird gebildet; Du deuchst mir der Lehm zu sein, den ein Gott bildend mit Füßen tritt, und was ich in Dir gewahr werde, ist das gärende Feuer, was seine übersinnliche Berührung stark in Dich einknetet. Lassen wir Dich also jenem über; der Dich bereitet, wird Dich auch bilden. – Ich muß mich selber bilden und machen, so gut ich's kann. Das kleine Gedicht, was ich hier für Clemens sende, hab ich mit innerlichem Schauen gemacht; es gibt eine Wahrheit der Dichtung, an die hab ich bisher geglaubt. Diese irdische Welt, die uns verdrießlich ist, von uns zu stoßen wie den alten Sauerteig, in ein neues Leben aufzustreben, in dem die Seele ihre höheren Eigenschaften nicht mehr verleugnen darf, dazu hielt ich die Poesie geeignet; denn liebliche Begebenheiten, reinere Anschauungen vom Alltagsleben scheiden, das ist nicht ihr letztes Ziel; wir bedürfen der Form, unsere sinnliche Natur einem gewaltigen Organismus zuzubilden, eine Harmonie zu begründen, in der der Geist ungehindert einst ein höheres Tatenleben führt, wozu er jetzt nur gleichsam gelockt wird durch Poesie; denn schöne und große Taten sind auch Poesie, und Offenbarung ist auch Poesie; ich fühle und bekenne alles mit Dir, was Du dem Ebel auf der Spazierfahrt entgegnetest, und ich begreife es in Dir als Dein notwendigstes Element, weil ich Deine Strömungen kenne und oft von ihnen mitgerissen bin worden, und noch täglich empfinde ich Deinen gewaltigen Wellenschlag. Du bist die wilde Brandung, und ich bin kein guter Steuermann, glücklich durchzuschiffen; ich will Dich gern schirmen gegen die Forderungen und ewigen Versuche des Clemens, aber wenn auch in der Mitte meines Herzens das feste Vertrauen zu Dir und Deinen guten Sternen innewohnt, so zittert und erbebt doch alles ringsumher furchtsam in mir vor Menschensatzung und Ordnung bestehender Dinge, und noch mehr erbebe ich vor Deiner eignen Natur. Ja, schelte mich nur, aber Dir mein Bekenntnis unverhohlen zu machen: mein einziger Gedanke ist, wo wird das hinführen? – Du lachst mich aus und kannst es auch, weil eine elektrische Kraft Dich so durchdringt, daß Du im Feuer ohne Rauch keine Ahnung vom Ersticken hast. – Aber ich habe nichts, was mich von jenem lebenerdrückenden Vorläufer des Feuers rette; ich fühle mich ohnmächtig in meinem Willen, so wie Du ihn anregst, obschon ich empfinde, daß Deine Natur so und nicht anders sein dürfte, denn sonst wär sie gar nicht, denn Du bist nur bloß das, was außer den Grenzen, dem Gewöhnlichen unsichtbar, unerreichbar ist; sonst bist Du unwahr, nicht Du selber, und kannst nur mit Ironie durchs Leben gehen. Manchmal deucht mir zu träumen, wenn ich Dich unter den andern sehe; alle halten Dich für ein Kind, das seiner selbst nicht mächtig; keiner glaubt, keiner ahnt, was in Dir, und Du tust nichts als auf Tisch und Stühle springen, Dich verstecken, in kleine Eckchen zusammenkauern, auf Euren langen Hausgängen im Mondschein herumspazieren, über die alten Boden im Dunklen klettern; dann kommst Du wieder herein, träumerisch in Dich versunken, und doch hörst Du gleich alles, will einer was, so bist Du die Treppe schon hinab, es zu holen, ruft man Deinen Namen, so bist Du da und wärst Du in dem entferntesten Winkel; sie nennen Dich den Hauskobold, das alles erzählte mir Marie gestern; ich war zu ihr gegangen, um sie zu fragen, ob es tunlich sein möchte, daß ich mit Dir nach Homburg reise; sie ist gut, sie hätte es Dir gern gegönnt, und ich wär Dir zu Gefallen gerne mit Dir hingereist; St. Clair hatte uns begleiten wollen, und ich sagte auch der Marie nichts als, ich möchte wohl nach Homburg reisen und Dich mitnehmen, dort den kranken Hölderlin zu sehen; das war aber leider grad das Verkehrte; sie meinte im Gegenteil, dahin solle ich Dich nicht mitnehmen, sie glaube, man müsse Dich hüten vor jeder Überspannung – ich mußte doch lachen über diese wohlgemeinte Bemerkung; nun kam Tonie, der es Marie mitteilte; sie meinten, Du seist so blaß gewesen im Frühjahr, und auch letzt habest Du noch krankhaft ausgesehen; nein, sagt Tonie, nicht krank, sondern geisterhaft, und wenn ich nicht wüßte, daß sie das natürlichste Mädchen wär, die immer noch ist wie ein unentwickeltes Kind, was noch gar nichts vom Leben weiß, so müßte man fürchten, sie habe eine geheime Leidenschaft; aber hier in der Stadt befindet sie sich nur wohl in der Kinderstube; sie schleicht immer weg aus der Gesellschaft und vom Tisch und geht an die Wiege, nimmt die kleine Max heraus, hält sie wohl eine Stunde auf dem Schoß und freut sich an jedem Gesicht, das sie schneidet. Das Kind hatte die Röteln, niemand kam zu mir. Sie allein saß stundenlang beim Kinde, es hat ihr nicht geschadet; sie kann alles aushalten, noch nie hab ich sie klagen hören über Kopfweh oder sonst etwas; wie lange hat sie bei der Claudine gewacht, kein Mensch könnte das, ich glaub, sie ist vierzehn Tage nicht ins Bett gekommen; sie ist wie zu Haus in jeder Krankenstube und amüsiert sich köstlich, wo andre sich langweilen. Aber ihr ganzer Geist besteht in ihrem Sein, denn ein gescheutes Wort hab ich noch nie von ihr gehört; ihr Liebstes ist, den Franz zu erschrecken, alle Augenblicke sucht sie sich einen andern Ort, wo sie ihn überraschen kann; letzt hat sie sich sogar auf den einen Bettpfosten gehockt, ich dachte, sie könne keine Minute da aushalten; nun dauerte es eine Viertelstunde, bis Franz kam; als der im Bett lag, schwang sie sich herunter, ich dachte, sie bricht den Hals; wir konnten sie die ganze Nacht nicht aus dem Zimmer bringen. – Über dieser Erzählung war Lotte gekommen; die behauptete ernsthaft, Du hättest Anlage zum Veitstanz. Deine Blässe deute darauf, du kletterst auch beim Spazierengehen immer an so gefährliche Orte, und letzt wärt Ihr im Mondschein noch um die Tore gegangen mit dem Domherrn von Hohenfeld, und da seist Du oben auf dem Glacis gelaufen bald hin, bald her Dich wendend, ohne nur ein einzig Mal zu fallen, und der Hohenfeld auch habe gesagt, das ging nicht mit natürlichen Dingen zu. Kaum hatte Lotte ihre Geschichte, wo immer der Refrain war, Mangel an historischem Sinn und keine Logik, geendet, so trat Ebel ein; er wurde auch konsultiert wegen der Fahrt nach Homburg (ach, hätt ich doch nicht in dies Wespennest geschlagen), der fing erst recht an zu perorieren, der wußte alles: »Um Gottes willen nicht«, Lotte saß im Sessel und sekundierte: »Nein, um Gottes willen nicht, man muß logisch sein.« Ebel sagte: »Wahnsinn steckt an.« – »Ja«, sagt L., »besonders wenn man so viel Anlage hat.« »Nun, Lotte, du machst's zu arg, sie kann wohl dumm sein, und das ist noch die Frage, denn sie ist eigentlich weder dumm noch gescheut, oder vielmehr ist sie beides, dumm und gescheut.« – Ebel aber sagte: »Ich muß hier als Naturphilosoph sprechen; sie ist ein ganz apartes Wesen, das von der Natur zu viel elektrischen Stoff mitbekommen, sie ist wie ein Blitzableiter, wer ihr nahe ist beim Gewitter, der kann's empfinden«; er war nämlich letzt auf der Spazierfahrt mitten im Gewitter unter Donner und Blitz im stärksten Platzregen trotz Schuh und Strümpfen bloß wegen Dir aus dem Wagen und im kurzärmeligen Rock querfeldein nach Hause gesprungen. Die Tonie sagte ihm dies, und er gestand es ein, es sei Furcht gewesen, das Gewitter könne durch Deine elektrische Natur angezogen werden; er glaubt steif und fest, der Schlag sei so dicht vor den Pferden niedergefahren, weil Du in Deiner Begeisterung zu viel Elektrizität ausströmtest. – Der arme Freund, seine Rockärmel sind vom Regen noch mehr verkürzt. – Lotte behauptete, es sei unlogisch von Ebel, zu sagen Begeisterung, denn dazu müsse ein logischer Grund sein, und der sei in Deiner Seele nicht zu finden. – Dabei kam St. Clair auch zur Teestunde; ich hatte ihn hinbestellt, um zu hören, wie der Versuch ausfallen werde; wär's gelungen, so hätten wir Dich heute überrascht und Dich gleich mit dem Wagen abgeholt, aber Franz kam herauf und George, denen wurde es vorgetragen. Lotte behauptete fort und fort, es würde das Unlogischste der Welt sein, Dich hingehen zu lassen, denn trotz Deiner Unweisheit, Faselei und gänzlichem Mangel etc. seist Du doch sehr exzentrisch, und es wurde einmütig beschlossen, Du solltest nicht mit; Tonie behauptete noch, Du seist ihr von Clemens noch mehr auf die Seele gebunden, und der würde ihr ein unangenehmes Konzert machen, wenn sie ihren Beifall dazu gäbe. – Ich weiß einen, der ihnen allen gern die Hälse herumgedreht hätte, das war St. Clair; er war so ernst, er tat den Mund nicht auf, aber ich sah seine Lippen beben, kein Mensch wußte, welchen Anteil er daran nahm; er nahm ohne ein Wort zu sagen, seinen Hut und ging, und ich sah, daß ihm die Tränen in den Augen standen, Deinem Ritter.

An Clemens

Die Hirten lagen auf der Erde
Und schlummerten um Mitternacht,
Da kam mit freundlicher Gebärde
Ein Engel in der Himmelspracht.
Mit Sonnenglanz war er umgeben,
Und zu den Hirten neigt er sich,
Er sprach: geboren ist das Leben,
Euch offenbart der Himmel sich. –
Auch ich lag träumend auf der Erde,
Ihr dunkler Geist war schwer auf mir,
Da trat mit freundlicher Gebärde
Die heilge Poesie zu mir,
In ihrem Glanz warst Du verkläret,
Vertrauet mit der Geisterwelt,
Den Becher hattest Du geleeret,
Der Dich zu ihrem Chor gesellt.
Dein Lied war eine Strahlenkrone,
Die sich um Deine Stirne wand,
Die Töne eine Lebenssonne,
Erleuchtend der Verheißung Land.
Der Liebe Reich hab ich gesehen
In Deiner Dichtung Abendrot.
Wie Moses auf des Berges Höhen,
Als ihm der Herr zu schaun gebot;
Er sah das Ziel der Erdenwallen
Und mochte fürder nichts mehr sehn,
Wohin, wohin soll ich noch wallen,
Da ich das Heilige gesehn? –

Oder am besten könnten wir sagen: *Denken ist beten*, damit ist gleich was Gutes ausgerichtet, wir gewinnen Zeit, das Denken mit dem Beten und das Beten mit dem Denken. Du willst ungereimtes Zeug vorbringen, Du bist ungeheuer listig und meinst, ich soll es reimen. Deine Projekte sind immer ungemein waghalsig wie eines Seiltänzers, der sich darauf verläßt, daß er balancieren kann, oder einer, der Flügel hat und weiß, er kann sie ausbreiten, wenn der Windsturm ihn von der Höh mit fortnimmt. Übrigens hab ich Dich wohl verstanden, trotz der vielen süßen Lobe, die Du einstreust wie Opfergras, daß ich das Opfer bin, was Du geächtest hast, um mit dem Jud zu reden. Ich fühl's, daß Du recht hast, und weiß, daß ich zu furchtsam bin, und kann nicht, was ich innerlich für recht halte, äußerlich gegen die aus der Lüge hergeholten Gründe verteidigen; ich verstumme und bin beschämt, gerade wo andre sich schämen müßten, und das geht so weit in mir, daß ich die Leute um Verzeihung bitte, die mir unrecht getan haben, aus Furcht, sie möchten's merken. So kann ich durchaus nicht ertragen, daß einer glaube, ich könne Zweifel in ihn setzen; ich lache lieber kindisch zu allem, was man mir entgegnet, ich mag nicht dulden, daß die, welche ich doch nicht eines Bessern überzeugen kann, noch den Wahn von mir hegen, ich sei gescheuter als sie. Wenn sich zwei verstehen sollen, dazu gehört lebenvolles Wirken von einem dritten Göttlichen. So nehm ich auch unser Sein an, als ein Geschenk von den Göttern, in dem sie selber die vergnüglichste Rolle spielen; aber meine innere Fühlungen folgelosen Behauptungen ausstellen, dazu leiht mir weder die blauäugige Minerva noch *Areus der Streitbare**

* Dem die Jungfrauen einen Widder opferten, wenn sie öffentlich einen Wettlauf hielten.

Beistand. Ich gebe Dir aber recht, es wäre besser, ich könnte mich mannhafter betragen und dürfte diesen *großmächtigen Weltsinn in dem Sittenleben* mit andern nicht mir untergehen lassen. Aber was willst Du mit einer so Zaghaften aufstellen, die sich immer noch fürchtet, im Stift das Tischgebet laut genug herzusagen. – Lasse mich und vertrage mich, wie ich bin; Hab ich das Herz nicht, meine Stimme zu erheben gegen allen Unsinn, so hab ich auch dafür an diesem harten Fels keine kleinste Welle Deiner brausenden Lebensfluten sich brechen lassen. Er steht trocken und unbeschäumt von Deinen heiligen Begeisterungen, so kannst Du auch unbekümmert darum Dein Leben dahinfließen. – Ich weiß, daß es Dir weh tut, weil wir den Hölderlin nicht besuchten. St. Clair ist gestern abgereist; er war noch vorher bei mir, er sah Deinen dicken Brief, er war so sehnsüchtig, etwas daraus zu vernehmen, und die *Zaghafte* war kühn genug auf ihr richtiges Gefühl hin, ihm die Stellen zu lesen, wo die Bettine über den Ödipus spricht. – Er wollte es abschreiben, seine Seele wär sonst vergangen, und die Zaghafte war zu mutlos, es ihm abzuschlagen. Er sagte: »Ich lese es ihm vor, vielleicht wirkt es wie Balsam auf seine Seele, und wo nicht, so muß es doch so sein, daß die höchste Erregung, durch seine Dichternatur erzeugt, auch wieder an ihm verhalle, so wie er verhallte. Ich muß es ihm lesen, es wird doch zum wenigsten ihm ein Lächeln abgewinnen.« – Nun sieh mich schon wieder voll Zagheit, daß Dir meine Kühnheit mißfalle, aber doch – betrog mich mein Ohr nicht, so war jener Hymnus auf dem Taubenschlag dem armen Dichter gesungen, daß er solle dort mit in sein zerrißnes Saitenspiel eintönen.

Ich hab jetzt so viele Gesellschaftsnot, ich muß diese Woche schon zum zweitenmal in den schwarzen Stiftstalar kriechen; auch dahinein verfolgt mich meine närrische Feigheit, ich komme mir so fremd drin vor, es ist mir so ungewöhnlich, eine angelehnte Würde öffentlich zu behaupten, daß ich immer den Kopf hängen muß und muß auf die Seite sehen, wenn ich angeredet werde. Gestern haben wir in copore beim Primas zu Mittag gespeist; da verlor ich mein Ordenskreuz, es lag unterm Stuhl, ich fühlte es mit der Fußspitze; das machte mich so konfus, und denk nur, der Primas selbst hat es aufgehoben und bat um Erlaubnis, es anzuheften auf die Schulter; dazu kam unsere Duenna und nahm die Mühe auf sich, Gott sei Dank – ich konnte doch die ganze Nacht nicht vor der Geschichte schlafen, ich muß rot werden, wenn ich dran denke – dann war ich bei der Haiden – der Moritz im Kabriolett ist mir begegnet, von da in der Komödie in Eurer Loge, George führte mich hinein. Die Geschwister. – Es war sehr leer wegen der Hitze, George war fortgegangen, die Frau Rath saß ganz allein auf meiner Seite, sie rief aufs Theater: »Herr Verdy, spielen Sie nur tüchtig, ich bin da«; es machte mich recht verlegen; hätte er geantwortet, so wär ein Gespräch draus geworden, in dem ich am Ende noch eine Rolle hätte übernehmen müssen. – Im Parterre saßen keine fünfzig Menschen, Verdy spielte recht gut, und die Rath klatschte bei jeder Szene, daß es widerhallte; Verdy verbeugte sich tief gegen sie; es war ganz wunderlich, das leere Haus und die offnen Logentüren wegen der Hitze, durch die der Tag hereinschien; dann kam Zugwind und spielte mit den lumpichten Dekorationen, da rief die Goethe dem Verdy zu: »Ah, das Windchen ist herrlich«, und fächelte sich, es war doch grad, als spiele sie mit, und die zwei auf dem Theater so gut, als wären sie allein in vertraulich häuslichem Gespräch; dabei muß ich an den größten Dichter denken, der nicht verschmähte, so prunklos seine tiefe Natur auszusprechen. – Ja, Du magst recht haben, es ist was Großes darin, und es ist schauerlich und daher tragisch gewesen diese Leere, diese Stille, die offnen Türen, die einzige Mutter voll Ergötzen, als habe ihr der Sohn den Thron gebaut, auf dem sie weit erhaben über den Erdenstaub sich die Huldigung der Kunst gefallen läßt. –

Sie spielten auch recht brav, ja begeistert, bloß wegen der Frau Rath; sie weiß einen in Respekt zu setzen. Sie schrie auch am Ende ganz laut, sie bedanke sich und wolle es ihrem Sohn schreiben. Darüber fing eine Unterhaltung an, wobei das Publikum ebenso aufmerksam war, die ich aber nicht mit anhörte, weil ich abgeholt wurde. Morgen wird sie wohl in der ganzen Stadt herumkommen.

Ich bin nicht wohl, sonst wär ich heut hinausgekommen – so sehr interessiert mich Dein Brief; Du hängst Dich an die Gipfel der Lebenshöhen wie das junge Gefieder und siehst Dich gleich um, wie am besten nach der Sonne zu steuern sei, dann zerstreust Du Dich ebenso leicht wieder. Wenn ich wohl bin, so komme ich die Woche noch; ich glaube, die Angst vor dem Aderlassen macht mich krank, ich kann mich nicht dreinfinden; wenn ich denk, daß ich Blut vergießen soll, so wird mir übel. – Schreib mir doch heute noch von der Schwebe-Religion, was das heißen soll, daß ich was zu denken und zu faseln hab, weil ich nichts anfangen kann und das Zimmer hüten muß.

Karoline

17ten

St. Clair war heute hier, zwischen zehn und ein Uhr, ich lag noch zu Bett, ich hatte die Großmama um Erlaubnis fragen lassen auszuschlafen, weil mich am Abend der Duft der Orangerie ganz betäubt hatte, er wartete auf mich hinter der Pappelwand. Es gibt Weh, darüber muß man verstummen; die Seele möchte sich mitbegraben, um es nicht mehr empfinden zu müssen, daß solcher Jammer sich über einem Haupte sammeln könne, und wie konnte es auch? – Oh, ich frage! und da ist die Antwort: weil keine heilende Liebe mehr da ist, die Erlösung könnte gewähren. Oh, werden wir's endlich innewerden, daß alle Jammergeschicke unser eignes Geschick sind? – daß alle von der Liebe geheilt müssen werden, um uns selber zu heilen.

Aber wir sind uns der eignen Krankheit nicht mehr bewußt, nicht der erstarrten Sinne; daß das Krankheit ist, das fühlen wir nicht, und daß wir so wahnsinnig sind und mehr als jener, dessen Geistesflamme seinem Vaterland aufleuchten sollte – daß die erlöschen muß im trüben Regenbach zusammengelaufner Alltäglichkeit, der langweilig dahinsickert. – Hat doch die Natur allem den Geist der Heilung eingeboren, aber wir sind so verstandslos, daß selbst der harte Stein für uns ihn in sich entbinden lässet, aber wir nicht – nein, wir können nicht heilen, wir lassen den Geist der Heilung nicht in uns entbinden, und das ist unser Wahnsinn. Gewiß ist mir doch bei diesem Hölderlin, als müsse eine göttliche Gewalt wie mit Fluten ihn überströmt haben, und zwar die Sprache, in übergewaltigem raschen Sturz seine Sinne überflutend und diese darin ertränkend; und als die Strömungen verlaufen sich hatten, da waren die Sinne geschwächt und die Gewalt des Geistes überwältigt und ertötet. – Und St. Clair sagt: ja, so ist's – und er sagt noch: aber ihm zuhören sei grade, als wenn man es dem Tosen des Windes vergleiche, denn er brause immer in Hymnen dahin, die abbrechen, wie wenn der Wind sich dreht – und dann ergreife ihn wie ein tieferes Wissen, wobei einem die Idee, daß er wahnsinnig sei, ganz verschwinde, und daß sich anhöre, was er über die Verse und über die Sprache sage, wie wenn er nahe dran sei, das göttliche Geheimnis der Sprache zu erleuchten, und dann verschwinde ihm wieder alles im Dunkel, und dann ermatte er in der Verwirrung und meine, es werde ihm nicht gelingen, begreiflich sich zu machen; und die Sprache bilde alles Denken, denn sie sei größer wie der Menschengeist, der sei ein Sklave nur der Sprache, und so lange sei der Geist im Menschen noch nicht der vollkommne, als die Sprache ihn nicht alleinig hervorrufe. Die Gesetze des Geistes aber seien metrisch, das fühle sich in der Sprache, sie werfe das Netz über den Geist, in dem gefangen er das Göttliche aussprechen müsse, und solange der Dichter noch den Versakzent suche und nicht vom Rhythmus fortgerissen werde, solange habe seine Poesie noch keine Wahrheit, denn Poesie sei nicht das alberne sinnlose Reimen, an dem kein tieferer Geist Gefallen haben könne, sondern *das* sei Poesie: daß eben der Geist nur sich rhythmisch ausdrücken könne, daß nur im Rhythmus seine Sprache liege, während das Poesielose auch geistlos, mithin unrhythmisch sei – und ob es denn der Mühe lohne, mit so sprachgeistarmen Worten Gefühle in Reime zwingen zu wollen, wo nichts mehr übrigbleibe, als das mühselig gesuchte Kunststück zu reimen, das dem Geist die Kehle zuschnüre. Nur *der* Geist sei Poesie, der das Geheimnis eines ihm eingebornen Rhythmus in sich trage, und nur mit diesem Rhythmus könne er lebendig und sichtbar werden, denn dieser sei seine Seele, aber die Gedichte seien lauter Schemen, keine Geister mit Seelen. –

Es gebe höhere Gesetze für die Poesie, jede Gefühlsregung entwickle sich nach neuen Gesetzen, die sich nicht anwenden lassen auf andre, denn alles Wahre sei prophetisch und überströme seine Zeit mit Licht, und der Poesie allein sei anheimgegeben, dies Licht zu verbreiten, drum müsse der Geist und könne nur durch sie hervorgehen. Geist gehe nur durch Begeisterung hervor. – Nur allein dem füge sich der Rhythmus, in dem der Geist lebendig werde! – wieder: –

Wer erzogen werde zur Poesie in göttlichem Sinn, der müsse den Geist des Höchsten für gesetzlos anerkennen über sich und müsse das Gesetz ihm preisgeben. *Nicht wie ich will, sondern wie du willst!* – und so müsse er sich kein Gesetz bauen, denn die Poesie werde sich nimmer einzwängen lassen, sondern der Versbau werde ewig ein leeres Haus bleiben, in dem nur Poltergeister sich aufhalten. Weil aber der Mensch der Begeisterung nie traue, könne er die Poesie als Gott nicht fassen. – Gesetz sei in der Poesie Ideengestalt, der Geist müsse sich in dieser bewegen und nicht ihr in den Weg treten; Gesetz, was der Mensch dem Göttlichen anbilden wolle, ertöte die Ideengestalt, und so könne das Göttliche sich nicht durch den Menschengeist in seinen Leib bilden. Der Leib sei die Poesie, die Ideengestalt, und dieser, sei er ergriffen vom Tragischen, werde tödlich faktisch, denn das Göttliche ströme den Mord aus Worten, die Ideengestalt, die der Leib sei der Poesie, die morde – so sei aber ein Tragisches, was Leben ausströme in der Ideengestalt (Poesie) – denn alles sei tragisch. – Denn das Leben im Wort (im Leib) sei Auferstehung (lebendig faktisch), die bloß aus dem Gemordeten hervorgehe. – Der Tod sei der Ursprung des Lebendigen. –

Die Poesie gefangennehmen wollen im Gesetz, das sei nur, damit der Geist sich schaukle, an zwei Seilen sich haltend, und gebe die Anschauung, als ob er fliege. Aber ein Adler, der seinen Flug nicht abmesse – obschon die eifersüchtige Sonne ihn niederdrücke – mit geheim arbeitender Seele im höchsten Bewußtsein dem Bewußtsein ausweiche und so die heilige lebende Möglichkeit des Geistes erhalte, in dem brüte der Geist sich selber aus und fliege – vom heiligen Rhythmus hingerissen oft, dann getragen, dann geschwungen sich auf und ab in heiligem Wahnsinn, dem Göttlichen hingegeben, denn innerlich sei dies eine nur: die Bewegung zur Sonne, die halte am Rhythmus sich fest. –

Dann sagte er am andern Tag wieder: es seien zwei Kunstgestalten oder zu berechnende Gesetze, die eine zeige sich auf der gottgleichen Höhe im Anfang eines Kunstwerks und neige sich gegen das Ende; die andre, wie ein freier Sonnenstrahl, der vom göttlichen Licht ab sich einen Ruhepunkt auf dem menschlichen Geist gewähre, neige ihr Gleichgewicht vom Ende zum Anfang. Da steige der Geist hinauf aus der Verzweiflung in den heiligen Wahnsinn, insofern *der* höchste menschliche Erscheinung sei, wo die Seele alle Sprachäußerung übertreffe, und führe der dichtende Gott sie ins Licht; die sei geblendet dann und ganz getränkt vom Licht, und es erdürre ihre ursprüngliche üppige Fruchtbarkeit vom starken Sonnenlicht; aber ein so durchgebrannter Boden sei im Auferstehen begriffen, er sei eine Vorbereitung zum Übermenschlichen. Und nur die Poesie verwandle aus einem Leben ins andre, die freie nämlich. – Und es sei Schicksal der schuldlosen Geistesnatur, sich ins Organische zu bilden, im regsam Heroischen wie im leidenden Verhalten. – Und jedes Kunstwerk sei *ein* Rhythmus nur, wo die Zäsur einen Moment des Besinnens gebe, des Widerstemmens im Geist, und dann schnell vom Göttlichen dahingerissen sich zum Ende schwinge. So offenbare sich der dichtende Gott. Die Zäsur sei eben jener lebendige Schwebepunkt des Menschengeistes, auf dem der göttliche Strahl ruhe. – Die Begeisterung, welche durch Berührung mit dem Strahl entstehe, bewege ihn, bringe ihn ins Schwanken; und das sei die Poesie, die aus dem Urlicht schöpfe und hinabströme den ganzen Rhythmus in Übermacht über den Geist der Zeit und Natur, der ihm das Sinnliche – den Gegenstand – entgegentrage, wo dann die Begeisterung bei der Berührung des Himmlischen mächtig erwache im Schwebepunkt (Menschengeist), und diesen Augenblick müsse der Dichtergeist festhalten und müsse ganz offen, ohne Hinterhalt seines Charakters sich ihm hingeben – und so begleite diesen Hauptstrahl des göttlichen Dichtens immer noch die eigentümliche Menschennatur des Dichters, bald das tragische Ermattende, bald das von göttlichem Heroismus angeregte Feuer schonungslos durchzugreifen, wie die ewig noch ungeschriebene Totenwelt, die durch das innere Gesetz des Geistes ihren Umschwung erhalte, bald auch eine träumerisch naive Hingebung an den göttlichen Dichtergeist oder die liebenswürdige Gefaßtheit im Unglück; – und dies objektiviere die Originalnatur des Dichters mit in das Superlative der heroischen Virtuosität des Göttlichen hinein. –

So könnt ich Dir noch Bogen voll schreiben aus dem, was sich St. Clair in den acht Tagen aus den Reden des Hölderlin aufgeschrieben hat in abgebrochenen Sätzen, denn ich lese dies alles darin mit dem zusammen, was St. Clair noch mündlich hinzufügte. Einmal sagte Hölderlin, alles sei Rhythmus, das ganze Schicksal des Menschen sei ein himmlischer Rhythmus, wie auch jedes Kunstwerk ein einziger Rhythmus sei, und alles schwinge sich von den Dichterlippen des Gottes, und wo der Menschengeist dem sich füge, das seien die verklärten Schicksale, in denen der Genius sich zeige, und das Dichten sei ein Streiten um die Wahrheit, und bald sei es in plastischem Geist, bald in athletischem, wo das Wort den Körper (Dichtungsform) ergreife, bald auch im hesperischen, das sei der Geist der Beobachtungen und erzeuge die Dichterwonnen, wo unter freudiger Sohle der Dichterklang erschalle, während die Sinne versunken seien in die notwendigen Ideengestalten der Geistesgewalt, die in der Zeit sei. – Diese letzte Dichtungsform sei eine hochzeitliche, feierliche Vermählungsbegeisterung, und bald tauche sie sich in die Nacht und werde im Dunkel hellsehend, bald auch ströme sie im Tageslicht über alles, was dieses beleuchte. – Der gegenüber, als der humanen Zeit, stehe die furchtbare Muse der tragischen Zeit; und wer dies nicht verstehe, meinte er, der könne nimmer zum Verständnis der hohen griechischen Kunstwerke kommen, deren Bau ein göttlich organischer sei, der nicht könne aus des Menschen Verstand hervorgehen, sondern der habe sich *Undenkbarem* geweiht. – Und so habe den Dichter der Gott gebraucht als Pfeil, seinen Rhythmus vom Bogen zu schnellen, und wer dies nicht empfinde und sich dem schmiege, der werde nie weder Geschick noch Athletentugend haben zum Dichter, und zu schwach sei ein solcher, als daß er sich fassen könne, weder im Stoff noch in der Weltansicht der früheren noch in der späteren Vorstellungsart unsrer Tendenzen, und keine poetischen

Formen werden sich ihm offenbaren. Dichter, die sich in gegebene Formen einstudieren, die können auch nur den einmal gegebenen Geist wiederholen, sie setzen sich wie Vögel auf einen Ast des Sprachbaumes und wiegen sich auf dem nach dem Urrhythmus, der in seiner Wurzel liege, nicht aber fliege ein solcher auf als der Geistesadler, von dem lebendigen Geist der Sprache ausgebrütet.

Ich verstehe alles, obschon mir vieles fremd drin ist, was die Dichtkunst belangt, wovon ich keine klare oder auch gar keine Vorstellung habe, aber ich hab besser durch diese Anschauungen des Hölderlin den Geist gefaßt als durch das, was mich St. Clair darüber belehrte. – Dir muß dies alles heilig und wichtig sein. – Ach, einem solchen wie Hölderlin, der im labyrinthischen Suchen leidenschaftlich hingerissen ist, dem müssen wir irgendwie begegnen, wenn auch wir das Göttliche verfolgen mit so reinem Heroismus wie er. – Mir sind seine Sprüche wie Orakelsprüche, die er als der Priester des Gottes im Wahnsinn ausruft, und gewiß ist alles Weltleben ihm gegenüber wahnsinnig, denn es begreift ihn nicht. Und wie ist doch das Geisteswesen jener beschaffen, die nicht wahnsinnig sich deuchten? – Ist es nicht Wahnsinn auch, aber an dem kein Gott Anteil hat? – Wahnsinn, merk ich, nennt man das was keinen Widerhall hat im Geist der andern, aber in mir hat dies alles Widerhall, und ich fühle in noch tieferen Tiefen des Geistes Antwort darauf hallen als bloß im Begriff. Ist's doch in meiner Seele wie im Donnergebirg, ein Widerhall weckt den andern, und so wird dies Gesagte vom Wahnsinnigen ewig mir in der Seele widerhallen.

Günderode, weil Du schreibst, daß Dir mein Denken und Schreiben und Treiben die Seele ausfüllt, so will ich nicht aufhören, wie es auch kommen mag, und einst wird sich Dir alles offenbaren, und ich selber werde dann, wie Hölderlin sagt, mich in den Leib des Dichtergottes verwandeln, denn wenn ich nur

Fassungskraft habe! – denn gewiß, Feuer hab ich – aber in meiner Seele ist es so, daß ich ein Schicksal in mir fühle, das ganz nur Rhythmus des Gottes ist, was er vom Bogen schnellt, und ich auch will mich bei der Zäsur, wo er mir ins eigne widerstrebende Urteil mein göttlich Werden gibt, schnell losreißen und in seinem Rhythmus in die Himmel mich schwingen. Denn wie vermöcht ich sonst es? – Nimmer! – Ich fiel' zur Erde, wie alles Schicksallose. –

Und Du, Günderode, so adelig, wie Du bist in Deinen poetischen Schwingungen! Klirrt da nicht die Sehne des Bogens des Dichtergottes und lässet die Schauer uns fühlen auch in diesen leisen träumentappenden Liedern: –

Drum laß mich, wie mich der Moment geboren,
In ewgen Kreisen drehen sich die Horen,
Die Sterne wandeln ohne festen Stand.

Sagst Du nicht dasselbe hier? – klingt nicht so der Widerhall aus der Öde in Hölderlins Seele? –

Ach, ich weiß nicht zu fassen, wie man dies Höchste nicht heilig scheuen sollte, dies Gewaltige, und wenn auch kein Echo in unseren Begriff es übertrage, doch wissen wir, daß der entfesselte Geist über Leiden, die so mit Götterhand ihm auferlegt waren, im Triumph in die Hallen des Lichts sich schwinge, aber wir! – Wissen wir Ungeprüften, ob je uns Hellung werde? – Jetzt weiß ich's, ich werde ihm noch viel müssen nachgehen, doch genug zwischen uns davon; eine Erscheinung ist er in meinen Sinnen, und in mein Denken strömt es licht. –

(Aus dem Roman »Die Günderode«)

Liebe Ambrosia!

Dein Brief in diesem Frühjahr hat mich nicht mehr getroffen, und ich fand ihn erst, nachdem wir uns fünf Monate mit den neun Musen unter den Orangen umhergetrieben hatten, zu Haus vor. Doch ist die Einlage nach Frankfurt damals sogleich besorgt worden. – In Tübingen habe ich *Hölderlin* besucht, den Greis, in dem man noch den schönen blühenden Jüngling sieht, aus dem er ohne Bewußtsein, ohne daß für ihn Zeit dazwischen liegt, zum Greise geworden ist. Unter dem namenlosen Schicksal, das auf ihm liegt, ist er für das gewöhnliche Leben der Menschen seit vierzig Jahren verloren; nur irre Töne kommen aus seinem Mund, und jede Gegenwart der Menschen verschüchtert und beklemmt ihn. Nur die Muse vermag noch mit ihm zu reden, und in einzelnen Stunden schreibt er Verse, kleine Gedichte auf, in denen sich die frühere Tiefe und Anmut des Geistes spiegelt, aber jäh unmittelbar in dem Verstande unzugängliche Wortrhythmen übergeht. Ich habe einige davon mitgebracht und will sie Dir schicken. – Bei einer Handwerkerfamilie lebt er, die ihn aus einfältiger Liebe zu dem Dichter, dessen Büchlein ihre Hauptlektüre sind, ehren und pflegen, besonders die Tochter. Von ihr läßt er sich wie ein Kind behandeln.

Sobald ich in die Heimat gekehrt sein würde, verlangt mich's, von Dir etwas Freundliches zu hören. Doch war ich noch nicht eigentlich daheim. Nur drei Wochen zu Hause, in denen es so viel mit alten Geschäften und neuer Einrichtung, dazu noch eine Hochzeit meines auf mich folgenden Bruders, des blondbärtigen, blondgelockten, – zu tun gab, daß ich aus solchem profanen Kreis mich nicht zu Dir wenden konnte.

Nun sitze ich seit drei Wochen hier – in Gräfenberg – um an den Brüsten der Muttererde und in den Armen der Gebirgsnajaden vermehrte Frische und Gesundheit zu baden und zu trinken zu poetischem Schaffen des Winters und nächsten Jahres. – Es sind über die Wasserkur der törichtsten Gerüchte und Ansichten im Umlauf. Lasse Dich nicht von ihnen irremachen. Sie ist nichts als der zweite Schritt, zu dem die Homöopathie der erste war.

Ich hoffe, diesen Herbst noch Dich aufzusuchen. Wenn Du mir aber einstweilen ein paar Zeilen schreiben magst (sie treffen mich in ganz kurzem schon zu Hause), so erfreuest Du mich dadurch sehr. – Auch von meinen Gedichten hörte ich gern bald Deine Worte, die mir das Wichtigste sind, was ich darüber hören kann.

Freundlich grüßt Dich Dein alter Schüler, der es gern auch künftig bleibt.

4. Oktober Pamphilius

6. Dezember

Liebe Ambrosia!

Ich bin von Gräfenberg, von wo Du ein paar Zeilen erhalten haben wirst, seit einiger Zeit bereits mit dem besten Erfolg zurück und schicke Dir hier einliegend die versprochnen *Hölderlinschen* Gedichte, die Du nicht ohne Teilnahme lesen können wirst. Es ist etwas tief Ergreifendes darin, die Wahrheit des Gemüts und der Poesie, die durch die Nebel des Verstandes durchbricht wie die Sonne im Herbst. Das erste ist eine treue Schilderung der Aussicht aus seinen Fenstern. Er hat ein schmales Zimmerchen oben in dem kleinen Haus eines Tischlers unter den äußersten der Stadt, das erkerartig abgerundet auf den Neckar sieht und ein Tal bis fern an erhöhten Waldhorizont, und diese Aussicht ist seine einzige Freude und fast das einzige, worin er eine Sympathie mit den andern Menschen empfindet und in seinem Wesen äußern kann. Ich war auch in dem Stift, in dessen Klostermauern er mit dem *Hegel* zusammen erzogen ist, und wo sich seine feine Organisation abgeschlossen von der Welt noch empfindsamer gebildet hat. Die Studenten werden darin noch jetzt dort so gehalten.

Die andern drei Gedichte atmen für mich ordentlich fühlbar eine hohe ideale Geistigkeit, die gleichsam in ihrer Kindheit stehengeblieben ist, und bewegen mich wunderbar, indem sie an die Kluft führen, wo das Wort sich dem Verstande entzieht und nur noch unmittelbarer Rhythmus des innern Seelenlebens scheint. –

Ich habe gehört, daß Du Dich in Deine winterliche Einsamkeit zurückgezogen hast, um Dich in Deinen Gedanken zu wärmen. – Wenn Du mir doch daraus nur ein paar Zeilen in die meinige schicken könntest, nur, um mir zu sagen, wie Dir meine Gedichte gefallen haben, und ob Du mir noch gut bist: dies beides ist mir wichtig. –

Von andern hörte ich, Du schriebest ein Königsbuch, und habe eine heimliche Freude darauf. – Von Deinen Briefen, die ich Dir voriges Jahr wiederschicken mußte, machst Du doch wohl vorläufig keinen Gebrauch? Ich möchte sie gern mit den meinigen zusammen wieder durchlesen. Wolltest Du mir beide wohl einmal schicken? Sie sind Dir bei mir sicher bewahrt und stehen Dir jederzeit wieder zu Gebote.

Mit der Gunst der Götter hoffe ich Dir noch zu beweisen, daß die Ehe der Poesie nicht den Hals bricht.

Im neuen Jahr komme ich nach Berlin. Ich werde, so oft ich vorbeigehe, nach Deinen altbekannten hohen Fenstern hinaufsehn müssen und Dich vermissen. Du warst bisher immer die Hauptsache, die ich in Berlin suchte. Nun lebe wohl. Wer weiß, auf welchen Pfaden das Schicksal die Menschen führt. Vielleicht nach etwas längerer Zeit sehen wir uns einmal um so freundlicher wieder.

Geschlossen vor Weihnachten.

Dein in Treue ergebener
Pamphilius

## Der Winter

Wenn bleicher Schnee verschönert die Gefilde
Und hoher Glanz auf weiter Ebne blinkt,
So reizt der Sommer fern, und milde,
Naht sich der Frühling oft, indes die Stunde sinkt.

Die prächtige Erscheinung ist, die Luft ist feiner,
Der Wald ist hell, es geht der Menschen keiner
Auf Straßen, die zu sehr entlegen sind, die Stille machet

Erhabenheit, wie dennoch alles lachet.

Der Frühling scheinet nicht mit Blütenschimmer
Den Menschen so gefallend, aber Sterne
Sind an dem Himmel hell, man siehet gerne
Den Himmel fern, der ändert fast sich nimmer.

Die Ströme sind wie Ebnen, die Gebilde
Sind auch zerstreut erscheinender, die Milde
Des Lebens dauert fort, der Städte Breite
Erscheint besonders gut auf ungemeßner Weite.

*(Hölderlin im Jahre 1841)*

## Höhere Menschheit

Den Menschen ist der Sinn ins Innere gegeben,
Daß sie als anerkannt das Bessre wählen,
Es gilt das Ziel, es ist das wahre Leben,
Nach dem sich geistiger des Lebens Jahre zählen.
Scardanelli.

*(Hölderlin 21. Jan. 1841)*

## Überzeugung

*(Einem Studierenden in ein Buch geschrieben)*

Als wie der Tag die Menschen hell umscheinet,
Und mit dem Lichte, das den Höhn entspringet,
Die dämmernden Erscheinungen vereinet,
Ist Wissen, welches tief der Geistigkeit gelinget.

*(Hölderlin im März 1841)*

Des Geistes Werden ist den Menschen nicht verborgen,
Und wie das Leben ist, daß Menschen sich gefunden,
Es ist des Lebens Tag, es ist des Lebens Morgen,
Wie Reichtum sind des Geistes hohe Stunden.

Wie die Natur sich dazu herrlich findet,
Ist, daß der Mensch nach solcher Freude schauet,
Wie er dem Tage sich, dem Leben sich vertrauet,
Wie er mit sich den Bund des Geistes bindet

*(Hölderlin d. 10. Juli 1841)*
*(Aus: »Ilius Pamphilius und die Ambrosia«)*

Phantastische Landschaft, Scherenschnitt

## TAGEBUCH
*Buch der Liebe*

In dieses Buch möcht ich gern schreiben, von dem geheimnisvollen Denken einsamer Stunden der Nacht, von dem Reifen des Geistes an der Liebe wie an der Mittagssonne.

Die Wahrheit will ich suchen, und fordern will ich von ihr die Gegenwart des Geliebten, von dem ich wähnen könnte er sei fern.

Die Liebe ist ein inniges Ineinandersein; ich bin nicht von Dir getrennt wenn es wahr ist, daß ich liebe.

Diese Wellen die mich längs dem Ufer begleiten, die reifende Fülle der Gelände die sich im Fluß spiegelt, der junge Tag, die flüchtenden Nebel, die fernen Gipfel die die Morgensonne entzündet, das alles seh ich an, und wie die Biene den Honig sammelt aus frischen Blüthen, so saugt mein Blick aus allem die Liebe, und trägt sie heim und bewahrt sie im Herzen wie die Biene den Honig in der Zelle.

So dacht ich am heutigen Morgen da ich im Rhein hinfuhr und durch dies aufgeregte Leben der Natur mich drängte, fort, dem stillen einsamen Abend entgegen, weil es da ist als sage mir eine Stimme, der Geliebte ist da; – und weil ich da die Erinnerungen des Tages wie Blumen vor ihm ausstreue; und weil ich da mich an die Erde legen kann und sie küssen Dir zu lieb, diese schöne Erde die den Geliebten trägt, daß ich mich hinfinden kann zu ihm. [...]

*

Nicht schlafen gehen, ohne mit Dir zu sprechen – so müde wie ich auch bin! Die Augenlider sinken und trennen mich von Dir; Mich trennen nicht die Berge und die Flüsse, und nicht die Zeiten, und nicht Deine eigne Kälte, und daß Du nichts weißt von mir, wie ich Dich liebe. – Und mich trennt der Schlaf? – Warum denn trennen? ich wühle mich in Deinen Busen, diese Liebesflammen umzingeln Dein Herz, und so schlafe ich ein.

*

Nein ich will Dich nicht nennen, Du den ich rufe: gieb mir Gehör! Du hörst Dich ja gern beschwätzen – so hör' auch mir zu; nicht wie jene, *die von Dir, über* Dich schwätzen, *zu* Dir, in Deinem Anschauen sammeln sich meine Gedanken; wie der Quell, der das Gestein spaltet und niederrauscht durchs Schattenthal, Blum' um Blume anhaucht; so hauch' ich Dich an, süßer Freund!

Er murmelt nur, der Bach; er plätschert, er lispelt, wenige Melodieen wechseln seinen Lauf; aber vernimm's mit freundlichem Ohr, da wirst Du jauchzen hören; Klagen, Bitten und Trotzen, und noch wirst Du hören und empfinden, Geheimnisse, feierliche, leuchtende, die nur *der* versteht, der die Liebe hat.

*

Ich bin nicht mehr müde, ich will nicht mehr schlafen, der Mond ist aufgegangen mir gegenüber, Wolken jagen und dekken ihn, immer wieder leuchtet er mich an.

Ich denke an Dein Haus, die Treppe, daß die im Schatten liege, und daß ich an dieser Treppe sitze, und jenseits die Ebene vom Mond beleuchtet. Ich denke, daß die Zeiten jagen und eilen und mannigfach sich gestalten wie jene Wolken, und daß der Mensch an der Zeit hängt, und glaubt, mit ihr eile alles vorüber, und das reine Licht, das durch die Zeiten bricht, wie der Mond durch die fliehenden Wolken, das anerkennt er nicht. –

O ja doch! – erkenne meine Liebe; und denke, daß, da die Zeit vorüber eilt, sie doch das *eine* hat, daß im flüchtigen Moment sich eine Ewigkeit erfassen lasse.

*

Schon lange ist Mitternacht vorüber, da lag ich im Fenster bis jetzt, und da ich mich umsehe, ist das Licht tief herabgebrannt.

Wo war ich so tief in Gedanken, – ich hab' gedacht, Du schläfst, und hab' über den Fluß gesehen, wo die Leute Feuer angezündet haben bei ihrem Linnen, das auf der Bleiche liegt, und hab' ihren Liedern zugehört, die sie singen um wach zu bleiben; – ich auch wache und denke an Dich, es ist ein groß Geheimniß der Liebe, dies immerwährende Umfassen Deiner Seele mit meinem Geist, und es mag wohl manches daraus entstehen, was keiner ahndet.

Ja Du schläfst! träumst Du? und ist es Dir wahr, was Du träumst? – wie mir, wo ich zu Deinen Füßen sitze und sie im Schoos halte, und der Traum mir selbst die Zügel hält, daß ich nichts denke, als nur dies, daß ich in Deiner Nähe bin?

*

Liebster! Gestern war ich tief bewegt, und war sehnsüchtig; weil man viel über Dich gesprochen hat was nicht wahr ist, da ich Dich besser kenne. Durch das Gewebe Deiner Tage zieht sich ein Faden, der sie mit dem Überirdischen verbindet. Nicht durch jedes Dasein schlingt sich ein solcher Faden, und jedes Dasein zerfällt ohne diesen.

Daß Dein Dasein nicht zerfalle, sondern daß Alles ewige Wirklichkeit sei, das ist wonach ich verlange; Du der Du schön bist, und dessen Gebärden gleichfalls schön sind, weil sie Geist ausdrücken: Schönheit begreifen, heißt das nicht Dich lieben? – und hat die Liebe nicht die Sehnsucht, daß Du ewig sein mögest? – Was kann ich von Dir, als nur Dein geistig Bild in mich aufnehmen! – Ja sieh', das ist mein Tagwerk, und was ich anders noch beginne – es muß alles vor Dir weichen. Dir im Verborgnen dienen in meinem Denken, in meinem Treiben, Dir leben, mitten im Gewühl der Menschen oder in der Einsamkeit Dir gleich nahe stehen; eine heilige Richtung zu Dir haben, ungestört, ob Du mich aufnimmst oder verläugnest.

Die ganze Natur ist nur Symbol des Geistes; sie ist heilig, weil sie ihn ausspricht; der Mensch lernt durch sie den eignen Geist kennen, daß der auch der Liebe bedarf; daß er sich ansaugen will an den Geist, wie seine Lippe an den Mund des Geliebten. Wenn ich Dich auch hätte, und ich hätte Deinen Geist nicht, daß *der* mich empfände, gewiß das würde mich nie zu dem ersehnten Ziel meines Verlangens bringen.

Wie weit geht Liebe? Sie entfaltet ihre Fahnen, sie erobert ihre Reiche; im Freudejauchzen, im Siegestoben eilt sie ihrem ewigen Erzeuger zu. – So weit geht Liebe, daß sie eingeht, von wo sie ausgegangen ist.

Und wo zwei ineinander übergehen, da hebt sich die Grenze des Endlichen zwischen ihnen auf. Aber soll ich klagen, wenn Du nicht wieder liebst? – ist dies Feuer nicht in mir und wärmt mich? – und ist sie nicht allumfassende Seligkeit, diese innere Gluth? –

Und Wald und Gebirg' und Strand am Fluß, sonnebeglänzt, lächeln mir entgegen, weil mein Herz, weil mein Geist ewigen Frühling ihnen entgegen haucht. [. . .]

*

Freund! sie ist nicht erfunden diese innere Welt, sie beruht auf Wissen und Geheimniß, sie beruht auf höherem Glauben; die Liebe ist der Weltgeist dieses Inneren, sie ist die Seele der Natur.

Gedanken sind in der geistigen Welt, was Empfindung in der sinnlichen Welt ist; es ist Sinnenlust meines Geistes, der mich an Dich fesselt, daß ich Dich denke; es bewegt mich tief, daß Du bist, in diese sinnliche Welt geboren bist. Daß Deine sinnliche Erscheinung Zeugniß giebt von der Ahndung, von der Offenbarung, die ich von Dir habe.

Liebe ist Erkenntniß; ich kann Dich nur genießen im Denken, das Dich verstehen, empfinden lernt; wenn ich Dich aber einmal ganz verstehe, gehörst Du dann mein? – kannst Du irgend wem gehören, der Dich nicht verstände? ist Verstehen nicht süßes, sinnliches Übergehen in den Geliebten? – eine einzige Grenze ist; sie trennt das Endliche vom Unendlichen; Verstehn hebt die Grenze auf; zwei die einander verstehen, sind ineinander unendlich; – Verstehen ist lieben; was wir nicht lieben, das verstehen wir nicht, ist nicht für uns da.

Da ich Dich aber haben möchte, so denke ich an Dich, weil Denken Dich verstehen lernt.

*

Wenn ich nicht ganz bin, wie Du mich lieben müßtest, so ist mein Bewußtsein von Dir vernichtet. Das aber fördert mich, bringt mich Dir näher, wenn auch mein sinnliches Handeln, mein äußeres Leben sich im Rhythmus der Liebe bewegt; wenn nichts Einfluß auf mich hat, als das Gefühl, daß ich Dein gehöre, durch eignen freien Willen Dir gewidmet bin.

Ich hab' Dich nicht in diesem äußeren Leben; Andere rühmen sich Deiner Treue, Deines Vertrauens, Deiner Hingebung; ergeben sich mit Dir im *Labyrinth Deiner Brust*; die Deines Besitzes gewiß sind, die Deiner Lust genügen.

Ich bin nichts, ich habe nichts, dessen Du begehrst; kein

Morgen weckt Dich, um nach mir zu fragen; kein Abend leitet Dich heim zu mir; Du bist nicht bei mir daheim.

Aber Vertrauen und Hingebung hab' ich in dieser Innenwelt zu Dir; alle wunderbaren Wege meines Geistes führen zu Dir, ja sie sind durch Deine Vermittlung gebahnt.

*

Am frühsten Morgen auf dem Johannisberg

Das Sonnenlicht stiehlt sich durch diese Büsche in meinen Schooß und spielt unter dem Schatten der bewegten Blätter. Warum kam ich denn heute schon vor Tag' hier herauf? Hier, wo die Ferne sich vor mir aufthürmt, und in's Unendlich verliert.

Ja so geht es weiter und immer weiter; die Länder steigen hinter einander am Horizont auf, und wir glauben auf Bergeshöhen am Himmelrand zu steigen; da breiten sich fruchtbeladne Thale vor uns auf, von dunklen Hügelwänden umschlossen, und die Lämmer weiden hier wie dort.

Und wie die Berge hinter einander aufsteigen, so die Tage, und keiner ist der letzte vor dem der eine Ewigkeit entfaltet.

Wo ist der Tag, die Stunde, die mich aufnimmt, wie ich dich, spielender Sonnenschein? – Wiedersehn nimm mich auf! – Du! auf meines Lebens Höhen gelagert, von himmelreinen Lüften umwebt, nimm mich auf in deinen Schooß; laß den Strahl der Liebe, der aus meinem Aug' hervorbricht, in deinem Busen spielen, wie dieser Morgensonnenstrahl.

*

Gestern hab' ich mich gesehnt; ich dachte jeden Augenblick, er sei mir verloren, weil ich Dich nicht hatte. Dich haben einen Augenblick; wie selig könnte mich das machen.

Wie reich bist Du, da Du so beseligen kannst, Ewigkeiten hindurch mit jedem Augenblick!

Gestern war es früher Morgen, da ich Dir schrieb; ich hatte Buch und Schreibzeug mit und ging noch vor Tag dem Thal entlang, das von beiden Seiten eng in Bergwände eingelagert ist; da rieseln die Bäche nieder ins sanfte Gras, und lallen wie Wiegenkindchen. Was sollt' ich machen? es war mir im Herzen, auf der Lippe, und im thränenschwellenden Auge; ich mußte Dir's klagen, ich mußte Dir's wehmütig vorhalten, daß ich Dich nicht habe, und da war die Sonne so freundlich; da rauschte es, da bewegte sich's hinter mir; – war es ein Wild? war's ein Anklang aus der Ferne? ich stieg rasch aufwärts, ich wollte Dich ereilen und auf der Höhe; da öffnete sich dem Blick die weite Ferne; die Nebel theilten sich, es war mir als trätest Du meinen Bitten entgegen geheimnisvoll, und schautest mich an, und nähmst mich auf an Deinen mir unerforschten Busen.

Jeder ewige Trieb, er erwirbt und erreicht, er ist außer der Zeit. – Was hab ich zu fürchten? – Diese Sehnsucht, ist sie vergänglich, so wirst Du mit ihr verschwinden; ist sie es nicht, so wird sie erreichen, wonach sie strebt, und schon jetzt hab' ich ihr eine Innenwelt, mannigfaltig und eigenthümlich zu verdanken; Wahrnehmungen und Gedanken nähren mich, und ich fühle mich in einem innig lebendigen Einverständniß mit Deinem Geist.

Die Natur ist kindlich, sie will verstanden sein, und das ist ihre Weisheit, daß sie solche Bilder malt, die der Spiegel unserer inneren Welt sind, und wer sie anschaut, in ihre Tiefen eingeht, dem wird sie die Fragen innerer Räthsel lösen; wer sich ihr anschmiegt, der wird sich in ihr verstanden fühlen; sie sagt jedem die Wahrheit, dem Verzweifelnden wie dem Glücklichen. Sie beleuchtet die Seele und bietet ihren Reichthum dem Bedürftigen; sie reizt die Sinne und entzückt den Geist durch übereinstimmende Bedeutung.

Ich glaube auch von Dir, daß Du dies manchmal empfunden hast, wenn Du allein durch Wälder und Thäler streifst; oder wenn Du vom Schattenlager die weite Ebene am Mittag überschaust, dann glaub' ich, daß Du die Sprache der *Stille* in der

Natur verstehst; ich glaub', daß sie mit Dir Gedanken wechselt, daß Du in ihr Deine höhere Natur gespiegelt empfindest, und wenn auch schmerzlich oft durch sie erschüttert, so glaub' ich doch nicht, daß Du dich vor ihr fürchtest, wie andre Menschen.

So lang' wir Kinder sind im Gemüth, so lang' übt die Natur Mutterpflege an uns; sie flößt Nahrung ein von der der Geist wächst, denn entfaltet sie sich zum Genius; sie fordert auf zum Höchsten, zum Selbstverständniß, sie will Einsicht in die inneren Tiefen; und welcher Zwiespalt auch in diesen sein möchte, welcher Vernichtung auch preiß gegeben, – das Vertrauen in die höhere Natur, als in unseren Genius, wird die ursprüngliche Schönheit wieder herstellen. Das sag ich heute vor Schlafengehen zu Dir; zu Dir spreche ich hier, getrennt durch Länder und Flüsse, getrennt, weil Du meiner nicht denkst; und jeder, der es wüßte, der würde es Wahnwitz nennen; und ich rede zu Dir aus meiner tiefsten Seele, und ob Du schon mit Deinen Sinnen mich nicht wahrnimmst, so dringt mein Geist darauf, Dir alles zu sagen; hier aus der Ferne rede ich mit Dir, und mein ganzes sinnliches Leben ist mir nichts gegen diese Geistersprache. Du bist in mitten meines Innern, es ist nicht mehr eins, es ist zu zweien in mir geworden. [...]

*

Am Rhein

Hier in den Weinbergen steht ein Tempel, erbaut nach dem Tempel der Diana zu Ephesus.

Gestern im Abendroth sah ich ihn in der Ferne liegen; er leuchtete so kühn so stolz unter den Gewitterwolken; die Blitze umzingelten ihn. So denke ich mir Deine leuchtende Stirne, wie die Kuppel jenes Tempels, unter dessen Gebälk die Vögel sich bargen, denen der Sturm das Gefieder aufblätterte; so stolz gelagert und beherrschend die Umgebung.

Heute Morgen, obschon der Tempel eine Stunde Wegs von

meiner Wohnung entfernt ist; weil ich am Abend Dein Bild in ihm zu sehen wähnte, dacht' ich hier her zu gehen und Dir hier zu schreiben. Kaum daß der Tag sich ahnden ließ, eilt' ich durch bethaute Wiesen hier her. – Und nun leg ich die Hand auf diesen kleinen Altar, umkreis't von neun Säulen, die mir Zeugen sind, daß ich Dir schwöre.

Was Liebster? – Was soll ich Dir schwören? Wohl, daß ich Dir ferner getreu sein will, ob Du es achtest oder nicht? – oder daß ich Dich heimlich lieben will, heimlich; nur diesem Buch, und nicht Dir es bekennend? Treu sein kann ich nicht schwören, das ist zu selbstverständlich, und ich bin schon an Dich aufgegeben, und vermag nichts über mich; da kann ich für Treue nicht stehen. Heimlich Dich lieben, nur diesem Buch es bekennen? – das kann ich nicht, das will ich nicht; dies Buch ist der Widerhall meiner Geheimnisse, und an Deiner Brust wird er anschlagen. O nimm ihn auf, trink ihn, lasse Dich laben; einen einzigen heißen Mittag gehe Dein Blick unter, trunken, ein einziges mal, diesem glühenden klaren Liebeswein.

Was soll ich Dir schwören? – [...]

*

Um Mitternacht

Gesang unter meinem Fenster; sie sitzen auf der Bank an der Hausthür; der Mond wie er mit den Wolken spielt, hat sie wohl zum Singen gebracht, oder auch die Langeweile der Ruhe; die Stimmen verbreiten sich durch die Einsamkeit der Nacht, da hört man nichts als nur das Plätschern der Wellen am Ufer die die langen gehaltenen Intervalle dieses Gesangs ausfüllen.

Was ist dieser Gesang für mich? warum bin ich in seine Gewalt gegeben, das ich mich der Thränen kaum enthalte? – es ist ein Ruf in die Ferne; wärst Du jenseits, wo seine letzten Töne verhallen, und empfändest den Ausdruck der herzlichen Sehnsucht, den er in mir aufgeregt hat, und wüßtest, daß in Dir das Glück der Befriedigung läge!

Ach schlafen! nicht mehr dem Gesang zuhören, da ich doch aus der Ferne nicht das Echo des Gleichgestimmten vernehme!

Es ist wenig, was ich Dir mittheile; eintöniger Gesang, Mondesglanz, tiefe Schatten, geistermäßige Stille, Lauschen in die Ferne, das ist alles, und doch – es giebt nichts, was ein volles Herz Dir mehr zu bieten vermöge!

*

Freund! Morgendämmerung weckt mich schon, und ich habe doch gestern tief in die Nacht hinein gewacht. Freund! süßer! Geliebter! es war eine kurze Zeit des Schlafs, denn ich hab' von Dir geträumt; im Wachen oder im Traum, mit Dir, da eilen die Rosse unbändig, drum pocht das Herz und Wange und Schläfe erhitzt, weil die Zeit so rücksichtslos auf die seligen Minuten vorüberjagt. Wenn die Angst um die Flucht des Besitzes nicht wär', wie wär' da Lieb' und Luft ein tiefer Friede, ein Schlaf, ein Behagen der Ruhe! wenn wir an Gräbern vorüber gehen, und uns besinnen, wie sie da verdeckt liegen und beschwichtigt, die pochenden Herzen, dann befällt uns feierliche Rührung; wenn aber die Liebe sich einsenken könnte zu zweien wie sie es bedarf, so tief abgeschieden wie im Grab, und wenn auch die Weltgeschichte über die Stätte hintanzte, – was ging sie uns an? – ja das kann ich wohl fragen, aber Du nicht.

Was ich träumte? Wir standen aneinander gelehnt im nächtlichen Dämmerlicht, das Sternenlicht spiegelte sich in Deinen Augen. Traumlicht, Sternenlicht, Augenlicht spiegelten in einander. – Dies Auge, das hier folgt den Zeilen, die meine Hand an Dich schreibt, in ungemessene Ferne, – denn ach wie fern Du mir bist das kann ja doch nur Dein Herz entscheiden – dies Auge sah heute Nacht in Deinem Auge den Schein des Mondes sich spiegeln.

Ich träumte von Dir; Du träumtest mit mir; Du sprachst;

ich empfinde noch den Ton Deiner Stimme; was Du sagtest, weiß ich nicht mehr; Schmeichelreden waren's, denn mit Deinen Reden gingen Schauer von Wollust durch mich.

Gott hat alles gemacht, und alles aus Weisheit und alle Weisheit für die Liebe, und doch sagen sie, ein Liebender sei toll!

Weisheit ist die Atmosphäre der Liebe, der Liebende athmet Weisheit, sie ist nicht außer ihm, nein, – sein Athem ist Weisheit, sein Blick sein Gefühl, und dies bildet seinen Nymbus, der ihn absondert von allem, was nicht der Wille der Liebe ist *der* Weisheit ist.

Weisheit der Liebe giebt alles, sie lenkt die Phantasie im Reich der Träume, und schenkt der Lippe die süße Frucht, die ihren Durst löscht, während der Unbegeisterten sich nach dem Boden umthun, dem sie den Saamen anvertrauen möchten, aus dem ihr Glück reifen könnte, um das sie ihre Vorsicht betrügt.

Ich aber sauge Genuß aus diesen Träumen, aus diesen Wonnen, die mir ein Wahn von Schmerz, ein eingebildetes Glück erregt; und die Weisheit, die meiner Begeistrung zuströmt; sie schifft mich auf ihren hohen stolzen Wellen, weit über der Grenze des gemeinen Begriffs, den wir Verstand nennen, und weit über dem Beruf der irdischen Lebensbahn, auf der wir unser Glück suchen.

Wie schön, daß die Weisheit der Liebe wirklich meine Träume beherrscht, daß der Gott das Steuer lenkt, wo ich keinen Willen habe, und mich im Schlaf da hinüberschifft zum Ziel, um das ich, es zu erreichen, immer wachen möchte. Warum träumst Du nicht auch von mir? warum rufst Du mich nicht an Deine Seite? warum mich nicht in Deinen Arm halten und freundlich Deinen Blick in meinen tauchen? –

Du bist ja hier; diese sonnigen Pfade sie schlingen sich durcheinander und führen endlich auch zu Dir, o wandle auf ihnen; ihre labyrinthische Verkettungen: sie lösen sich vielleicht auf, da wo Dein Blick den meinen trifft, wie das Räthsel meiner Brust, da wo Dein Geist den meinen berührt. [...]

*

Hier auf dem Tisch liegen Trauben im Duft, und Pfirsich im Pelz und buntgemalte Nelken; die Rose liegt vorne und fängt den einzigen Sonnenstrahl auf der durch die verschlossenen Fensterladen dringt. Wie glüht die Rose! Psyche nenne ich sie; – wie lockt das glühende Roth den Strahl in den innersten Kelch! wie duftet sie; – hier lobt das Werk den Meister. Rose wie lobst du das Licht! – wie Psyche den Eros lobt. – Unendlich schön ist Eros, und seine Schönheit durchleuchtet Psyche, wie das Licht die Rose. – Und ich, die da wähnt von Deiner Schönheit eben so durchleuchtet zu sein, trete vor den Spiegel ob es mich auch wie sie verschönt.

Der Strahl ist dem Abend gewichen, die Rose liegt im Schatten ich durchstreife Wald und Flur, und auf einsamen Wegen denk' ich an Dich, daß Du auch wie Licht mich durchdringst. [...]

*

In dem Garten wo ich noch als Kind spazierte da wuchs die Jungfrauenrebe hoch empor an plattem Gestein. Damals hab ich oft ihre kleine Sammtrüssel betrachtet mit denen sie sich anzusaugen strebt, ich bewunderte dies unzertrennliche Anklammern in jede Fuge, und wenn der Frühling erschöpft war, und die Sommergluthen dem jungen weichen Keimleben dieser zarten Pflanze einfeuerten, da fielen allmählich ihre zierlichen rothgefärbten Blätter zum Schmuck des Herbstes in's Gras. Ach ich auch! absterbend aber feurig werd' ich von Dir Abschied nehmen; und diese Blätter werden wie jenes rothe Laub auf dem grünen Rasen spielen der diese Zeiten deckt.

*

Ich bin nicht falsch gegen Dich; – Du sagst: *»Wenn Du falsch bist, Du hättest keine Ehre davon, ich bin leicht zu betrügen.«*

Ich will nicht falsch sein, ich frage nicht ob Du falsch bist, sondern *wie* Du bist will ich Dir dienen.

Den Stern der dem Einsamen jeden Abend leuchtet, den wird er nicht verrathen.

Was hast Du mir gethan was mich zur Falschheit bewegen könnte, alles was ich an Dir verstehe das beglückt mich; Du kannst weder Aug noch Geist beleidigen, und es hat mich weit über jede kleinliche Bedingung erhoben, daß ich Dir vertrauen darf; und aus dem tiefsten Herzen kann ich Dir immer nur den reinen Wein einschenken in dem Dein Bild sich spiegelt.

Nicht wahr, Du glaubst nicht, daß ich falsch bin? –

Es giebt böse Fehler die an uns hervorbrechen wie Fieber; es hat seinen Verlauf und wir empfinden in der Genesung daß wir schmerzlich krank waren; aber Falschheit ist ein Gift das sich in des Herzens Mitte erzeugt, könnte ich Dich nicht mehr in dieser Mitte herbergen, was sollte ich anfangen?

In meinen Briefen wollte ich Dir nichts sagen, aber hier im Buch da lasse ich Dir die Hand in meine Wunde legen und es thut weh, daß Du an mir zweifeln kannst; ich will Dir erzählen aus meinen Kindertagen, aus der Zeit eh ich Dich gesehen hatte. Wie mein ganzes Leben ein Vorbereiten war auf Dich; wie lange kenne ich Dich schon, wie oft hab' ich Dich gesehen mit geschlossenen Augen, und wie wunderbar war's wie endlich die wirkliche Welt sich in Deiner Gegenwart an die lang gehegte Erwartung anschloß.

*

In den hängenden Gärten der Semiramis bin ich erzogen, ich glattes braunes feingegliedertes Rehchen, zahm und freundlich zu jedem Liebkosenden, aber unbändig in eigenthümlichen Neigungen. Wer konnte mich vom glühenden Fels losreißen in der Mittagssonne? – wer hätte mich gehemmt die steilen Höhen zu erklettern und die Gipfel der Bäume? wer hätte mich aus träumender Vergessenheit geweckt mitten unter den Lebenden, oder meine begeisterten Nachtwanderungen gestört, auf nebelerfülltem Pfad! – Sie ließen mich gewähren die Parzen und Musen und Grazien, die da alle eingeklemmt waren im engen Thal, das vom Geklapper der Mühlen dreifaches Echo in den umgrenzenden Wald rief, vom Goldsandfluß durchschnitten, dessen Ufer jenseits eine Bande Zigeuner in Pacht hatte, die Nachts im Wald lagerten und am Tag das Gold fischten, diesseits aber durch die Bleicher benutzt war und durch die wiehernde Pferde und Esel die zu den Mühlen gehörten. Da waren die Sommernächte mit Gesang der einsamen Wächter und Nachtigallen durchtönt, und der Morgen mit Geschrei der Gänse und Esel begonnen; da machte die Nüchternheit des Tags einen rechten Abschnitt von dem Hymnus der Nacht.

Manche Nächte hab' ich da im Freien zugebracht, ich kleines Ding von acht Jahren; meinst Du das war nichts? – mein Heldenthum war's, denn ich war kühn und wußte nichts davon. Die ganze Gegend, so weit ich sie ermessen konnte war mein Bett; ob ich an Ufersrand von Wellen umspühlt, oder auf steilem Fels, vom fallenden Thau durchnäßt schlief, das war mir einerlei. Aber Freund! wenn die Dämmerung wich, und der Morgen seiner Purpur über mir ausbreitete, und mich, nachdem ich dem Gesang der steigenden Lerche schon im Traum gelauscht hatte, unter tausendfachem Jubel aller befiederten Kehlen weckte, was meinst Du wie ich mich fühlte? – nichts geringer als göttlicher Natur fühlt' ich mich, und sah herab auf die ganze Menschheit. Solcher Nächte zwei erinnere ich mich, die schwül waren wo ich aus den beklemmenden Schlafsälen zwischen den Reihen von Tiefschlafenden mich schlich und hinaus in's Freie eilte, und mich die Gewitter überraschten, und die breite blühende Linde mich unter Dach nahm; die Blitze feuerten ihre tiefhängenden Zweige; dies urplötzliche Erleuchten des fernen Waldes und der einzelnen Felszacken erregte mir Schauer, ich fürchtete mich und umklammerte den Baum der kein Herz hatte was dem meinen entgegen schlug.

O lieber Freund! – hätte ich nun den lebendigen Pulsschlag gefühlt unter dieses Baumes Rinde, dann hätte ich mich nicht gefürchtet; dies kleine Bewegen, dies Schlagen in der Brust kann Vertrauen erregen, und kann den Feigen zum Helden umwandeln; denn wahrlich! – fühlt' ich Dein Herz an meinem schlagen und führtest Du mich in den Tod, ich eilte triumphirend mit Dir!

Aber damals in der Gewitternacht unter dem Baum da fürchtete ich mich, mein Herz schlug heftig, das schöne Lied: *»Wie ist Natur so hold und gut die mich am Busen hält«* das konnte ich damals noch nicht singen, ich empfand mich allein mitten im Gebraus der Stürme, doch war mir so wohl, mein Herz ward feurig. – Da leuteten die Sturmglocken des Klosterthurms, die Parzen und Musen eilten im Nachtgewand mit ihren geweihten Kerzen in das gewölbte Chor, ich sah unter meinem sturmzerzausten Baum die eilenden Lichter durch die langen Gänge schwirren; bald tönte ihr ora pro nobis herüber im Wind, so oft es blitzte zogen sie die geweihte Glocke an, so weit ihr Schall trug, so weit schlug das Gewitter nicht ein.

Ich allein jenseits der Klausur, unter dem Baum in der schrekkenvollen Nacht! und jene alle, die Pflegerinnen meiner Kindheit, wie eine verzagte verschüchterte Heerde, zusammen gerottet in dem innersten feuerfesten Gewölb ihres Tempels, Litaneien singend um Abwendung der Gefahr. Das kam mir so lustig vor unter meinem Laubdach, in dem der Wind raste und der Donner wie ein brüllender Löwe die Litanei sammt dem Geläut verschlang; an diesem Ort hätte keines von jenen mit mir ausgehalten das machte mich stark gegen das einzige schreckenvolle gegen die Angst, ich fühlte mich nicht verlassen in der allumfassenden Natur. Der herabströmende Regen verdarb ja nicht die Blumen auf ihrem feinen Stengel, was sollte er mir schaden, ich hätte mich schämen müssen, vor dem Vertrauen der kleinen Vögel, hätt' ich mich gefürchtet.

*

So hab ich allmählich Zuversicht gewonnen und war vertraulich mit der Natur, und hab' zum Scherz manche Prüfung bestanden, Sturm und Gewitter zog mich hinaus und das machte mich freudig; die heiße Sonne scheute ich nicht, ich legte mich ins Gras unter die schwärmenden Bienen mit Blüthenzweigen im Mund und glaubte fest, sie würden meine Lippen nicht stechen, weil ich so befreundet war mit der Natur; und so bot ich allem Trotz was andre fürchteten, und in der Nacht in schauerlichen Wegen im finstern Gebüsch, da lockte es mich hin da wars überall so heimlich und nichts war zu fürchten.

Oben im ersten und höchsten Garten stand die Klosterkirche auf einem Rasenplatz der am felsigen Boden hinab grünte und mit einem hohen Gang von Trauben umgeben war, er führte zur Thüre der Sacristen vor dieser saß ich oft wenn ich meine Geschäfte in der Kirche versehen hatte, denn ich war Sacristan, ein Amt, dem es oblag den Kelch in dem die geweihten Hostien bewahrt wurden zu reinigen und die Kelchtücher zu waschen, dies Amt wurde nur dem Liebling unter den jungfräulichen Kindern vertraut, die Nonnen hatten mich einstimmig dazu erwählt. In dieser Thürwölbung saß ich manchen heißen Nachmittag, links in der Ecke des Kreuzbaues das Bienenhaus unter hohen Taxusbäumen, rechts der kleine Bienengarten, bepflanzt mit duftenden Kräutern und Nelken, aus denen die Bienen Honig saugten. In die Ferne konnte ich von da sehen; die Ferne die so wunderliche Gefühle in der Kinderseele erregt, die ewig eins und dasselbe vor uns liegt, bewegt in Licht und Schatten, und zuerst schauerliche Ahnungen einer verhüllten Zukunft in uns weckt; da saß ich und sah die Bienen von ihren Streifzügen heimkehren, ich sah wie sie sich im Blumenstaub wälzten und wie sie weiter und weiter flogen in die ungemessene Ferne; wie sie im blauen Sonnendurchglänzten Äther verschwebten, und da ging mir mitten in diesen Anwandlungen von Melancholie auch die Ahndung von ungemessenem Glück auf.

Ja die Wehmuth ist der Spiegel des Glücks; Du fühlst, Du siehst in ihr ausgesprochen ein Glück nach dem sie sich sehnt. Ach und im Glück wieder durch allen Glanz der Freude durchschimmernd diese schmerzliche Wollust. Ja das Glück ist auch der Spiegel dieser aus unergründlichen Tiefen aufsteigenden Wehmuth. Und jetzt noch in der Erinnerung wie in den Kindertagen, füllt sich meine Seele mit jener Stimmung, die leise mit der Dämmerung hereinbrach und dann wieder nachgab, wenn das Sonnenlicht mit dem Sternenlicht gewechselt hatte und der Abendthau meine Haare losringelte. Die kalte Nachtluft stählte mich, ich buhlte, ich neckte mich mit den tausend Augen der Finsterniß, die aus jedem Busch mir entgegen blitzten. Ich kletterte auf die Kastanienbäume und legte mich so schlank und elastisch auf ihre Äste; wenn dann der Wind durchschwirrte und jedes Blatt mich anflüsterte, da wars als redeten sie meine Sprache. Am hohen Traubengeländer, das sich an die Kirchenmauer anlehnte stieg ich hinauf, und hörte die Schwalben in ihrem Nestchen plaudern; halb träumend zwitscherten sie zwei- dreisylbige Töne und aus tiefer Ruhe seufzt die kleine Brust, einen süßen Wohllaut der Befriedigung. Lauter Liebesglück, lauter Behagen, daß ihr Bettchen von befreundeter Wärme durchströmt ist.

O Weh über mich, daß mir im Herzen so unendlich weh ist, blos weil ich dies Leben der Natur mit angeschaut habe in meinen Kindertagen; diese tausendfältigen Liebesseufzer, die die Sommernacht durchstöhnen, und inmitten dieser ein einsames Kind, einsam bis in's innerste Mark, das da lauscht, ihren Seeligkeiten, ihrer Inbrunst, das in dem Kelch der Blumen nach ihren Geheimnissen forscht, das ihren Duft in sich saugt wie eine Lehre der Weisheit, das erst über die Traube den Seegen spricht ehe es sie genießt.

Aber da war ein hoher Baum mit seinen phantastischen Zweigen, breiten Sammtblättern, die sich wie ein Laubdach ausdehnten; oft lag ich in seiner kühlen Umwölbung und sah hinauf wie das Licht durch ihn äugelte, und da lag ich mit freier Brust in tiefem Schlaf; ja mir träumte von süßen Gaben der Liebe, gewiß! sonst hätte ich den Baum nicht sogleich verstanden da ich erwachte. Weil eben die reife Frucht sich von seinen Zweigen gelöst hatte und im fallen auf meine Brust ihr Saft mich netzte; dies schöne dunkle überreife Blut der Maulbeere, ich kannte sie nicht, ich hatte sie nie gesehen, aber mit Zutrauen verzehrten sie meine Lippen wie Liebende den ersten Kuß verzehren. Und es gibt Küsse von denen fühl' ich, sie schmecken wie Maulbeeren.

Sag' sind das Abenteuer? – und würdig, daß ich sie Dir erzähle? [...]

*

Komm! laß uns noch einmal die hängenden Gärten, in denen meine Kindheit einheimisch war, durchlaufen; laß Dich durch die langen Laubgänge geleiten zu dem Glockenthurm, wo ich mit leichter Mühe das Seil in Schwung brachte, um zu Tisch oder zum Gebet zu rufen; und Abends um sieben Uhr läutete ich dreimal das Angelus, um die Schutzengel zur Nachtwache bei den Schlafenden zu rufen. O damals schnitt mir das Abendroth in's Herz, und das schweifende Gold, in das sich die Wolken senkten; o ich weiß es noch wie heute, daß es mir weh that, wenn ich so einsam durch das schlafende Blumenfeld ging, und weiter, weiter Himmel um mich, der in beschwingter Eile seine Wolken zusammentrieb, wie eine Heerde, die er weiter führen wollte, der rothes und blaues und gelbes Gewand entfaltete, und dann wieder andre Farben, bis die Schatten ihn übermannten. Da stand ich und sah die verspäteten Vögel mit rascher Eile nach ihrem Nest fliegen; und dachte: wenn doch einer in meine Hand flög, und ich fühlte sein klein Herzchen pochen, ich wollte zufrieden sein; ja ich glaubte ein Vögelchen nur, das mir zahm wär', könne mich glücklich machen. Aber es flog kein Vogel in meine Hand, ein jeder hatte schon anders gewählt, und ich war nicht verstanden mit meiner Sehnsucht. Ich glaubte doch damals, die ganze Natur bestehe blos aus dem Begriff aufgeregter Gefühle, *davon* komme das Blühen aller Blumen, und *dadurch* schmelze sich das Licht in alle Farben, und *darum* hauche der Abendwind so leise Schauer über's Herz, und *deßwegen* spiegle sich der Himmel, umgränzt vom Ufer, in den Wellen. Ich sah das Leben der Natur, und glaubte, ein Geist der der Wehmuth die meine Brust erfüllte entsprach, sei dies Leben selbst; es seien *seine* Regungen, *seine* Gedanken, die dies Tag- und Nachtwandlen der Natur bilde; ja und ich junges Kind fühlte, daß ich einschmelzen müsse in diesen Geist, und daß es allein Seligkeit sei, in ihm aufzugehen; ich rang, ohne zu wissen was Tod sei, *dahin* aufgelöst zu sein; ich war unersättlich die Nachtluft mit vollen Zügen einzuathmen, ich streckte die Hände in die Luft, und das flatternde Gewand, die fliegenden Haare bewiesen mir die Gegenwart des liebenden Naturgeistes; – ich ließ mich küssen von der Sonne mit verschlossenen Augen, und dann öffnete ich sie und mein Blick hielt es aus; ich dachte: läßt Du Dich küssen von ihr, und solltest nicht vertragen können sie anzusehen?

Von dem Kirchgarten führte eine hohe Treppe, über die das Wasser schäumend hinabstürzte, zum zweiten Garten, der rund war, mit regelmäßigen Blumenstücken ein groß Bassin umgab, in dem das Wasser sprang; hohe Pyramiden von Taxus umgaben das Bassin, sie waren mit purpurrothen Beeren übersäet, deren jede ein krystallhelles Harztröpfchen ausschwitzte; ich weiß noch alles, und dies besonders war meine Lieblingsfreude, die ersten Strahlen der Morgensonne in diesen Harzdiamanten sich spieglen zu sehen.

Das Wasser lief aus dem Bassin unter der Erde bis zum Ende des runden Gartens, und stürzte von da wieder eine hohe Treppe hinab in den dritten Garten, der den runden Garten ganz umzog, und grad' so tief lag, daß die Wipfel seiner Bäume wie ein Meer den runden Garten umwogten. Es war so schön, wenn sie blüthen, oder auch wenn die Äpfel und die Kirschen reiften, und die vollen Äste herüber streckten. Oft lag ich unter den Bäumen in der heißen Mittagssonne, und in der lautlosen Natur wo sich kein Heimchen regte, fiel die reife Frucht neben mir nieder in's hohe Gras; ich dachte: »dich wird auch keiner finden!« da streckte ich die Hand aus nach dem goldnen Apfel und berührte ihn mit meinen Lippen, damit er doch nicht gar umsonst gewesen sein sollte.

*

Nicht wahr, die Gärten waren schön! – zauberisch! Da unten sammelte sich das Wasser in einem steinernen Brunnen, der von hohen Tannen umgeben war; dann lief es noch mehrere Terrassen hinab, immer in steinerne Becken gesammelt, wo es denn unter der Erde bis zur Mauer kam, die den tiefsten alle andern umgebenden Garten einschloß, und von da sich in's Thal ergoß, denn auch dieser letzte Garten lag noch auf einer ziemlichen Höhe; da floß es in einem Bach weiter, ich weiß nicht wohin. So sah ich denn von oben hinab seinem Stürzen, seinem Sprudeln, seinem ruhigen Lauf zu; ich sah, wie es sich sammelte und kunstreich emporsprang und in seinen Strahlen umherspielte; es verbarg sich, es kam aber wieder und eilte wieder eine hohe Treppe hinab; ich eilte ihm nach, ich fand es im klaren Brunnen von dunklen Tannen umgeben in denen die Nachtigallen hausten; da war es so traulich, da spielte ich mit bloßen Füßen in dem kühlen Wasser. – Und dann lief's weiter verborgen, und wie es sich außerhalb der Mauer hinabstürzte, das sah ich mit an und konnte es nicht weiter verfolgen, ich mußt' es halt dahin laufen lassen. – Ach es kam ja Welle auf Welle nach, es strömte unaufhaltsam die Treppe hinab; der Wasserstrahl im Springbrunnen spielte Tag und Nacht und versiegte nimmer, aber da wo es mir entlief, da grade sehnte sich mein Herz nach ihm, und da konnte ich nicht mit; und wenn ich nun Freiheit gehabt hätte und wäre mitgezogen durch alle Wiesen, durch alle Thäler, durch die Wüste, wo der Bach mich am End' hingeführt haben möchte!

Ja Herr, ich sehe dich brausen und strömen, ich seh dich kunstreich spielen, ich sehe dich ruhig dahinwandeln, Tag für Tag und plötzlich deine Bahn lenken hinaus aus dem Reich des Vertrauens, wo ein liebendes Herz seine Heimath wähnte, unbekümmert daß es verwaist bleibe.

So hat denn der Bach, an dessen Ufern ich meine Kindheit verspielte, mir in seinen krystallnen Wellen das Bild meines Geschickes gemalt, und damals hab' ich's schon betrauert, daß die mir sich nicht verwandt fühlten.

O komm nur, und spiel' meine Kindertage noch einmal mit mir durch, du bist mir's schuldig, daß du meine Seufzer in deine Melodieen verhallen läßt, so lange ich nicht weiter gehe, als meine kindliche Sehnsucht am Bach; die es auch geschehen lassen mußte, daß er sich losriß und sich energische Bahn brach in die Fremde. – In der Fremde, wo es gewiß war, daß mein Bild sich nicht mehr in ihm spiegelte.

*

Heute haben wir grünen Donnerstag, da hab' ich kleiner Tempeldiener viel zu thun; alle Blumen, die das frühe Jahr uns gönnt, werden abgemäht, Schneeglöckchen, Krokus, Maaslieb und das ganze Feld voll Hyazinthen schmücken den weißen Altar, und dann bring' ich die Chorhemdchen und zwölf Kinder mit aufgelösten Haaren werden damit bekleidet; sie stellen die Apostel dar. Nachdem wir mit brennenden blumengeschmückten Kerzen den Altar umwandelt haben, lassen wir uns im Halbkreis nieder, und die alte Äbtissin mit ihrem hohen Stab von Silber, umwallt vom Schleier und langem, schleppendem Chormantel knieet vor uns, um uns die Füße zu waschen. Eine Nonne hält das silberne Becken, und gießt das Wasser ein, die andre reicht die Linnen zum Abtrocknen; indessen läutet es mit allen Glocken, die Orgel ertönt, zwei Nonnen spielen die Violine, eine den Baß, zwei blasen die Posaune, eine wirbelt auf den Pauken, alle übrigen stimmen mit hohen Tönen die Litanei an: »Sanct Petrus, wir grüßen dich – du bist der Fels auf den die Kirche baut.« Dann geht es zum Paulus, und so die Reihe durch werden alle Apostel begrüßt, bis alle Füße gewaschen sind. – Nun siehst Du, das ist ein Tag, auf dem wir uns schon ein Vierteljahr lang halb selig gefreut haben. Die ganze Kirche war voll Menschen, sie drängten sich um unsere Prozession und weinten Thränen der Rührung über die lachenden, unschuldigen Apostel.

Von nun an ist der Garten wieder offen, der den Winter über unzugänglich war; jedes läuft an sein Blumengärtchen, da hat der Rosmarin gut überwintert, die Nelkenpflänzchen werden unter dem dürren Laub hervorgescharrt, und so manches junge Keimchen meldet den vergessnen vorjährigen Blumenflor. Erdbeeren werden verpflanzt, und die blühenden Veilchen sorgfältig herausgehoben und in Scherben versetzt; ich trage sie an mein Bett, und lege den Kopf dicht an sie heran, damit ich ihren Duft die ganze Nacht ein- und ausathme. [...]

*

Ein Nönnchen wurde eingekleidet, eine andre haben wir begraben, während den drei Jahren, als ich im Kloster war; dem einen hab ich den Cypressenkranz auf den Sarg gelegt, sie war die Gärtnerin und hatte lange Jahre den Rosmarin gepflegt, den man ihr auf's Grab pflanzte; sie war achtzig Jahre alt, und der Tod berührte sie sanft, während sie Absenker von ihren

Lieblingsnelken machte, da hockte sie am Boden und hielt die Pflanzen in der Hand, die sie eben einsetzen wollte; ich war der Vollstrecker ihres Testaments, denn ich nahm die Pflanzen aus der erstarrten Hand und setzte sie in die frisch aufgewühlte Erde, ich begoß sie mit dem letzten Krüglein Wasser, was sie am Madlenenbrünnchen geholt hatte, die gute Schwester Monika! wie schön wuchsen diese Nelken! dunkelroth waren sie und groß. – Da mich später *der, der mich liebt und kennt*, einer dunklen Nelke verglich, da dachte ich an die Blumen, die ich junges Kind aus der erstorbnen Hand des hohen Alters entnommen und eingepflanzt hatte, und ob es wohl so kommen werde, daß auch mich der Tod beim Pflanzen der Blumen überrasche; der Tod, der triumphirende Herold des Lebens, der Befreier von irdischer Schwere.

Aber jene andre Nonne, jung und schön, deren lange goldne Flechten ich auf goldnem Opferteller zum Altar trug: – ich hab' nicht geweint, da man die alte Gärtnerin zu Grabe trug, obschon sie meine Freundin gewesen war, und mir manche Gartenkunst gelehrt hatte. Es kam mir so natürlich vor und so behaglich, daß ich nicht einmal darüber verwundert war; aber damals, als ich im Chorhemdchen mit einem Kranz von Rosen auf dem Kopf, mit brennender Kerze als Geleitengel, unter dem Geläute aller Glocken, vor der in alle üppige Pracht gekleideten jugendlichen Braut Christi einherschritt; da wir an das Gitter kamen, vor welchem der Bischof stand, der ihr die Gelübde abnahm, und er fragte, ob sie sich Christo vermählen wolle, und man ihr auf ihr Bejahen die mit Perlen und Bändern durchflochtenen Haare abschnitt, welche ich auf einem goldnen Teller empfing, da fielen meine Thränen auf diese Haare, und da ich hin zum Altar trat, um sie dem Bischof zu überreichen, da schluchzte ich laut und alles Volk weinte mit.

Die junge Braut legte sich an die Erde, es wurde ein Leichen-Tuch über sie gebreitet, die Nonnen wallten von allen Seiten herbei, je zu zweiend Blumenkörbe tragend. Ich streute die Blumen auf das Leichen-Tuch, während ein Requiem gesungen wurde. Sie wurde als Todte eingesegnet und Gebete über sie gesprochen; das irdische Leben war beendet, ich hob als Auferstehungsengel die Todtendecke auf; das himmlische Leben beginnt, die Nonnen umringen sie, in ihrer Mitte wird sie vom weltlichen Staat entkleidet, Ordenskleid, Mantel und Schleier werden ihr angelegt, worauf sie in die Hände des Bischofs die Gelübde des Gehorsams, der Keuschheit und der Armuth ablegt. Ach wie war ich beklommen, da der Bischof ihr das Kruzifix reichte, um es als ihren Bräutigam zu küssen. Ich wich nicht von ihrer Seite; am Abend, da die Nonne allein in ihrer Zelle saß; kniete ich noch vor ihr, mit meinem verwelkten Rosenkranz auf dem Kopf; sie war eine Französin, eine Gräfin D'Antelot. »Mon enfant«, fragte sie, »mon cher ange gardien, pourquoi as tu pleuré ce matin l' orsqu'on ma coupé les cheveux?« ich schwieg eine Weile still aber dann fragte ich leise: »Madame, est-ce que Jesus Christ a aussi une barbe noire?«

Diese schöne Frau war mit vielen andern hohen Damen und Rittern, die Ordensbänder und Sterne hatten und aus Frankreich vertrieben waren in unser Kloster gekommen; diese zogen alle weiter, sie allein blieb zurück, sie wandelte viel im Garten, sie hatte einen blitzenden Ring am Finger, den sie küßte wenn sie in der dunklen Allee allein war. Da las sie ihre Briefe mit leiser Stimme und mit einem feinen weißen Tuch trocknete sie die weinenden Augen. Ich belauschte sie, ich liebte sie und weinte heimlich mit. Einmal trat ein schöner Mann in glänzender Uniform mit ihr in den Garten. Sie sprachen zärtlich miteinander. Der Mann hatte einen schwarzen Bart, er war größer als sie, er hielt sie in seinen Armen und sah auf sie herab, und seine glänzenden Thränen blieben in seinem schwarzen Bart hängen; das sah ich, denn ich saß in der dunklen Laube an deren Eingang sie standen. Er seufzte tief und laut, er drückte sie an's Herz, und sie küßte die glänzenden Thränen im schwarzen Bart auf.

Noch oft wandelte die schöne Frau in diesen einsamen Alleen, noch oft sah ich sie, weinend unter dem Baum wo er Abschied genommen hatte, und endlich nahm sie den Schleier.

*

Coblenz

Ich habe mehrere Tage nicht in's Buch geschrieben, wie hab' ich mich danach gesehnt! Im Wandern durch fremde Straßen hab' ich Deiner gedacht. Hier der Spiel- und Tummelplatz Deiner Jugendjahre, da üben der Ehrenbreitstein; er heißt wie die Basis Deines Ruhms, so muß der Würfel heißen auf dem Dein Denkmal einst stehen wird.

Gestern fielen mir wunderliche Gedanken aus den Wolken, ich hätte sie gern aufgeschrieben, ich war nicht allein, ich mußte sie halt mit den wechselnden Wellen im Strom dahin ziehen lassen. [...]

*

So wollen wir dann das Kloster verlassen, in dem kein Spiegel war, und in dem ich also während vier Jahren vergeblich die Bekanntschaft meiner Gesichtszüge, meiner Gestalt gesucht haben würde, doch ist es mir in dieser ganzen Zeit nie eingefallen daran zu denken, wie ich wohl aussehe, es war mir eine große Überraschung, wie ich im dreizehnten Jahr zum erstenmal mit zwei Schwestern, umarmt von der Großmutter, die ganze Gruppe im Spiegel erblickte. Ich erkannte alle, aber die eine nicht, mit feurigen Augen, glühenden Wangen, mit schwarzem, fein gekräuseltem Haar; ich kenne sie nicht, aber mein Herz schlägt ihr entgegen, ein solches Gesicht hab' ich schon im Traum geliebt, in diesem Blick liegt etwas, was mich zu Thränen bewegt, diesem Wesen muß ich nachgehen, ich muß ihr Treue und Glauben zusagen; wenn sie weint, will ich still trauern, wenn sie freudig ist, will ich ihr still dienen, ich winke ihr, – siehe, sie erhebt sich und kommt mir entgegen, wir lächeln uns an, und ich kann's nicht länger bezweifeln, daß ich mein Bild im Spiegel erblickt.

Ach ja, diese Prophezeiung ist mir wahr geworden, ich habe keinen andern Freund gehabt als mich selber, ich habe nicht um mich, aber oft mit mir geweint; ich habe gescherzt mit mir, und das war noch rührender daß am Scherz auch kein andrer Theil nahm, hätte mir damals einer gesagt es sucht jeder in der Liebe nur sich, und es ist das höchste Glück *sich* in ihr finden, ich hätt' es nicht verstanden, doch ist in diesem kleinen Ereigniß eine hohe Wahrheit verborgen, die gewiß nur wenige fassen: finde Dich, sei Dir selber treu, lerne Dich verstehen, folge Deiner Stimme, nur so kannst Du das Höchste erreichen. Du kannst nur *Dir* treu sein in der Liebe, was Du schön findest das mußt Du lieben oder Du bist Dir untreu.

Schönheit erzeugt Begeistrung, aber Begeistrung für Schönheit ist die höchste Schönheit selbst. Sie spricht das erhöhte, verklärte Ideal des Geliebten durch sich selbst aus.

Gewiß die Liebe erzieht eine höhere Welt aus der Sinnenwelt; der Geist wird durch die Sinne genährt, gepflegt und getragen, er wächst und steigt durch sie zur Selbstbegeistrung zum Genie, denn Genie ist das überirdische selige Leben einer durch die sinnliche Natur erzeugten himmlischen Begeistrung. Du erscheinst mir wie dies himmlische Erzeugniß meiner Sinnenwelt, wenn ich so vor Dir stehe und Dir ausspreche wie ich Dich liebe, und doch wenn ich so vor Dir stehe dann, fühl ich wie Deine sinnliche Erscheinung mich verklärt und zur himmlischen Natur in mir wird.

*

Jetzt bin ich dreizehn Jahre alt, jetzt rückt die Zeit an, die aus dem Schlaf weckt, die jungen Keime haben Trieb, und rücken aus ihrer braunen Hülle hervor ans Licht, und die Liebe des Kindes neigt sich den aufkeimenden Geschlechtern der Blumen; sein Herz glüht verschämt und innig ihren vielfarbigen duftenden Reizen entgegen, und ahndet nicht, daß während dem eine Keimwelt von tausendfältigen Geschlechtern der Sinne und des Geistes sich aus der Brust hervor, dem Leben, dem Licht entgegen drängt. – Siehst Du wohl, hier bestätigt, was ich sage: die Liebe zu der aufkeimenden Blüthenwelt der sinnlichen Natur erregt die schlafenden Keime einer geistigen Blüthenwelt; indem wir die sinnliche Schönheit gewahr werden, erzeugt sich in uns ein geistig Ebenbild, eine himmlische Verklärung dessen, was wir sinnlich lieben. – So war meine erste Liebe: in der Geisblattlaube war ich jeden Morgen mit der Sonne und drängte mich mit dem Aufbrechen ihrer röthlichen Knospen entgegen, und wie ich in die erschlossnen Kelche blickte, da liebte ich und betete die Sinnenwelt in den Blüthen an, und ich mischte meine Thränen mit dem Honig in ihren Kelchen. Ja, glaub's, es war mir ein besonderer Reiz, die Thräne, die unwillkührlich mir in's Auge gedrungen, da hinein zu betten, so wechselte die Lust mit dem Wehmut. Die jungen Feigenblätter, wie sie zuerst so rein und dicht gefaltet aus dem Keim hervorsteigen und vor der Sonne sich ausbreiten: Ach Gott! Du! warum schmerzt die Schönheit der Natur? nicht wahr, weil die Liebe sich untüchtig fühlt sie ganz zu umfassen, so ist die glücklichste Liebe von Wehmuth durchdrungen, weil sie ihrer eignen Sehnsucht kein Genüge thun kann, so macht mich Deine Schönheit wehmüthig, weil ich Dich nicht genug lieben kann. – O verlasse mich nicht, sei mir nur so weit willig gesinnt, wie der Thau den Blumen gesinnt ist; Morgens weckt er sie und nährt sie, und Abends reinigt er sie vom Staub und kühlt sie von der Hitze des Tages. So mache Du es auch, wecke und nähre meine Begeistrung in der Frühe, und kühle meine Gluth und reinige mich von Sünden am Abend. [...]

*

Jagdszenen, Scherenschnitt

Die Nachtigall war anders gegen mich gesinnt wie Du, sie stieg herab von Ast zu Ast und kam immer näher, sie hing sich an den äußersten Zweig, um mich zu sehen, und siehe da! Aug' in Nachtigallenaug', wir blickten uns an und hielten's aus. Dazu trugen die Winde die Töne einer fernen Musik herüber, deren allumfassende Harmonie wie ein in sich abgeschlossenes Geisteruniversum erklang, wo jeder Geist alle Geister durchdringt, und alle jedem sich fügen; vollkommen schön war dies Ereigniß, dies erste Annähern zweier gleich unbewußten, unschuldigen Naturen, die noch nicht erfahren hatten, daß aus Liebesdurst, aus Liebeslust das Herz im Busen stärker und stärker klopft. Gewiß, ich war freundlich und gerührt durch dies Annähern der Nachtigall, wie ich mir denke, daß Du allenfalls freundlich bewegt werden könntest durch meine Liebe, aber was hat die Nachtigall bewogen, mir nachzugehen, warum kam sie herab vom hohen Baum und setzte sich mir so nah', daß ich sie mit der Hand hätte haschen können, warum sah sie mich an, und zwar mir ins Auge? – das Aug' spricht mit uns, es antwortet auf den Blick, die Nachtigall wollte mit mir sprechen, sie hatte ein Gefühl, einen Gedanken mit mir auszutauschen. (Gefühl, ist der Keim des Gedankens,) und wenn es so ist, welchen tiefen, gewaltigen Blick läßt uns hier die Natur in ihre Werkstatt thun: wie bereitet sie ihre Steigerungen vor, wie tief legt sie ihre Keime, wie weit ist es noch von der Nachtigall bis zu dem Bewußtsein zwischen zwei Liebenden, die ihre Inbrunst so deutlich im Lied der Nachtigall gesteigert empfinden, daß sie glauben müssen, *ihre* Melodieen seien der wahre Ausdruck ihrer Empfindungen. –

Am andern Tag kam sie wieder, die Nachtigall, ich auch, mir ahndete sie würde kommen, ich hatte die Guitarre mitgenommen, ich wollte ihr was vorspielen, an der Pappelwand war's, der wilden Rosen-Hecke gegenüber, die ihre langen schwankenden Zweige über die Mauer des Nachbargartens hereinstreckte und mit ihren Blüthen beinah bis wieder an den Boden reichte; da saß sie und streckte ihre Hälschen, sah mir zu, wie ich mit dem Sand spielte. Nachtigallen sind neugierig, sagen die Leute, bei uns ist's ein Sprüchwort: du bist so neugierig wie die Nachtigall; aber warum ist die denn neugierig auf den Menschen, der scheinbar gar keine Beziehung auf sie hat? – was wird einstens aus dieser Neugierde sich erzeugen? – O! nichts umsonst, alles braucht die Natur zu ihrem rastlosen Wirken, es will und muß weiter gehen in ihren Erlösungen. Ich stieg auf eine hohe Pappel, deren Äste von unten auf zu einer bequemen Treppe rund um den Stamm gebildet waren; da oben in dem schlanken Wipfel band ich mich fest an die Zweige mit der Schnur, an der ich die Guitarre mir nachgezogen hatte, es war schwül, nun regten sich die Lüfte stärker und trieben ein Heer von Wolken über uns zusammen. – Die Rosenhecke wurde hochgehoben vom Wind und wieder niedergebeugt, aber der Vogel saß fest; je brausender der Sturm, je schmetternder ihr Gesang, die kleine Kehle strömte jubelnd ihr ganzes Leben in die aufgeregte Natur, der fallende Regen behinderte sie nicht, die brausenden Bäume, der Donner übertäubte und schreckte sie nicht, und ich auch auf meiner schlanken Pappel wogte im Sturmwind nieder auf die Rosenhecke, wenn sie sich hob, und streifte über die Saiten, um den Jubel der kleinen Sängerin durch den Takt zu mäßigen. Wie still war's nach dem Gewitter! welche heilige Ruhe folgte dieser Begeistrung im Sturm! mit ihr breitete die Dämmerung sich über die weiten Gefilde, meine kleine Sängerin schwieg, sie war müde geworden. Ach, wenn der Genius aufleuchtet in uns, und unsere gesammten Kräfte aufregt, daß sie ihm dienen, wenn der ganze Mensch nichts mehr ist, als nur dienend dem Gewaltigen, dem Höheren als er selbst, und die Ruhe folgt auf solche Anstrengung, wie mild ist es da, wie sind da alle Ansprüche, selbst etwas zu sein, aufgelöst in Hingebung an den Genius! So ist Natur, wenn sie ruht vom Tagwerk: sie schläft, und im Schlaf giebt es Gott den Seinen. So ist der Mensch, der unterworfen ist dem Genius der Kunst, dem das elektrische Feuer der Poesie die Adern durchströmt, den prophetische Gabe durchleuchtet, oder der, wie Beethoven eine Sprache führt, die nicht auf Erden, sondern im Äther Muttersprache ist. Wenn solche ruhen von begeisterter Anstrengung, dann ist es so mild, so kühl, wie es heute nach dem Gewitter war in der ganzen Natur, und mehr noch in der Brust der kleinen Nachtigall, denn die schlief wahrscheinlich heute noch tiefer als alle andren Vögel, und um so kräftiger und um so inniger wird ihr der Genius, der es den Seinen im Schlaf giebt, vergolten haben, ich aber stieg nach eingeathmeter Abendstille von meinem Baum herab, und durchdrungen von den hohen Ereignissen des eben Erlebten, sah ich unwillkührlich die Menschheit über die Achsel an. [...]

*

Alles ändert sich, die Menschen denken anders, wenn sie älter sind, als in der Jugend. Ach! – was werde ich denn einstens denken, wenn mich dies irdische Leben so lange bewahrt, bis ich älter in ihm werde! vielleicht gehe ich, statt zu dem Freund, dann in die Kirche, vielleicht bete ich dann, statt zu lieben! Ach, wie werd ich's dem Lieben gleichthun im Beten? – Hab ich je Andacht empfunden, so war's an Deiner Brust, Freund! – Tempelduft, den Deine Lippen hauchen, Geist Gottes, den Deine Augen predigen, es strömt von Dir aus eine begeisternde Macht, Deine Gewande, Dein Antlitz, Dein Geist, alles strömt eine Heiligung aus. O Du! – Deine Knie fest an meine Brust drückend, frag ich nicht mehr, was das für eine Seligkeit sein möge, die im Himmel den Frommen bereitet ist. – Gott von Angesicht zu Angesicht schauen? – Wie oft hab ich mit geschlossnen Augen Deiner Nähe mich gefreut. Vielleicht dringt Gott durch den Geliebten in unser Herz, – ja, Geliebter! – was haben wir im Herzen, als nur Gott? – Und wenn wir ihn da nicht fänden, wie und wo sollten wir seine Spur suchen? – [...]

*

Die Reise nach der Stadt hatte der Krieg veranlaßt. Wir flüchteten vor dem Getümmel der Östreicher mit den Franzosen; es war zu fürchten, daß unser kleines Stadtparadies mit seinen wohlgeordneten Lustrevieren nächstens unter den Hufen kämpfender Reiterei zertrümmert werde. Der Feind war nur flüchtig durch Feld und Wald gesprengt, hatte über den Fluß gesetzt und die heimliche Ruh' des beginnenden Frühjahrs lagerte schützend über den Saatfeldern, deren junges Grün schon aus dem schmelzenden Schnee hervorragte, da wir wieder zurückkehrten.

Die kräftigen Stämme der Kastanienallee, Du kennst sie wohl! manche Träume Deiner Frühlingstage flatterten dort mit der jungen Nachtigallenbrut um die Wette, wie oft bist du dort an Liebchens Arm dem aufgehenden Mond entgegen geschlendert! Ich mag nicht dran denken; Du wirst Dich der heiteren

Aussichten des wimmelnden Lebens auf dem Fluß am Tag, seiner ruheflüsternden Schilfgestade in warmen Sommernächten und seiner ringsum blühenden Gärten, zwischen denen sich die reinlichen Straßen vertheilten, noch gar wohl erinnern und auch seiner Bequemheit für Deine Liebesangelegenheiten. Seitdem hat sich die Gegend wie die Lebensweise, und auch die Bevölkerung in's wunderbare gespielt, und keiner würde es glauben, der's nicht gesehen hat, und jeder, der mit seinem Reisejournal in der Tasche von seiner Reise um die Welt hier durchkäm', würde glauben in die Stadt der Mährchen versetzt zu sein; eine mystische Nation wandelt in bunter, wunderbarer Kleidung zwischen den andern durch; die Greise und Männer mit langen Bärten in Purpur und grün und gelben Talaren, die Hälfte des Gewandes immer von verschiedener Farbe, die wunderschönen Jünglinge und Knaben in eng anliegendem Wams, mit Gold verbrämt, die eine Hose grün, die andre gelb oder roth, dahersprengend auf muthigen Rossen mit silbernen Glöckchen am Hals, oder am Abend durch die Straße auf der Guitarre und Flöte präludirend, bis sie vor Liebchens Fenster halt machen. Denke Dir dies alles und den milden Sommerhimmel, der sich drüber wölbt, und dessen Gränzen eine blühende, tanzende und musizirende Welt umfließt; denke Dir den Fürsten jenes Volkes mit silbernem Bart, weißem Gewand, der vor dem Thor seines Palastes auf öffentlicher Straße auf prächtigen Teppichen und Polstern lagert, umgeben von seinem Hofstaat, wo jeder einzelne ein absonderliches Zeichen seines Amts und Würde an seiner fabelhaften Kleidung hat. Da speis't er unter freiem Himmel, gegenüber den luftigen Gärten, hinter deren zierlichen Gittern hohe Pyramiden blühender Gewächse aufgestellt sind, und mit seinem Drahtflor umzogene Volieren, wo der Goldfasan und der Pfau zwischen den rucksenden Haustauben einherstolzieren, und die kleinen Singevögel jubeln, alles von zartem, grünem Rasen umschlossen, wo mancher Wasserstrahl emporschießt; die Knaben in verbrämten Kleidern goldne Schüsseln bringen indessen aus den offnen Fenstern des Palastes Musik erschallt. Wir Kinder machten manchmal im Vorübergehn da Halt, und sahen und hörten dem Verein schöner Jünglinge in Gesang, Flöte und Guitarre zu; aber damals wußte ich nicht, daß nicht überall die Welt so heiter lieblich, so reinen Genusses sich ausbreite; und so fand ich es auch nicht wunderbar, wenn die Nacht einbrach und aus dem Nachbarsgarten die herrlichsten Symphonieen herüberschallten, von einem Orchester der ersten Künstler angeführt, wenn die herrlichen, großen Bäume mit so viel bunten Lampen geschmückt waren, als Sterne sich am Himmel blicken ließen; da suchte ich einen einsamen Weg und sah den glühenden Johanniswürmchen zu, wie sich die im Flug durchkreuzten, und ich war überrascht von dem wunderbaren Leuchten, und ich dachte Nachts an diese Thierchen und freute mich auf den andern Abend, um sie wieder zu sehen, auf die Menschen aber freute ich mich nicht, – sie leuchteten mir nicht ein, ich verstand und ahndete nicht, daß man sich mit ihnen verständigen könne; – manche Sommernacht auch schwamm die Capelle von blasenden Instrumenten auf dem Main, bald hinab und hinauf, begleitet von vielen Nachen, auf denen sich kaum ein Flüstern hören ließ, so tief ernst hörten sie der Musik zu. Da wurde ich auch mitgeschaukelt auf den sanften Wellen, und sah die wechselnden Schatten und Lichter und Mondstrahlen, und ließ das kühle Wasser über meine Hände laufen. So war das Sommerleben, das plötzlich durch die rückkehrenden Kriegsscenen unterbrochen ward. Da war an kein Flüchten zu denken, am Morgen, da wir erwachten, hieß es: »hinab in den Keller! die Stadt wird beschossen, die Franzosen haben sich hereingeworfen, die Rothmäntel und die Todtenköpfe sprengen von allen Seiten heran, um sie heraus zu jagen!« Da war ein Zusammenlaufen auf den Straßen, da erzählte man sich von den Rothmänteln, daß die kein Pardon gäben, alles zusammenhauen, daß sie fürchterliche Schnurrbärte haben, rollende Augen, blutrothe Mäntel, damit das vergossene Blut nicht so leicht zu bemerken sei. Allmählich wurden die Fensterladen geschlossen, die Straßen leer, die erste Kugel, die durch die Straßen flog, eilte alles in die Keller, auch wir, Großmutter, Tante, eine alte Cousine von achtzig Jahren, die Köchin, die Kammerjungfer, ein männlicher Hausgenosse. Da saßen wir, die Zeit wurde uns lang, wir lauschten – eine Bombe flog in unsern Hof, sie platzte. Das war doch eine Diversion, aber nun stand zu erwarten, daß Feuer ausbrechen könne. Allerlei, was meiner Großmutter unendlich wichtig war, von Büchern, von Bildern, fiel ihr ein, sie hätte es gern in den Keller gerettet. Der männliche Hausgenosse demonstrirte, wie es eine Unmöglichkeit sei, den heiligen Johannes, ein Bild was die wunderbare Eigenschaft hatte, die Fabel geltend zu machen, er sei ein Raphael, jetzt aus dem oberen Saal herunter zu schaffen, indem es viel zu schwer sei; ich entfernte mich leise, stieg zum Saal, hob das schwere Bild ab, nahm es an der Schnur über den Rücken, und so kam ich, noch eh' die Verhandlung beendigt war, zum Erstaunen Aller und zur großen Freude der Großmutter, zur Kellertreppe herabgepoltert, ich meldete noch, wie ich aus dem Saalfenster gesehen und alles still sei; ich bekam die Erlaubnis noch mehr zu retten, ich bekam die Schlüssel zur Bibliothek um Kupferwerke zu holen, mit freudiger Eile sprang ich die Treppe hinauf, in die Bibliothek hätt' ich längst gern mich eingestohlen, da war eine Sammlung prachtvoller Muscheln, wunderbarer Steine, getrockneter Pflanzen, da hingen Straußeneier an den Wänden, Kokusnüsse, da lagen alte Waffen, ein Magnetstein, an dem alle Näh- und Stricknadeln hängen blieben, da standen Schachteln voll Briefschaften, Toiletten mit wunderlichem altem Geschirr und Geschmeid', Zitternadeln mit Sternen von bunten Steinen, o ich freute mich, den Schlüssel zu haben, ich holte herunter, was man verlangte, zog den Schlüssel ab, ohne abzuschließen, und dachte mir eine stille, einsame Nacht, in der ich, alles durchsuchend und betrachtend, schwelgen wollte. Das Schießen hatte wieder angefangen, einzelne Reiter hörte man in gestrecktem Galopp die furchtbare Stille der Straße unterbrechen, die Furcht im Keller stieg, man dachte jedoch nicht daran, daß ich verletzt werden könne, und ich auch nicht; ich sprach nicht aus, daß ich mich nicht fürchte, und fühlte auch nicht, daß ich Gefahr lief, und so überkam ich das schöne Amt, alle zu bedienen, für alle Bedürfnisse zu sorgen. Ich hörte verschiedentlich die Reiter vorübersprengen. »Daß mag ein Rothmantel sein!« dachte ich, lief eilig ans Fenster des unteren Geschosses, riß den Laden auf, – siehe, da er in der mitten Straße mit gezogenem Säbel, langem fliegendem Schnurrbart, dicken schwarzen geflochtenen Haarzöpfen, die unter der rothen Pelzmütze hervor hingen, der rothe Mantel schwebte in den Lüften, wie er die Straße hinabflog, – alles wieder todten still! – ein junger Mensch in Hemdärmeln, bloßem Kopf, todtenblaß, blutbespritzt, rennt verzweiflungsvoll hin und wieder, rasselt an den Hausthüren, klopft an den Läden, keiner thut sich auf, mir klopft das Herz, ich winke – er sieht es nicht. Jetzt eilt er auf mich zu, bittend, – da ertönt der Schall eines Pferdes; er schmiegt sich in die Vertiefung des Hofthors, der Reiter, der ihn suchend verfolgt, sprengt an ihm vorbei, hält einen Augenblick, späht in die Ferne, wendet um und – fort. O, jeder Blick, jede Bewegung des Reiters und des Pferdes haben sich tief in mein Gehirn geprägt, und der arme Angsterfüllte eilt hervor und schwingt sich am schwachen Kinderarm herein in die rettenden Wände, aber kaum, – da ist der Reiter schon wieder, er sprengt an mich heran, ich rühr' mich nicht vom Fenster, er verlangt Wasser, – ich eile in die Küche es ihm zu holen, nachdem er getrunken und nachdem ich ihn die Straße hinabreiten gesehen erst, mache ich meinen Laden zu, und nun sehe ich mich nach meiner geretteten Beute um. Hätte sich der Rothmantel auf seinem Pferde in die Steigbügel gestellt, so hätte er meinen Geretteten entdeckt, dieser küßte mir zitternd die Hände, und sagte mit leiser Stimme: »o mon dieu, mon dieu!« ich lachte vor Freuden, aber dann brach ich in Thränen aus, denn es rührte mich, der Retter eines Menschen geworden zu sein, so ohne mich zu besinnen, so ohne zu wissen wie. – Und Du auch! – rührt es Dich nicht? – freut es Dich nicht, daß es mir gelungen ist? – mehr als alle Schmeichelreden, die ich Dir sagen könnte? – »Sauvez-moi! cachez-moi!« sagte er, »mon pére et ma mére prieront pour vous!« ich faßte ihn bei der Hand und führte ihn schweigend leise über den Hof nach dem Holzstall: dort untersuchte ich seine Wunde, das Blut abwaschen konnte ich nicht, ich hatte kein Wasser, holen mochte ich auch keins, der Nachbar Andree, dessen Du Dich auch erinnern mußt, war mit mehreren Freunden auf sein Observatorium gestiegen um das Kriegswesen zu beobachten, er konnte mich bemerken. Ein einzig Mittel hatte ich erfunden: ich leckte ihm das Blut ab, – denn es ihm so mit Speichel abzuwaschen, schien mir zu unbescheiden; er ließ mich gewähren, ich zog leise und sanft die anklebenden Haare zurück, – da flog ein Huhn mit großem Geschrei vom oberen Holz herunter, wir hatten es verscheucht von dem Ort, wo es seine Eier zu legen pflegte, ich kletterte hinauf, um das Ei zu holen, die innere weiße Haut legte ich über die Wunde – es mag wohl geheilt haben, ich will's hoffen! – Nun eilte ich wieder in den Keller, die eine Schwester schlief, die andere betete vor Angst, die Großmutter schrieb an einem kleinen Tisch bei Licht ihr Testament, die Tante hatte den Thee bereitet, ich bekam die Schlüssel zur Speisekammer, um Wein und kalte Speisen zu holen, da dachte ich auch an den Magen meines armen Gefangenen, und brachte ihm Wein und Brod. So ging der Tag vorüber, der

Keller wurde verlassen, mein Geheimniß fing an mich zu beklemmen; ich beobachtete jeden Schritt der Hausgenossen, der Köchin half ich in der Küche, ich holte ihr Wasser und Holz, unter dem Vorwand, daß es doch noch gefährlich sein könne unter freiem Himmel, sie ließ sich's gefallen; – endlich und endlich kam die Nacht, der Nachbar hatte Rapport gebracht, daß nichts zu fürchten sei vor der Hand, und so legte man sich zur Ruhe, deren man so sehr bedurfte. Ich hatte meine Schlafstätte im Nebenzimmer der Großmutter, von da konnte ich den Holzstall, der vom Mond beschienen war, beobachten, ich ordnete nun meinen Plan: für's erste mußten Kleider geschafft werden, die den Soldaten verläugneten. Wie gut, daß ich die Bibliothek offen gelassen! da oben hing ein Jagdkleid und Mütze – von welchem Schnitt, ob alt- oder neumodisch – wußt' ich nicht. Wie ein Geist schlich ich auf bloßen Strümpfen an der Tante Zimmer vorbei, schwebend trug ich's herunter, damit die metallnen Knöpfe nicht rasselten, er zog es an, es saß wie angegossen – Gott hat es ihm angepaßt! und die Jagdmütze dazu! ich hatte das Geld, was man mir schenkte, immer in das Kissen eines ledernen Sessels gesteckt, weil ich keine Gelegenheit hatte es zu brauchen. Jetzt durchsuchte ich den Sessel, und es fand sich eine ziemliche Barschaft zusammen, die ich meinem Geretteten als Zehrpfennig einhändigte. Nun führte ich ihn durch den mondbeschienenen, blütheduftenden Garten; wir gingen langsamen Schrittes Hand in Hand bis hinter die Pappelwand, an die Mauer, wo alle Jahr die Nachtigall in der Rosenhecke ihr Nest baute, es war grad die Zeit, was half's – dies Jahr mußte sie gestört werden. Da wollte er mir danken, da nahm er mich auf seine Arme und hob mich hoch, er warf die Mütze ab und legte den verbundenen Kopf auf meine Brust, was hatte ich zu thun? ich hatte die Arme frei, ich faltete sie über seinem Kopf zum Gebet; er küßte mich, stieg über die Rosenhecken-Mauer in einen Garten, der zum Main führte, da konnte er sich übersetzen, denn es waren Nachen am Ufer.

Es giebt unerwartete Erfahrungen, die sind vergessen, gleich als ob sie nicht erlebt wären, und erst dann wenn sie wieder aus dem Gedächtnißbrunnen heraufsteigen ergiebt sich ihre Bedeutung – es ist als ob eine Lebenserfahrung dazu gehörte, ihre Wichtigkeit empfinden zu lernen; es sind andre Begebnisse, auf die man mit Begeistrung harrt, und die schwimmen so gleichgültig vorüber wie das fließende Wasser. – Wie Du mich fragtest, wer mir den ersten Kuß gegeben habe, dessen ich mich deutlich erinnere, da schweifte mein Besinnen hin und her wie ein Weberschiffchen, bis allmählich dies Bild des Erretteten lebhaft und deutlich hervortrat, und in diesem Wiederhall des Gefühls erst werde ich gewahr, welche tiefe Spuren sie in mir zurückgelassen! – So giebt es Gedanken wie Lichtstrahlen, die einen Augenblick nur das Gefühl der Helle geben, und dann verschwinden, aber ich glaube gewiß, daß sie ewig sind und uns wieder berühren in dem Augenblick, wo unsere sittliche Kraft auf die Höhe steigt, mit der allein wir sie zu fassen vermögen. Ich glaube: mit uns selbst in's Gericht gehen, oder wenn Du willst, Krieg führen mit allen Mächten, ist das beste Mittel höherer Gedanken theilhaftig zu werden. Es giebt eine Art Lumpengesindel auch im Geist, das alle Befähigung zur Inspiration unterdrückt, und sich wuchernd ausbreitet; dahin gehören die Ansprüche aller Art nach außen: wer etwas von außen erwartet, dem wird es in dem Innern nicht kommen, aller Reiz der nach außen zur Versündigung wird, kann im Innersten conzentrirt zur Tugend werden; – das Gefühl, das so wie es sich mit der Oberfläche des Lebens berührt, gleich zur Eitelkeit aufschließt, in der innersten Seele festgehalten, wird sich zu einer demüthigen Unterwerfung an die Schönheit ausbilden. Und so könnte wohl jede Verkehrtheit daher entstehen, weil ihr Reiz fehl geht in seiner Befriedigung. Alle Ansprüche, aller Reiz, alle Leidenschaft soll befriedigt werden, aber nur durch das Göttliche, und so nicht der Sclave der Leidenschaft, sondern unserer höheren Natur werden.

Wenn ich mich über mich selbst stelle und über mein Thun und Treiben, dann kommen mir gleich Gedanken von denen empfinde ich sie haben eine bestimmte Beziehung auf eine bestimmte Erscheinung in mir, wie gewiß auch bei den verschiednen Epochen in dem Pflanzenleben die Nahrung eine verschiedne geistige Richtung annimmt, daß zum Beispiel beim Blühen der Nahrungsstoff, der doch aus denselben Elementen besteht, eine in sich selbst erhöhte geistige Verwandlung vornimmt, denn er äußert sich ja nicht mehr blos vegetirend in dem Leben der Pflanze, sondern duftend wissend in ihrem Geist. Gedanken dieser Art beglücken mich, wenn ich Frieden mit mir schließe und den Schlaf gleichsam annehme als Versöhnung mit mir selbst; so gestern Abend fühlte ich vor dem Einschlafen, als ob mich mein Inneres in Liebe aufgenommen habe, und da schlief ich die Ruhe bis tief in meine Seele hinein, und wachte von Zeit zu Zeit auf, und hatte Gedanken. Ich schrieb sie, ohne sie weiter zu spinnen, oder ihren Gehalt zu wägen, ja selbst manche, ohne sie ganz zu verstehen, mit Bleistift auf – und schlief dann gleich wieder fort, aber bald weckte mich's wieder auf; diese Gedanken waren die Ausrufungen meiner Seele in der Empfindung von Behagen. Ich will sie hier abschreiben, wie ich sie nach einander erfahren. Ob sie Werth und Gehalt haben, lasse ich unberührt, aber immer werden sie ein Beweis sein, daß der Geist auch im Schlaf lebendig wirkt. Ich glaub', daß jede Handlung ihre unendlichen Folgen hat; daß uns die Wahrheit Genuß gewährt, daß also jeder Genuß eine Wahrheit zum tiefsten Grunde hat, daß also jeder Genuß durch seine Wahrheit legitimiert ist.

Ich glaube, daß alle Ahndungen Spiegelungen der Wahrheit sind.

Der Geist ist Auge, je schärfer er sieht, je deutlicher wird die Ahndung, je reiner tritt das Spiegelbild der Wahrheit in der Empfindung auf. Die Vielheit soll zur Einheit führen, der Spiegel fasset Alles in einem Strahl zusammen.

Das Licht gebärt das allseitige Leben und Streben in die Einheit, in das Reich der Göttlichen.

Die Philosophie ist Symbol der Leidenschaft zwischen Gott und dem Menschen.

Die Liebe ist eine Metamorphose der Gottheit.

Jeder Gedanke ist die Blüthe einer Pflanze; was ist dann aber ihre Frucht? – Die Wirkung auf unser Inneres ist ihre Frucht.

Zum Denken des wahren Geistes gehört die Unschuld. Nur mit der unschuldigen Psyche beredet sich der Geist.

Der Geist stellt die erkrankte Unschuld her. Die Frucht des Geistes genießen, macht unschuldig, das ist die Wirkung der Frucht.

Das Sinnliche ist Symbol des Geistigen, ist Spiegel einer noch nicht in die geistige Erfahrung getretnen Wahrheit.

Geistige Erfahrung ist gebornes Leben. Wenn wir Besitzer der geistigen Wahrheit sind, dann ist das Sinnliche aufgelöst.

Alles Sinnliche ist unverstanden, durch sein Verstehen wird es geistig.

Geistige Entwicklung macht große Schmerzen, sie ist der Beweis, wie sehr der Geist mit dem Physischen zusammenhängt.

Der Geist, der keine Schmerzen macht, ist Leben nach der Geburt.

Oft stirbt der Geist, sein Tod ist Sünde. Aber entsteht wieder zum Leben; die Auferstehung von den Todten macht Schmerzen.

Der Geist ist ein Zauberer, er kann Alles! wenn ich mit dem vollen Gefühl der Liebe vor Dich hintrete, dann bist Du da.

Was ist denn Zauberei? die Wahrheit des Gefühls geltend machen. –

Die Sehnsucht hat allemal Recht, aber der Mensch verkennt sie oft.

Der Mensch hat einen sinnlichen Leib angenommen, damit er in ihm zur Wahrheit komme; das Irdische ist da, damit sich in ihm das Göttliche manifestire.

Das ganze Wirken der Natur ist nur ein Trieb, der Wahrheit nachzugehen.

Die Wahrheit hat keinen Leib, aber das sinnliche Leben ist die Spur ihres Wegs.

Manchmal hab' ich den Trieb, mich von Dir, wie ich Dich sinnlich erkenne, abzuwenden, und an das göttliche Geheimniß Deines Daseins zu appeliren, dann fühl' ich, daß sich alle verschiedenen Neigungen in *einer* auflösen.

Gewiß! die Liebe ist Instinkt einer höheren Gemeinschaft, einer göttlichen Natur mit dem Geliebten. Drum schließt Liebe alle verschiedene Neigungen aus.

Wenn wir erst wissen, daß alle äußeren Augen ein inneres Auge sind, das uns sieht, so thun wir Alles dem inneren Auge zu lieb, denn wir wollen in unserer geheimen Handlung der Schönheit gesehen sein.

Unser Trieb, schön zu handeln, ist der Trieb, dem innern Auge wohlgefällig zu erscheinen. Drum ist der Trieb nach Anerkenntniß, nach Ruhm, eine verkehrte Befriedigung dieser angebornen, unvertilgbaren Neigung, weil ihr Ursprung göttlich ist. – Was haben wir von allem äußeren Glanz, von dem Gaukelspiel des Beifalls einer unwissenden Menge, wenn wir vor dem Auge des inneren Genius nicht bestehen, wenn unsere Schönheit vor ihm zerrüttet ist! ich will nur für meine Schönheit leben, ich will nur *ihr* huldigen, denn sie ist der Geliebten selbst. –

Wenn wir den Blick des inneren Auges umschreiben, so haben wir die Kunst und das Wissen.

Alles Wissen soll sich zur Kunst erheben, es soll eben so

unschuldig die Wahrheit nachahmen wie die Kunst, und so wird sie ein Spiegel der Wahrheit, ein Bild, in dem wir sie erkennen.

Denken ist ein unmittelbares Nachahmen der Wahrheit es ist nicht sie selbst, sie hat keinen Leib, sie hat nur eine Erscheinung.

Suche nur die Wahrheit in Deinem Innern, so hast Du den Vortheil, sie zu finden und Dich zugleich in sie aufzulösen.

In Deinem Innern wirst Du ein lebendiges Bewegen wahrnehmen, wie das Bewegen des Wassers, es ist nichts als ein Bewegen, sich in die Wahrheit aufzulösen.

Alles Leben lös't sich in eine höhere Wahrheit auf, geht in eine höhere Wahrheit über, wär' es anders, so wär' es Sterben.

Schönheit ist eine Auflösung der sinnlichen Anschauung in eine höhere Wahrheit; Schönheit stirbt nicht, sie ist Geist.

Alle Disharmonie ist Unwahrheit.

Wenn Du schlafen willst, so ergieb Dich Deinem innern Mond. Schlaf' in dem Mondlicht Deiner Natur! Ich glaub', das erzieht und nährt Deinen inneren Menschen, wie das Mondlicht den Geist der Pflanze ernährt und befördert.

Wer von selbst seinen Geist der Natur unterwirft, für den giebt es keinen Tod.

Der Geist muß so mächtig werden, daß er den Tod des Leibes nicht empfindet.

Der Geist braucht nicht zu denken, und kann doch mächtig sein, blos durch die Reinheit des Willens.

In allem nur sich sehen, und gegen sich den reinsten Willen haben, dann ist der Geist mächtig.

Auch der sinnliche Schlaf soll so genossen werden, daß er ein geistiger Balsam sei.

Vielleicht vererben sich die geistigen Reichthümer wie die irdischen, vielleicht vertheilen die Geister ihre Fähigkeiten auf ihre Nachkommen! »Ich erkenne an dem Gedanken, weß Geistes Kind du bist.« Dies Sprichwort beurkundet meine Bemerkung.

Wachen ist das Gefühl, daß das Uranfänglichste zu seinem Ursprung in die Ewigkeit dringt.

Der Genius allein kann die verletzte Unschuld herstellen. O komm Genius, und befriedige Dich mit mir!

Hier übermannte mich ein tiefer Schlaf. – Am Morgen fand ich mein beschriebenes Papier, ich erinnerte mich seiner kaum, aber sehr deutlich erinnerte ich mich des Behagens in der Nacht, und daß es eine Empfindung war, wie dem Kind in der Wiege das schaukeln sein muß, und ich dachte, daß ich oft so träumen möchte. –

Nun will ich Dir auch gleich die Geschichte meines zweiten Kusses erzählen; er folgte beinah unmittelbar auf den ersten, und was denkst Du von Deinem Mädchen, daß es so leichtfertig geworden! ja diesmal wurde ich leichtfertig, und zwar mit einem Freund von Dir. – Es klingelt, hastig springe ich an die Hausthür, um zu öffnen; ein Mann in schwarzer Kleidung, ernsten Ansehens, etwas erhitzten Augen, tritt ein, – noch ehe er seinen Namen genannt, oder gesagt, was sein Verlangen ist, küßt er mich; noch ehe ich mich besinnen konnte, geb' ich ihm eine Ohrfeige, und dann erst seh' ich ihm ergrimmt in's Antlitz und erkenne ein freundliches Gesicht, das gar nicht erschreckt und nicht erbittert über mein Verfahren zu sein scheint; um meiner Verlegenheit zu entgehen – denn ich wußte nicht ob ich Recht oder Unrecht gethan hatte – öffne ich ihm rasch die Thüren zu den Zimmern der Großmutter. Da war nun meine Überraschung bald in Schrecken umgewandelt, da diese mit der höchsten Begeistrung ausrief, einmal über das andre: »Ist es möglich? Herder, mein Herder! daß Euer Weg Euch zu dieser Grillenhütte führt? – seid tausendmal umarmt«, und hier folgten diese tausend Umarmungen, während denen ich mich leise davon schlich und wünschte, es möge in diesem Schwall von Liebkosungen die *eine* untergehen, die ihm mit einer Ohrfeige war beantwortet worden. Allein, dem nicht so, er vergaß weder Kuß noch Ohrfeige, er schielte an das Herz der Großmutter von ihren umfassenden Armen gefesselt über ihre Achsel hinaus, nach der Enkelin und machte ihr einen bittenden Vorwurf. Ich verstand ihn sogleich, und machte mich ihm auch verständlich, er solle mich nicht verklagen sonst wolle ich mich rächen, und schlich hinter die Vorzimmer. Allein Herder hatte keine Andacht mehr für die Großmutter, für ihre schönen Erinnerungen aus der Schweiz, für ihre Mittheilungen aus den Briefen von Julie Bondeli, für ihre Schmeichelreden und begeisterte Lobsprüche, für ihre Reden von gelehrten Dingen. Er fragte, ob sie ihm nicht ihre Enkelkinder wolle zeigen? so wurden wir ihm denn alle drei feierlich vorgeführt und von der Großmutter sogleich belehrt, wie glücklich wir seien, ihn zu sehen und von ihm gesegnet zu sein. Er war auch gar nicht faul, ging rasch auf mich zu, legte mir die Hand auf den Kopf unter welcher ich ihn drohend ansah, und sagte langsam und feierlich: »diese da scheint sehr selbständig, wenn Gott ihr diese Gabe als eine Waffe für ihr Glück zugetheilt hat so möge sie sich ihrer ungefährdet bedienen, daß alle sich ihrem kühnen Willen fügen, und niemand ihren Sinn zu brechen gedenke.« Ziemlich verwundert war die Großmutter über diesen wunderlichen Segen, noch mehr aber, daß er die Schwestern nicht segnete, die doch ihre Lieblinge waren. Wir wurden entlassen und gingen in den Garten; – wir trugen damals breite Schärpen von blau und weiß geflammter Seide, auf dem Rücken waren sie in Schleifen gebunden, die in der vollen Breite, welche wohl eine Elle betrug, ausgebreitet waren, so daß sie gleichsam Schmetterlingsflügel bildeten. Während ich in meinem Blumenbeet arbeitete, haschte mich Einer an diesen Flügeln; es war Herder, »siehst du, kleine Psyche«, sagte er, »mit den Flügeln genießt man wohl die

Freiheit, wenn man sie zur rechten Zeit zu brauchen weiß, aber an den Flügeln wird man auch gefangen, und was giebst du, daß ich dich wieder los lasse?« – er verlangte einen Kuß, ich verneigte mich und küßte ihn, ohne das Geringste einzuwenden.

Der Kuß des geretteten Franzosen war ganz im Einverständniß meiner Empfindung, ich kam ihm auf halbem Weg entgegen, und doch war er unmittelbar darauf vergessen, und jetzt erst, nach sechs Jahren, taucht er aus meiner Erinnerung auf, als eine neue Erscheinung. Herder's Kuß war von meiner Seite ganz willenlos oder eher unwillig angenommen, und doch hab' ich ihn nicht vergessen; ich konnte in erster Zeit den Eindruck nicht verwinden, er verfolgte mich im Traum; bald war mir's, als habe ich wider meinen Willen etwas weggeschenkt, bald überraschte es mich, daß dieser große bedeutende Mann mich so dringend aufgefordert hatte ihn zu küssen, dies war mir eine räthselhafte Erfahrung. Herder sah mich so feierlich an, nachdem er mich geküßt hatte, daß mich ein Schauer befiel; der räthselhafte Name Psyche, dessen Bedeutung ich nicht verstand, versöhnte mich einigermaßen mit ihm und wie denn manches Zufällige, was vielen unscheinbar vorüberschweift, *einen* tief rührt und eine währende Bedeutung für ihn gewinnt, so war mir dies unbegriffne Wort Psyche ein Talisman, der mich einer unsichtbaren Welt zuführte, in der ich mich unter diesem Namen begriffen dachte.

So lehrte mir Amor das ABC, und in meiner Geisblattlaube in der die Spinnen rund um mich her dem beflügelten Insektenvolk Netze stellten, seufzte die kleine beflügelte Psyche über dieser problematischen Lection.

Ach Herr! – im Anfang des Jahres ist die Sonne mild sie schmeichelt den jungen Trieben, dann spaltet sie die Keime und wird immer dringender, die geöffnete Knospe kann sich nicht wieder in die kühle Kammer bewußtloser Dunkelheit verschließen, ihre Blüthe fällt dem glühenden Strahl, der sie erst lockte als Opfer.

## Dritter Kuß

Der blinde Herzog von Aremberg, der schöne, dessen Züge die geheiligte Würde der Legitimität aufgeprägt war, wollte gegen meinen Willen mir diesen Kuß geben, ich aber war wie die schwankende Blume im Winde, die der Schmetterling vergeblich umtanzt. Laß Dir's erzählen und ausmalen mit diesen bunten Farben aus dem Muschelkasten des Kindes, mit denen ich damals noch meine Welt ausmalte, und sie verstand, und Du wirst sie auch verstehen und Dich freuen, daß Du mit mir in den Spiegel siehst, in dem ich mich erkenne und den Genius, der mich zu Dir lenkt.

Er war schön der Herzog! – schön für das großgewölbte Kinderauge, das noch kein Menschenantlitz erblickt hatte, dessen Züge Geist ausströmten. Wenn er stundenlang bei der Großmutter saß und sich von ihr erzählen ließ stand ich neben ihm und starrte ihn an; ich war in Betrachtung dieser reinen erhabenen Züge versunken, die dem gewöhnlichen Menschen nie geschenkt werden.

Die reine, starke Stirn, deren Mitte eine Feuerstelle hatte für den göttlichen Brand des Zorns, diese Nase, höher, kühner, trotzbietender als sein schauerliches Schicksal, diese feinen feuchten Lippen, die mehr als alles andre, Befehl und Herrscherwürde aussprachen, die Luft tranken und ausseufzten die tiefste Melancholie, diese seinen Schläfe, sich an den Wangen niederschmiegend zum aufgeworfnen Kinn, wie der metallne Helm der Minerva! – Laß mich malen Goethe, aus meinem kleinen Muschelkasten, es wird so schön! sieh sie an, die grellenden abstechenden Farben, die der philosophische Maler vermeidet, aber ich, das Kind, ich male so; und Du, der dem Kinde lächelt wie den Sternen, und in dessen Begeistrung Kindereinfalt sich mischt mit dem Seherblick des Weisen, freue Dich der grellen bunten Farben meiner Phantasie.

So war er, der schöne, blinde Herzog, so ist er noch jetzt in dem Zauberspiegel der Erinnerung, der alle Bilder meiner Kindheit gefesselt hält, der sie in Perlen reiht und Dir als Opfer zu Füßen legt; so war seine Gestalt oft niedergebeugt im Schmerz um die erblindete Jugend, dann stolz erstreckt, sich aufrichtend, heiter verächtlich ironisch lächelnd, wenn er die tief versunknen Augensterne gegen das Licht wendete. Da stand ich und starrte ihn an, wie der Schäferknabe tief vergessen seiner Heerde und seines Hundes, den an den einsamen Felsen geschmiedeten, von der abgewendeten Welt unbeklagten Prometheus anstarrt; da stand ich und saugte den reinen Thau, den die tragische Muse aus ihrer Urne sprengt, um den Staub der Gemeinheit zu dämpfen, indem ich in tiefer, bewußtloser Betrachtung über ihn versunken war. – Es war in seinem zwanzigsten Jahr, im tollen, glühenden Übermuth der Jugend, im Gefühl seiner überwiegenden Schönheit, und im geheimen Bewußtsein alles dessen, was dieser zu Gebot stand, daß er am Tag der Jagd über die gedeckte Tafel sprang, mit seinen Sporn das Tischzeug mit Service und Prachtaufsatz auf die Erde riß und am Boden zerschmetterte, um seinem liebsten Freund an den Hals zu springen, zu umarmen, mit ihm tausend Abentheuer zu besprechen. Sie theilten sich auf der Jagd, und der erste Schuß, den der Freund that, war in beide Augensterne des Herzogs.

Ich habe den Herzog nie bedauert, ich bin nie zum Bewußtsein über sein Unglück gekommen; so wie ich ihn sah, erschien er mir ganz zu sich und seinem Schicksal sich verhaltend, ohne Mangel, wenn ich andre hörte sagen: »wie schade, wie traurig, daß der Herzog blind ist!« so fühlte ich's nicht mit, im Gegentheil dachte ich; »wie schade, daß ihr nicht alle blind seid, um die Gemeinheit eurer Züge nicht mit diesen vergleichen zu dürfen!« Ja Goethe! Schönheit ist ja das sehende Aug' Gottes, Gottes Auge, auf welchem Gegenstand es mit Wohlgefallen ruht, erzieht die Schönheit, und ob der Herzog auch nicht gesehen habe, – er war dem göttlichen Licht vermählt durch die Schönheit, und dies war allemal nicht das bitterste Schicksal.

Wenn ich so neben ihm stand und in Gedanken versunken mit ihm seufzte da fragte er: qui est là? – Bettine! »Amie viens que je touche tes traits, pour les apprendre par coeur!« und so nahm er mich auf den Schooß, und fuhr mit dem Zeigefinger über meine Stirn, Nase und Lippen, und sagte mir Schönes über meine Züge, über das Feuer meiner Augen, als ob er sie sehen könne. Einmal fuhr ich mit ihm von Frankfurt nach Offenbach zur Großmutter, ich saß neben ihm, er fragte, ob wir noch in der Stadt seien, ob Häuser da seien und Menschen? – ich verneinte es, wir waren auf dem Land, da verwandelte sich plötzlich sein Gesicht, er griff nach mir, er wollte mich an's Herz ziehen, ich erschrack; schnell wie der Blitz hatte ich mich den Schlingen seiner Arme entzogen und duckte nieder in der Ecke des Wagens; er suchte mich, ich lachte heimlich, daß er mich nicht fand, da sagte er: »Ton coeur est-il si méchant pour mépriser, pour se jouer d'un pauvre aveugle?« da fürchtete ich mich der Sünde meines Muthwillens, ich setzte mich wieder an seine Seite und ließ ihn gewähren, mich an sich ziehen, mich heftig an sein Herz drücken, nur mit dem Gesicht beugte ich aus und gab ihm die Wange wenn er nach dem Mund suchte. Er fragte, ob ich einen Beichtvater habe? – ob ich diesem erzählen werde, daß er mich geküßt habe. Ich fragte naiv schalkhaft: wenn er glaube, daß dies dem Beichtvater Vergnügen machen werde, so wolle ich's ihm erzählen. »Non, mon amie, cela ne lui plaira pas, il n'en faut rien dire, cela ne lui plaira absolument pas, n'en dites rien á personne.« In Offenbach erzählte ich's der Großmutter, die sah mich an und sagte: »mein Kind! ein blinder Mann, ein armer Mann!« – Im Nachhausefahren sagte er, ob ich der Großmutter gesagt habe, daß er mich geküßt habe; ich sagte »ja«. Nun, war die Großmutter bös? – »Nein«, »et bien? est ce qu'elle n'a rien dit?« – »oui!« – »et quoi?« – »ein blinder Mann, ein armer Mann!« – »O oui!« rief er, »elle a bien raison! ein blinder Mann, ein armer Mann!« und so rief er einmal ums andre: »ein blinder Mann, ein armer Mann!« bis er endlich in einen lauten Schrei der Klage ausbrach, der mir wie ein Schwert durch's Herz drang, aber meine Augen blieben trocken, während *seinen* erstorbenen, Thränen entfielen. Dem Herzog ist seit dem ein feierliches Monument in meinem Herzen errichtet.

*

Wir hatten einen schönen Garten am Haus, Ebenmaaß und Reinlichkeit war seine Hauptzierde, an beiden Seiten liefen Spaliere hin mit ausländischen Fruchtbäumen, im mitten Gang standen diese Bäume so edel, so hoch, so frei von jedem Fehl, sie hingen ihre schlanken Äste schwertragend im Herbst an den Boden, es war so still in diesem Garten wie in einem Tempel, im Eingang waren auf beiden Seiten zwei gleichmäßige Teiche, in deren Mitte Blumeninseln waren, hohe Pappeln begränzten ihn und vermittelten die Nachbarschaft zu den Bäumen in den angränzenden Gärten. Denke doch wie es mir da erging, wie da alles so einfach war und wie ich Deiner bewußt ward.

Warum wühlt's mir im Herzen wenn ich mich daran erinnere, daß die Blüthenkätzchen von den Pappeln, und diese braunen klebrigen Schalen von den Knospen mich beregneten, wie ich da so still in der Mittagsstunde saß und dem Streben der jungen Weinranken nachspührte, wie die Sonnenstrahlen mich umwebten, die Bienen mich umsummten, die Käfer hin- und herschwirrten, die Spinne ihr Netz in's Gitter der Laube hing. – In solcher Stunde bin ich Deiner zum erstenmal inne geworden. – Da lauschte ich, da hörte ich in der Ferne den Lärm der Welt, da dachte ich: du bist außer dieser Welt, aber mit wem bist Du? – Wer ist bei Dir? – Da besann ich mich auf nah und fern, da war nichts was mir angehörte. Da konnte ich nichts erfassen, mir nichts denken was mein sein könnte. Da trat zufällig, oder war's in den Wolken geschrieben, Deine Gestalt hervor; ich hatte von Dir nichts weiter gehört als Tadel, man hatte in meiner Gegenwart gesagt: Goethe ist nicht mehr so wie sonst, er ist stolz und hochmüthig, er kennt die alten Freunde nicht mehr, seine Schönheit hat gewaltig abgenommen, und er sieht nicht mehr so edel aus wie sonst; noch manches wurde von der Tante und Großmutter über Dich gesprochen, was zu Deinem Nachtheil war. Ich hatte es nur mit Vergessen angehört, denn ich wußte nicht, wer Du seist. – Jetzt in dieser Einsamkeit und abgeschlossnen Stille unter den Bäumen die eben blühen wollten, da kamen mir diese Reden wieder in's Gedächtniß; da sah ich im Geist wie die Menschen, die über Dich urtheilen wollten, Unrecht hatten, ich sagte zu mir selbst: Nein! er ist nicht unschön, er ist ganz edel, er ist nicht übermüthig gegen mich. Trotzig ist er nur gegen die Welt, die da draußen lärmt, aber mir die freundlich von ihm denkt ist er gewogen und zugleich fühlte ich als ob Du mir gut seist und ich dachte mich von Deinem Arm umfaßt, und getrennt durch Dich von der ganzen Welt, und im Herzen spürte ich Dir nach, und führte freundliche Gespräche in Gedanken mit Dir, da kam nachher meine Eifersucht wenn man von Dir sprach oder Deinen Namen sagte, es war als habe man Dich aus meiner Brust gerufen. Vergesse nicht Goethe, wie ich Dich lieben lernte, daß ich nichts von Dir wußte als daß man Dich in meiner Gegenwart böslich erwähnt hatte; die Tante sprach von Deiner Freigeisterei und daß Du nicht an den Teufel glaubst ich glaubte auf der Stelle auch nicht an den Teufel, und war ganz Dein und liebte Dich, ohne zu wissen, daß Du der Dichter seist von dem die Welt so Großes spreche und erwarte, das kam alles später; damals wußt' ich nur, daß die Leute Dich tadelten und mein Herz sagte: Nein, er ist größer und schöner als Alle, und da liebte ich Dich mit heißer Liebe bis auf heut und trotze der ganzen Welt bis auf heut und wer über Dich sprach von dem wendete ich mich ab, ich konnte es nicht anhören. Wie ich aber endlich Deine Herrlichkeit fassen sollte, da dehnten mir große Schmerzen die Brust aus, ich legte in Thränen mein Angesicht auf das erste Buch was ich von Dir in Händen bekam, es war der Meister, mein Bruder Clemens hatte es mir gebracht. Wie ich allein war da schlug ich das Buch auf, da las ich Deinen Namen gedruckt, den sah ich an als wie Dich selber. Dort auf der Rasenbank wo ich wenig Tage vorher zum erstenmal Deiner gedachte und Dich im Herzen in Schutz nahm, da strömte mir eine von Dir geschaffne Welt entgegen, bald fand ich die Mignon wie sie mit dem Freund redet, wie er sich ihrer annimmt, da fühlt ich Deine Gegenwart, ich legte die Hand auf das Buch und es war mir in Gedanken als stehe ich vor Dir und berühre Deine Hand, es war immer so still und feierlich wenn ich allein mit dem Buch war, und nun gingen die Tage vorüber und ich blieb Dir treu, ich hab' an nichts anders mehr gedacht womit ich mir die Zeit ausfüllen solle. Deine Lieder waren die ersten, die ich kennen lernte, o wie reichlich hast Du mich beschenkt für diese Neigung zu Dir, wie war ich erstaunt und ergriffen von der Schönheit des Klangs, und der Inhalt, den ich damals nicht gleich fassen konnte, wie ich den allmählich verstehen lernte was hat dies alles in mir angeregt, was hab ich erfahren und genossen, und welche Geschicke hab' ich erlebt, wie oft hat Eifersucht gegen diese Lieder mich erregt, und in manchen da fühlte ich mich besungen und beglückt. – Ja warum sollte ich mich nicht glücklich träumen? – welche höhere Wirklichkeit giebt es denn als der Traum? – Du wirst nie im Schooß des ersehnten Glückes finden was Du von ihm geträumt hattest. – Jahre gehen dahin, daß einer dem andern sich nahe wähnt, und daß wird dich nie die eigenthümliche Natur an's Licht wagen, der erste Augenblick freier unbedingter Bewegung trennt Freundschaft und Liebe. Die ewige unversiegbare Quelle der Liebe ist ja eben daß sie Geheimnisse in ihren klaren Wellen führt. Das Unendliche, der Sehnsucht begehrliche des Geistes ist aber, daß er ewige Räthsel darlege. Drum, mein Freund, träume ich, und keine Lehren der Weisheit gehen so tief in mich ein und begeistern mich zu immer neuen Anschauungen wie diese Träume, denn sie sind nicht gebaut auf Mißverständnisse sondern auf das heilige Bedürfniß der Liebe. – Mein erstes Lesen Deiner Bücher! ich verstand sie nicht, aber der Klang, der Rhythmus, die Wahl der Worte, denen Du Deinen Geist vertrautest, die rissen mich hin ohne daß ich den Inhalt begriff, ja ich möchte sagen, daß ich viel zu tief mit Dir beschäftigt war als daß die Geschichte Deiner Dichtungen sich hätte zwischen uns drängen können; ach es hatte mir niemand von Dir gesagt er ist der größte, der einzige Mensch unter allen, ich mußte es selbst erfahren wie ich Deine Bücher allmählig verstehen lernte, wie oft fühlte ich mich beschämt durch dies machtausübenden Begeistrungen, da stand ich und redete im Spiegel mit mir: »Er weiß von Dir nichts, in dieser Stunde läuten ihm andere Glocken, die ihn da- und dorthin rufen, er ist heiter, der Gegenwärtige ist ihm der Liebste, armes Kind! dich nennt sein Herz nicht«, da flossen meine Thränen, da hab ich mich getröstet, und hatte Ehrfurcht vor dieser Liebe als vor etwas ganz Erhabnem. Ja es ist wahr, es ist ein höherer Mensch innewohnend, dem sollen wir immer nachgehen, seinem Willen Folge leistend und keinem andern sollen wir Altäre bauen und Opfer bringen, nichts soll außer ihm geschehen, wir sollen von keinem Glück wissen als nur in ihm.

So hab ich Dich geliebt indem ich dieser inneren Stimme willfahrte, blind war ich und taub für alles, kein Frühlingsfest und kein Winterfest feierte ich mit, auf Deine Bücher, die ich immer lesen wollte, legte ich den Kopf und schloß mit meinen Armen einen Kreis um sie und so schlief ich einen süßen Schlaf, während die Geschwister in schönen Kleidern die Bälle besuchten, und ich sehnte mich immer früher zum schlafen zu kommen, blos um da zu sein wo ich Dir näher war. So ging die Zeit zwischen sechzehn und achtzehn Jahren hin, dann kam ich zu Deiner Mutter, mit der ich von Dir sprach als ob Du mitten unter uns seist, dann kam ich zu Dir und seit dem weißt Du ja, daß ich nie aufgehört habe mit Dir innerhalb dieses Kreises zu wohnen, den ein mächtiger Zauber um uns zieht. Und du weißt von da an alles was in meinem Herzen und Geist vorgeht, drum kann ich Dir nichts anders mehr sagen als zieh' mich an Dein Herz und bewahr mich an demselben Dein Lebe lang.

Gute Nacht, morgen reise ich in die Wetterau. [...]

*

## In Goethes Garten

Die ganze Welt umher beleuchtet von einer Sonne! Du in mir allein beleuchtet, alles andre im Dunkel. Wie das die Liebe entflammt, wenn das Licht nur auf einen Gegenstand fällt.

Das waren Deine Worte gestern: ich solle schreiben und wenn es Folianten wären es sei Dir nicht zu viel. Ach und Du weißt doch, daß meine Sprache nur einen kleinen Umfang an Kenntniß hat. Daß ich zwar glaube jedesmal neu zu empfinden was ich Dir zu sagen habe, aber doch ist es ewig dasselbe. Und Dir? ist es Dir nicht zu viel? – ich hab's versucht, wie ein Maulwurf mich durch's eigne Herz gewühlt, und habe gehofft einen Schatz zu entdecken, der im Dunkeln leuchte, den wollte ich Dir heraufbringen, aber vergeblich. – Es sind keine gewaltigen Dinge, die ich Dir zu sagen habe, es ist Nichts als nur lieblich zu gestehen, und unwiderstehlich dieses Nichts. Liebkosungen bestehen ja in der Mittheilung. – Wenn Du am Bach ruhst unter duftigen Kräutern und die Libelle mit ihren krystallnen Augen läßt sich auf Dir nieder, sie fächelt Deine Lippen mit ihren Flügeln, wirst Du ihr böse? – Wenn ein kleiner Käfer an Deinem Gewand hinaufklettert und endlich sich im Busen verirrt, nennst Du das allzu keck? – das kleine Thierchen so unbekannt mit dem schlagenden Herzen unter seinen Füßchen? – und ich! bekannt mit diesem erhöhten Takt Deiner Gefühle, bin ich zu tadeln, daß ich mich Dir an's Herz dränge? – Siehst Du! das ist alles was ich Dir zu sagen habe. – Der Abendwind eilt flüchtig über die Gräser bis zu mir herab, die ich am Fuß des Hügels sitze und daran denke, wie ich Dir diese Folianten ausfüllen soll.

*

Denk' ich an Dich so mag ich nicht am Boden weilen. Gleich regt Psyche die Flügel, sie fühlt die irdische Schwere, fühlt sich befangen in manchem was nicht zu ihrem himmlischen Beruf gehört, das macht Schmerz, das macht wehmüthig.

Das Licht der Weisheit leuchtet nur in uns selbst. Was nicht innere Offenbarung ist wird nie Früchte der Erkenntniß tragen. Die Seele kommt sich selber entgegen in der Liebe, sie findet sich und nimmt sich auf im Geliebten; so finde ich mich in Dir. Was kann mir beglückenderes widerfahren? – Und ist es ein Wunder daß ich Deine Kniee umfasse? – Ich möchte Dir alles mittheilen was ich von Dir lerne. – Wenn der Geist wäre, was das Wort wiederholen kann, so hätte der Begriff einen kleinen Umfang. Es ist noch was anders Geist als was in dem Netz der Sprache gefangen wird. Geist ist das alles in sich verwandelnde Leben; auch die Liebe muß Geist werden.

Goethe (Denkmalsentwurf), Kartonstich

S. 122ff

Mein Geist ist fortwährend geschäftig diese Liebe in sich umzusetzen, daraus wird und muß mein unsterblich Leben hervorgehen oder ich geh unter. –

*

Die Sonne geht unter, ihr Purpurzelt breitet sich über Deinen Garten, ich sitze hier alleine und übersehe die Wege, die Du durch diese Auen geleitet hast, alle sind verlassen, nirgend wandelt einer. – So einsam ist's, so ganz bis in die Ferne, und so lange schon hab' ich darauf gewartet alles soll schweigen, dann wollt' ich mich besinnen und mit Dir sprechen – und jetzt fühl ich mich so verzagt in der allmächtigen Stille. – Den Vogel im Busch hab' ich verscheucht, die Glockenblumen schlafen. Der Mond und der Abendstern winken einander, wo soll ich mich hinwenden? der Baum in dessen Rinde Du manchen Namen eingeschnitten hast den hab ich verlassen und bin herab gegangen zur Hausthür und hab die Stirne auf das Schloß gelegt, das Deine Hand wie oft aufgedrückt, und hast mit Freuden da gesessen und auch einsame Stunden verbracht. Du allein mit Deinem Genius hast's nicht gefühlt das schauervolle der Einsamkeit, glorreich triumphirend im Wettgefühl der Empfindung und Begeistrung gingen sie vorüber diese stillen Abende. O Goethe, was denkst Du von meiner Liebe? – die so ewig an Dich heran braus't wie die Fluth an's Ufer, und möchte mit Dir sprechen und kann nichts sagen, als nur seufzen. Ja! sage doch: was meinst Du das diese Liebe will? – ich selber erstaune oft, wie erwachend aus dem Traum, daß dieser Traum herrsche über mich. Aber bald beuge ich mich wieder unter das Schattendach seiner Wölbungen, und schmiege mich seinem Flüstern, und lasse die Sinne bewältigen durch das Flügelrauschen unbekannter Geister. – Göttlich will ich sein! göttlich und groß wie Du, frei über den Menschen nur in Deinem Lichte, stehend, nur von Dir verstanden. Pfeile will ich senden: Gedanken, Dich sollen sie treffen und keinen andern, Du sollst ihre Schärfe prüfen und in diesem heimlichen Verkehr sollen meine Sinne gedeihen, sie sollen herzhaft sein, gesund, rasch, freudig, ewig aufwärts nicht sinkend die Lebensgeister, ihrem Erzeuger zuströmend.

Es ist Nacht, ich schreib beim Sternenlicht. – Weisheit ist wie ein Baum, der seine Äste durch das ganze Firmament verbreitet, die goldnen Früchte, die ihr Gezweig zieren sind Sterne. Wenn nun eine Begierde sich regt, die die Früchte vom Baum der Weisheit genießen möchte? wie komme ich dazu diese goldnen Früchte zu erlangen? – Die Sterne sind Welten sagt man: ist der Kuß nicht auch eine Welt? – und ist der Stern größer Deinem Auge als der Umfang eines Kusses? – und ist der Kuß geringer Deinem Gefühl als das Umfassen einer Welt? – Drum: – die Weisheit ist Liebe! und ihre Früchte sind Welten, und der täuscht sich nicht, der im Kuß eine Welt empfindet, ihm ist eine reife Frucht, ein an dem Lichte der Weisheit gereifter Stern in den Busen gesunken. – Der aber Freund! – der von solcher Himmelskost genährt wird, zählt er noch für vollgültig unter den Menschen? –

Ich gehe nun schlafen, die Stille der Nacht, die heimliche Zeit verwendet Psyche um zu Dir zu dringen. Oft führt sie der Traum zu Dir, sie findet Dich vielleicht, durchkreuzt von tausend Gedanken, deren keiner ihrer erwähnt. Doch sie senkt die Flügel und küßt den Staub Deiner Füße bis Dein Blick sich ihr neigt.

Auf diesem Hügel überseh ich meine Welt!
Hinab in's Thal, mit Rasen sanft begleitet,
Vom Weg durchzogen, der hinüber leitet,
Das weiße Haus inmitten aufgestellt,
Was ist's worin sich hier der Sinn gefällt? –

Auf diesem Hügel überseh ich meine Welt!
Erstieg ich auch der Länder steilste Höhen,
Von wo ich könnt' die Schiffe fahren sehen
Und Städte fern und nah von Bergen stolz umstellt,
Nichts ist's was mir den Blick gefesselt hält.

Auf diesem Hügel überseh ich meine Welt!
Und könnt' ich Paradiese überschauen,
Ich sehnte mich zurück nach jenen Auen
Wo Deines Daches Zinne meinem Aug' sich stellt,
Denn der allein umgrenzet meine Welt.

Gereimt und ungereimt sag' ich Dir dasselbe, und Du ermüdest nicht mich anzuhören. Ich sitze hier auf der Bank in der Dämmerung wo der sinkende Tag vom aufgehenden Mond noch das Licht borgt, und freue mich meine Welt im Zwielicht zu überschauen. Vor wenig Minuten lag alles noch im Sonnenglanz, da war ich unruhig ob ich bleiben oder gehen solle. Jetzt, seit der Mond gestiegen ist weiß ich, daß ich bleibe, in *seinem Licht erkenn ich meine Welt*, seine Strahlen ziehen mich in ihren Zauberkreis, und was ich auch Unglaubliches für wahr halte, das verneint er nicht wie das Sonnenlicht. Er schmiegt sich schmeichelnd in den Schooß der Thäler, und ich fühle deutlich wie sie ihn liebt, die Natur, und wie er ihr geneigt ist, der Mond.

Wär' ich Dir, was die ganze Natur dem Mond ist, der Leben erregend in ihren Pulsen spielt, der leise Lüfte als Boten aussendet, der die samenbeflockten Schwingen des Abendwindes niederbannt in's thauige Gras und seinen befruchtenden Licht ihre Kraft aufregt: dann wär' mein ganzes Sein ein Empfängniß Deiner Schönheit. So viel Blüthen sich ihm erschließen, so viel Schmeichelreden Dir von meinen Lippen fließen, so viel Thautropfen in seinem Licht glänzen, so viel Thränen der Luft sich sammeln unter dem Einfluß Deines Geistes. [...]

*

Gestern hab' ich noch viel an Goethe gedacht, nein nicht gedacht: mit ihm verkehrt. Schmerz ist bei mir, nicht Empfinden, es ist Denken, ich werde nicht berührt, ich werde erregt. Ich fühle mich nicht schmerzlich behandelt, ich handle selbst schmerzlich. – Das hat also weh gethan, wie ich gestern mit ihm war. – Ich hab' auch von ihm geträumt. – Er führte mich längs dem Ufer eines Flusses schweigend und ruhig und behutsam, ich weiß auch, daß er sprach einzelne Worte, aber nicht was. Die Dämmerung schwärmte wie vom Wind gejagte zerrissene Nebelwolken, ich sah das zitternde Blinken der Sterne im Wasser, mein gleichmäßiger Schritt an seiner Hand machte mir das Bewegte, Irrende in der Natur um so fühlbarer, das rührte mich, und rührt mich jetzt während ich schreibe. Was ist Rührung? – ist das nicht göttliche Gewalt, die eingeht durch meine Seele wie durch eine Pforte in meinen Geist, eindringt, sich mischt und verbindet mit einer Natur, die vorher unberührt war, mit ihr neue Gefühle, neue Gedanken, neue Fähigkeiten erzeugt! – ist es nicht auch ein Traum, der den grünen Teppich unter Deinen Füßen ausbreitet und ihn mit goldnen Blumen stickt? – und alle Schönheit, die Dich rührt, ist sie nicht Traum? alles was Du haben möchtest, träumst Du nicht gleich Dich in seinen Besitz? – Ach, und wenn Du so geträumt hast, mußt Du dann es nicht wahr machen oder sterben vor Sehnsucht? – Und ist der Traum im Traum nicht jene freie Willkühr unseres Geistes, die alles giebt was die Seele fordert? Der Spiegel dem Spiegel gegenüber, die Seele inmitten, er zeigt ihre Unendlichkeit in ewiger Verklärung.

*

## Dem Freund

Du willst ich soll Dir mehr noch von ihm sagen, alles? – wie kann ich's? – gar zu schmerzlich wär's von ihm getrennt alle Liebe zu wiederholen; nein! wenn mir's wird, daß ich ihn selbst seh und spreche, wie mir's in diesen beiden Tagen erging, wenn ich zu ihm bitten kann wie sonst, wenn ich hoffen kann, daß er mir wieder die ewige heilige Rede seines Blickes zuwendet, dann will ich die Erinnerungen, die aus diesem Blick mir zuwinken Dir mittheilen. So wird's auch kommen: es ist nicht möglich, daß blos weil die leichte Hülle von ihm gesunken, dies alles nicht mehr sein oder sich ändern sollte. Ich will vertrauen und was andre für unmöglich halten, das soll mir möglich werden. Was wär' die Liebe, wenn sie nichts anders wär' als was die unregsame Menschheit an sich erfährt: ach sie erfährt nichts als ihren Ablauf. Schon in dem Augenblick, wo wir kühn genug sind, die Ewigkeit zum Zeuge unseres Glückes aufzufordern, haben wir die Ahnung, daß wir ihr nicht gewachsen sind, ach und nicht einmal: wir wissen vielmehr gar nichts von ihr. Von ihr wissen und in ihr sein ist zweierlei; gewußt hab' ich von ihr wie ich nicht mehr in ihr war. Dies ist der Unterschied: in ihr leben, da lebt man im Geheimniß, der innere Mensch umfaßt, begreift nicht die Wirkung, die es auf ihn hat. Von ihr leben: da lebt man in der Offenbarung, man wird gewahr wie eine höhere Welt uns einst in sich aufgenommen hatte, man fühlt die Merkzeichen früherer göttlicher Berührung – das was Scherz der Liebe schien, erkennen wir nun als himmlische Weisheit, wir sind erschüttert, daß der Gott uns nah war, daß unser irdisch Theil in ihm sich nicht verzehrte, daß wir noch leben, noch sind, noch denken, daß wir nicht auf ewig aufgegeben haben, was man so gern in glücklicher Stunde, am Busen des Freundes aufgiebt, nämlich was anders zu sein als *Tief empfunden* von dem Geliebten.

Einmal stand ich am Fenster mit ihm, es war Mondschein, die Blätter der Reben schatteten sich ab auf seinem Antlitz, der Wind bewegte sie, so daß sein Aug' bald in Schatten kam, bald wieder im Mondlicht glänzte. Ich fragt: »Was sagt Dein Aug?« – weil mir's schien als plaudre es. – »Du gefällst mir!« – Was sagen Deine Blicke? – »Du gefällst mir wie keine andre mir gefällt«, sagte er; o ich bitte, sage doch, was willst Du mit Deinem durchdringenden Blick? fragte ich, denn ich hielt seine Rede für keine Antwort auf meine Frage. – »Er betheuert«, sagte er, »was ich sage, und beschwört, was ich nicht wage, daß kein Frühling, Sommer, Herbst und Winter meinen Blick dir soll verlocken. Denn du lächelst mir ja zu, wie der Welt du niemals lächelst, soll ich dir da nicht beschwören, was der Welt ich nie geschworen?«

Es ist mir häufig nur gleich einem Lichtstreif, der mir durch die Sinne fährt und Erinnerungen in mir erhellt, von denen ich kaum weiß ob sie bedeutend genug sind, daß man sie als etwas Erlebtes bezeichne. – In der Natur ist's auch so, was spiegeln kann, das giebt wieder die Schrift der Liebe, der See malt die hohen Bäume, die ihn umgeben, grade die höchsten Wipfel in die tiefste Tiefe, und die erhabenen Sterne finden noch tiefere Tiefe in ihm, und die Liebe, die alles erzeugte, bildet zu allem den Grund, und so kann ich mit Recht sagen: unergründlich Geheimniß lockt alles zum Gipfel der Liebe, sei es auch noch so gering, sei es auch noch so entfernt.

Wie ich ihn zum erstenmal sah, da erzählte ich ihm wie mich die Eifersucht gequält habe, seit ich von ihm wisse; es waren nicht seine Gedichte, nicht seine Bücher, die mich so ganz leidenschaftlich stimmten, ich war viel zu bewegt noch eh ich ihn gesehen hatte, meine Sinne waren viel zu verwirrt, um den Inhalt der Bücher zu fassen, ich war im Kloster erzogen und hatte noch nicht Poesie verstehen lernen; aber ich war schon im sechzehnten Jahr so von ihm hingerissen, daß wenn man seinen Namen nannte, man mochte ihn loben oder tadeln, so befiel mich Herzklopfen; ich glaub', es war Eifersucht, ich ward schwindlig, war es bei Tisch wo meine Großmutter manchmal von ihm sprach, so konnt' ich nicht mehr essen, währte das Gespräch länger, so vergingen mir die Sinne, ich ward nichts mehr gewahr, es brauste um mich her, wenn ich allein war dann brach in Thränen aus, ich konnte die Bücher nicht lesen, ich war viel zu bewegt, da war's mir gleichsam als erstürzte der Strom meines Lebens über Fels und Geklüft in tausend Kaskaden herab, und es dauerte lang ehe er sich wieder zur Ruh sammelte. – Da kam nun einer, der trug einen Siegelring am Finger und sagte, den habe Goethe ihm geschenkt. Das klagte ich ihm, wie ich ihn zum erstenmal sah, wie sehr mich das geschmerzt habe, daß er einen Ring so leichtsinnig habe verschenken können, noch eh er mich gekannt. Goethe lächelte zu diesen seltsamen Liebesklagen nicht, er sah milde auf mich herab, die zutraulich an seinen Knieen auf dem Schemel saß. Beim Weggehen steckte er mir den Ring an den Finger und sagte: »Wenn einer sagt, er habe einen Ring von mir, so sage du: *Goethe erinnert sich an keinen wie an diesen.*« Nachher nahm er mich sanft an sein Herz, ich zählte die Schläge. – »Ich hoffe du vergißt mich nicht«, sagte er, »es wäre undankbar, ich habe ohne Bedingungen alle deine Forderungen so viel wie möglich befriedigt.« – *Also liebst* Du mich, sagte ich, und ewig, denn sonst bin ich ärmer wie je, ja ich muß verzweifeln.

*

Heute Morgen habe ich einen Brief vom Kanzler Müller erhalten, der folgendes über Goethe schrieb: Er starb den seligsten Tod, selbst bewußt, heiter, ohne Todesahnung bis zum letzten Hauch, ganz schmerzlos. Es war ein allmählig sanftes Sinken und Verlöschen der Lebensflamme, ohne Kampf. Licht war seine letzte Forderung, eine halbe Stunde vor dem Ende befahl er: »die Fensterläden auf damit mehr Licht eindringe.«

Heute wollen wir der Leyer andre Saiten aufziehen! Heute bin ich so glücklich! Herr und Meister! Heute ist mir ein so herrlicher überraschender Entschluß aus der Seele hervorgegangen, der mich Dir so nah bringen wird. Du hast mich wie ein läuterndes Feuer durchgriffen und alles überflüssige, alles Unwesentliche weggezehrt. Es rauscht so selig durch mich – keine lustvollere, keine jugendlichere Zeit von heut an bis zu Dir hinüber.

Wer kann sich mit mir messen? – Was wollen die? – *die* über mich urtheilen? – Wer mich kennt, wer mich fühlt, will nicht urtheilen. – Wie die Sonne freundlich mit ihren Streiflichtern auf Deinem Antlitz spielt, so spielt die Liebe, die Laune mir am Herzen, und wen ich liebe, dem bringt es Ehre, und wen ich Freund nenne, der kann sich drüber freuen, dem hab' ich Ehre erzeugt, *denn er kam gleich nach Dir*. Wenn's in mir klopfte und tobte dann strömte mir die Liebeslust die Melodieen dazu und die Begeistrung nahm sie in den allumrauschenden Ocean der Harmonien auf. Du hörtest mir zu und ließest die andern den Verstand haben, sich meiner Narrheit zu entsetzen; unterdessen strömte Ewiges durch Deine Lieder, und der Eifersucht Brand theilte die Nebelschauer auseinander, der Sonne kräftiger Strahl lockte Blüthe und Frucht.

Ja, ewiger Rausch der Liebe und Nüchternheit des Verstandes, Ihr stört einander nicht, die eine jauchzt Musik, die andre lies't den Text. – Bildet Euch, urtheilt, macht Euch Namen, nützlich, herrlich und groß. Habt Launen und was Ihr versäumt? – erkennt es nie! Denn ich und Er, der mir in ungemessnen Leben zuströmte, ersetzt mir alles.

Du bist oben, Du lächelst herab! O dieses Jahres Frühlingsregen, die Gewitter seiner Sommerzeit, sie kommen aus Deinem Bereich. Du wirst mir zudonnern, Du wirst Deine gewaltige tiefe Natur mir an's Herz schmettern und ich jauchze mich hinauf.

Wenn die Begeistrung den Weg zum Himmel nimmt, dann schwingt sie sich tanzend im Flug, und die Götterjünglinge stehen gereiht und freuen sich ihrer Kühnheit. – Und Du? – Du bist stolz, daß sie der Liebling Deiner irdischen Tage ist, die den Luftocean mit luftbrausender Ungeduld durchrudert, aufspringt mit gleichen Füßen am Himmelsbord, und mit hoch auflodernder Fackel Dir entgegen fliegt, sie über Dir schwingend, dann sie hinschleudernd in die hallenden Himmelsräume, daß sie dem Zufall leuchte zum Dienst, ihr ist's einerlei wie; sie liegt im Schooß des Geliebten, und Eros, der eifersüchtige, hält Wache, daß nicht ähnliche Flammen in ihrer Nähe sich zünden.

Im Böhmen am Waldesstrand auf der Höhe da harrtest Du meiner und wie ich Dir entgegen kam den steileren kürzeren Weg kletternd, da standest Du fest und ruhig wie eine Säule; der Wind aber, der Bote des heranrückenden Wetters, raste gewaltig und wühlte in den Falten Deines Mantels, und hob ihn und warf ihn Dir über's Haupt und wieder herab, und wehte an beiden Seiten ihn mir entgegen, als wolle er Dich mit herabziehen zu mir, die ich ein kleines Weilchen unweit Deiner Höhe ausruhte vom Steigen, um die klopfenden Schläfe und die erhitzten Wangen zu kühlen, und dann kam ich zu Dir, Du nahmst mich vor Dich an die Brust, und schlugst die Arme um mich in Deinen Mantel mich einhüllend. Da standen wir im leisen Regen, der sich durch das dickbelaubte Gezweig stahl, daß hie und da die warmen Tropfen auf uns fielen. Da kamen die Wetter von Osten und Westen, wenig wurde geredet. Wir waren einsylbig. – »Es wird sich verziehen jenseits«, so sagtest Du, »wenn es nur nicht da unten so schwarz herauf käme.« – Und die Schaaren der Wolken ritten am Horizont herauf, – es ward dunkel, – der Wind hob kleine Staubwirbel um uns her, Deine *linke* Hand deutete auf die Ferne, während die *rechte* das Gekräut und die bunten Pflanzen hielt, die ich unterwegs gesammelt hatte. – »Sieh, dort giebt's Krieg! – diese werden jene verjagen; wenn meine Ahndung und Erfahrungen im Wetter nicht trügen, so haben wir ihrer Streitsucht den Frieden zu danken.« – Kaum hattest Du diese Worte ausgesagt so blitzte es und brach wie von allen Seiten der Donner los; – ich sah über mich und streckte die Arme nach Dir, Du beugtest Dich über mein Gesicht und legtest Deinen Mund auf meinen, und die Donner krachten, prallten aneinander, stürzten von Stufe zu Stufe den Olympus herab, und leise rollend flüchteten sie in die Ferne, kein zweiter Schlag folgte. –

*»Hält man das Liebchen im Arm: läßt man die Wetter überm Haupt sich ergehen!«* das waren Deine letzten Worte da oben, wir gingen hinab, Hand in Hand. – Die Nacht brach ein, in der Stadt zündete die Obstfrau eben ihr Licht an, um ihre Äpfel zu beleuchten, Du bliebst stehen und sahst mich lange an. – »So benützt *Amor* die Leuchte der Alten, und man betrachtet bei *einer* Laterne seine Äpfel und sein Liebchen.« – Dann führtest Du mich schweigend bis zu meiner Wohnung, küßtest mich auf die Stirn und schobst mich zur Hausthür hinein. Süßer Friede war die Wiege meiner träumenden Luft bis zum andern Morgen.

*

## An den Freund

Nach zehn Jahren ward dies schönes Ereigniß, was so deutlich in meinem Gedächtniß eingeprägt blieb Veranlassung zur Erfindung von Goethe's Monument. Moritz Bethmann aus Frankfurt am Main hatte es bestellt, er wünschte der unwidersprechliche Charakter des Dichters möge drinn ausgedrückt werden. Er traute mir das Talent zu, daß ich die Idee dazu finden würde, obschon ich damals noch nichts mit der Kunst zu schaffen gehabt hatte. – In demselben Augenblick fiel mir Goethe ein, wie er damals am Rand des Berges gestanden, den Mantel unter den Armen hervor zusammen geworfen, ich an seiner Brust. – Das Erfindungsfieber ergriff mich, oft mußt' ich mich zerstreuen, um nur nicht mich ganz überlassen zu dürfen dem Gebrause der Imagination und den Erschütterungen der Begeistrung. Nachdem ich die Nächte nicht geschlafen und am Tag nichts genossen war meine Idee gereinigt vom Überflüssigen und entschieden für's Wesentliche.

*Ein verklärtes Erzeugniß meiner Liebe, eine Apotheose meiner Begeistrung und seines Ruhms;* so nannte es Goethe, wie er es zum erstenmal sah.

Goethe in halber Nische auf dem Thron sitzend, sein Haupt über die Nische, welche oben nicht geschlossen sondern abgeschnitten ist, erhaben, wie der Mond sich über den Bergesrand herauf hebt. Mit nackter Brust und Armen. Den Mantel, der am Hals zugeknöpft ist, über die Schultern zurück unter den Armen wieder hervor im Schooße zusammen geworfen, die linke Hand, welche damals nach den Gewittern deutete, hebt sich jetzt über der Leier ruhend, die auf dem linken Knie steht; die rechte Hand, welche meine Blumen hielt, ist in derselben Art gesenkt, und hält nachlässig *seines Ruhms vergessend* den vollen Lorbeerkranz gesenkt, sein Blick ist nach den Wolken gerichtet, die junge Psyche steht vor ihm, wie ich damals, sie hebt sich auf ihren Fußspitzen, um in die Saiten der Leier zu greifen, und er läßt's geschehen in Begeistrung versunken. Auf der einen Seite der Thronlehne ist Mignon als Engel gekleidet mit der Überschrift: »So laßt mich scheinen bis ich werde«, jenseits Bettina, wie sie, zierliche kindliche Mänade auf dem Köpfchen steht, mit der Inschrift: »Wende die Füßchen zum Himmel nur ohne Sorge! Wir strecken Arme betend empor, aber nicht schuldlos wie Du.«

Es sind jetzt acht Jahre her, daß ein hiesiger Künstler* die Gefälligkeit hatte, mit mir eine Skizze in Thon von diesem Monument zu machen, es steht in Frankfurt auf dem Museum, man war sehr geneigt es in Thon ausführen zu lassen, da gab Goethe das frankfurter Bürgerrecht auf, dies verminderte zu sehr das Interesse für ihn, als daß man noch mit der Energie, die dazu nöthig war, die Sache betrieben hätte, und so ist's bis heute unterblieben. Ich selbst hab' oft in mich hineingedacht, was meine Liebe zu ihm denn wohl bedeute, und was daraus entspringen könne, oder ob sie denn ganz umsonst gewesen sein solle, da fiel mir's in diesen letzten Tagen ein, daß ich so oft schon als Kind überlegte, wenn er gestorben wär', was ich da anfangen solle, und daß ich da immer mir dachte, auf seinem Grab möchte ich ein Plätzchen haben, bei seinem Denkmal möchte ich versteinert sein wie jene Steinbilder, die man zu seinem ewigen Nachruhm aufstellen werde; ja ich sah im Geist mich in ein solches Hündchen, das gewöhnlich zu Füßen hoher Männer und Helden als Sinnbild der Treue ausgehauen liegt, darein möcht' ich mich verwandeln. Heute Nacht dachte ich daran, daß ich früher öfter in solche Visionen versunken war und da war mir's so klar, daß dies der Keim sei zu seinem Monument, und daß es mir obliege seine Entstehung zu bewirken. Seit ich diesen Gedanken erfaßt habe bin ich ganz freudig, und habe große Zuversicht, daß es mir gelingen werde. Goethe sagte mir einmal folgende goldne Worte: »Sei beständig und was einmal göttlicher Beschluß in dir bedungen, daran setze alle Kräfte, daß du es zur Reife bringest. Wenn die Früchte auch nicht der Art ausfallen, wie du sie erwartest, so sind es doch immer Früchte höherer Empfindung, und die allseitig

* Der jüngere Wichmann

erzeugende lebennährende Natur, kann und soll von der ewigen göttlichen Kraft der Liebe noch übertroffen werden.« – Dieser Worte gedenkend, die er damals auf unsre Liebe bezog und, ihnen vertrauend, daß sie noch heute meine schwache Natur zum Ziel leiten, werde ich verharren in diesem Beschluß, denn solche Früchte erzeugt die Liebe, wenn es auch die nicht sind, die ich damals erwartete, so traue ich doch seiner Verheißung, es werde mir gelingen.

Zur Geschichte des Monuments gehört noch, daß ich es selbst zu Goethe brachte. Nachdem er es lange angesehen hatte, brach er in lautes Lachen aus; ich fragte: »Nun! mehr kannst Du nicht als lachen?« – und Thränen erstickten meine Stimme. – »Kind! mein liebstes Kind!« rief er mit Wehmuth, »es ist die Freude, die laut aus mir aufjauchzt, daß du liebst, mich liebst, denn so was konnte nur die Liebe thun.« – Und feierlich die Hände mir auf den Kopf legend: »Wenn die Kraft meines Segens etwas vermag, so sei sie dieser Liebe zum Dank auf dich übertragen.« – Es war das einzigemal, wo er mich segnete, anno 24 am 5. September.

*

Der Freund weiß daß die Sehnsucht nicht ist, wie der Mensch sich von ihr denkt, wie von dem Brausen des Windes, und von beiden falsch; nämlich, daß beide so sind, und auch wohl wieder vergehen; und die Frage: Warum und woher und wohin, ist ihnen bei der Sehnsucht wie bei dem Wind. Aber: Wie hoch herab senken sich wohl diese Kräfte, die das junge Gras aus dem Boden hervorlocken? – und wie hoch hinauf steigen wohl diese Düfte, die sich den Blumen entschwingen? – ist da eine Leiter angelegt? – oder steigen alle Gewalten der Natur aus dem Schooß der Gottheit herab, und ihre einfachsten Erzeugnisse wieder zu ihrem Erzeuger hinauf! – ja gewiß! – alles was aus göttlichem Segen entspringt kehrt zu ihm hinauf? und die Sehnsucht nach Ihm, der erst niedersank wie Thau auf den durstigen Boden des menschlichen Geistes, der hier in seine herrlichste Blüthe sich entfaltete, der aufstieg im Dunst seiner eigenen Verklärung; sollte diese Sehnsucht nicht auch himmelan steigen? – sollte sie den Weg zu ihm hinauf nicht finden? –

*

*Dieses Fleisch ist Geist geworden*

Diese Worte habe ich als Inschrift des Monuments gewählt. Was der Liebende Dir zuruft Goethe, es bleibt nicht ohne Antwort. Du belehrst, Du erfreust, Du durchdringst, Du machst fühlbar, daß das Wort Fleisch annimmt in des Liebenden Herz.

Wie der Ton hervorbricht aus dem Nichts, und wieder hinein verhallt, der das Wort trug was nie verhallt, was in der Seele klingt und alle verwandten Harmonieen aufruft: so bricht auch die Begeistrung hervor aus dem Nichts, und trägt das Wort in's Fleisch und verhallt dann wieder. – Der Geist aber, der sich vermählt mit der Weisheit des Wortes, wie jene himmlischen Kräfte sich im Boden vermählen mit dem Saamen aus dessen Blumen sie im Duft wieder aufsteigen zu ihrem Erzeuger, der wird auch emporsteigen und ihm wird Antwort ertönen vom himmlischen Äther herab.

Der Zug der Lüfte, die auch aufseufzen und daherbrausen wie die Sehnsucht, von denen wir nicht wissen von wannen, die haben auch keine Gestalt; sie können nicht sagen: das bin ich oder das ist mein! – aber der Athem der Gottheit durchströmt sie, der giebt ihnen Gestalt, denn er gebärt sie durch das Wort in's Fleisch. – Du weißt, daß die Liebe die einzige Gebärerin ist; – daß, was sie nicht darbringt dem himmlischen Erzeuger, nicht zur ewigen Sippschaft gehöre? – was ist Wissen, das nicht von der Liebe ausgeht? – was ist Erfahrung, die sie nicht giebt? – was ist Bedürfniß, das nicht nach ihr strebt? –

was ist Handeln, das nicht sie übt? – wenn Du die Hand ausstreckst und hast den Willen nicht die Liebe zu erreichen, was hast Du da? – oder was erfassest Du? – Der Baum, den Du mit allen Wurzeln in die Grube einbettest, dem Du die fruchtbare Erde zuträgst, die Bäche zuleitest, damit Er, der nicht wandern kann, alles habe was ihn gedeihen macht, der blüht *Dir*, und Deine Sorge schenkst Du ihm darum; ich auch thue alles, damit sein Andenken mir blühe. – Die Liebe thut alles sich zu lieb und doch verläßt der Liebende sich selber und geht der Liebe nach.

Ende des Tagebuchs

## DIES BUCH GEHÖRT DEM KÖNIG
*Zweiter Theil*

### Socratie der Frau Rath
### (Bruchstück. Die Verbrecher)

II.

[...] *Fr. Rath.* Habt Ihr denn alles versucht, was sonst auf Seele und Geist Einfluß hat? – Ihr habt gar nichts versucht, selbst das bischen Sonne das manches Grashälmchen frühzeitig weckt, das versagt Ihr ihm. – Das Licht der andern Welt habt Ihr in Nacht verwandelt, schwer geladne Gewitterwolken thürmen sich vor seinem Blick in die Zukunft. – Für was ist alle Kunstbildung wenn sie nicht den Schmetterling aus seiner Verpuppung löset, für was Geist wenn er Euch selbst nicht hellsehend macht? – Sezt Ihr die Allmählichkeit in der Natur voraus, und verzweifelt daß die Bildung des Verbrechers je vorwärts rücke, so bedenkt daß ein inneres Vorwirken Euren Blicken entzogen ist, erkennt Ihr aber die Macht der Natur durch einen Zauberschlag im Nu ein neues Leben mit allen künftigen Bestimmungen zu beginnen; was sie zweimal Euch beweist beim Lebens Ein- und Ausgang durch geheimnisvolle Vorbereitung im Schooß der Mutter, im Verein aller Naturkräfte (die geistigen nicht ausgenommen) vorzüglich aber die Liebe! so denkt, daß dies Erdenleben eine Schwangerschaft ist; – das jenes Urtheil was diese Schwangerschaft in ihrem heiligen Werde vernichtet fürchterlicher Verrath am Göttlichen ist! Ihr habt die Bildung, Ihr seid zugänglich für jenen Begriff, für jene Vorstellungen des Höheren, Eure Gedächtnistafel ist ja nicht so mit Unflat bedeckt, daß kein Sittengesetz drauf eingegraben werden könnte. Nun warum haftet das Gesetz des Geistes nicht darauf? Warum habt Ihr die Ahnung nicht der höheren Elementen-Welt? Warum tritt auch Euer Begriff in Knechtsgestalt auf? – Ich will's

Euch sagen! weil der Beginn Eurer Laufbahn eine Lüge war! – »Es werde Licht« dies allharmonische Werde das in einem Nu alle Lebensfeuer ausströme, das habt Ihr geläugnet! Furcht wuchert in Eurer Seele. Euer Geist selbst ist gebunden härter als der Gefangnen, und doch verzweifle ich nicht daß er sich regen werde so wie ihm die Stricke gelöst sind. Und doch fühlt der Liebende den Ihr läugnet, die ewige Sehnsucht Euch zu überwinden um Euch zu beglücken! – O verzweifelt nicht am Verbrecher, legt nicht Hand an ihn, seine Verwilderung führt ihn nicht so weit ab vom Ziel als Eure falschen Vorkehrungen! –

Ja Herr Bürgermeister ich seh in Ihren Augen leuchtet meine politische Unschuld! die Sie mit Nachsicht überschwemmen, ich aber anerkenne in Ihnen keine unschuldige Politik; denn sie ist aller Verkehrtheit Urlüge, die hat so weit Euren Geist herabgewürdigt, daß er nicht einmal mehr zurechnungsfähig ist. Diese Urlüge der Politik drückt mit finsterem Schlaf despotisch auf Euch zusammt den Verbrechern! richtet die Urlüge der Politik, und die gesammte Menschheit wird ins junge Grün der Unschuld wieder sich einkleiden! – Der Scharfrichter der das Beil glücklich führt gegen diese Urlüge bedarf keiner dreihundert Schläge um sich ehrlich zu richten, der erste Schlag macht ihn zum König der Erde!

*Pfarrer.* Eine neue Religion bedarf einen neuen Katechismus! –

*Fr. Rath.* Nehmen Sie aus der alten Religion die reine Basis. »Die Liebe richtet nicht! – sie bringt sich selbst zum Opfer! – Zweitens! verfolgte nicht mit Messerstichen das fremde Gewissen, weil du den Stich des eignen Gewissens so gut überwindest und vernachlässigst.«

*Bürgermeister.* Wollten Sie doch den Wahn fahren lassen als ob wir gegen unser eidliches Gewissen handeln, im Gegentheil zwingt es uns zu jedem Schritt selbst mit Widerstreben unseres Gefühls.

*Pfarrer.* Und ein Theil dieses Elendes selbst ist mit über uns verhängt! Unsre schönsten Hoffnungen auf Menschenglück, unseren Jugendstolz und Gefühl menschlicher Erhabenheit sehen wir im Schiffbruch zu Trümmern gehen, und Geringes nur ist durch unser Bemühen zu retten!

*Fr. Rath.* Sie guter Herr Pfarrer und bester Herr Bürgermeister! Ihr seid übel dran, Ihr könnt nicht mehr unwillkührlich wollen; Ihr müßt mit Absicht und Vorsatz auf das Gute lossteuern. Zwei schlechte Krücken über die man hundertmal Hals und Bein bricht, ehe man einmal mit ihnen ankommt.

*Pfarrer.* Ja das ganze Leben ist ein ewiges Stranden alles Heiligen und Höchsten worauf man baute, und dem man in seiner Jugendbegeisterung alle Kräfte gelobte! –

*Fr. Rath.* Ach den besten Seelenkräften stellt der Teufel ein Bein und stiebt alle moralischen Vorsätze auseinander, wie der Sturmwind die gewaltigen Äste der Eiche losbricht, da stehest du Baum mit wetterzerzauster Perücke mitten in deinem Sommer, und der Wind wirbelt muthwillig mit deinen ausgerupften Locken im weiten Nichts herum. – Wolltet Ihr aber die Naturstimme Steuermann sein lassen, Ihr würdet nicht Schiffbruch leiden! sie bleibt auf keiner Sandbank sitzen der Gesetzes-Despotie der Rechtsform, des Aberglaubens am alten System; sie steuert sorglos zwischen den Zorneswogen der Hoffart, des Neides, der Herrschsucht und des beleidigten Ehrgeizes heimlicher Rachsucht, des tyrannischen Selbstdünkels. Sie entfaltet für Freiheit den nöthigen Sinn, die Geistesschönheit, das Allumfassende der Menschenliebe. Reiner unbefangener Religionsgeist! – Heilige Kunst, vollendete Menschennatur, in der Volk Kinder und Götter in mannigfaltigen Gruppen ihr nachschwimmen, bilden die stolze Flotte die ihrem Compaß und Steuer vertrauend auf dem Lebensmeer gefahrlos dahin rauscht.

*Pfarrer.* Wie kommts aber daß diese Siegesgöttin bisher noch keine überwindende Reden gehalten hat, daß im Gegentheil ihr Stottern oft verräth sie wisse nicht aus noch ein? –

*Fr. Rath.* Weil man ihr aufs Maul schlägt mein lieber menschenfreundlicher Lavater! – Weil man ihr den Prozeß macht ohne sie anzuhören, weil man sie nicht versteht und doch verdammt. – Denn der sie versteht für den wird sie mächtig und mächtiger, es ist kein Eindruck so gewaltig sie bemeistert ihn.

*Pfarrer.* Aber das Böse was in den Menschen wuchert, wie kann dies bekämpft werden als durch Inspiration höherer Weisheit, die mit der Naturstimme gar nicht zusammenhängt? – Die Kirchenväter die das Wesen der Sünde so tief erkannten, haben dieser Naturstimme doch auch aufgelauert und allerdings gefunden daß ihr nicht zu trauen sei.

*Fr. Rath.* Das Böse ist eben im Menschen weil die Naturstimme nicht Herr in ihnen geworden, ein alter Kirchenvater hört sie so wenig als wenn er mit seiner Pelzmütze auf einen alten Teppich schlägt! – Der närrische Hochmuth uns von der Nichtigkeit des Weltalls überzeugen zu wollen, dies Prachtgebäude der Ewigkeit, aus dem wir Belehrung und Veredlung schöpfen mit jedem Athemzug, und so ein närrischer Kirchenvater, – schätzen soll man ihn als ob er die himmlische Weisheit wäre, und steht vor dem Weltall wie die Kuh vor dem neuen Scheuerthor! – Ei daß er sich nicht schämt und besinnt! – Alle Stern mit ihren mächtigen Sippschaften sollen vergänglich sein und ich elender Kirchenvater der das ausgeheckt hat, und nie meine Gedanken übers Kirchendach hinaus hab fliegen lassen, soll fort und fort über all unsre Begriffe hinaus fliegen.

*Pfarrer.* Die prophetischen Monumente des alten Testamentes mit dem Siegel des auslegenden Geistes zu verwahren der nur wahre Emanation göttlicher Urkraft sein kann, unmittelbare Gnade Gottes; – durch die sein heilig Regiment über den schwachen Menschengeist ordnen, und seine Existenz die auch bei dem besten Streben ihn zu begreifen oft bezweifelt wird zu beweisen im Feld des Übersinnlichen; – da streifen die Kirchenväter doch weit über das Kirchendach hinaus.

*Fr. Rath.* Das Suchen nach Gottbegreifen ist das Sichselbsterzeugen des Menschen. – Ist die Frucht im Mutterleib nicht auch in fortwährender Thätigkeit sich selbst zu erzeugen? – ist Leben überhaupt ein anderes als das Liegen im Mutterleib und Werden? – was hat ein Kirchenvater da drein zu pfuschen? – giebts nicht ein sinnlich Denken was den Apfel reift? – Das Gefühl des Werdens ist moralisches Genie, Quelle der Unsterblichkeit. – Die Kirchenväter haben sich diesen Lebensstrom abgedämmt zu einem stehenden Sumpf, in dem hat sich aller Unrath gesammelt und sind wie die großen bemoosten Karpfenhäupter drinn herumgeschwommen, das kann aber mich nicht hindern munter mit der reißenden Lebensfluth dahinzurauschen.

*Pfarrer.* Sie halten also unser christliches Verharren für ein Weilen im Sumpf der Geistes-Despotie! – für charakterloses Nichtdenken, für Feigheit – die über sich beschließen lässet, und nicht für Unterwerfung der göttlichen Offenbarung! –

*Fr. Rath.* Das Göttliche ist frei im Menschen, und kein Beweiß was Gott gethan was er gemeint und was er prophetisch wahr gemacht hat einst, hindert daß jetzt der sich freiem Spiel überlasse in ihm. Was ist Genie? – Es ist des Gottes freies Spiel im Menschengeist. Das aber kann der Kirchenvater durch kein Gebot im Zaum halten.

*Pfarrer.* Und die göttliche Gnade haben die Kirchenväter sie nicht als Offenbarung gehabt? –

*Fr. Rath.* Was Gnade! Ein Fabelwort und fürchterlicher Selbstdünkel! Alles in der Natur ist Sinnentrieb, und das ist ihr Geist.

*Pfarrer.* Wie? – das ist ihr Geist? –

*Fr. Rath.* Strömt die Natur nicht Leben? wo soll der Geist aufspringen? – Der Mensch ist ganz Zwei, denn er ist ein anderer wenn er denkt und ein anderer schlafend, und doch ist er nicht Zwei, denn er schläft wenn er denkt, und denkt wenn er schläft. So ist er denn nicht sein eigen wie's scheint, denn ein höherer Geist treibt seine Sinne zum Denken zum Werden. Der Mensch ist nicht, er wird erst, der Mensch ist noch nicht geboren er keimt erst. Der Mensch ist noch im Mutterleib und sein Denken ist schlafendes Saugen der unreifen Frucht. – Der Mensch wühlt sich durch die unendlichen Wolken des Denkens zum wirklichen selbständigen Sein, das heißt er erschafft sich erst durch Denken. – Sie meinen sich wirklich! Sie sind aber nicht wirklich. Sie sind nur Pfarrer! –

*Pfarrer.* Als Pfarrer muß ich doch noch Herr meines Geistes sein! Ich muß ihn verwenden, er ist durch meinen Fleiß, durch mein eignes Bewegen, das heißt denkendes Lenken dazu geworden daß ich der Menge ihn wiedergebe; und zwar als Religionslehre, als beglaubigende Macht wirkt er auf die Menschheit, eben so als segnende Kraft, eben so als belehrende Stimme auf die durch das Wort Gottes sich bildende Menge. Da kann mein Geist doch nicht als Pfarrer eine Stufe niedriger stehen wie als Mensch? –

*Fr. Rath.* Ach gehn Sie doch! In was vor einem zähen Vogelleim hat sich ihr Geist die Flügel verklebt. – Die Schwungfedern sind ganz verleimt. Da hüpfen Sie wie ein gezähmter Dompfaff auf dem Kirchenterrain und picken den heiligen Hanfsamen den Sie vorgestreut kriegen von den Kirchenvätern, und da wollen Sie noch als Pfarrer sich eine Stufe höher retiriren als der wilde Waldmensch der vielleicht noch nicht aus seinen Urwäldern hervor ans Sonnelicht kam? – Treten Sie in die Sonne und Ihre Gestalt wird in ihrem Licht sich abgränzen und im Schatten sich Ihnen vormalen. Nun ihre Gedanken sind der Schatten den die allleuchtende Geistessonne umgränzt. Im Denken muß der Geist aufgehen, er ist Lichtkeim der Zukunft. – Das irdische Leben ist der Mutterschooß des Geistes. *Das ist Sünde was dem Geist Eintrag thut*, weil jede Verstocktheit und Zwangsgewalt des Geistes Werden unterbricht.

*Pfarrer.* Aber der Geist, aus welcher Quelle strömt er? –

*Fr. Rath.* Nicht aus der Gnadenquelle. Er hat den Willen des Werdens, nicht aus Gnade aber aus Selbstliebe, er kann und soll der einzig Selbstliebende sein. Es ist keiner unter, keiner über ihm dem zu lieb der Geist handle, alles verwandelt er in sich, damit er alles ausströme. Geist ist Selbstliebe die kann nicht Gnade sein.

*Pfarrer.* Was ist aber Gott? ist der auch Selbstliebe? –

*Fr. Rath.* Er ist Geist! Selbstüberwinder aus Liebe zu sich. Einer in sich den Andern! – Überwindet der Liebende nicht den Geliebten, drum nennen wir Gott die Liebe. Liebt sich, sucht sich, überwindet sich in einander! –

*Pfarrer.* Und die Wunder die er thut die den Geist des Menschen so oft überraschen mitten in der Finsterniß mit hellem Licht der Bekehrung – die auch sollen nicht aus dem Gnadenquell fließen? – noch außer denen die der Gottsohn mitleidvoll über die Menschheit ergoß?

*Fr. Rath.* Christus hat müssen nach Wundern ausgreifen um die Menschheit zu bekehren, das war freilich kein Wunder, er hatte sie bei der Hand. Aber das nimmt mich Wunder daß sein Geist ohne sinnliche Wunder nicht wirken konnte. Wahrscheinlich hat er Eil gehabt wieder in den Himmel zu kommen, was ihm auch nicht zu verdenken ist, es giebt Jahreszeiten und Witterungen wo man keinen Hund vor die Thür jagen mag. – Man muß sich alles zurechtlegen; seitdem ich in Klopstocks Messiade gelesen habe von den Marmorhallen und parketirten Himmelsböden da dacht ich unsereins ist auch froh wenns wieder zu den seinigen kommt. Es hätte ihn vielleicht freilich ein bischen mehr Zeit gekostet wenn ers hätte ohne Wunder abmachen wollen! –

*Pfarrer.* Ich umgehe Ihre Scherze; ich erinnere Sie an die göttlichen Decrete die in Erfüllung gehen mußten. Alle Wunder hatten schon ihre Bestimmung im alten Testament!

*Fr. Rath.* Das war eben das Unglück, denn immer ists zu bedauern daß die Menschheit nicht durch die göttliche Weisheit klug gemacht ist, sondern durch die Wunder schon zweitausend Jahr perplex. Einmal macht ich die Reise nach Heidelberg mitten im Winter, die Bäume waren alle überglast, Abends im Mondschein das Wunder anzusehen von den ungeheuren Silberschluchten in den Bergwendungen, und die stolzen Mauern mit den Kaiserbildern hinter denen die Zeit alles abgebrochen, die treten hervor und fangen das Silberlicht auf und verwandeln sich in Geister durch den Zauberspiegel der Natur; – schau hinein in diesen Zauberspiegel, sie will die Wahrheit deiner Sinne nicht gefangen nehmen noch deine Vernunft! – Das erbarmt mich aber sehr, wenn das Menschengeschlecht angerückt kommt mit seinen Gesetzen und Auslegungen der Wunder, und ein Menschengeschlecht will sie dem andern aufplakken und verweigert dem Geist zu genießen was der ihm reifes bietet, als sei es die Frucht vom bewußten Apfelbaum: »Du sollst nicht vom Baum der Erkenntniß essen!«

*Bürgermeister.* Ihre philosophischen Ausfälle auf den Staat, daß Sie den Verbrecher als seine selbstverschuldete Staatskrankheit schildern das wird dem freilich eine verderbliche Frucht des Erkenntnißbaumes scheinen.

*Fr. Rath.* Der Staat ist Mensch, die Menschheit zur Freiheit heraufbilden ist seine physische Geschichte. Er trägt die Krankheitstoffe in sich, und soll sich aus ihnen erlösen. Ist die Menschheit Kind dann liegt Anlage und Gesundheit im Keim! – Der Staat muß diesen Freiheitskeim in ihr entwickeln sonst ist er Rabenmutter, und sorgt auch für Rabenfutter. Ist die Menschheit zum Jüngling herangereift, dann ist dem Staat als Vater, des Sohnes Freiheitsblüthe die beglückendste Hoffnung und sein heroisch Feuer der höchste Genuß! Muß dem Vater nicht obliegen daß der Sohn nicht Sclave sei, daß die gewaltigen Kräfte der Selbstheit sich in ihm ausbilden, aber nicht unterdrückt werden. Sollte der Vater den Weg der Natur in ihm nicht anerkennen wollen? – Dann aber, ist die Menschheit Mann geworden. Herz und Seele und den Gesammtgeist der Menschheit hat der Staat selbst aber aus der Geschichte herauszubilden und das ist der Staat als Heros! – Hiermit tritt er zugleich ins Centrum zurück und wird Herr der gesammten Peripherie. –

*Bürgermeister.* Mensch ist der Staat? – Mutter, Vater! – Dann endlich Herz und Seele regiert vom Gesammtgeist der ein Heros ist und ins Centrum zurücktritt, und Herr wird der gesammten Peripherie! – Ei wo bleibt der Landesvater? –

*Fr. Rath.* Ja! wo bleibt der, wenn er nicht *rasch der Zukunft in die Mähne greift* und kühn sich ihr in den Nacken schwingt, und unter jauchzendem Zuruf der Menge den atabyrischen Gipfel erreicht bekanntlich der Siegesgipfel der olympischen Renner! – Wenn er von diesem Höhenpunkt aus nicht herrscht, tief im Herzen die Weisheit, mit *gradem* Schritt daher tritt die gerechte Seele voll Redlichkeit, daß Bürger und Freunde mit Ehrfurcht und Gunst und Vaterlandliebender Wonne ihn umschwärmt. – Wo bleibt er? – Mich ängstigt's selbst! – Wo bleibt er wenn er nicht Genius der Menschheit wird? – Das heißt vollziehendes Prinzip ihrer Ansprüche! – Der Staat hat dieselbe Willkühr, dieselbe Gewissensstimme für Gut und Böses wie der Christ, doch die verkrümelt sich in den Rechthabereien der Staatsdiener gegen einander. – Der Verbrecher ist des Staates eigenstes Verbrechen! – Der Beweis daß er sich als Mensch an der Menschheit versündigt. Die ihn dahin bewegen zur Willkühr die alten Staatsphilister die sind auch seine Krankheit. Die sich aber dieser Willkühr nicht fügen und nicht durch die Seelen-beengenden Verhältnisse sich durchwinden können das sind die Demagogen an denen versündigt sich dieser ungesunde Staat weil er ihre gesunden Kräfte nicht in Harmonie zu bringen weiß. Und grade denen muß er sich widmen weil sie seine Ergänzung sind und seine Wiederherstellung, während die Andern die sich ihm fügen, ihn in sich versunkner und stokken machen!

*Bürgermeister.* Der Regierung dürften, die unter ihrem Schutz aufkommen, den Daumen aufs Aug setzen? – Sie solls für eigne Krankheit halten daß nicht diese widerspenstigen Kräfte ihr im Schooß wurzeln? Nein, wollten diese nicht zahm werden so mußte ihr eignes Verhängniß sie züchtigen und das hat der Staat nicht verschuldet.

*Fr. Rath.* Würde ein Gott sich kränken über diese Verkehrtheiten? – Nun warum willst du nicht Gott sein? – so denkt der tapfere Erdenbürger bei den Beschlüssen Eures Aberwitzes und freut sich durch Leiden oder Handlen mitzuhelfen an der Wirksamkeit der Zeit. Laß die Großen zu regieren wähnen! Ein Wahn trennt allemal die vom eignen Willen die vom freien Geist sich nicht regieren lassen! – Es ist des Staates Untergang denn er verhindert alle Selbsthülfe, alle Hülfe untereinander! – Einmal wird der Geist sie überwinden und die Staubwolken ihres Thuns verwehen.

Der freie Geist verläßt muthig um der Zukunft willen frühere Satzungen. Drum ist dem Geist Gesetz und Religion die Freiheit. Das ist göttlich das andere ist sclavisch. Wär der Staat nicht Sclave so wär er nicht Tyrann, der niedrigste Sclave. – »Glaub oder du mußt sterben des ewigen Todes! – Glaub oder du bist des Teufels!« – Was soll ich aber glauben? – »Eben daß du verdammt sei'st wenn du nicht glaubst.« – Wenn ich aber nicht glaub an das Eine so brauch ich auch nicht zu glauben an das Andre, so kann ich den Teufel auch mit Gott in die Flucht schlagen! –

*Pfarrer.* Ihre Ansichten sind eine Verwirrung von Regent,

Staat und Religion, es stimmt weder mit moralischen noch politischen Zwecken überein.

*Fr. Rath.* Nimm alle Mißverständnisse auf dich! Was mißlingt, schieb nicht auf andre, was sie läugnen schiebe ihnen nicht zu, was sie fordern das lasse deine Weisheit ihnen darbieten; sie können nichts begehren als was ihnen heilsam und nothwendig ist, ihre Bedürfnisse sind der Brunnen aus dem du deine Macht schöpfest, die Zauberkraft mit der du deine eigne Größe erzeugst. – Das ist Staateswirken, das ist Religion, das ist Herrschergeist – der muthig und weise das Erhabenste leistet was Menschen an einen Menschen fordern können. –

*Bürgermeister.* Der rechtschaffne Staatsbürger kann diese Kuriosa's nicht beglaubigen, er muß nach Grundsätzen handeln und kann von diesen zu Gunsten einer neuen Moral und neuen Götterlehre nicht abgehen! –

*Fr. Rath.* Auf welcher Basis ruhen diese Grundsätze? Wenn Ihr die Wiedervergeltung als Paladium der Justitia aufrichtet, wie soll Euch vergolten werden für den Stumpfsinn die Euch überlassnen Erdensöhne ganz des Teufels werden zu lassen mit Blauholzraspeln, Wollespinnen, Teppigweben, Holzschuhe schneiden nebst hoffnungslosem Schweigen und Einsamkeit. Sollten die nach moralischer und philosophischer Überzeugung ungerechten Urtheile die Wiedervergeltung abbüßen, wer müßte da alles Teppige weben und Holzschuhe schneiden!

*Bürgermeister.* Ich bemerke daß jene abgestumpfte Verbrechernaturen gar leicht in solche mechanische Beschäftigungen sich finden, ja oft mit Leidenschaft daran hängen, vielleicht um über ihre Lage sich zu betäuben, was studierte Männer die auf den Geist des Weltalls einwirken, nicht vertragen würden mit so entwickeltem praktischem Sinn.

*Fr. Rath.* Nicht entwickelt, verwickelt ist dieser praktische Sinn und eingesponnen in die beschränkteste Gesetzes-Despotie, weswegen er auf eben so viel Nachsicht Anspruch hat als die Verbrecher selbst! –

*Bürgermeister.* Nun wohl, so ist dem ungebildeten Verbrecher leicht zu ertragen was dem gebildeten, wenn auch nach hergebrachten Gesetzen fehlgehenden Richter Höllenqual sein würde! –

*Fr. Rath.* Was dem Richter Höllenpein sein würde das verhängt er über den Verbrecher! – Wollten doch die christlichen Maxime für die so viel Lanzen gebrochen werden, auch einmal unter Gewehr treten! – »Thue deinem Nächsten wie dir selbst!« – In der Gesammtheit Schooß müßten dann die verwilderten Kräfte fruchtbar werden. Sie sagen, der Verbrecher hänge mit Leidenschaft an seinem elenden Tagwerke. – Öffnet Euch das nicht die Sinne? – Hier wo das geringste zerstreuende Mittel die brennenden Wunden verharrscht die Eurer irrende Rechtsgewalt mitleidlos und gedankenlos ihnen schlug, sollte da Euch nicht einleuchten wie unsinnig Euer Weg ist? Aber auch für Euch ist ein Religionstrost. »Ihr wisset nicht was Ihr thut!« – Aber der Mantel der Ignoranz darf nicht ferner Eure Blößen decken, jeder Verbrecher hat das Recht Prozeß gegen den Staat zu führen. Wär ich Advokat, ich wollte ihm heiß machen. Eines ursprünglichen Fehlers aus dem alles Übel erfolgt ist er zu überzeugen!

*Bürgermeister.* Dem Staat heiß machen das klingt närrisch! Wo ein Vorwurf des Unrechts ist, muß ein Beweis des Rechts sein, es muß ein Weg sein das versäumte Recht einzubringen, wie ist das zu bewirken?

*Fr. Rath.* Der ganze Staat muß beritten gemacht werden! kein lahmer Gaul? alles tüchtige Traber! – kein besoffner Husar der nicht zu Hause ist, allesammt Husaren fortwährend im Sattel selbst wenn es schon neun Uhr vorbei ist bis zur Morgensonne dem Verbrechen im Nacken sitzend, und nicht dem aus Nachlässigkeit siebenzehn Stunden Vorsprung geben und nicht den Herrn Chirurg durch Rasirung der Staatsbärte, Schröpfen, Frisiren und dergleichen abhalten dem verwundeten Geist der Menschheit noch Hülfe zu leisten. Der ganze Staat muß und hat nichts anderes zu thun als den Verbrecher zu retten und seine Heilung zu bewirken, das ist meine neue Moral, und meine neuen Götter werden dazu ihren Segen geben! –

*Bürgermeister.* Wie? der Staat habe keine andre Verpflichtung als blos der Verpfleger rettungsloser Kranker zu sein? – Das klappt nicht. Von jeher hat der gesunde Staat des kranken Stoffes sich entledigt aber nicht sich damit gemischt. So ökonomisch braucht er nicht mit seinen Säften zu sein. Die Räuberäste ohne Zagen abgeschnitten, damit die andern blühen. – Man erbebe nicht über des Staates Härte, seine Moral, seine Politik und Religion weisen ihn darauf an; man beschuldige ihn keiner Gefühllosigkeit, sein Mitgefühl sträubt sich dagegen, aber seine Erfahrung findet nur in dieser Strenge Heil! – Es giebt Krankheiten in welchen nur drastische Mittel helfen. Der Arzt welcher die Krankheit als solche erkennt, aber zaghaft zu Palliativen greift wird nie die Krankheit heben, wohl aber den Patienten nach kürzerem oder längerem Siechthum unterliegen machen!

*Fr. Rath.* Wenn Sie den Tod als drastisches Mittel anwenden wie ist da zu heilen? – Gestehen Sie lieber der Staat sei selbst zu malade um dem Verbrechen zuvorzukommen, obschon das auch nur kranke Einbildung ist. Aus gänzlichem Mangel an Energie was das Hauptsymptom seiner Krankheit ist, streckt er alle Viere von sich und wir versinken in diesem Krankheitssumpf! – Trauriges Loos! Armer Verbrecher du mußt zuerst dran, weil alle Energie noch in dir steckt aus der der Lebensstoff, der gesundmachende, wieder aufkeime, so ist dein Loos daß du zuförderst dieser Krankheit zum Opfer fallest die nichts Energisches verträgt.

*Bürgermeister.* Wie wollen Sie doch diese Krankheit dem Staat andichten in seinen edelsten Anstrengungen gerecht und billig zu sein! –

*Fr. Rath.* Gerecht und billig! – Da er krank ist wärs zu viel verlangt, es geht über unsre Cultur hinaus, giebt es doch nicht zwei Freunde im Staat, die in That und Urtheil gerecht und billig einander sind. Ach ihr Verbrecher! – letzter Lebensfunke! lezte Hoffnung dieses maladen Staates könnte ich Mittel finden Eure Kraft in ihn hinüber zu pumpen, der zu nichts zu bringen ist mehr als einen lahmechten Gaul und einen Husaren der nicht zu Hause ist an Euch zu wenden. – Wenn diesem ursprünglichen Verbrecher diesem maladen Staat das Gewissen erwacht, so greift der arme Kranke zu den Prinzipien der Welterfahrung, kann er sich damit durchbeißen so ist keine Raison mehr in ihn zu bringen, er wird bei jedem Gewissensschmerz nach diesem Opiat greifen! – Dies Einzige wäre zu versuchen wenn man ihn bewegen könnte den großen Karpfenteig der Wissenschaft den Verbrechern zu öffnen. – Gefangen würden sie nicht zaudern den einzigen Ausgang zu wählen; – ihre angeborne Energie, ihre noch ungebrochne Naturkräfte, ihr starkes Organ für Naturrecht, ihr von Vorurtheilen und selbstsüchtiger Politik noch nicht gebeugter und geknebelter Geist würde vielleicht in der Wissenschaft namentlich in der speculativen die Gesundheitscrise des Staates vorbereiten; ihr Scharfsinn, ihre ungebändigte Sinnenkraft und Ausdauer die nicht Tag noch Nacht ermüden – wie könnten die neues feuriges Blut dem veralteten Sündenstaat einströmen! Und auch dem Schwert der Gerechtigkeit wär damit Genüge geleistet, denn durch eine neue sittliche Auferstehung in der Wissenschaft waren sie von ihrem moralischen Tod geschieden, sie würden zu einem neuen Leben erwachen, sie würden selbst sich nicht mehr als Verbrecher anerkennen und würden am End mit Ruhm bedeckt hervorragen.

*Pfarrer.* Wie? – was? – wie meinen Sie das? – die Verbrecher sollten sich der Wissenschaft bemächtigen um durch sie sich aus der Versunkenheit zu retten? –

*Fr. Rath.* Was ist da zu verwundern? –

*Pfarrer.* Wo bleiben unsre große Gelehrte? sollen sie in diesem Kloak oder Karpfenteig mit denen herumschwimmen? –

*Fr. Rath.* Nun ja als bemooste Häupter dieser Burschenschaft! als freie Lehrer in einem gemeinschaftlichen Interesse der Welterlösung durch sie! – Sehet hier aus der Wiege des Geistes eine neue Blüthenknospe aufsteigend zur Freude der Mutter der Menschheit! – sehet das erste Kind der Wissenschaft, der Kunst! in ihr erholt sich die gesunkne, die verirrte Kraft und wird Mensch! – Der Mensch ist aber ein Gott sobald er Mensch ist, und als Gott ist er wunderbar schön! –

*Pfarrer.* Gott sei der Mensch! ich hab ihn nie begegnet als solchen; ich hab ihn auf Irrwegen getroffen! Körper, Seele und Geist mit Schwächen kämpfend aber nicht sie überwindend!

*Fr. Rath.* Ich auch hab noch keinen Menschen begegnet. Noch hat der Liebesgeist zwischen Natur und Geist sich nicht zum Menschen entwickelt. Aber wir können und sollen Menschen werden! und für den maladen Staat selbst ists der einzige Weg der Rettung den Menschen in ihm gedeihen zu lassen.

*Pfarrer.* Aber die Wissenschaften wie können die in die rohe Natur hineingebildet werden, wie sollen sie zum Refugium der Verbrecher dienen, wie können ihre Priester mit denen Umgang pflegen mit ihnen zusammen das Heiligthum verwalten? Unmöglich! unmöglich! zu viel Selbstverläugnung wär das! – Ein Weltumsegler des Geistes! – soll einen correspondirenden Punkt haben auf seiner Bahn der Wissenschaft mit einem Wesen das nicht einmal den reinen Instinkt mehr hat der Natur, weder Stein noch Pflanze noch Thier ist sondern versunkener

Verbrecher! – sollte zum Beispiel denen eine Julius Müller Colleg lesen über die Sünde, über den zweiten Erlöser der Welt! – ein Tholuck über die Glaubwürdigkeit der Evangelien? – ein Dahlmann über Politik – ein Fichte, ein Weiße über Aesthetik, ein Dellbrück über Plato's hohe Ideale, ein Gabler als gründlicher Psycholog, ein Kreuzer Philologie, ein Trendelenburg, ein Werder Logik, denn es müßten doch auch streitende Parteien sein, ein Encke Astronomie! Bessel seine Kometenberechnung, und ein Rancke müßte durch die ganze Geschichte zwischen den Nachbarschaften der Revolution hindurchschlüpfen, dem Ideenparadies solcher Verbrecher, wie natürlich einem Schinderhannes, einem schwarzen Peter, einem Seppel und Eichelmeier gegenüber! – und zuletzt Zumpt die lateinische Grammatik, wie würden die Verbrecher das Latein kauen?

*Bürgermeister.* Je! je je! was würden die Herren sagen sollten sie auf der Verbrecheruniversität angestellt werden! –

*Fr. Rath.* Einen weiß ich dessen helles geistiges Auge die Zeiten durchspähet, das ist der Jacob Grimm, der auch in der Buchstabenlehre der Wissenschaft das Bedeutende hervorhebt, aus den seltsamen vorüberstreichenden Erscheinungen das Richtige herausfühlt. – Mit aller Liebe und Kindlichkeit nebst dem deutlichsten Verstand und dem ruhigsten Sinn würde der die Leidenschaften dieser Verbrecher-Nation an das Band des Geistes knüpfen. Nur der Geist kann zwingen, nur ein Geist läßt sich zwingen. Gäb's eine Geisteschemie um die krankhafte Mischung geistiger Elemente im Verbrecher-Karakter zu zersetzen! Der Zustand in dem das Verbrechen sich bildet ist Krankheitsbildung.

*Pfarrer.* Sie meinen das Verfahren gegen den Verbrecher müsse eine chemische Zersetzung des Krankheitsstoffes sein; – das Gesetz selbst müßte der chemische Prozeß sein? – und die Strafanstalt eine Heilanstalt!

*Fr. Rath.* Durch Licht den Geistesphosphor oxidiren, sein

Quecksilber absondern. Das Geisteslicht als chemisches Agens wirkend, wodurch das Medium die Wissenschaft nur erleuchtet zu sein braucht um den leidenschaftlichen Stoff zu zersetzen in Potasche, in Kohlenstoffgas, Kohlenleber, in übersaure Kohlensäure eigentlich Diamantsäure, wie denn alles Leidenschaftliche Diamantstoff ist im Verbrecher. – Muth – Diamanture de fer, Heftigkeit, Diamanture de cuivre. Vieles wird als Knallgas sich entwickeln, vieles in Träumen als Seelengebilde sich niederschlagen, in denen sie ihr Ideal gewahrte.

*Bürgermeister.* Zu steil ist mir dieser Pfad ganz ungekannter Höhen ich kann ihnen nicht nachklettern.

*Fr. Rath.* Dem Verbrecher kann nur ein Leben gedeihen dessen Besitz ihm Niemand streitig mache, in dem allein alles sein gehöre, in dem er alles hervorbringe; ein Stoff des tiefen Nachsinnens und zwar von nur erhabner Wirkung. – Statt Eurer hoffnungslosen einsamen Einsperrungen laßt sie ein phantastisch Reich betreten des schaffenden Genusses, vielleicht führt dieser Weg zur Quelle der Magie, wo sie Dichter, Schöpfer, Künstler, Genien werden.

*Pfarrer.* Das können sie nur im Traum werden! –

*Fr. Rath.* Im Wachen fesselt oft der bleierne Schlaf Seelenreize die im Traume wach werden und Wirkungen des Erhabenen hervorbringen. Naturscene wie sie die Wirklichkeit nicht erlebt, bilden sich im Traum, Höhen und Fernen seltsam erleuchtet, rinnende Bäche, säuselnde Luft, rauschende Wässer so einsam düster und still, in denen führt die Seele die Schöpferin dieser Gebilde ein unbegreifliches Leben. Alle Künste dienen ihrem Reiz zu schaffen, auf herrlichen Anhöhen stellt sie gigantische Prachtgebäude auf, die reinsten Verhältnisse mit überraschender Kühnheit der Erfindung. Die Seele beschaut staunend ihr eignes Werk im Traum, Gesang und Saitenspiel, große Werke der Harmonie lockt sie zauberisch aus sich hervor, nimmt sie dann wieder auf mit bewegten Sinnen, wie Alexander der Große ist sie ganz göttlich im Traum! Vermag nun auch der Verbrecher im Träumen sich über sein schwer Geschick zu erheben, vollendet ein ihm innewohnendes Wesen das Erlösungswerk das ihn höher empfinden lehrt so lange der Schlaf dauert, wie sollte es nicht in unsrer Macht stehen den Verbrecher aus der Hölle des Bewußtseins zu erlösen? Warum nicht durch Wissenschaften, Künste, durch alles was die Sinne in ein Zauberreich des Selbstschaffens führt, ihn mit seinem Selbst vertrauter zu machen, in den echten Besitz seines Ichs setzen, von dem er dann erst Rechenschaft zu geben vermag. Wer ist mein gerechter Richter als nur mein Gewissen? Das nur ist der Retter der Erlöser, niemalen ein anderer Richter! –

*Pfarrer.* Sie führen in Labyrinthe und blenden den Begriff der sich Licht schaffen möchte, und die Wirklichkeit macht uns schwindeln so tief liegt sie uns vor den Füßen.

*Bürgermeister.* Ich bewundere, wie der Herr Pfarrer über alle theologische Anlagen hinaus Ihnen nachsetzt auf steilen Höhen wo mir schwindelt hinauf zu schauen.

*Fr. Rath.* Meine Weisheit wird Sie beide nicht schwindeln machen, mein Auge sieht nur was der Blick beachtet, man vernimmt ja auch nur, was man wirklich versteht. Es kann noch unendlich viel da sein was wir nicht hören und nicht sehen weil wir's nicht verstehen; aber man kann wissen fühlen daß man nicht alles sieht und hört. So klagen die Weisen und Patrioten daß die Großen der Welt ihre Zeit nicht verstehen; sie vergessen aber daß die von allgemeinen Weltbeziehungen keine Ahnung haben und vom bleiernen Schlaf des Zutrauens befallen sind, dies alles sei in ihrer Macht, und es ist auch eine Macht in ihnen, eine größere schlafbefangene, die sie nicht zu regieren vermögen, weil sie sie nicht verstehen.

*Bürgermeister.* Wer steht auf dem Posten wo er den besten Überblick habe aller Bewegungen und ihrer Grundursachen.

Die Geschicke aus der Ordnung der Dinge bekämpfen das ist dem Staatsmann Compaß und Steuer.

*Fr. Rath.* Der Posten des Überblicks ist das Volk, es begreift seine Dichter und Philosophen und hat also den Begriff seiner Zeit. Es ist der Pol der die schaudervolle leer-erhabne Bildung abstößt, wo das Herz nichts fühlt weil der Geist nichts umfaßt.

*Bürgermeister.* Thun Sie den Staatsmännern und Fürsten nicht Unrecht die es fest im Auge haben den moralischen Übeln der Zeit zu steuern.

*Pfarrer.* Sie werden doch nicht mit dem Leererhabenen die Kirche meinen, die einfache patriarchalische Verwaltung der Völkerheerden.

*Fr. Rath.* Nein, ich meine China mit seiner unendlichen Examinationsweisheit, mit seinen Avancements der geheimen Räthe, mit seinen Titel und Orden, mit seiner väterlichen Regierung, das heist polizeilicher, die aber aus lauter väterlichen Ermahnungen besteht, alles durch Edikte abmacht unendliche Gesetze hat, woraus unfaßliche Seelenleiden, Geisteszermalmung und Herzzerknirschungen hervorgehen die alle moralische Kraft zerstören.

*Bürgermeister.* Wo hat aber das Volk je seine Zeit begriffen? – es würde ja ohne Leitung sich selbst vernichten! –

*Fr. Rath.* Es bildet seine Helden und Götter! –

*Pfarrer.* Schöne erhabne Dichtungen aber nicht praktischer Verstand. –

*Bürgermeister.* Und man müßte einen ehernen Muth haben den Kampf mit ihm zu bestehen, es würde sich bäumen gegen alles Bestehende.

*Fr. Rath.* Ein muthig Roß das wiehert und Feuer aus den Nüstern sprüht wenn die Trompete ruft, leicht in den Streit dahin tanzt, weder Charakter noch Denkweise aufopfert, ja sie nicht einmal verbirgt, wer es zu regieren weiß den nenn ich Fürst, der kann stolz auf seinen errungenen Lorbeern ruhen, denn er hat mehr als Schlachten gewonnen. –

*Bürgermeister.* Das Excentrische! führt zu nichts! – der Weltmann kanns nicht respectiren. Wer sich damit schleppt beweist schon daß er zum Praktischen nicht berechtigt sei! –

*Fr. Rath.* Was Sie excentrisch nennen ist Naturgenie, es erzeugt das Praktische und führt es durch wo Gespenster reißaus nehmen weil sie Geister wittern, entwickelt es die wunderartige Fähigkeit mit Geistern zu verhandeln. Es ist ordnender Künstler in allen verwirrten Erscheinungen, es ist Naturforscher und vermag's die Leidenschaften mit ihren Wirkungen in seinem Laboratorium zu zersetzen.

*Bürgermeister.* Sie kehren ins chemische Laboratorium zu Ihren Verbrechern zurück. –

*Fr. Rath.* Das Volk würde mich in meinen Strebungen verstehen, denn es fühlt sich selbst im Verbrecher! –

*Bürgermeister.* So! – Es kann sein! ich mein es auch! Aber ist das zu seinem Ruhme?

*Fr. Rath.* Sprechen Sie sich nicht selbst das Urtheil, daß Sie sich in ihm nicht fühlen und doch ihn verurtheilen.

*Bürgermeister.* Wär dem so, dann würde ich nie ihn verurtheilen denn man wird sich nicht selbst Recht sprechen.

*Fr. Rath.* Und doch ist jed Urtheil ungerecht das nicht aus diesem Begriff hervorgeht. Der Richter muß sein eignes Selbst im Verbrecher fühlen, er muß die Möglichkeit ahnen, die Willensstärke erwägen sich selbst zu retten, und die Mittel dazu erforschen. – Naturgesetz, Naturrecht – wie viel tiefer geht es doch, wie innig schließt es sich an Geist und Herz, wie nährt es die Seele, wie strömt es fortwährend Mitgefühl, das heißt schaffendes Leben. Da gehört der Geist nicht Einem von dem er ausgehe, nein Allen die ihn trinken wie die Luft, wie den Thau, wie das Licht und die Nahrung der Erde. Wer das Naturgesetz versteht der ist kühn, er fühlt sich im Verbrecher – – Sie zucken die Achseln? – Ich fühl mich im Verbrecher, ich will mit meinem Naturgenie vortreten, und der Regent wird mich verstehen und wird eingehen auf *was die Welt umwälzen wird* und das ist grade die höchste Zeit jetzt.

*Bürgermeister.* Nur im Regenten irren Sie, ihm wirds so wenig einleuchten als daß die Seele ein konsonirender Ton der Unsterblichkeit sei, was Sie lezt öffentlich behauptet haben. Wenn das Naturgeist ist so werden wir nicht daraus klug.

*Fr. Rath.* Ist das Ihr Urtheil über einen so erhabenen Begriff? – er ist nicht von mir! – – Ich aber werde nicht klug aus Eurer Staatsklugheit die an ihren Sätzen und Gesetzen durchaus keinen Zweifel zugiebt und der Armuth im Geist ihre verschmizte Lügen aufbürdet. – Ach der einfache Sinn des Volkes muß die Großmuth des Herrschers – muß seinen Geist regieren. – Er muß empfinden daß der reiner dastehe der im Verbrecher sich selbst begreift, während Jene, die sich dünken gar nichts mit ihm gemein zu haben, wohl geistig viel unbefähigter sind, sich von ihrer verbrecherischen Begriffslosigkeit zur Vernunft herauf zu schwingen.

*Bürgermeister.* Ein Regent soll sich im Verbrecher fühlen! – O, Übermuth eines weiblichen Kopfs.

*Pfarrer.* Ihre Weltumwälzung geht von so seltsamen Axiomen aus, als nähmen Sie keine Rücksicht auf die Axe um die sich diese Welt herumwälzt!

*Fr. Rath.* Das ist eben die Naturpolitik, daß sie von einem *Eurer* Politik ganz unscheinbaren Grund ausgehe. Kein Russe, kein Oesterreicher, kein Franzose noch Türke werden darin etwas sehen daß ich mein Verbrechersystem auf einen andern Fuß setze. – Aber siehe da! der Wahrheit Licht fand eine Spalte wo sie durchdringt: *Und es ward Licht!*

*Bürgermeister.* Das sind ja die erstaunlichsten Dinge die Sie uns vorprophezeihen? –

*Pfarrer.* Mir fällt der Sturz der Engel ein die gegen ihren

Schöpfer am Anfang der Zeit waren aufrührerisch geworden und die er doch gleich niederduckte so wie es seiner Allmacht geziemte. Sie aber meinen, Gott habe müssen denen schmeicheln daß sie doch die Unart ihm so auf dem Nacken zu hokken und über ihn hinaus zu gucken nicht zu weit treiben! –

*Fr. Rath.* Mit so gewaltigen Uranfängen göttlicher Despotie wollen Sie mich verwirren! – So wie aber die Welten nicht gegen einander prallen sondern gewaltig und hehr in sanften Bahnen einander umlaufen, eben so umlaufen sich die geistigen Prinzipien auch in einzelnen Begriffen der Welterscheinungen. Alles Einzelne ist nur begriffen durch allumfassenden Geist! – Ich fühle daß große philosophische Geheimnisse die Beweggründe sind dieser Begriffe; – daß die Wahrheit hervortritt ganz geharnischt die bis jetzt noch immer durch den Neid des Unsinn und die daraus entspringende Härte unterdrückt war! – – Ja! Keiner hat vor dem Verbrecher etwas voraus, der in ihm nicht die Seelenflamme, das Vernunftwesen anfacht, das heißt, im Überwinden des Wahnsinns – der Verwünschungsbedingung – ihn dem Göttlichen versöhnt; hatte etwa der Gott ein besseres Material dem seinen Odem einzublasen? – War ihm der Mensch gut genug? und haftet im Verbrecher etwa nicht der Hauch Gottes und kann der anders sich bewähren als indem er göttlich mache? – Welche Bedeutung hat die Kunst, die Wissenschaft? – Wenn sie nicht frei macht was gebunden ist? – – Musik allgemeine Weltsprache! – warum fragt Ihr nicht in *dieser* sein Herz seinen Geist? – Er würde tiefer antworten, für Euch belehrender! – Musik! Trieb den versunkenen Lebensgeist aus dem Wahnsinn zu wecken! – bedenkt Menschen! – Es ist ja nur ein Verneinen, das Böse! – fragt ihn doch so daß er müsse mit Ja antworten, so habt Ihr ihn gerettet.

*Pfarrer.* Was soll er bejahen? – den Gott läugnet er; sein Ja ist ein Stoßseufzer den die Noth ihn abdringt; sonst würde er Gott einen guten Mann sein lassen.

*Fr. Rath.* Lieber Herr Pfarrer beseitigen Sie ihr *goldenes Kalb!* und verlangen nicht daß er da, und grade unter dieser Form solle anbeten! – Warum wollen Sie denn absolut daß der Gott mit ihm Hebräisch spreche? – und nicht wie ich verlange durch die Wissenschaft, durch die Kunst? – Meinen Sie das wär Gebet was Sie und der Herr Kaplan allsonntäglich der Gemeine vorlangweilen? – Meinen Sie es wär keine tiefere Sprache, die man mit Gott führt? –

*Bürgermeister.* Alles was ich da herausbuchstabire ist, daß Sie meinen dem Unmuth der Verbrecher mit einem Concert unter die Arme zu greifen! –

*Fr. Rath.* Was ist Wissenschaft anders als Sprache mit Gott. – Musik! – Kunst! – tiefeindringendes Geniusvertrauen in göttliche Kräfte! – Gebet dem kein Teufel widerstehen mag? – prallt auch ein wissenschaftlicher Teufel mit Gott zusammen daß es kracht, nun er rückt sich wieder zurecht und fährt fort in seinem kühnen Experimentiren! – Und ich wüßte nun nicht was Ihr vor dem Verbrecher voraus hättet im Begriff wie in der Phantasie! – Der Verbrecher würde vielleicht energisch der Fesseln sich entledigen, – das heißt frei werden im Felde der Wissenschaften wo Ihr mit gebundenen Sinnen dem alten Ritus folgt. – Kann man sie nun ihrer Natur nach geistiger Weise da hinüberschiffen so wird ein ganz ander Regiment. Die Zweifel die der Wogengang der Energie sind, heben sich als kräftige Pretendenten dem Usurpator gegenüber! –

*Pfarrer.* Zweifel? – gegenüber Wem? – Über Was? – Wollen Sie dazu den Verbrecher in die Lehre der Wissenschaften nehmen um seinen Geist mit Zweifeln auszufüllen; mit denen das bestehende Dogma den Fels der Kirche zu bombardieren?

*Fr. Rath.* Der Gott der das All geschaffen und sich selbst dazu, wird nicht in seiner Ewigkeit erschüttert. Wer ein guter Schütze werden will muß versuchen zu treffen! – Im Menschen gelten alle Charaktere, sie gehen in ein neues Element über, in das der Schöpfung! – der Charakter erschafft sich; – was in sich nicht geschaffen ist das ist Verbrechen. So durch Geist – wird das was noch ungebändigte Sinnenwuth war, Geschöpf, – vollkommen in sich organisirtes – und lernt sich fassen, das heißt seiner Kräfte harmonisch sich bedienen, – das heißt Rechenschaft von sich geben – das heißt: wirklich Mensch werden! – Was ist der Verbrecher? – Die Sinnenkräfte überwältigen in ihm die sittliche Natur die von selbst sich dem Geist unterwirft. Die Sinnenkräfte sind stärker und hemmen dies edle Regiment, – sind wir deswegen berechtigt eine so im Kampf begriffne Natur zum Teufel oder aus dem sinnlichen Reich der Schöpfung zu verbannen? – Stehen denn wir im vollkommenen Gleichgewicht unserer innern Regungen? – oder ist vielmehr das höhere Besinnen ganz taub in uns? – Ist dieser ineinander wirkenden Mächte, der Seele des Leibes und des Geistes, – ein einzig harmonisches Erzeugniß in uns dessen wir uns rühmen könnten? – Was haben wir großes vollendet dieser Lebensbewegungen würdig? – Trauer und Freude und sonst Regungen des Geistes und des Herzens, sind sie so daß ihre reinen und ungetrübten Empfindungen Zeugniß geben für die Keuschheit oder Unschuld unserer Natur? – oder für das Feuer unseres Geistes, oder für die Hingebung der Seele? – Sind es Leidenschaften, ist es Begrifflosigkeit, ist es totaler Wahnsinn selbstischer Befangenheit, die in uns wühlen, wenn wir mit den Begriffen der Menschheitsrechte aufs Grausamste uns herum streiten, den innern Frieden daran setzen sie zu läugnen? – Wie läßt dies Räthsel sich lösen daß das Geschöpf harmonisch geordneter Kräfte nicht wird und nur Chimäre ist? – Daß es ein sittliches Dasein lügt, vorstellt, aber nicht wirklich ist, daß es die Tugend fingirt, daß es die Vernunft widersacht, die Gefühle verbildet, leugnet oder lügt so wie Alles! – Deutlicher ausgesprochen: – Morden wir nicht, und rauben und plündern und verläumden? und verderben die

Menschheit sittlicher Weise schuldvoller wie jene Verbrecher, weil wir für einen gelogenen Ausdruck, den reinen Ausdruck der Natur läugnen, und wer weiß haben wir nur darum Verbrecher weil sie nicht unter Tugendlarven zu wandeln verstehen, wer weiß verachten sie deswegen die Religion weil auch nur Larven die Stellen der echten Götterbilder im Heiligthum eingenommen haben. – – Und aber, wenn in uns die vollkommene die idealische Natur als Keim sich entwickelte so würden wir die kühnen Gedanken und Begriffe fassen wodurch die Menschheit sich neu erzeugen könnte, aber nicht an unserm Urtheil an unserer Fassungskraft zu scheitern käme. Warum ist der Verbrecher nicht Tugendheld geworden? weil er in die enge verschrobene Cultur seine breiteren Anlagen nicht einpfergen konnte! Ihr habt ja nur Maaßstäbe weil Ihr vor dem Unermeßlichen Euch fürchtet! Ihr habt gegenüber der Idealität eine Tugendfestung handwerksmäßig mit Nachdenken und Beweisführen Euch gebaut und macht aus dieser heraus den Prozeß der feldflüchtigen vogelfreien Menschheit. Was habt Ihr aus diesem Sitz der Beschränktheit schon für Decrete erlassen? – Wie habt Ihr die Natur verfolgt weil sie in Euer System nicht paßt. Für Euch ist ein Etwas nicht, was dem Verbrecher als wuchernder Reiz einverleibt ist, das sich Luft macht unter Bedingungen durch die es zum Verbrechen wird. Wären diese Bedingungen nicht so würde es vielleicht der wirkende Reiz der Begeistrung für's Unendliche sein an das Ihr Euren Maaßstab nicht anlegt. – Verstehen Sie mich? – Nein! – Natürlich, denn Sie stehen mitten in dieser bewußtlosen Bewußtheit einer angemessenen Tugend!

*Pfarrer.* Blieben Sie doch nur ein klein bischen bei der Wirklichkeit, bei der Möglichkeit nämlich, Ihre weite noch nie und nirgend gefaßte Anschauung zu realisiren.

*Fr. Rath.* Was denken Sie? – Nicht zu realisiren wären meine Anschauungen! Sie *müssen* realisirt werden so wie Ihr einen

Funken dieser Wahrheitsflamme nur auffangt. Entweder Ihr habt den Keim der Menschheit nicht in Euch, oder Ihr müßt diesen Keim schützen, so verwildert er auch sei. Zum Ausreuten habt Ihr kein Recht; und Eure verfeinerte Kultur, Eure philosophischen Begriffe, sind die tiefste Lüge wenn Ihr wagt dem Menschen dem die ganze Welt gehört, das Dasein auf dieser abzuschneiden. Zur Bildung der Erde sind wir berufen und der Beruf läßt sich immer realisiren.

*Pfarrer*. Wie wollten Sie nun eine Lehranstalt oder Verbrecher-Universität organisiren? –

*Fr. Rath*. Nichts leichter als das! – Wie man einen Karpfenteig abläßt durch einen Abzugsgraben in einen weiteren größeren See, so läßt man die Verbrecher überschwippen in die vollgepumpten Anstalten von Lehrstühlen, Musensitze, Zenosgänge und sonstige klassischen Böden, statt nur mit Predigten von der ungenießbarsten Tautologie gefüttert zu werden. Ein geschwätzig Weib erzählt alles dreimal aber die geschwätzige Theologie schwätzt ohne Aufhören dasselbe, bei welchem Schwätzfieber sie aus allen Schweißlöchern Vocale dazu ausschwitzt, was kann davon ein gesunder Verbrecher inspirirt werden! –

*Bürgermeister*. Was Sie sich ausgeheckt haben, Sie wollen die Verbrecher zu großen Gelehrten umbilden, wenn ichs recht verstehe! – Aber wie ists möglich! wo nimmt der Staat die Kräfte her? – Er kann sich nicht ganz dafür verwenden. Er hat Pflichten denen er obliegen muß, die ihn ganz in Anspruch nehmen, auch wenn diese idealischen Projecte nicht ganz Fantasma wären. – Was hat eine Staatsmacht für Verantwortungen.

*Fr. Rath*. Freilich das Weltmeer würde dabei dem Regenten bis über die Knöchel laufen und seinen Königsmantel bespritzen! allein er bedenke doch, daß er auch der Säemann wär eines neuen Menschengeschlechts und durch diesen Coup einen erschütternden Schlag mit dem Regierzepter auf den Froschteig der Philister aplicirt um ihr Lärmen zu stillen. Und kein verfliegend Geschwätz würde die Unsterblichkeit dieses Regenten anfechten. – Der Ruhm zwar verdient keinen Ruhm; er lebt in sich, denn was er thut ist größer als die Menge begreift. Wenn es aber wahr werden kann daß einstens die Auserwählten unserer Geschlechter die Himmel bevölkern sollen, wie können wir da es wagen nur einen Lebensfaden zu verkürzen, da nicht des Einen allein, sondern auch seiner Nachkommen der Himmel beraubt würde. Was sind das für Großthaten dem Armen von der Fülle des Übermaaßes eine Brodsame fallen zu lassen, – und für den Geist, den verschüchterten haben wir nichts! Und doch ist vielleicht der Verworfne unser nächster Nachbar, und doch ists vielleicht zu unserer eignen Verständigung nothwendig daß alles Wesen, vielmehr noch alle Menschen in ihrer eignen Geistesnatur reifen. Die sieben Weisen unserer Zeiten, – vielleicht haben wir sie schon geköpft, vielleicht auch schon vier Evangelisten gehängt, und vielleicht behelfen wir uns nur mit dem Abhub der Geschlächter, und diese können keine Genien mehr hervorbringen. Wir haben nichts mehr als nur mürbe verloderte Lumpen von papiernem Adel! Wohin soll der Einzelne sich retten wenn er seinem Selbst bei dem Geistern Hülfe sucht! Wenn der Freundschaftshunger ihn befällt? – Er muß ja verzweifeln, er findet ja unter Euch allen keinen in dem er sein unsterblich Theil könnt pflegen! – Glaubt Ihr daß alle so zahm sind wie Ihr? – Daß auch geistige und erhabne Forderungen oft den Menschen verwildern grad weil er denen nicht genügen kann? – Nachher hat man gut die Unsterblichkeit läugnen wenn man sie erst zerrüttet hat.

*Pfarrer.* Also Gottlob, sind wir doch endlich im Port der Unsterblichkeit angelangt; ich dachte immer Sie würden diese läugnen.

*Fr. Rath.* In denen läugne ich sie die danach handlen als ob es keine gäbe. Es ward nicht erlebt daß einer der hinterm Ofen sitzen geblieben war und von einem neuen Welttheil sprach ein Kolumbus ward und Amerika entdeckte.

*Bürgermeister.* Dieser eine Kolumbus war ein Abenteurer, es gelang ihm Amerika zu entdecken. Es war ein eingeborner Trieb, er war fast toll geworden vor Angst daß er jene außergewöhnliche Laufbahn der Gefahr nicht bestehen solle. Und so hat er sich hinein gewagt was einem andern niemals einfallen konnte. Müßte ein jeder so ringen nach dem gelobten Lande der Unsterblichkeit so würden viele Schiffbruch leiden oder gar darauf verzichten.

*Fr. Rath.* Eine Laufbahn der Gefahr nennen Sie, was zur Vollendung, zur Erweckung unserer Sinne die Natur als nothwendige Seelen- und Geistespfeife uns so nah legt, wie im Ei dem Vogel der sich durchpickt, die Eierschale schon Nahrung wird. Hier im Evangelium brütet sich der Geist für ein Himmelsklima aus was natürlich ganz andrer Sinne bedarf als im Ei der Erde. Ist nun dem Evangelium die Aufopferung für den Feind Gebot. Wie sollte der Staat nicht nur sich zumuthen können dem Verbrecher als seinem Feinde schon eine evangelische Schutzwehr zu sein, sondern ihm wohl zu thun ihn zu retten, sogar in ihm und durch ihn sich selber reifen für jenes Klima der Unsterblichkeit. – Sehen Sie Herr Bürgermeister! nicht so weit ist es von hinter Ihrem Ofen bis zu jenem abenteuerlichen Meer, seine Wogen schlagen an Ihrem Lehnsessel an. Das ganze Menschenleben ist die Brandung vom Meere der Unsterblichkeit. – Wer sich nicht darauf einschifft der kann freilich nie erwarten dies Abenteuer zu erleben.

*Bürgermeister.* Ja! aber Vieler Mühen sind umsonst, und ihre Genialitäten leiden Schiffbruch, und die Gefahren die ihnen den Hals brechen beweisen den Vorwitz Ihrer Wagnisse, und daß der Frevel am Bestehenden sich immer rächt.

*Fr. Rath.* Der Gefahren achtet der geniale Schiffer nicht, er ist beseelt vom Eifer für das Göttliche. Und sollte auch das Bestehende darüber zu Grunde gehen so war das nicht der Unsterblichkeit geeignet. – Die lächerliche Angst ums Bestehende können nur die haben die sich fürchten auf dem Meer der Unsterblichkeit frei dahin zu schiffen, und nicht sich da zu Hause fühlen. Wer am Ufer ängstlich verharrt der wird den Lebensgeist nicht fassen, er wird nur immer rumoren gegen die Lebensgewalt des Geistes.

*Bürgermeister.* Die Verbrecher also wären die erste Schiffsladung auf diesem ominösen Unsterblichkeitsmeere, und noch dazu ungefesselt, ganz frei, Steuer und Ruder ihnen überlassen.

*Fr. Rath.* Künste, Wissenschaften sind das Freiheitsmeer des Geistes. In der Freiheit kann der Geist nicht untergehen nicht verderben. Er muß sich selbst in ihr finden, Inspiration und Mittheilung sich selber sein.

*Bürgermeister.* Die Verbrecher können doch keine Welterlöser keine Reformatoren werden. Was halten Sie von diesem Geschlecht der Gauner und Diebe das schon mit der Geburt der Verschlagenheit Keim entwickelt, und dann seine gespannte Thätigkeit damit gleichsam zu allen gesetzwidrigen Streichen armirt.

*Fr. Rath.* Was ich von diesem Geschlecht halte? Nicht mehr als von den Sperlingen. Wären diese nicht getödtet worden weil sie Korndiebe waren so wären die Engerlinge nicht gekommen die dem Gras unterirdisch die Wurzeln abfraßen und dann wären nicht so viel Maikäfer ausgekrochen die das grüne Mailaub wegzehren, und dann hätten wir so keinen dürren Sommer ohne Laub und ohne Gras. Grade das halte ich von den Gaunern und Dieben, sie sind unter den Menschen nichts ärgeres als Sperlinge. Diese munteren Vögel die zu allem Wagniß aufgelegt sind, selbst ganz kühn dem Säemann in den Furchen nachhüpfen und die Saat wieder aufpicken die er aus winterlicher Vorsorge ausstreut, sind zwar dem Korn schädlich daß es vielleicht nicht so dicht steht doch schnappen sie auch viel gefährlich Ungeziefer in der Luft weg; aber die Haar stehen einem doch nicht zu Berg über ihr gänzlich Verderbniß. – Einen Menschen zu einem andern Menschen machen ist zwar eine Aufgabe, seine Natur ist hartnäckig, aber ängstigt Euch nicht, alles Große gelingt dem Willen des Großen. Der nicht fühlt die Schwere der Schicksale die er trägt, fühlt nur die Kraft sie zu tragen. – Grade vor sieben Jahren überreichten Sie trefflicher Staatsmann mir am ersten Tag vom neuen Jahrhundert eine kleine Schrift, ob die Franzosen das Recht haben die Revolution anzufangen, unterdessen war die schon zwölf Jahre vom Stapel gelaufen, und einholen hätte man sie nicht mehr können. So auch segelt mein Beweis mit gutem Landwind in die Weite, und macht sich Hoffnung aufs Gelingen und es ist am Bestehenden nichts weiter gelegen, das ein großer Wille durchkreuzt und somit aufhebt.

*Bürgermeister.* Natürlich in einer freien Reichsstadt die aus lauter Privilegien zusammengeschneit ist hat die Unschuld sogar politische Vorrechte, sonst könnte man sie über ihren Rumorgeist belangen.

*Fr. Rath.* Die Unschuld, die hat immer das ursprünglichste Recht, der Meinung sind wir beide, und wollte man sie die Wege bahnen lassen sie würden zum Sieg führen! – In Ihren Schriftchen stimmten Sie für die hohen Absichten der Revolution, aber diese hohen Absichten schienen nur wie Mondglanz über einen teuflischen Morast, und liehen ihr Zauberlicht den Leidenschaften die darin wühlten. Diese müssen das Ziel erobern und erst wenn sie ausgerast haben stellt sich ihre Urnothwendigkeit ins Licht des Bewußtseins.

*Pfarrer.* Sie geben da die allgemeine Weltgeschichte in einem Athemzug, die Absicht erhaben, die Mittel niedrig und schwankend, die Beweggründe oft teuflisch, der Kampf imposant, und der moralische Sieg und sein Erfolg räthselhaft.

*Fr. Rath.* Ein Räthsel muß das andere lösen, und die Revolutionen treten einander auf die Ferse, das beweist die Geschichte unserer Tage.

*Pfarrer.* Ja, in der einen pflanzt man den Freiheitsbaum auf, aber ohne Wurzel und Schattenruhe, mit einer Mütze gekrönt der Raserei, und mit einem Schild gedeckt der Tyrannei!

*Fr. Rath.* Und in der folgenden wird dieser eingerammte wurzellose Baum gekappt von Einem der sich selbst darauf stellt als ein Verhüllter. Eine Weile ist er das Entzücken der Nation! der Held, der Retter. – Eine Weile ergötzt dies Weltenschauspiel das sich immer steigert; – wies zum Schluß kommt so stimmt die Spannung sich herab zu Spott und Verachtung! – Aber wer kann urtheilen? – Wer kennt den Räthselhaften? – Und was wär ihm gelungen hätte man ihn errathen? – könnte er Frankreich *dann* retten? – hätte er die Revolution die in ihrem Paroxism dem Staat den letzten Stoß zu geben drohte, dann erwürgt? –

*Pfarrer.* Seine Bewunderer hatten sichs anders erwartet, es war ihnen unrecht, daß er über die Gleichheit hinaus mächtig geworden war, die sie mit ihrem Blut besiegelt hatten!

*Fr. Rath.* Aber sein Sturmschritt mußte die schwankende Gleichheit zermalmen wo jeder die Gewalt an sich zu reißen suchte. In ihm concentrirte sich dies Schwanken zur executiven Gewalt! hat er sie mißbraucht? – hat er nicht vielmehr die Wunden zu heilen gesucht, die diese gleichen Brüder einander schlugen! Wollte er nicht wieder beleben, nicht wieder aufbauen was sie zertrümmert und erstickt hatten. – Und war diese Gleichheit eine moralische, so hing ihre sittliche Größe nur von ihnen selbst ab; – wollten sie aber in der *Macht* ihm gleich stehen, so waren sie Usurpatoren nicht Er denn *die Macht des Genies usurpirt nicht.* Alles Kühne und Große war im Entzündungsfieber geschehen, *diesem* fiel der König der Franzosen als Opfer, denn ihm mangelten die schützenden

Kräfte des Genies. – Er mußte unter den Speeren der bis an die Zähne geharnischten Volkswuth sich verbluten. Ein Menschenleben wars nur, doch als der schaudervollste Fluch lastet dieser Mord auf der Geschichte. Und hätte sie eine ideale Würde, wenn diese ihr nicht zur Schande gereichte? Doch die diplomatische Moral, erkennt nicht das Große, Gerechte, sie anerkennt und erhebt nur schwankende Halbtugenden und weiß nichts von dem Fruchtkorn des Geistes das lange schon im warmen Boden liegt, und dem donnert die Wolke den Gewitterregen zu, noch ehe der Teufel losgeht! – Im Sturm keimt das Fruchtkorn des Genies, es wächst zum Baum, der streut seinen tausendfältigen Samen weit über die Grenzen hinaus. Die Revolution wär allemal geworden, was aber aus ihr geworden wär, ohne diesen reinen Samen – der nach überstandenem Sturm aufgehen muß oder es war alles umsonst – das war Verderben!

*Bürgermeister.* Ich bin auf der Flucht vor den brausenden Wellen Ihrer Beredsamkeit, die Sie bald auf die Höhen der Revolution tragen, dann im lecken Kahn der Verbrecher schaukeln, der, ich fürchte, Schiffbruch leiden wird.

*Fr. Rath.* Die Revolution wie das lecke Schiff werden von den Wellen der Leidenschaften eine Weile hin und her geworfen bis Licht und Witterung eintritt, wo dann die wilden Wasser sich verlaufen.

*Bürgermeister.* Der Morast bleibt und die Wasser sammeln sich bald wieder, das Maaß der Sünde läuft bald wieder über, und wie aus der Urne des Flußgottes strömt es unaufhaltsam.

*Fr. Rath.* Ja, unaufhaltsam und in Fülle, denn die niedrige Straflust quillt auch aus der Urne. Der Rachegeist der die gesunde Vernunft unterdrückt die um das Leben zu retten was an der losen Wurzel über dem Abgrund hängt nur die Hand auszustrecken braucht und die Hinterlist die diese Wurzel immer mehr löst bis sie als höhnendes Zeichen der Macht hinabstürzt – die schwellen diesen Sündenquell an.

*Bürgermeister.* Mit der Vernunft ihrem Handausstrecken ist nichts gethan, und wollte Prometheus auch ein neues Geschlecht bilden, mit Kraft und Genuß den Göttern selber zu gleichen, es würde doch wieder unter dem Joch der Nothwendigkeit schwitzen. Der Staat aber hat allgemeine Interesse, allgemeine Grundsätze und kann nicht dieser Prometheus sein.

*Fr. Rath.* Lieber Herr Bürgermeister die hohlen Phrasen regieren schon lange die Welt statt der lebendigen Moral; – Ihr Staatsmänner seid froh sie als Staatskunst, wie die Kunst der Religion in Glaubensartikeln aneinander gereiht zu haben auf die Euer Unsinn paßt von dem Ihr selbst die Spielbälle seid. Ihr habt keine freie Energie, die selbst Gott nothwendig hatte um die Welt zu schaffen, Eure Sprache belügt Euer Denkvermögen, denn die Worte die Eure Ideen abrunden, wirken mächtiger auf Euch zurück als ihr Inhalt. Euer Unglaube an die Naturstimme erzeugt den Aberglauben an eine falsche Politik der Ihr die reinen Menschheitsinteressen aufopfert, und Ihr bekennt die Vernunft würde nichts ausrichten mit Euch? – und beschließt so über Leben und Tod! – Ach müßtet Ihr über jeden schuldlos Hingerichteten, einen Verbrecher frei geben und das wär billig, nun Verbrecher dann seid ihr für die Ewigkeit frei!

*Bürgermeister.* Was Sie von Staatsmännern sagen muß man sich gefallen lassen Sie scheinen aus geheimen Quellen Ihre Begriffe herzuholen, aber der Grund Ihrer letzten Behauptung daß man so viele unschuldig hinrichte der ist nicht mit dem tiefsten Senkblei zu erforschen.

*Fr. Rath.* Hier in dieser berühmten Reisebeschreibung von Geyser lesen Sie die Beschreibung der Festgelage die August von Polen zur Feier des Beilagers anordnete: Hier »die außerordentlichen Inventiones vom Fest der sieben Planeten worin der hohe Gout seiner Majestät hervorleuchtet, in welchem er als Sol, mit einem Feuerwerk von funfzig halben Karthaunen repräsentiret, als Mars giebt er ein Kartel mit denen aus ihrer Asche erweckten Abenceragen« übergehen Sie die Lustbarkeiten und lesen Sie hier weiter.

*Bürgermeister.* »War man nun vergnügt in Dresden und ging daselbst alles prächtig zu, so ist es freilich nicht allenthalben im ganzen Kurfürstenthum eben so bewandt gewesen; aucontraire, ein trockner heißer Sommer ohne Regen zog eine gewaltige Theurung nach sich – die Noth war bald so gar groß das Raub und Mord entstanden. Solchem schreienden Elend abzuhelfen wurde häufig Anstalt gemacht. – Dies müssen wir auch sagen, daß damalen Ihro Majestät vom hochfürstlichen Haus Gotha viel tausend Scheffel Getreide übernommen und nachmalen um einen sehr billigen Preis an dero Unterthanen wieder verkauft, auch unter der Armuth nicht wenig umsonst austheilen ließen. Allein weil die Sache durch Juden gegangen so ist die Frage, ob es der Armuth zu statten kam, wie seine Majestät gewünscht.«

*Fr. Rath.* Bei der Zusammenkunft der sieben Planeten im Garten des japanischen Palais ging alles nach bestem Wunsche seiner Majestät, denn es waren keine Juden dabei. »Jagen, Feuerwerk, Turnire, Ringrennen, Wasserstechen, auf der Elbe ein Ballet der Wassernymphen, prächtige Gruppe des Neptun mit großer Harmonie von Blasinstrumenten. – Dann die Waldfeste; hierunter: der erleuchtete Eichwald, – jeder große Eichbaum mit dreihundert brennenden Wachskerzen, die kleinen aber besetzt und bevölkert mit dreihundert Waldteufel und Hamatriaden in goldbrocatenen Wämsern und reichen Sammtkleidern geziert mit kostbaren Plümagen des indianischen Vogel Foca und andern raren ausländischen Vögeln welche mit großen Kosten herbeigeschafft« – wenden Sie das Blatt – – – hier lesen Sie vom Jahrmarktfest.

*Bürgermeister.* »Ein großes Jahrmarktfest maskirt von denen aller höchsten Herrschaften gegeben wobei allerlei galante Evenements als italienische Oper, Komödien und Kampfspiele, Gaukel und Kunstspiele, große Zigeuner- und Räuberbanden welche in kostbarsten Aufzügen und wohlberitten mit gold und silbernen Zaumzeug und gestickten Schabracken großen Aufzug hielten, mit allerlei Lärminstrumenten durch die Straßen wobei die Polizei dem Pöbel zu wehren einen schweren Stand hatte, inmaßen das Volk zu toll war die Räuber von nahem zu inspiziren und eine so wilde Lust dabei sich zeigte daß es mit Luftschreien und Salutiren nicht im Zaum zu halten war.«

*Fr. Rath.* Ja es sieht seine eigenen Naturkräfte da in Efigie und wie im Traum vergöttert einherziehen. – So ging das vier Wochen lang.

*Bürgermeister.* Hier wird ein Treibjagen beschrieben »Fünf polnische Ochsen, wobei aber gleich anfangs das schöne Leibpferd des Königs verwundet wurde; eine Löwin, ein Pavian, drei Bären, sieben wilde Schweine. Dies alles war trefflich veranstaltet wobei viele Tausend Zuschauer während sich die allerhöchsten Herrschaften auf dem Schauplatz mit den wilden Tieren herumtummelten. Aller kostbare Schmuck und Prachtzeug in welchem König Augustus die Sonne vorgestellt, wurde nachmalen unter den Kuriositäten des japanischen Palais aufbewahrt.«

*Fr. Rath.* Der Hofstaat lebt immer noch, wenn die welche ihn getragen haben schon lange modern.

*Bürgermeister.* »Hierbei wird aufbewahrt die eiserne Kette, woran die aufrührerischen Friesen Heinrich den Frommen aufhängen wollten. Ferner ein sächsisches Richtschwert womit vierzehnhundert Hinrichtungen executirt, sodann zu beiden Seiten zwei Reihen Richtschwerter, womit jedem derselben dreihundert Executionen die Scharfrichter sich losgerichtet, inmitten das Schwert mit dem der Kanzler Kroll wegen des Crypto calvivianismi hingerichtet u. s. w. – Diese bedeutsamen Zeugen der königlichen Gewalt sind versammelt um seiner Majestät Wachsgestalt, welche im polnischen Krönungstalar von blau Sammethermelin mit Goldblumen durchwirkt unter dem goldnen Himmel von der Frau Kurprinzeß Brautaufzug sich sehr gewaltiglich ausnehmen.«

*Fr. Rath.* Im Kurfürstenthum Sachsen haben die Herren Scharfrichter eine gute Ernte gehabt um sich ehrlich zu richten und ihre Schwerter als Trabanten des polnischen Königs und großen Planeten Sol, unter seinem Thronhimmel aufzuhängen. – Wie siehts aus Herr Bürgermeister? – Meinen Sie nicht auch daß da mancher ehrliche Kerl, so gut wie Sie, mag drunter gewesen sein, der sich nichts weniger versah als den Kopf verlieren zu müssen.

*Bürgermeister.* Ja freilich man kann von Glück sagen nicht unter diesen sogenannten Executiones mitzuzählen an denen sich der Scharfrichter ehrlich gerichtet. – Es ist grausam das viele Menschenblut so fließen zu lassen.

*Fr. Rath.* Viel meinen Sie? – jeder Blutstropfen ist zuviel!

*Bürgermeister.* Das gehört wieder zu Ihren starken Behauptungen, es giebt revoltische Zeiten wo die boshaften Anstekkungen die ganze Luft verpesten, und es ist immer noch nicht erwiesen daß unter den Köpfen auch ein Kopf gewesen der nicht sein Loos verdiente denn es läßt sich nicht erwarten daß in deutschen Landen die Gerechtigkeit so sehr daneben gehe.

*Fr. Rath.* Nein allerdings, aber wenn auch nur ein Geringes daneben, so haut sie doch immer dem Unrechten den Kopf ab und kann ihn nachher nicht wieder aufsetzen! und so haut sich doch die Gerechtigkeit auch mitunter frei an einem der gar nicht weiß wie er zu dieser Ehre kommt. Noch außerdem daß in jedem einzelnen Opfer der Justizia eine Nachkommenschaft untergeht die das Tageslicht nie erblicken wird! Wer berechtigt die Justiz die noch ungezeugten Geschlechter mit zu verdammen, ja dies Argument ist noch von den Psychologen gar nicht erwähnt! – Was sagt Ihr? – Wie kommts daß einer muthig, kühn und adelig in den Tod gehe, und alle große Eigenschaften der Natur auf der Richtstätte ihren großen Charakter entfalten? – Vielleicht weil er würde ein groß Geschlecht erzeugt haben. Jezt in der Todesstunde regt sich dieses Geschlechtes Ingrimm, wie mit Gewalt die Könige und Machthaber die Lücken ins Menschenthum reißen. Diese gemordeten Geschlechter waren vielleicht die Stämme reinster Menschenrace, waren die Sterne wohl die unsere Verfinsterung aufgeklärt haben würden! Und woher die Unheilbarkeit des Jahrhunderts! – hat da das Richtschwert vielleicht auch sich eingefressen, und hat durch die Lücken ganzer vertilgter Geschlechter das adelvolle Blut vergossen, und das erniedrigte Blut der Schinder und Henker allein übrig gelassen.

*Bürgermeister.* Ja wenn Sie so rechnen daß an den ungebornen Geschlechtern dieser Hingerichteten noch die Blutschuld hafte, dann zieh ich freilich den Kürzern.

*Fr. Rath.* Man muß wohl der unmitleidigen Gewalt des Menscheningrimms den Feuergeist der Unschuld entgegen stellen. Ja große Macht und Gewalt liegt in den ungezeugt gemordeten unschuldigen Geschlechtern. Keiner ahnt die Zauberkräfte der Natur, die nicht ins sinnliche Leben konnte sich ausbreiten, sie verdoppelt ihre Gewalt. – Wir läugnen was wir nicht wissen, aber deswegen ist doch wahr was wir nicht ahnen. Und Leben! – Diese heilige Schöpfungskunst im Menschen, wo es sich mit der ursprünglichen Freiheit des Geistes vermählt kann nicht durch einen Schwertstreich sich vernichten. Aufwärts soll die Welt steigen daß der Geist zum Begriff komme und Mensch werde.

Ich habe mir oft die Frage gestellt, was doch des Gerichteten Seele gleich nach dem Tod empfinde für ihren Richter, und ob sie Ruhe habe endlich nach dem verzweifelten Kampf mit der gemeinsten Leidenschaftlichkeit die sie aus jedem Schlupfwinkel heraushetzte. Ja wenn der nicht gleich nach dem Tod seinem Verbrecher sich sühnte, so müßte ein rächend Geschick über ihn hereinbrechen.

*Bürgermeister.* Sie wollen vor dem Geist des Gerichteten uns bange machen, daß der uns verfolgen könne? Es hat noch keiner nach dem Tod uns nachgehetzt!

*Fr. Rath.* Aus der Welt kann der nicht fort sein dem Ihr eben den sinnlichen Lebensfaden abgeschnitten habt. Deswegen ist sein Dasein nicht von der Natur aufgehoben, weil ihre Ordnung zerrissen ist, sie fängt im Rettungskahn ihn auf, den Ihr in die Wogen hinabgestoßen habt. – Die feineren Sinne wenn auch nicht überzeugt, empfinden ahnungsweise dem Gemordeten das Lebensgeheimniß nach. Mancher Richter fühlt die Ohnmacht als Todesbote in seinen Gliedern wenn er ein Todesurtheil unterzeichnet. Manchen verfolgt die Ziehkraft der Erinnerung gegen die er nichts vermag, sie wird zum unwillkürlichen Bewußtsein in uns, des Unrechts.

Die geistigen Organe haben ein willkührlich Vermögen in die Ferne, wie gesendete Boten, die ahnungsweis solcher gewaltigen Schicksale. Verzweiflungsmomente widerhallen und der Seele den Schauder- und Schmerzempfindenden Reiz geben, der Sympathie! – So hab ich lange den hingerichteten König der Franzosen in meinen Träumen gesehen, mit ihm gesprochen, in seine Geschichte, in seine Persönlichkeiten mich hineingefühlt. Dann war mein Geist plötzlich gehoben zu seiner Vertheidigung und hielt die Volkswuth bezähmt. Sag mir Einer das sei nichts! – Zum Redner bin ich geworden in meinen Träumen und prägte dem Volk meinen Willen auf.

*Bürgermeister.* Ein Wille im Traum dem Volk aufgeprägt? Was müßte aus dem schon geworden sein wenn es den Willen ausdrücken müßte unserer Träume!

*Fr. Rath.* Wo käm seine Bedrängniß her, als von Euren verkehrten Träumen ob Ihr wacht oder schlaft, einerlei! – Mir gab der Traum Empfind-Nerven der Wirklichkeit. Die Heldengeister der Revolution kamen im Traume zu mir, sie gaben mir die Hand, und ihr Anblick belehrte mich über die Zeiten, ist dies Unwirklichkeit zu nennen? Nein dies Mitempfinden muß Gegenwirkung sein des Geliebten, Empfundenen. Wir können nicht für das Nichts empfinden. Die Seele kann nicht im Leib sterben, die angezogen wird durch begeistigte Verwandtschaften, sonst würde ja der Reiz, die Anziehungskraft der Liebe, das Ersterben des Geliebten bewirken. Mag auch die Seele einen Leib haben nach dem Tod, uns fehlen die Sinne – oder sie schlafen noch – dies neue Sein zu gewahren. Wie die Natur, Wesen mit mehr oder weniger Sinnen begabt, und dadurch ihre Lebensbeziehungen einschränkt, – im Krystall beschränkter wie in der Pflanze, weniger im Thier am wenigsten im Menschen. Also in ihm ist das Bewußtsein am stärksten, doch ists nur seine erweiterte Grenze, und die Schöpfung hört nicht da auf wo unser Begriff aufhört. – Da unser Bewußtsein kaum zu lallen beginnt, wie wollen wir jezt schon hinaus sein über alles was es im Strom offenbarender Beredsamkeit uns noch mittheilen wird. Eben wie der Maulwurf die Gestalt des Menschen nicht ahnt; nichts weiß von dem was das Auge wahrnimmt, eben so kann außer unserer Sphäre selbständiges Leben sich bewegen, das wir nicht ahnen aber empfinden. Wasser, Feuer, Luft, Erde! – kann es nicht noch ein Element geben und noch eins, in dem unsre Sinnennatur, noch nicht unmittelbar schwimmt weil die Kraft dazu noch nicht erwacht ist. In der Raupe sind alle Sinnenkräfte des Schmetterlings gebunden. – Diese Zukunftssinne müssen in uns vorbereitet liegen und grad im Tod erst werden sie geboren, wodurch sie wie bei dem Schmetterling einen höheren Grad der Schöpfung einnehmen. Das Erwachen der Sinne ist das Erweitern des Schöpfungskreises für das Geschöpf selbst, es lernt mehr durch sich selber bestehen; seine Theile erleiden Veränderungen die es zu seiner ewigen Existenz mehr befähigen! – Das Übergehen durch noch ungeahnte Crisen sind die ewige Machtsprache der Schöpfung: »Es werde!« Nichts anders ist der Tod! – – Alle Anlagen, alle Ausbildung derselben, sind organisches Werden jener höheren Existenz. Wir nennen geistig, was Bezug auf dieses höhere Werden hat, weil es unsern jetzigen Lebenssinnen entwachsen ist; als Begriff mag es die werdende Sinnennatur des nächsten Schöpfungsmoment sein. Da das hier Geistige vielleicht das dort Sinnliche ist. – Drum ist es nie zu spät, und immer wichtig bis zum letzten Augenblick alle Lebensbefähigungen zu bilden, als fortwährendes Werden der Zukunft! –

*Bürgermeister.* O Tod wo ist dein Stachel Herr Pfarrer! –

*Fr. Rath.* Wir glauben im Tod uns vom Irdischen getrennt! wird die Erde nicht auch noch weitere Schöpfungskreise einnehmen? Ist sie in sich fertig? – Sind die Elemente abgegrenzt in ihrem Sein? – Hat die Luft ihr Sein in sich, oder ist ihr Lebensproceß ein fortwährend Hinübergebären? – Ist das Feuer, das Wasser noch Kindesnatur und wird es in erweiterter Sphäre erst seine Mannheit erwerben? – Wie könnt Ihr an das Machtwort der Schöpfung glauben und nicht ahnen, ja deutlich empfinden daß es ewig widerhalle! [...]

Amor und Psyche (an Goethe), Radierung

## GESPRÄCHE MIT DÄMONEN

*Des Königsbuches zweiter Band*

28. August 1808

### Die Klosterbeere
### Zum Andenken an die Frankfurter Judengasse

Hier oben am Berg wachsen wilde Stachelbeeren, bei uns heißen sie Klosterbeeren, als ich noch im Kloster war blieb ich oft bei so einem Strauch an der Kirchmauer stehen und besann mich warum sie Klosterbeeren heißen. Ich konnt in die Frucht hineinsehen, wie sie von der Sonne durchsichtig gereift, kleine Zellen bildet mit Bogenfensterchen in deren jedem ein Korn sich hält, darunter dacht ich mir Nönnchen die hier im nährenden Element wie in wohnlicher Herberg für ein späteres Leben reiften. Ein Kloster dacht ich mir wie eine Frucht die für die Gottheit reife; – da hat ich Betrachtungen wie ein Kind hat, die waren zum Lachen. Ich sah mit an wie auf der Glocke Zeichen noch vor Sonnenaufgang die Nönnchen in kirchlichem Beruf zusammen strömten, dann wieder aus einander rennten, jedes in eigener Zelle eigener Betrachtung überlassen, oder in dunkler Nacht im langen Chormantel in Prozession zum Kapitelsaal wallten, Koncilium hielten psalmirten Responsalien herlasen, alles auf Latein wovon sie nichts verstanden, so dumpf sangen so matt waren; – und ich dacht: Wie sauer ist doch die Klosterbeere und wie unschmackhaft; aus der Frucht wird nichts, sie fällt unreif ab. – Wenn sie aber in ihren häuslichen und Feldangelegenheiten umher schwirrten, ihre Ernten einthaten, Keller und Speisegewölbe besorgten, da waren sie fix und plauderten emsig, sie theilten ihre Einkommen ein ihre Gehöfte zu vergrößern, bauten Scheune und Ställe, da wußten sie guten Rath. – In solchen sonnigen Tagen wo sie die Aepfel und Birnen von den Bäumen schüttelten, die Birnenschwärme einfingen, da war aufgeregt Leben den Laienschwestern beizustehen wenn in blauer Frühlingsluft die frisch gewaschenen Schleier flatterten; da nahmen wir Zöglinge uns mit den jüngern Nonnen bei den Händen und schlüpften tanzend zwischen den Luftgetragenen nassen Schleiern durch und hatten unsere Lust wenn sie herabflogen in den Sand, dann hielten wir sie gespannt unter den Strahl des Springbrunnens und spühlten sie wieder rein und kletterten einander auf die Schulter sie wieder aufzuhängen. Am schönsten wars bei der Hopfenernte, erst die Freude die bewuchteten Stangen niederzuwerfen und ihre duftende Ranken loszumachen die wir aneinander gehängt auf der Schulter aus dem Maiergarten herüber trugen ins Kloster; so kamen wir in langen Zügen von dem Ufer der Eder herüber quer über die Bergstraße gezogen zu zwanzigen in einem langen Hopfengewinde verflochten; hätte es einer gesehen, ihn hätte der Übermuth, das Lachen und Jauchzen mit dem wir unsere Ernte leichte Bürde schleppend diesen einsamen Waldwinkel durchhallten, freudig überrascht; er hätt gedacht, hier sei lebendig Leben, hier in der tiefen Einsamkeit wo die Glocke jedes Ungewohnte im Lebensgang streng abwies. –

Kamen wir im Kloster an, da saßen die Nönnchen in der Vorhalle auf Schemeln umher. Wir zogen unser langes Gewind von Schooß zu Schooß und hockten auf der Erde den Hopfen zu pflücken und zogen die getheilten Ranken durcheinander wie den Aufzug eines künstlichen Gewebes. Da war der Kreuzgang voll Spinnen und Käfer die an den weißen Wänden hinauflief-fen und die Raupen krochen langsam hinter die schwarzen Bilderrahmen der Ordensheiligen, dort sich früher einzusargen als wohl im Freien wär geschehen; weils einmal nicht anders sein konnt, ihr Blüthenrevier war eingerissen. In freier Luft geboren, waren sie hier mit ihren verwelkten Nahrungszweigen eingesperrt worden. Ich habe sie da hängen sehen in Reihen hinter Bildern, Betaltar und Knieschemel; ich fühlte sie an, sie regten sich in meiner Hand so rasch und kräftig und wollten sich wehren. – Stör mich nicht bis ich mit unberührtem Flügelschmelz bald in der Luft kann tanzen, so spricht die eingesponnene Raupe in meiner Hand die Milde an; bald wird sie starr und kann nicht mehr ein Lebenszeichen geben, ihre göttliche Vorsehung ist das Ungefähr das sie bewacht, damit sie unberührt bleibe vom Spinnenbesen der Laienschwester. So überwintert sie im enggefügten Sarg den sie im Frühling sprengt, dann klettre ich auf die Leiter zur hohen Fensterluke und öffne ihr den Weg zur Freiheit – da tanzt sie hin beflügelt – an mir vorüber hinaus ins Meer der Lüfte.

Auch *Ihr* Nönnchen, die Ihr starr in Eurer Klause Euch nicht mehr dreht und wendet, dem Leben abgestorben, nichts mehr auf Erden vorhabt als mit gefalteten Händen die Paternosterkugel drehn, wenn Ihr die Hülle sprengt dann werdet Ihr ins Meer der Freiheit wieder fliegen. – Ach fliegen! – Was wird dann einst noch aus dem Sommervogel werden der schon beschwingt das Licht der Welt erblickt? – Und der Mensch der Gedankenpfeile schnellt von straffgespannter Sehne in die Ewigkeit, hat keine Flügel! – Fliegen! – himmlische Kraft die nur der Genius übt! –

Ich komme mir wie schon eingesponnen vor! Was habe ich vor auf Erden was nicht könnt ungeschehen bleiben? – Wie traurig! – Der Frühling haucht die Fluren an und alle Knöspchen brechen auf. – Was hab ich gedacht oder gethan was mich zur Blüte hätt verwandelt, hervor ans Licht die braune Alltagshülle mit Farbenglanz zu sprengen. – Schon sieben Jahre sinds – ja sieben Jahr, seit ich der Kindheit Lustrevier verließ, wo ich auf schmalem Weg vorsichtig tippelte weil ich kein Würmchen und kein Pflänzchen wollt treten. Wie reich schien mir in jener engen Mauerflucht die Welt! – Blätter Blüthen Wurzeln und die Steine und die Moose, die redeten mit mir zum erstenmal. –

Und am Himmelsplan sah ich dem Flurentanz der Musen zu, und wie aus Wolkenzelten Heroen hervorsprengten, begleitet von Dämonen, kampfbegeistert auf bäumenden Rossen mit weithinflatternder Mähne. – Da sah ich Helmbüsche wanken und mächtige Leiber hinab ins Sternenmeer in der auftauchenden Götter Wolkenschooß. Da hatte ich Weltgeschichte genug Nachts im Mondschimmer, oft verweht wieder vom Windrauschen oder sich ergießend in Fluthen zur durstigen Erde. Da weissagte die Nacht mir in Wolkengebilden die ich anstarrte bis mir der Traum die Augen schloß und mich hinauftrug ins Firmament wo Götter und Helden im Nebelmantel, im Wolkenschiff das tiefe Furchen zog, im Wogenglanz der Lüfte forteilten mit mir. Und die Seegel in der Sturmnacht brausten auf zwischen Schlaf und Wachen. –

Was mir der Tag gewährte, das verträumte ich, und in der Nacht weckte mich der Traum Weltbegebenheiten mit zu erleben mühelos in der Nacht. –

Die Leute höhnten mich, weil ich vergessen war am Tag, ich war nicht minder glücklich, denn *der* versäumt nichts, den Begeisterung der Phantasie antraut; er sieht zur rechten Zeit Alles und im rechten Licht – und spricht mit der Natur, mitlautend in ihr Säuseln, ihre Kühle und lächelnde Stille, sie tönt ihm Verheißungen, denen glaubt das Herz willig. Ich durfte nur Lauschen, sie stiegen mir auf über Gebirgshöhen, über dem Wald, im Geläute der Glocken hinaus in die dämmrige Nachtluft voller Sterne.

Mir sind jene Weisheitsmahnungen versunken, doch ist ihre Zukunft mir gewiß und das Leben deucht mir ein Waffentanz in dem der Geist geschmeidig jeder Stellung sich anschmiegt das Chaos der Zeiten zu ordnen, das in Wechsel und Streit über dem dürftigen Geist des Volkes dahintost. –

Ach Sorgenfrei sein das ist der Freiheit erste Bedingung und meine Gelübde sind, die Augen erheben zum Himmel und seine Sprache mir deuten die keine Fesseln mir anlegt dem Geist, – denn was ist Schicksal? – Der Adler wirft die Brut aus dem Nest sie zum Flug zu erziehen, das nennen die Philister Schicksal – und mich dauern die unflücken bleiernen Vögel die nicht sich erheben zur Sonne und nicht wie die Vögel des Waldes der Sorge spottend wegfliegen über dem Geschlecht das hocken bleibt auf Gesetz und Form und schaudert vor dem Getümmel regsamer Sinne wo Zweifel aufsteigen und wieder sinken wie jene Wolkengebilde, aber nicht Gesetze aufbürden von Ewigkeit zu Ewigkeit. Einst am Morgen hob sich die Sonne und sank wieder am Abend ins Meer und die fernen Eilande waren blau. Wer aber der Sonne nachschwamm, der konnte sie nicht finden in den Wellen und wer die blauen Eilande suchte, der verlor sich in Wäldern und grünenden Thalen. Und was liegt doch daran, daß der Glaube uns Gewißheit verbürge, bald verlassen wir die Erde, da werden ihre Documente und Eidespflichten uns nicht nachfliegen. –

Denn Zweifel sind Schwingungen im Licht, das verzehrt sie wie Nebel oder bricht sich in ihren Farben. Denn wie die Natur, so auch das Himmlische über der Natur, sein Licht bricht sich in des Geistes Farben; und unsere Sünde ist daß wir am Buchstaben hängen der tödtet – der Geist aber macht lebendig. Der Geist ist eine Stimme die an uns gelangt daß wir dem Buchstaben absagen damit wir Niemand tödten und selber fortleben im Geist; und nur der Zweifel ist Sünde, der zwischen Geist und Buchstaben schwankt, denn alles Wissen umschließt die Liebe und ob wir in dem Einen sie anerkennen oder in Vielen, im Vater oder im Sohn, das ist alles eins.

Zweifel sind keine Irrthümer und Glaubensgelübde kein Verbrechen an der Liebe, sie verklären den Geist und scheitern an ihm der das Göttliche umschreibt im Meere der Erzeugungen und taucht unter in ihm, alles Gewand abwerfend, frei, nackt, unbefleckt zu sein – und alles Forschen ist Religion. Denn immer zufrieden schaut die Unschuld der Wahrheit ins Antlitz und ihr Glaube ist in den lebendigen Geist unter allen Gewalten allein und verleiht Flügel über die gewohnten Kreise und über das Schicksal sich aufzuschwingen.

Und wir alle schmachten nach Kühlung im Schooß der Natur, denn sie bindet nicht, sie löst die Fessel und giebt allein nur das Blut zu trinken der Liebe und den Leib zu essen des Geistes und Alle sind gleich vor ihr die Gottesgebärerin ist im Menschengeist den sie nährt wie die Pflanze auf ihren Höhen, wo das Auge die Weiten ermißt und die Schönheitsblüthe aufduftet im Geist daß sie zweifellos aufsteige, gesellig mit andern Blüthen der Sonne sich öffnend.

Ich will nicht klagen zusammt Andern, die vom Alltäglichen verschüttet sich fühlen, und werthlos was sie erlebten; – denn schon an der Jugendschwelle trat mir einer entgegen, der Herrscher zu sein gewohnt ist und leicht hinhaucht was die Seele erschüttert, die Großes ahnend einsame Wege sucht fortan, getragen von Hoffnungen wie ein beflügeltes Schiff hin zu den Füßen des Meisters, den sie mit hellerem Auge jetzt erfaßt als einst in schwindelnden Träumen. – Du der horchend mich belehrte denn was ich Dir aussprach, da hinein legtest Du den Samen der tröstend aufkeimt wo auf Scheidewegen jener glanzvollen Tage Erinnerung mich beschleicht und ihr schnelles Verrinnen an Deiner Seite. – Da warst Du mein freudiger Schutzgeist, dem zu vertrauen nun meine Seele gewohnt ist und vollen Lebensathem zu trinken bis in den Tod.

Oft hat Dein Wort mich getroffen und zu manchem bewegt, und am letzten Abend, wo wir sprachen von der Weisheit des Nathan, und es sei Heldennatur den Unterdrückten zu lieben, da wollt ich Deiner Rede getreu aus feuriger Liebe zu Dir ein Held sein. – – – Weil Du gesagt hast in des Helden Krone sei der Unterdrückte ein Kleinod und das höchste Ziel sich stekken sei das Einfachste, denn man könne nie es aus den Augen verlieren; Ich dachte, wäre das mein Ziel, *Beschützer der Unterdrückten,* das wollt ich so gerne sein; – und wo ich ging und stand sann ich auf diesen Juwel ihn an der Stirne zu tragen. – Und Deine Weisheit ist das reife Blut der Traube, ich muß es trinken, es rieselt durch die Sinne und beherrscht den Geist. – – –

In dieser heißen Sommerzeit nehm ich oft durch die Judengasse meinen Weg zum Treibhaus, dort die Blumen zu betrachten. Nun gehe ich nicht mehr gleichgültig schüchtern an des weisen Nathan Brüder vorüber, ich betrachte mit Verwunderung die engen dunklen Häuser; alles wimmelt, kein Plätzchen zum Alleinsein, zum Besinnen. Manch schönes Kinderauge und feingebildete Nasen und blasse Mädchenwangen füllen die engen Fensterräume, Luft zu schöpfen, und die Väter in den Hausthüren fallen die Vorübergehenden an mit ihrem Schacher. Ein Volksstrom wogt in der Straße, da laufen so viele Kinder herum in Lumpen, die lernen Geld erwerben und die Alten, Tag und Nacht sind eifrig sie in Wohlstand zu bringen, das wehrt man ihnen und schimpft sie lästig.

Wie wunderlich ist's daß alles sich zankt um den Platz auf Erden, ja wie schauerlich ist dies! – So grausam ist der Dornenweg auf dem die Menschheit sich ein Eigenthum der Sorge erwirbt – und neidens einander! –

Vom Höchsten bis zum Niedrigsten ist alles eifersüchtig um den Zankapfel des Lebens – Dort im Treibhaus, wo jedem Pflänzchen sein Platz gegönnt ist und sein Name bewahrt, die Heimath so viel wie möglich ihm zu ersetzen; und wie da alles in ruhigem Gedeihen zwischen edlen Nachbarblüthen dem Licht die Kelche öffnet – und der Gärtner, wenn die Sonne sinkt, durch die ausgehobnen Fenster ergießt reichlichen Abenthau voll tausend Perlen über sie der sie erfrischt. Da wird mir selber so dumpf, da wird das Herz mir ganz schwer, ich muß mich verachten daß mir nichts fehlt am Lebensgenuß, da fühl ich mich beschämt durch die Judenkinder die so begierig das Bischen frische Luft trinken was ihnen Abends über die Giebel ihrer qualmenden Wohnungen zuströmt; dann kränkt mich aller Lebensglanz wie Spott auf meinen unmündigen Willen, dann schwör ich der vornehmen Welt ab die ihre Ahnen zu zählen so viel Noth hat, blos um das Volk verachten zu können, und dem Geist, ist wie dem Auge, von oben herab Berg und Thal *eine* Ebene. –

Auf dem Heimweg vom Treibhaus nehm ich einen großen Strauß mit von allen Blumen, Rosenknospen und Orangenblüthen, Granaten Balsamnelken und Ranunkel und Myrthen; der ganze Orient duftet aus ihren Kelchen, die theile ich den Judenkindern aus. Viele Händchen strecken sich mir entgegen, sie werfen die Bettelsäcke ab die reinen Blumen zu erfassen, – sie sahen nicht nach der Münze, zwischen den Blumen auf meinem Schooß. – Sind sie nicht dieselben von denen Christus sagt lasset sie zu mir kommen? – Und die jungen Mädchen kamen auch herab und steckten ihre Sträuße in den Busen und sagten voll Vergnügen, Ach das ist was Rares.

Dem Primas hab ichs erzählt von unsern Reden über die Juden; und daß du gesagt hast der Schutz des Unterdrückten sei ein Kleinod in des Helden Krone, aber da seien keine Helden der Vernunft, denen die Weisheit des Nathan sich warm ans Herz lege. Er meint Ihn treffe dieser Tadel nicht, des *Nathan* Weisheit leuchte ihm ein, und das Elend der Juden sei ihm nicht gleichgültig, aber ob sie ihre Freiheit nicht mißbrauchen und die christliche Ungerechtigkeit, so wie sie Luft haben mit jüdischer Keckheit auspariren. Es war neben dem Concertsaal wo der Primas das sagte, die einfallenden Paucken steigerten meinen Muth:

»Schlechter als ihre Unterdrücker sind die Juden nicht«, sagte ich, wem aber Macht gegeben ist, wie kann der es verantworten, wenn er ihre Schnellkraft fürchtet. Sie wird keinen Unfug anrichten, wenn sie als Lebenstrieb sich aufrichtet in dem Stamm, dem die bittre Noth, die von der Religion der Milde über ihn verhängt ward, nicht hat können das Mark verzehren, um so leichter wird er gesund werden als durch die offne Wunde der Balsam rascher ins Blut dringt und es reinigt und heilt.

Sollten wir beide die Menschheit regieren, der Primas der Christen und ich die Juden, wir wollten sehen wer besser fertig würde.

*Primas:* Nun wie wollten Sie es machen mit den Juden?

»Ich wollte erst menschlich mit ihnen reden, das ist bisher nicht geschehen; ein Hund versteht unsern Willen, weil wir aufrichtig sind mit ihm; unser Wille richtet aber den Juden nicht auf wie den Hund; ich wollte ihren Zustand ihnen vorhalten, eine Moralphilosophie ihnen darüber lesen und alle Mittel ergreifen sie in ihren sittlichen Werth zu heben; das kann nur durch Ehrgefühl geschehen und durch die Wissenschaft, die gedeiht in dem Bedrückten, denn sie ist sein Trost!« –

*Primas:* Wie wollten Sie das anfangen? –

»Die Juden haben Ihnen einen goldnen Becher gebracht voll Goldstücke; Sie haben sie damit fortgejagt; das hätte ich nicht gethan!« –

*Primas:* Das war eine gute Übersetzung des Hebräischen ins Deutsche, und die erste Lection in der Moralphilosophie die Sie zur Grundlage ihrer Bildung machen wollen;

»Nein, das war eine mißverstandene Übersetzung; es war Mißdeutung und Verletzung ihres Ehrgefühls, das man schonen muß in jedem, am meisten im Gekränkten, Bestechung gilt nichts vor dem Fürsten, so kann er auch keine Absicht dahinein übersetzen!« –

*Primas:* Wie übersetzen Sie denn ein so groteskes Benehmen?

»So deutlich daß es auch dem muß einleuchten der seiner

eignen Absicht noch nicht bewußt ist. Die Juden wollten mit diesem Geschenk sagen: Du geistlicher Fürst der als Hirt die christliche Heerde weidet, o nehm uns mit auf ihre fetten Triften, laß uns neben ihnen gedeihen, verbiete uns nicht das Salz deiner Weisheit zu lecken das du ihnen streust, und wir geben dir willig unsere Wolle hin, die andere uns muthwillig ausrupfen und uns mit Schmach bedecken.«

*Primas:* Mit Schmach würde es mich bedecken hätte ich ihr Geschenk angenommen! –

»Kann man auch groß sein für sich, ohne diese Größe auf andre anzuwenden? und die eigne Gesinnung auf allseitige Wirkung zu berechnen? – Heute im Treibhaus hab ich das überlegt. – Wie da der Gärtner ein scharfes Gewissen hat; – wie er jedes Stäubchen abwischt von seinen ausländischen Pflanzen, wie er ihre Keimchen unter Glasglocken hält, von verwelkten Blättern befreit, und die Wucherkeime, die nennt er Räuber und bricht sie gleich aus. Und die gefüllten Blumen verwahrt er gegen das Aufplatzen mit einem papiernen Kragen, wie hier der Stadtpfarrer ihn trägt. – Das erinnert mich auch daß einem geistlichen Fürsten das Heil Aller noch näher liegen muß als Andern. – Das frische Wasser läßt der Gärtner seinen Pflanzen zufließen und das Sonnenlicht spart er ihnen zur rechten Zeit auf. – Und die Juden emporbringen nach so langem Darben, da müssen sie auch vorsichtig und zärtlich behandelt werden, wie die ausländischen Pflanzen, und genährt mit dem was die Seele groß macht und muß ihnen keine Laufbahn verschlossen bleiben als nur die sie erniedrigen kann. – Ich würde das Geschenk der Juden verwendet haben zum Beginn ihrer Veredlung, ich würde ihre Kinder zur Wissenschaft anleiten, nicht zum Schacher, ich würde ihnen die Bildung geben die ihre Ansprüche an Geselligkeit geltend macht, ich würde sie Reiten Fechten Tanzen lernen lassen, Naturwissenschaft Philosophie Geschichte, alles was sie über den Stand erhebt, in dem ihre Seelen herabgewürdigt, voll Schmach, einen schlechten Eindruck uns machten, und das erste aller Erziehungselemente müßte sein die Musik!« –

*Primas:* Finden Sie so viel musikalischen Schmelz im Auern und Seufzen am langen Tag, ließen sich vielleicht mit etwas ökonomischem Genie Opern-Arieen draus machen? –

»Vielleicht liegt im Operngesang weit mehr falsches Getön, als im Seufzen und Auern am langen Tag. Die Musik bringt die Skala der Seele auf die reinste Temperatur, die durch christliches Herabspannen ganz tonlos geworden und verstimmt ist. Musik geht nicht allein aus Geist und Gemüth hervor, weit mehr noch befruchtet sie die Sinne und befähigt sie zu dem was der Geist noch nicht faßt. – Sie ist die Wiedergeburt für die geistige Natur.«

*Primas:* Wenn ich diese musikalische Wiedergeburt auch befördere und obenein sie Reiten Tanzen Fechten lernen lasse, – Naturwissenschaft Philosophie Geschichte – alles was sie wollen. – Was würde dann daraus werden? – Der Jude ließe sich doch nicht verläugnen? –

»Was ist denn da zu verläugnen? – Auch im Juden liegt die Offenbarung seiner Eigenthümlichkeiten: es ist nicht die Rede diese auszurotten, vielmehr sie wiedergegeben in lichteren Farben. Die Bildung des Juden hängt ab davon, seine ursprüngliche Schönheit geltend zu machen, seine Seele spiegelt zum eignen Verständniß sich in der ihm eingebornen Natur. Was unter der Sonne lebt hat gleiche Ansprüche; tränken sich die Schaaren der Halme auf dem Feld mit ihrem Licht um Körner zu gewinnen, so soll auch durch der Sonne Geist alles sich befruchten mit großen Gedanken! Sie sollen im Juden so gut gedeihen wie in andern Menschen, und wie in den Halmen das Korn gedeiht! Der Jude wäscht die Hände nach dem Gesetz, er schöpft von der Welle des allumfassenden Ocean sich zu reinigen vom Staub; der Christ sich von Sünden freizuwaschen schöpft aus dem Gnadenmeer! Ist Gebrauch und Gesetz nicht sinnliches Ahnen geistiger Bedürfnisse, sind sie nicht Schranken inner denen eine geistliche Sittlichkeit sich bewegt? – Der Jude, der bei der Heimkehr am Vorsabbath auf der Hausschwelle die Verachtung abschüttelt von den Tagen des Erwerbs und eingeht zu den Seinen als Priester der den Segen herabfleht auf ihr Gesammtgebet, zum Gott seiner Väter aufathmend vom Druck der auf ihm und seinem Volk lastet, dessen Gebet sollte nicht ins All der Schöpfung einklingen? und das Christenthum ist so sehr verstimmt daß es mit den Mißtönen der Verfolgung diese Harmonie mit dem Weltall stört?«

*Primas:* Ich will mit keinem Mißton eingreifen in diese philosophisch-melodische Ansicht; ich will nicht rügen den Egoismus der jüdischen Religion, den politischen Kitzel als Grundlage ihres Charakters, der sich in tausend unbequemen Fehlern Luft macht, und ihre Eroberungssucht die nie Pietät aufkommen ließ gegen andre Völker; ich frage nur, was würde aus einem so vollkommen gebildeten Judenthum, aus diesen zweideutigen Anlagen hervorgehn, für die Christenheit? für die ich als Primas doch einstehen muß? –

»Wenn Egoismus *selbst* in ihrer Religion sich offenbart, so muß die Beraubung ihrer einfachen Menschenrechte ihnen doppelt marternd sein; – liegt *politischer* Kitzel in ihrem Charakter, so ists nicht zu verargen, daß sie mit ihm sich Luft zu schaffen suchen, und ihre Eroberungssucht kann nur denen ein Vorwurf sein, die sie so hart in Fesseln schlugen, aber unverantwortlich ists, diesen natürlichen Trieben kein Feld zu gewähren. – Der Vogel kann nicht in der Luft sich immer halten, er muß sich niederlassen! – Der Charakter muß eine Basis haben, auf der er sich ruhe! Das Feld der Freiheit ist die Basis Aller. Was aber aus jenem gebildeten Judenthum hervorgehe für die Christenheit, ist der Begriff daß sie mit dem Christenhimmel nicht auch die irdische Welt gepachtet habe, und die

Hölle für Ketzer, Heiden und Juden allein übrig bleibe! – Die Juden würden, trotz ihrem Festhalten an dem Glauben ihrer Väter einen viel freieren Überblick über Anfang und Ende gewinnen, eben weil ihre Bedrückung ihnen ihr Anrecht an die Freiheit um so fühlbarer macht. – So würde der Christ durch des Juden freie Bildung Fülle freier Anschauung gewinnen, eine Entwicklung würde die andre steigern, und endlich durch den goldnen Frieden sich ins goldne Zeitalter verwandeln, wo Jude und Christ gemeinsam fühlen Gott sei unter ihnen!«

*Primas:* Sie würden also die Juden nicht bekehren wollen?

»Nein aber sie bewegen die Wahrheit zu erkennen!«

*Primas:* Ist denn das Christenthum nicht die Wahrheit?

»Für den Primas, aber nicht für den Rabbi.«

*Primas:* Was ist denn für den Juden die Wahrheit? –

»Daß Christus ein Jude war, das würde ich ihnen lehren beherzigen.«

*Primas:* Glauben Sie denn nicht, daß Christus Gottmensch ist? –

»Ja, durch seine Beharrlichkeit in der Liebe. – Wir aber verachten den Juden den er liebte! – Wir nennen uns Christen und sind doch nicht bekehrt, den Juden wollte ich bekehren, daß er, wie Christus, seinen Verfolger lieben lerne.« –

*Primas:* Das würde nicht gelingen, sein böser Eigensinn ließ ihn nicht nachgeben!

»Ich trachte nicht nach seiner christlichen Bekehrung, aber zur Vernunft! Zum Begriff: Mosaische Satzung sei nicht Religion, und auch nicht anderer Nationen Kirchenverheißungen und Glaubensartikel.«

*Primas:* Sie wollen nicht allein den Juden, aber nun gar auch den Christen von seiner positiven Religion losmachen!

»Das ist eben nicht Religionsweisheit den reinen Ton des Judaismus anfeinden, der ins All der Schöpfung einklingt mit so frommer Zuversicht über den blauen Himmel hoch über

Sonn und Mond und goldne Sterne hinauf zu dem Wesen aller Wesen!«

*Primas:* Also ein solches Wesen aller Wesen anerkennen Sie doch, da haben wir doch die Spur eines Religionskeim!

»Ja! ein solches Wesen anerkenne ich! – und ich habe das Gefühl seiner Machteinwirkung! die mir lehrt, dem Elenden, dem Juden mich zuwenden, und mehr noch lehrt sie mir, denn ich schaue fortwährend nach jenem moralischen Firmament, wo die heiße Sonne mit dem kühlen Mond wechselt, und wo der Thau der Nacht wieder erfrischt, was die Sonne so heiß durchglühte. – Denn wenn das nicht wär würde ich meine Gedanken nicht sammeln können von dem wahren Standpunkt aus für ihr Recht zu streiten.«

*Primas:* Verwirren Sie nicht durch phantastische Vergleiche den schönen klaren Standpunkt, den ich bis jetzt noch verstehe. Was nennen Sie also ein moralisches Firmament? –

»Ich verstehe darunter die Wunderwerke des Geistes aus dem alle Schöpfung entsteht!«

*Primas:* Was ist das nun wieder? –

»Gott sagte: *Es werde!* – und da ward! – und glauben Sie denn, daß die Schöpfungskraft blos in dem Wort lag? – und daß da so gleich alles geworden, blos aufs Kommandowort?« –

*Primas:* Das müssen wir allerdings in der Allmacht Gottes liegend uns denken.

»Nein! das denke ich mir nicht so! – Und das weiß ich auch ganz anders, durch prophetisches Ahnen, durch meinen Scharfsinn; daran zweifeln wollen, wäre nicht klug vom Primas.«

*Primas:* Offenbaren Sie Ihre Prophetengabe, offenbaren Sie Ihre individuelle Ansichten von der Schöpfung der Urwelt, ich bin begierig sie zu vernehmen! –

»Individuelle Ansichten habe ich nicht, aber Bewußtsein wie Alles geworden; damals als erst Alles werden sollte und daher noch nichts konnte schief gegangen sein, da erzeugten sich die Dinge wie die Natur sie aussprach, und so ward die frische freie Welt ist also ein Erzeugniß vorweltlicher Kräfte.

»Ja, und nach und nach entstanden, daß man sieht diese Kräfte haben sich an ihr geübt. Gott brauchte sieben Tage der Anstrengung um sie zu schaffen.«

*Primas:* Einer davon war Ruhetag.

»An dem er sah, daß alles gut war was er gemacht hatte! Dieser Ruhetag war ein beschaulicher der Betrachtung und keine vorweltliche Kraft; sie kam erst nachdem die Welt geschaffen war! – Was aber die Menschen machen, davon haben sie das Einsehen nicht ob es auch gut sei!« –

*Primas:* Einstehen deucht mich, sei dasselbe mit Vernunft!

»Vernunft des Göttlichen ist Schöpferkraft; Einsehen ist Fassungskraft; das ist ein Unterschied. Aber auch die Vernunft ist kein urplötzliches eignes Selbst; sie hat einen sinnlichen Grund und der ist Ursprung alles Werdens, da der Schöpfer nicht aus der Vernunft sondern aus dem sinnlichen Gefühl des Werdens erschafft! – Denn aus gar nichts kann nichts geworden sein. – Der Gott unseres Ursprungs ist also ein sinnlicher Gott, ein fühlender, nämlich das Gefühl ist die Persönlichkeit Gottes, die unmöglich ohne sinnliche Natur ein Dasein konnte haben! – Gefühl ist sinnliches Dasein Gottes!«

*Primas:* Das lautet bald als ob es wahr sein könnte. Sie nennen also Gott das sinnliche Gefühl aller Schöpfung?

*»Es werde Licht!«* sagt Gott! Das Gefühl des Werdens geht aus ihm hervor in die Schöpfung über und wird erschaffnes Licht; und er sieht daß es gut ist und er schaffet weiter im Licht! – Das Gefühl aus dem Alles hervorgeht ist die Sonne; – Die Vernunft, deren Bewußtsein das Werden ist, die ist der kühle Mond, er hat Einfluß auf alle Wesen. Die Gedanken, die von der Vernunft ausgestreut werden das sind die Sterne; sie schimmern nach allen Seiten und leuchten Einer dem Andern. Das ist das moralische Firmament, Sonne Mond und

Sterne, Firmament göttlich schaffender Kräfte, die da fortwährend leiten und wirken. Ja, Gefühl drängt die Vernunft zu allem Erzeugen! Was wir Weisheit nennen ist Gefühlseingebung. Alle Inspiration ist sinnlicher Lichtdrang aus dem Urlicht in die Vernunft, aus der Gottheit in ihren Begriff, aus der Sonne in den Mond!« –

*Primas:* Sie wollen wohl sagen, daß die Natur die sinnliche Wirksamkeit Gottes ist!

»Nein! Aber daß die Natur aus dem Gefühl entsprungen und das Gefühl der Ursprung aller Dinge, und daher Gottheit ist! – und das ist eben Religion worin alle Wesen von selbst einklingen wie die Sterne, so verschieden ihre Natur sein mag; haben sie doch ein gemeinsames Dasein! Dies nur ist Religion, worin alle Gefühle übereinstimmen. Gemeinschaft des Heiligen ohne innern Widerspruch mit dem Weltall!« –

*Primas:* Was ist uns aber Basis dieser Gemeinschaft des Heiligen, wenn nicht göttliche Verheißung, wenn nicht Offenbarung und Glaube an sie?

»Selbstbesinnung ist der Glaubensheerd auf dem der Geist hell auflodert um Berge zu versetzen um sich zu reinigen von der Asche erlöschender Triebe und Natur, Gefühl und Phantasie wieder anzufachen; die im rein gestimmten Geist Prophetengewalt haben.«

*Primas:* Sie haben da Christus und seine göttliche Prinzipien, in die Natur übersetzt! aber deswegen sind die Juden noch nicht befähigt in diese Natur überzugehen! –

»Der Christ hat einen Götzen des Aberglaubens, der ist sein Christus. – Aber nicht jene menschliche – aus göttlichem Gefühl als seinem ewigen Erzeuger hervorgehende Urkraft Alle zu erlösen vom Übel! – Der Christ hat seine positive Religion; auf der ruht er, geborgen daß sie selbst ihn vom Übel erlöse, sein eigennütziger Glaube ans Himmelreich raubt ihm das All und Überall seiner Unsterblichkeit. – Schon fühlt er sich nicht mehr im Verfolgten, er ist sich selber abgestorben in ihm; schon fühlt er sich gleichgültig gegen seines Geistes Freistätte, selbst zu denken! – er hält sich an seine Verheißungen, an sein Kirchengebot, und das ist ihm einerlei, es mit der Vernunft nicht fassen zu dürfen! Über schlechte Witterung klagt er, über Hitze und Kälte, über alle Lebensunbequemheiten und die Geisteszermalmungen die alle moralische Kraft zerstörende Bedrückungen unter denen der Jude seufzt, die rühren ihn nicht!« –

*Primas:* Das jüdische Volk scheint aber von jeher, sogar bis heute, den reinen Sinn für das Höhere im Menschen nicht gehabt zu haben, der alte Rest seiner plumpen Satzungen würde sonst von selbst von ihm abgefallen sein! –

»Das Anrecht freier Entwicklung seiner gesunden Anlagen kann um keiner Voraussetzung willen einem vorenthalten werden, noch weniger ists denen abzusprechen, deren Naturanlagen nicht in heiteren Lebensbächen dahin zu rauschen vergönnt ist. Gebt erst Luft, wie bald wird dann Licht leuchten! – Diese Flamme! – diese einfache Himmelermessende – Natur und Welt durchgreifende Flamme, sie lodert auch im Innern des Juden; er vermags in den Abgrund des Denkens und Fühlens sich zu versenken; im Bann der Erniedrigung, aus dem er sich aufschwingt, muthiger und freier durch den eigenen Geist verklärt als seine Unterdrücker unter denen er sich durcharbeitet. – Er kennt die Menschen, er kennt die Christen und fühlt was sie ihm anthun, sie aber kennen nicht den Juden und nicht sich selber, und ihrer Religion Versöhnungsmilde ist an ihnen verloren gegangen. Von ihr haben sie nichts als blos die Juden anzufeinden.«

*Primas:* Solche Phänomene der Judenschaft sind bis jetzt nicht als möglich anerkannt! Moses hat sie durch harte niederhaltende Satzungen an Himmel und Erde gefesselt! Die Erkenntnißquelle ihrer Vernunft ist bis heute noch nicht so hell hervorgesprudelt um sie von jenen Fesseln loszuwaschen! –

Und treiben sie mit ihrer Menschenkenntniß nicht auch Handel und Wucher? – Haben sie nicht wie zur Wissenschaft, auch Anlagen zu Jesuiten, Hofleuten, Diplomatikern und Intriguanten? – Treiben sie nicht Schleichhandel mit der Politik und achten es als ein aufrichtiges Gewerbe? –

»Welchen Spielraum haben ihre Talente anders gefunden, als an dem der elende Geist der Erde eben zehrt – sind Hofleute und naturverkümmernde Minister und üppige geistliche Kurfürsten nicht Juden, da doch Juden gerade dazu Anlage haben?«

*Primas:* Dazwischen könnte wohl noch ein Drittes liegen was nicht Jude ist.

»Der Teufel ists der dazwischen liegt und ihrer Herr wird. – Wer die Erkenntniß des Teufels hat, der muß sich mit ihm herumschlagen. – Die gesammte Christenheit drängt die Juden in die Hölle. Um jedes weltlichen Vortheils willen läßt sie, über alle heiligen Theorien hinweg, sich reißen zum Meuchelmord an ihren Brüdern! – sie zerrt den gefesselten Juden an der Kette, sie nennt ihn boshaft wenn ihm der Schaum vor den Mund tritt und tückisch, weil er in den Sack nicht springen will, den sie ihm vorhält.«

*Primas:* Unter dem Sack verstehen Sie die christliche Religion, die Sie für ein Gefängniß ansehen, der Christ erkennt sie aber für die Freistätte des Geistes. Sie werden es ihm doch nicht als bösen Willen auslegen die Juden zu martern, wenn er versucht sie zum Christenthum zu bringen!

»Die Juden halten an dem Glauben ihrer Väter als an dem letzten Pfeiler ihrer Selbständigkeit, und ihre alten Satzungen, Sinn- und Verstandlos wie ein Erdenklos, haben doch Wurzelkraft wie die Erde! – Die Blüthen der Empfindung, des Geistes, können aus so harten Gesetzen dennoch hervorsprießen, sie fühlen sich auf diesem Fußbreit ihres nationalen Daseins in der Verbannung gesichert; ihr Tempel ist ihre Ruhestätte auf ihrer Flüchtlingsreise durch die Welt, sie halten an ihrem Herkommen, an ihrer Ursprünglichkeit und achten den Christen als einen Emporkömmling!« –

*Primas:* Die Sonne beleuchtet Recht und Unrecht und würde den Juden auch erleuchten, wollte er nur seiner bessern Einsicht folgen. –

»Wenn auch noch so große Gedanken in dem Juden könnten Wurzel fassen man raubt sie ihm mit der Bekehrungswut!« –

*Primas:* Außer diesen, liegt noch eine geistige Bekehrungskraft im Weltall; der natürliche Instinkt, der den Juden mahnt, daß die allgemeine Weltreligion, deren Stifter und Gott der Menschenliebe, von ihnen verflucht worden war, sie verfolgen müsse, so lange sie nicht übergehen.

»Übergehen soll der Jude! – Wohin? – Alles ist Dorn und Distel – und verborgene Messerstiche der Verachtung! – Diesen Ekel den wir gegen seinen Stamm hegen, jede Berührung mit ihm scheuen, geschweige in Lebensverhältnissen uns ihm verbinden, den Kindern Furcht vor ihnen machen und zu bösen Muthwill gegen sie hetzen! – Dieser Hohn gegen den ältesten Menschenstamm, der ist der Aussatz der Christen. So lange sie diese Krankheit haben, ist nicht gut in Gemeinschaft mit ihnen treten. Alle Heiligung der Kirche ist Lüge, so lange sie Verfolgung übt; Deckmantel des christlichen Aussatzes den der Jude flieht! Unser Stolz duldet nicht, daß er in unserer Gegenwart menschlich denke, menschlich fühle. – Wir spotten des Patriarchen der auf Dornenwegen eine Zuflucht sucht für die Seinen. Wir drängen ihn hart, unser Vertrauen ist ihm kein erfrischender Regen, unser Geist ist ihm kein leitender Stern in der Wüste; hat er sich verirrt so bringen wir ihn an den verlornen Pfad nicht wieder zurück. Wir trauen ihm alle Verbrechen zu und ahnden streng schon den Argwohn den wir auf ihn häufen, jeden bösen Willen, den wir doch selbst ihm einimpften. Wir, die Jünger des Gottmenschen dessen Joch süß ist, wollen uns dem süßen Joch der Menschlichkeit nicht unterwerfen; – aber die Juden im Lande der Verbannung, der Entsagung, der Mutterangst, der Vatersorgen und Verkanntheit, bleiben unerschüttert treu ihrem harten Gesetz! – Was ist da zu verachten am Juden?« –

*Primas:* So würde wohl der Christ endlich noch Lehre annehmen müssen von dem Juden? –

»Wenn nicht der Trieb zu gemeinsamer Vollendung die Rechte der Menschheit auch im Juden ihm begreiflich macht, durch die Liebe die Christus predigt ist er dazu nicht gekommen? – Die Kirche wähnt sich die alleinige Braut des Gottmenschen, statt aber seinen milden Spuren nachzugehen, baut sie unter Trümmern verlassner Lehre einen Richtersitz für ihren Bräutigam, was sie an knechtischem Wesen, an Bannformel und Flucheslast finden kann, legt sie ihm zu Füßen, um damit auf den Untergang loszugehen derer, die sie nach seinem Beispiel am Herzen sollte tragen. – Wie sehr betrügt sich die Braut um den Bräutigam!« –

*Primas:* Christus der die Pharisäer bekämpfte, der auffuhr gen Himmel, die Nebel zu zertheilen des Aberglaubens und boshafter Unwissenheit, den werden Sie doch nicht dem Schooß der Kirche abläugnen!

»Ich läugne ihr nichts ab was sie in ihrem Schooß empfangen zu haben glaubt; aber wenn sie ein Basiliskenei ausgebrütet hat, so kann ich darin das Ideal nicht erkennen der Menschheit, so nah verwandt unserer Seele, daß es unmöglich ist Mensch zu sein, ohne in dies Ideal überzugehen. – Diese Gottheitsflammen, diese Friedenergießenden Schauungen ins Wort, in die Unsterblichkeit, kann in Offenbarung und Kirchengesetz die das rein Menschliche als Verbrechen verfolgen, denen nicht begreiflich werden die an den Heroismus glauben großer Geister und auch zu Heroen sich bilden wollen wie ich!«

*Primas:* Sie wollen eine große politische Reichsreligion, wo die Götter Nationalgötter sind, und durch Orakel ihr letztes Wort geben zu allem Geschehen. Sie wollen mit dem Heidengott zusammen sich auf den Dreifuß stellen. – Da werden zwei Schiffbrüchige auf *einem* Brett sich befinden.

»Trotz allen Gegenreden ist des Primas Seele bei mir, die meinen Unsinn in den wahren Sinn überträgt. In den Heidenkindern die nicht Christum kannten, lebte, in jedem auf eigene Weise die Seele reifend, die Gottbewußtheit und durchzuckte die Heidenländer mannigfaltig in Thaten der Tapferkeit und Selbstverläugnung! – Alle Opfer waren um der Größe ihres Geistes willen ihnen zum Selbstgenuß geworden!« –

*Primas:* Ja! Es war jener Zeiten Genius, der die milch- und honigreichen Ströme der Lebensweisheit durch die gelobten Lande leitete, die Moses in der Wüste fern dahinwallen sah und den sterbenden Blick daran erlabte! –

»Und mancher Nachkomme der heute nicht Christ ist, leitet seinen Ursprung aus jener idealischen Geistesnatur, die Lichtdurchdrungen war ohne von Christus zu wissen; sollte er für diese nicht Sinn gehabt haben? – sollte er sie verdammt haben, so war das nicht besiegelt von Gott noch von den Göttern. – Er! die Kindheitsnatur menschlicher Verklärung! hätte er sie abgeläugnet die göttlichen Größen alle, als nicht der Unsterblichkeit geweiht?« –

*Primas:* Und statt dessen dem gesunden Menschenverstand die Erbsünde eingeimpft, die wie Pech anklebt und losgewaschen muß werden von der Kirche.

»Die neugebornen Kinder vom Teufel besessen, dem doch von Christus nur zugestanden war, in die Schweine zu fahren.«

*Primas:* Diese unschuldige Heerde die der Teufel wie ein brüllender Löwe umschreitet und nach allem schnuppert was nicht mit dem Wasser der Taufe Sündenrein gewaschen ist! –

»Da wollte ich doch lieber jenen himmlischen Leidenschaften mich verschwören, die noch vor der Christenlehre sich rührten im Schooße der Wahrheit.«

*Primas:* Die entsprungen waren aus mündig gewordner Menschenwürde! – Was haben wir davon in den verrinnenden Bächen jener Begeistrung mit uns fortgeschleppt? – Nichts als erheuchelte Größe die an uns nicht haften will. – Wir haben keine Lebenausprägende Weisheit, kein Heldenthum, keine Kunst!

»Alles wurde beim Erscheinen des Christenthums vom Schlag gerührt!« –

*Primas:* Nicht das Christenthum aber der Kampf mit so einfachen Wahrheiten, das System der Kirche nach ihren symbolischen Büchern zu erläutern und dabei Freiheit in allen Forschungen zu behaupten: Das hat der Klerisei ganze Denkkraft geschlagen, alles ist zu Kirchenunsinn geworden.

»Die Christen haben sich um ihren Heiland betrogen, während die Juden es noch vor sich haben sich ihm anzueignen!«

*Primas:* Er hat sich umsonst gedemüthigt, und die Sterblichkeit hat er getheilt mit uns, aber aus ihr heraus haben wir ihm nicht folgen lernen.

»Wie könnten wir sonst mit dem Koth des Luxus, prahlen vor dem Dürftigen und durch kein anderes Verständniß mit ihm uns heiligen.« –

*Primas:* Kein Sternenkreis mehr von hohen Thaten über dem Haupte herrschender Männer. Kein Sehnen kein Hoffen mehr das sie erfüllen? –

»Kein Plato kein Socrates, der weissage im Sonnenfeuer!«

*Primas:* Keine Kampfbegeisterte Helden für Volksrechte die um sein Blut zu sparen für Alle fechten. Heute fließen Blutströme um des Einen willen, er sieht es fließen und appelliert an den Weltrichter, nicht an ihren Erlöser!

»Die christliche Kirche ist die Herberge die ihn im Schilde führt, aber nicht von ihm bewohnt wird. Der Welterlöser konnte wohl alle Marter der Menschheit zu Lieb ertragen wollen, aber nicht die Langeweile der Tugendheuchelei, die des Teufels Ruhebank ist, mitten in der Kirche, auf der die Frömmler und Schriftgelehrten heute noch sitzen wie damals und deuteln am Buchstaben von dem er uns zu erlösen doch gekommen war. Wie sollte er nun unter ihnen sitzen und sich gefallen, von ihrer Doppelzüngigkeit seine Weisheit unnütz machen zu hören!«

*Primas:* Der Dom der Freiheit, der, wo der Geist auch in seinen abstrakten Bildern schwelgt sein Dach über ihm wölbt, der ist die wahre Kirche in dem er wohnt.

»Aber nicht mit zusammen geklappten Flügeln im engen Pferg und einen schwarzen Hund dabei der ihn bewacht und immer ihn wieder hineinbellt, wenn er hinauf sich sehnt seine Flugkraft zu üben.«

*Primas:* Und das Gespenst der Selbstquälerei was die Furcht ausbrütet die nimmer ins Ungemessene sich wagt. –

»Was doch überall des Gottes voll ist! Und dann der Marterknecht der die Hölle heizt! – Dem könnte der Genius nicht dienen wollen der in jeder Brust sich regt, sie freizumachen.«

*Primas:* Und die Ahnung einer höhern Welt ihr ans Herz legt, in der Natur und Gottheit zusammenströmen.

»Christus der Seelenschmetterling der voranflog dem ängstlichen Raupengeschlecht das so mühsam nachkriecht! – Aber die Religion des eignen Gewissens, die Mittler ist zwischen ihm und dem Göttlichen, die ist Ueberwinderin aller Religionen.«

*Primas:* Und die Kirche die nicht jede Liebe jedes Vertrauen jedes Gelübde in sich aufnimmt die ist nicht unfehlbar und nicht allgemein.

»Und die den Stamm ihres eignen Stifters aus ihrem Schooß ausstößt, ein unvermischt Geschlecht, von der Natur als eine ihrer edelsten Racen ausgerüstet mit scharfen Sinnen und tiefem Fühlen« –

*Primas:* Von der Kirche verflucht und aus dem Schlupfwinkel der Verbannung zu ihrem Schlachtopfer hervorgezogen, die ist nicht wahre allgemeine Kirche! –

»Im Schooß der überirdischen Natur, was doch die Kirche sein soll – ein Baum nach seiner Natur Art von selbst aufstrebend in geläuterte Erkenntniß. Und alles Streben nach Gottheit ist Sympathie für alle Religionen die einander berühren, wie im Winde die schwankenden Bäume des Waldes einander stützen mit ihren Ästen und mit ihrem Laub ineinander flüstern, und mit ihren Wipfeln sich neigen gegen einander.«

*Primas:* Aber doch hat Christus den einen Baum verflucht der ihm nicht Früchte bot, obschon es nicht an der Zeit war daß die Feigen reif sein konnten! – Sollte die Kirche nicht in diesem von Christum verfluchten Feigenbaum das Judenthum erkannt haben!

»Alle Feigenbäume stammen von dem Einen ab im Paradies und alle hängen mit dem zusammen der den Fluch tragen mußte! – Wie konnte der Sohn verfluchen was der Vater gepflanzt hat! – Und wie konnte die Kirche ein Volk verfluchen dessen Stammältern wie der Feigenbaum, Früchte trug für alle Nationen! Und wenn der Feigenbaum uns nahe geht, daß der den Fluch trägt, wie viel näher muß uns der Jude gehen, an dem die Christenheit täglich den Fluch übt?«

*Primas:* Wenn dem Juden dies Eine einleuchtet, das Irdische zu verlassen und dem Himmlischen nachzugehen, so wird der Wald der Eintracht sich genügend belauben um Christen und Juden Schatten zu geben, allein dazu ist wenig Hoffnung! –

»Der Jude kann sich bekehren ohne daß er sich Christ nennt, durch das einzige Gebot: *Liebet Euch unter einander!*«

*Primas:* Darum habe ich sie auch unter einander laufen lassen, da werden die Juden Großmuth üben lernen; – wäre nur auch die Weisheit unter ihnen von der Salomon sagt man finde sie vor der Thür, woraus ich schließe, daß die Juden damals nicht so häufig vor der Thür lagen wie hier in der Judengasse.

»Dort hatten sie Paläste und Gärten und herrliche Springbrunnen und versahen die höchsten Staatsämter, und hier haben sie keine Lust zum Athemholen; ich wüßte nicht warum die Weisheit ihr Feld nicht auch da bauen dürfte: irgend wo müßte man ihr doch begegnen, wenn sie wirklich auf Erden wandelt.«

*Primas:* Auf dem Markt ist sie auch nicht, denn heute wo den Juden zum erstenmal erlaubt war zugleich mit den Christen ihre Einkäufe zu besorgen sind mir schlimme Händel zu Ohren gekommen; es ist da ein Handgemenge entstanden über das Wild um das man sich zerrte. Der erste Bericht lautet: *Blutige Auftritte unter Christen und Juden auf dem Markt.* Der zweite beschwichtigt: es sei nur Hasenblut. Aber die gelbe Rüben und rothe Rüben und Schwarzwurzeln sind da unter einander gestürzt, die Hühnerkörbe sind umgefallen und die Milchkrüge; muthwillige Vocativen habe die Spanferkel losgelassen, vor denen die Juden Reißaus nahmen. Dies alles hat sich auf dem Domplatz ereignet, viele Flicken jüdischer Alterthümer und Talare berühmter Rabbiner liegen dort umher und geben Zeugniß daß die Juden der christlichen Kirche zu nahe getreten; da nun kein Lumpensammler die berühren will, so hat der Magistrat beschlossen die Juden in Corpore zu vermögen den Domplatz eigenhändig zu reinigen, sie wehren sich dagegen und haben eine Petition an mich ergehen lassen dies Geschick von ihnen abzuwenden. Der Kehricht steigt schon die Stufen des Doms hinan; mit jedem Augenblick, von allen Seitenwegen, aus allen Schlupfwinkeln vermehrt sich der Ballast. Die eifrigen Kirchgänger sind entrüstet und wollen nicht über die Lumpen steigen, der Pfarrer Kirchner findet es unter aller Würde, sich da hindurch zur Sacristei einen Eingang zu wühlen; wie soll ich da beschwichtigen. Suchen Sie Mittel, die Juden zu diesem Opfer der Liebe für die Christen zu bewegen und ich verspreche Ihnen, das Wohl der Juden nach Ihren Ratschlägen zu fördern.

Hier endigte ein derber Paukenschlag der Haidnschen Symphonie das Concert und zugleich meine Judenverwendung, mit der mich der muthwillige Primas in die Enge trieb, es hatte ihm gefallen, denn wenig Tage später sagte er mir daß ich mich im Judenscharmützel brav gehalten habe! er sagte: Ich habe alles beherzigt, aber Ungerechtigkeit Grausamkeit und Gewaltstreiche sind nicht christliches Prinzip. – Wären wir dem Egoismus nicht so weit verfallen, daß wir mit Gleichgültigkeit die Verletzung der Menschenrechte dulden, so wäre es leicht ein weiser Mann sein der Priesterthum und Politik vor seinen Richterstuhl könnte fordern, aber das Welten- und Staatschristenthum, das mit seiner Sündfluth das ganze Menschengeschlecht vom Erdball herabschwemmte, hetzt den Aberglauben auf sie los und hält die Einfalt davor in Respect! – billig wärs daß die allein die Schuld tragen, die das ursprünglich Göttliche im Christenthum verstummen machten, doch Christus, dieser Schirmvogt menschlicher Schwäche für die er in den Tod ging, rief noch im letzten Augenblick seinen himmlischen Vater an: *Herr verzeihe ihnen denn sie wissen nicht was sie thun!* Die Kirchenväter wußten so wenig wie die Juden als sie Christum kreuzigten, was sie thaten mit ihren treulosen Orakelsprüchen und despotischen Kanzelreden, mit denen sie die letzten römischen Kaiserlinge vermochten jedes menschliche Band mit den Juden zu zerreißen! –

»Ist aber dies ›*Nicht wissen was man thut*‹ keiner Gewissensmahnung unterworfen? – Kann man in dem Orden der Nächstenliebe wollen die Unverantwortlichkeit der wilden Thiere erschleichen?« –

*Primas:* Dummheit ist nicht verantwortlich, denn ihre Krankheit ist, daß Verantwortung an ihr nicht haftet; und epidemisch ist sie auch. Wer selber ihr nicht kann entfliehen, wie kann der andere darum strafen. – Dummheit greift in die Hebel die nur der Genius soll regieren; sie vernagelt der Zukunft das offne Thor, die schon zum Sprung uns entgegen, gerüstet war.

»Dummheit hat Abscheu vor dem Geist, aber Geist und Gewissen lenken einander auf gebahnte Wege.«

*Primas:* Gebahnte Wege führen aber nicht in das von ihren Propheten verheißene Paradies, geistliche und weltliche Macht achtet diesen Nachtversunkenen Theil der Nationen in allen Landen als ein zu verächtlich Volk um es wieder aufzurichten; so ganz ohne Gemeinsinn daß es keiner Republik kann einverleibt werden und so ganz ohne Ehrgefühl daß keine Monarchie es auf gleiche Bedingung mit andern Völkern kann aufnehmen.

»Wie ist das nur, daß Republiken und Monarchieen das Judenthum als einen Schmutzfleck betrachten, während dieses die stolze Überzeugung hegt es stehe in seiner Verbannung weit erhaben über den Christen.«

*Primas:* Wäre dies wahr, so würde es die Verachtung seiner Lage nicht ertragen.

»Verachtung ertragen ist noch nicht ehrlos. Der Talmud sagt: Schmückt Euch in der Verbannung mit dem rothen Sattel der Armuth und leuchtet drunter hervor wie die Schimmel!«

*Primas:* Der Purpursattel den er willig auf sich nimmt ist der Schacherreichthum, aber nicht lustig umherspringend wie muntere Schimmel, sondern schleichend im Dunkel wie Katzen. Es ist ein Wunder wie sie durch alle die babylonische, ägyptische und europäische Finsterniß sich durchgearbeitet haben! –

»Ein ganzer Menschenstrom aus der Menschheit Schooß ausgestoßen, sich durch die Finsternisse wühlend des Fluchs, bei dem Christen-gott zu seinem Untergang verschworen, blos weil er diesen als seinen Heiland nicht anerkennen will. So wurde denn die Stimme der Natur durchs Christenthum verzaubert?«

*Primas:* Was durch Gewohnheit sich so einwurzelt daß kein Gewissen mehr darüber erwacht, erscheint auch nicht mehr unerhört, selbst dem Volk nicht auf dem der Fluch ewiger Landesverweisung liegt; ja es würde ihm eben so empfindlich auffallen, wollte man den Kreis seiner Satzungen in den es gegen das Christenthum sich verschanzt hat, durchbrechen um es mit den Christen zu verbinden, als es uns empfindlich fallen würde, über den herabgewürdigten Gegenstand unserer Verfolgung nicht mehr verfügen zu können! – Wo bleibt die Erhabenheit des Christenthums wenn es den Abgrund des Judenthums nicht mehr zu seinen Füßen hat? – Wo bleibt der Religionseifer, wenn wir nicht gegen den Teufel mit Declamation, gegen die Ketzer mit Wuth und gegen die Juden mit Despotie können losgehen? – Wo bleibt die Kirchengeschichte? – Wo die Religionsphilosophie, ohne die Spiele verborgner religiöser Leidenschaften die in ihrer Mannigfaltigkeit nirgend hinlänglich Genugthuung finden! – Das harte Herz, der Hochmuth die Herrschsucht der Haß die Verfolgung, die das naturentsproßne Religionsfundament, dies weite Geisterreich der Triebe und Neigungen hart ankämpfen, um ein anderes ihrer Gewalt unterworfnes ihr unter zu schieben. Die eleusinischen Geheimnisse dunkler Furcht und Hoffnung, die sich heuchlerisch über sie herwerfen und die Freiheitsidee ihnen aus der Brust rotten, und mit erlogner Erhabenheit das platteste Geschöpf der Convention aus ihnen machen! –

»Und welcher christliche Herkules wird die Welt von diesem Alp befreien?«

*Primas:* Sinn für Alles, nur nicht fürs Mittelmäßige, – das ist der Heerd, wo der Held den Sie christlich nennen, Wunder thun müßte! Die Juden hatten, wie die Bibel lehrt, ein göttliches Patent zur Vertilgung aller Völker und zur Eroberung ihrer Länder. Die Christen haben die Seligkeit, sich allein zugesichert. Dies ausschließende Recht auf das zukünftige Leben ist die Basis einer sündlichen Politik die alles an sich zerreißt und auf ihrem Besitzthum ruht wie ein feuerspeiender Drache! – hätten wir Specialkarten des Himmels wo würde es Streitigkeiten unter den christlichen Machthabern schon hier auf Erden setzen; so müssen sie es abwarten bis sie oben angekommen. Auf Streit – ja auf den heftigsten können wir uns gefaßt machen denn alles rüstet sich noch im Lebensausgang als Streiter Christi und alles hält sich verloren was nicht gewappnet gegen Teufel, Ketzer und Juden anlangt bei der Himmelsfeste, die ein doppelter Laufgraben umgibt: Fegfeuer und Höllenabgrund um hineinzustürzen was sie in ihren heiligen Reichen nicht dulden! – Die Juden haben unvorsichtig ihre Verheißungen in das Irdische verlegt, deswegen haben die Christen auch gleich Besitzthum, Cultur und Wissenschaft Ihnen abgeschnitten wie man dem Feind die Munition abschneidet, die Christen haben dagegen ihre Ansprüche ins Unerreichbare verlegt und sich so gegen allen Unbill verschanzt. – Obschon nun die Juden ihre Verheißungen bis zum Weltuntergang hinaus schoben, der dann natürlich auch ihren Welterlöser mit verschlingt, weil ihr Messias sich in unerreichbarer Ferne hält und keine Anstalten macht herbei zu kommen, so hat die Noth sie zu parasitischen Pflanzen gemacht an dem Stamm der menschlichen Gesellschaft, mag der vom Sturm erschüttert, allem moralischen Ungemach unterworfen, wanken, sie saugen an seinen Wurzeln sich fest, und sind nicht mehr ohne beider Untergang zu trennen.

»Ach was kann an diesem kranken Stamm ihnen noch zu Gut kommen? – selbst Christus würde schwerlich die Hunde noch auftreiben alle die Wunden und Quetschungen heil zu lecken die sie blos in unserer Frankfurter Judengasse durch ihre Schacherwuth bei den Christen davon tragen, in dem engen

Raum ihres Schwarmloches in welchem tausend zerlumpter Männer und Weiber und nackter Kinder sich um den Platz streiten den Fuß darauf zu setzen. Im Grab ist mehr Erdenraum. Welch Gedräng in dieser engen Gasse, welch lauwarmer Pestdampf der Unreinlichkeit dieser Gruppen magerer halbverwester Israelskinder, wachend und schlafend auf den Stufen der Hausthüre liegend? wer hat Muth durch dies Gewimmel sich zu drängen wo man auf dunkler Wendeltreppe hier und dort in die Haushaltungslöcher guckt, bis hinauf zum Dach wo die Fallthür sich öffnet, wo die Sonne durchs Giebelfenster den erschacherten Pomp der Christenheit bestrahlt, wo der Jude mit blitzendem Mienenspiel mit fixen Fingern und laufender Zunge um des zufälligen Gewinnstes eines Kreuzers halber sich unzähligen Spottreden aussetzt; auf der Straße verhöhnt ihn der Pöbel; er klettert zwanzigmal alle Treppen hinan und wird eben so oft wieder hinabgeworfen. Elendmüde stolperte er Abends ins trostlose Familiennest, wirft sich und seine Bürde hin, Alt und Jung umringt ihn, hat er ein paar Batzen erganst, so hat er mehr um dieser Allerweltsünde gelitten, sich zerlaufen und abgehetzt, als ein geistlicher Fürst für die Sünden der Welt je Ablaß ertheilte!« –

*Primas:* Und Christen wie Juden arbeiten im Laboratorium der Goldmacherkunst, da geht im Rauch auf was die Menschheit veredelt, was Zuversicht giebt in ihren höheren Beruf! Der Christ vergräbt unter Ehrfurcht gebietender Scheinheiligkeit sein Gold, wie der verhöhnte Jude unter dem Kothlager des Schachers, von dem er einst wird auferstehen seinen goldnen Fuß den Christen in den Nacken zu setzen! An den siebentausend Juden hier in den engen Schmutzwinkel, kann man das Ideal ihrer Volkswirtschaftslehre studieren! Ganze Taschen in zerlumpter Kleidung, ist ihr politischer Standpunkt, ihr Vorrecht! – Ihren Gott – diesen früheren Gott als der der Christenheit – der die Juden in seinen besonderen Schutz nahm, selbst ihnen Gesetze gab – Jahrtausend lang sie väterlich erzog – vor jeder Gefahr sie warnte, selbst durchs rothe Meer sie geleitete und endlich das Paladium der Menschheit, die Erkenntniß seiner Einheit, ihnen anvertraute, aus dessen Schooß der erste als göttlich anerkannte Gesetzgeber hervorging, hat man seines Tempels beraubt und in diesen Schmutzwinkel mit verbannt; dies bezeichnet seine sittliche Niederlage! – Dieses Vätervolk der Christen dessen Religion die Mutter der ihrigen war: von dem Augenblick als sie die Macht in Händen hatten, blos auf den Grund hin, daß es dem Gott seiner Geschichte anhing, ist mit Gewalt und List seiner Freiheit, seiner Gerechtsame der Natur und Moral beraubt; – das bezeichnet sein energieloses Sclaventhum! ihm ist das Recht auf Landbesitz, der Gebrauch seiner Vermögenskräfte untersagt, mit Gewalt und List ist ihm sein politisches Entwicklungsvermögen weggestohlen und von der Stufe, auf der es vor Jahrtausenden stand, tief herabgestoßen und solcher Gestalt in einem unentfliehbaren Kerker des Verderbnisses festgehalten, wo es durch Mangel an Theilnahme, Mangel allgemeiner Veredlungsmittel in die schauderhafteste Sclaverei gerieth, das bezeichnet sein Todesurtheil! – – Verwesung! –

»Der Mensch springt zum Himmel auf, aber ihn zu erkämpfen verhindert der Stolz und die Eigensucht; – er macht die Gestirne sich unterthan und die Geister der Natur, die Götter und Götzen, und dann giebt er ihnen die Oberherrschaft über sich nur darum, daß die um sein Schicksal sich sollen kümmern!«

*Primas:* Und er glaubt an Wunder, daß die Gottheit am Webstuhl sitze seinen Lebenslauf ihm anzufertigen, so macht sein Aberglaube ihn zum Sclaven seiner eignen Phantasie, aber sonderbar genug wendet sich die Theorie derselben auf Gewaltthätigkeit, Betrügerei und Raub an! –

»Und noch sonderbarer kann man des Nächsten Magd,

Ochs, Esel und alles was sein ist nicht stehlen ohne dafür gehangen zu werden! hingegen einer ganzen Nation Haus, Hof, Acker, Wald und Wiese und alle Ochsen und alle Esel und allen Besitz rauben das kann man! – und beraubt man gar die ganze Menschheit so kann man dafür als Genie vergöttert werden!« –

*Primas:* Nur die Begeisterung in ihrer Selbstvergessenheit kann zu Unsterblichem befähigen, vor dem die erworbne Moral die auf hölzernen Beinen steht, die vernünftelnde Weltklugheit, die ein Trabant des verschleierten Despotismus ist durch leichtes dramatisches Herabstürzen ihrer Opfer, ihre Trauerspiele bemäntelt! – Vieles der Art hat die Zeit begraben, nach Jahrtausenden wo andere Sprachen, andere Glaubenslehren über ihren entschwundenen Bewohnern wieder aufkeimen, wird diese Zerstörerin dem patriarchalischen Genius keinen Platz auf Erden gönnen, seine Heerden nach ihrem Bedürfniß zu weiden und ihre Entwicklung als heilige Schuld zu übernehmen. – Die Sprache der Hirten wird kurzgefaßt bleiben, in allgemeinen Ausdrücken über die Triften unterhandeln, und die fetten für die magern eintauschen und die Heerde wird müssen stumm dabei bleiben. Und ob nun die Völker den großen politischen Kreis durchlaufen als Sclaven oder als ihre Unterdrücker so sind sie beide gleich fern der Wahrheit und dem Recht. – Was ist Wahrheit? Warum antwortete Christus nicht auf diese bittere Spottfrage des Pilatus?

»Christus wollte den Schreckensgott des alten Testaments verwandeln in den Vater der Menschen, er wollte die freie Cultur eines idealischen Sinnes in sie legen. Das war seine Wahrheit!« –

*Primas:* Ja das war seine Kraft der Magie, und darüber sprach Pilatus dem Christus Hohn daß er meine durch einen erhabnen Traum die schlechte Wirklichkeit zu überwiegen, weil ihm aus dieser göttlichen Phantasie in dieser Verschmelzung mit der sinnlichen Welt die Schäferstunde idealischer Erzeugungen aufging, in denen er zuerst göttlich sich fühlte. Pilatus meinte, wo der nachsichtige, humane Geist waltet, da wächst das Unterste bald über das Oberste! und das wollte er rügen in seiner Frage was ist Wahrheit! – Und so möchte Pilatus heute noch die Fragen thun, wie bald würden die wurmstichigen, rachitischen, galligen, salamandrischen Judenseelen despotisch über die milzsüchtigen, schlaffen, hypochondrischen, schwerathmenden Christenseelen herfallen, wär keine tückische Priesteropposition gegen sie! – und die an den Juden Ärgerniß nehmenden Christen sind um nichts besser als die um des Gewinnstes willen sich aller Schmach unterziehenden Juden, und die Herren der Welt diese nervenlosen empfindsamen Idioten, unheilbar, mondsüchtig, schwermüthig und ganz unsinnig, hassen und verfolgen jedes menschliche Prinzip, sie treten auf, gegen die erhabensten kühnsten Entwicklungen aller Seelenkräfte, und halten sich durch den Reiz der Freiheit, den sie beleben sollten im Volk, weit mehr gefährdet als durch ihre sclavische Leidenschaften. – Was soll den Juden Kunst und Wissenschaft, in denen die Christen mit ihren prahlenden Fortschritten als Menschen so weit unter sich selbst sind, da sie der einzig wichtigen und gemeinsamen Wissenschaft der Gesamtwirkung, gänzlich entbehren! *Das Glück Aller ist das meine, auf Aller Dasein ist das meine gegründet!* – Das ist Weisheit, die zum Ziele führt!

»Das ist Fürsten Tugend, die am *Mißverständniß* scheitert!« –

*Primas:* Und Volks Tugend? Aber es sind noch mehr Klippen an denen so wunderbare Eigenschaften scheitern! – Der Nationalstolz – der Vergleich mit andern, die es schlimmer noch machen, die beschwichtigen das politische Gewissen der Fürsten. – Als ob das Volk eine Schuld an sie zu bezahlen habe weil sie es nicht so schlimm behandeln wie der Nachbarstaat, weil sie die Gesetzbücher gegenseitig verglichen und alles hervorhoben was einen liberalen Schein hatte, und unterdrückten die Fürsprache der Vernunft für reine Naturgesetze für die Einzelnen und für die Nationen! – Wer könnte klare Verstandesbegriffe dahineinlegen daß Freiheit darin bestehe unter dem Schutz der Gesetze zu stehen! – Als ob der Unterdrückte frei werde durch ungerechte Gesetze! Auch der Einzelne hat Rechte Nationen gegenüber, die nur gemeinsam widerrechtlicher Gewalt gemeinsam können abgerungen werden. Naturrecht! Einzige Straße der Menschheitsverklärung, Berge gesetzlichen und sittlichen Unrechtes haben sie verschüttet und Zwietracht durch Gegensatz der Leidenschaften künstlich erzeugt. Das Gesetz was nicht wie die Sonne Alle erleuchtet, ruht nicht auf dem Gleichgewicht Aller; ist nicht Naturgesetz. Nationen verschwistern wie die Glieder eines Leibes das ist Volksschule; Geist und Heldenkraft erzeugen im Volk, für sich aber die Einfachheit des Kindes bewahren und frei wandeln zwischen politischen Rechthabern und spitzsündigen Widersachern der gesunden Vernunft, das ist deutsche Fürstenwürde.

Wir sehen ja, daß die, welche öffentlich dem Teufel wiedersachen dennoch heimlich in seinen Klauen sich befinden. Die Taufe, diese magnetisch-kirchliche Kraft, hat eine Wirkung auf die Fürsten; hätte je ein Fürst dies Symbol menschlicher Berührung mit göttlichen Kräften, in sich bethätigt! Ja nur dies einzige erste kirchliche Gelübde: *Ich widersache dem Teufel und gelobe mich dem heiligen Geist!* Hätte er es als Stufe betreten himmlischer Erleuchtung über irdische Zweifel und Aberglauben, dann wahrlich, hätte er die Taufe empfangen für alle Juden und in ihm wären Alle dem Christenthum, nemlich der Menschheitsempfindung in ihm verschwistert; so wie die Fürsten mit Christus das Ehrenrecht auch theilen, Bruder zu sein der ins Elend Verstoßenen.

So lange die Geschlechter mit immer erneuter Einfalt und Vertrauen in ihre Fürsten, dem Schooß der Natur entsteigen, so lange sind es auch die geistigen Blutbande mit dem Volke, auf welche das Ideal der Menschheit in dem Fürsten sich gründet. So lange beruht auch Alles auf ihm was das Volk bedarf und verbürgt ihn dafür, alle Zwangsgesetze zu lösen der Priester und Kirchenväter; alle gewaltsame Knoten der Politik zu zerhauen, um die in jedem Einzelnen wiedergeborene Freiheit, dem elenden übelgebildeten Staatskörper auf Neue wiederzugeben.

Ein Solcher nur ist begabt mit unsterblichem Einfluß auf die Menschheit, er wird wiederkehren nach kurzer Rast des Schlafes den wir Tod nennen, denn der Geist der Wahrheit in ihm wird nicht gebrochen durch Tod, er überwindet ihn mit der Macht seinen Willen zu verkörpern in dem Volkswillen, der nun nicht mehr im Märtyrthum der Geschichte als qualvolles Räthsel sich ihm entgegenwirft. Das Unausgesprochene aussprechen, das Unermessene erreichen, Zukunft ahnend neue Keime erwecken aus der Verwesung: das ist eines Fürsten Vorbehalt.

Denn was könnte doch die Völker bewegen zu huldigen Einem der nicht Ursprung ist ihres eigenen Ideals? – Er muß endlich diesen Schöpfungsheerd entsteigen und die Menschheit in sich emporrichten zum Göttlichen. So ist es mit den Fürsten: Eine Idee, zwar selbständig in sich, aber noch nicht verwirklicht, erzeugt sie die ersten Typen des Werdens in dem läuternden Feuer der Geschichte, widerstrahlend in Gefühl und Geist der Nationen, in dem Stolz auf ihre Fürsten. Das ist erster organischer Herrscherberuf. Was kümmert uns Vergangenheit, wäre sie nicht Organ unserer Zukunft. Reflex des Werdens in uns, dem der Geist in Träumen die Lockungen des eigenen Ideals vorspiegelt! – Wenn nun die Fürsten weil sie das Gute einmal träumten, dafür die Menschheit als undankbar zur Rechenschaft ziehen wollen und Rechtfertigung und Vorwürfe darum dem Geschick aufladen daß es nicht von ihnen erreicht worden; wenn sie für die höchsten Fürstenrechte denen die Völker vertrauten. Andere wollen verantwortlich machen und so ihrer Gelöbnisse sich entbinden? – Wenn sie also ihre edlen Anrechte zinslich veräußern, und dennoch einen Gehalt eingeborner fürstlicher Geltung in sich annehmen, und sonst Verdienstlos alles Andern sich begeben: dann geht es abwärts, eine Stufe niedriger noch als ihre stumme Heerde links und rechts treiben oder stille stehen heißen! –

Vergeudung königlicher Rechte, ist Verschütten des heiligen Chrisam der die Fürstenhäupter salbt, ist Entmannen der Fürstenwürde, der das Volk nun nicht mehr traut und sich erhebt über die blutigen Stufen des Richterstuhls von dem die balsamischen Oele nicht niederfließen auf verbitterte Herzen, ihre Wunden zu heilen.

Gewalt soll nicht Rache üben, denn weil sie vernichtend ist, so ist sie teuflisch! – Welcher ist tiefer verletzt als der die Schuld trägt? Welcher bedarf mehr des Schutzes? – Und der ihn beleidigen wollte, dem soll er seinen Mantel öffnen und nicht ihn preisgeben seinen Verfolgern! zum Wahrzeichen, daß die Würde des Menschen in dem Fürsten unantastbar sei, denn es ist ein gefährliches Spiel um sie im Fürsten der Vorbild ihr sein soll und den Purpur schützend breiten über sein Volk; und die Rache soll austilgen aus Menschenschonung und erhabener Heilbringer dem Volk, allem zuvorkommende Rettung soll sein, zuerst im eigenen Busen. Kein Gnadenflehen umsonst, aber jedem Verdienst sich erneuerndes Dankgefühl! – Alles nur Liebe zur Pflicht gegen das Volk, jede Schuld auf sich nehmend, jedes Verbrechen als eigne Schuld anerkennend, weil er ihm nicht durch Weisheit zuvorkam. Und hebt den Schuldigen an sein alles Uebel vergütende Herz, ihn zu schützen gegen die Rache an ihm; – und hebt ihn von Stufe zu Stufe zu sich hinauf, denn Er ist der Bruder von dem Sohne des Menschen, denn aus dem Irrthum selbst erblüht ihm die Wahrheit und vereinigt die Vernunft mit dem alten und neuen Testament! – Denn der Himmel unterzeichnet kein Urtheil für sclavische Unterwerfung unter geistliche und politische Tyrannei, und die Vorsehung mischt sich nicht in die Geschichte die uns schon lange müßte groß gemacht haben und unsern Geist befreien von dem was man absichtlich ihm aufladet! – Hätten wir Erleuchtung die den freien Blick aufs Ganze richte, und philosophischen – nicht theologischen – Sinn für die Weltereignisse! Dann würden auch die Machthaber keiner Staatskrükken mehr bedürfen.*

»Die Fürsten sollten beten: Herr bewahre uns vor Krücken, mit unsern Beinen wollen wir schon fertig werden! und ein Gesetz wollt ich machen, wer nicht auf eigenen Füßen könne stehen, der solle nicht mit Krücken das Herrscherauge beleidigen!«

*Primas:* Krücken sind aber eine Erbsünde der Fürsten, Fürstenkrücken sind die ganze ihn umgebende Gesellschaft; sie kommen von selbst ihm unter die Arme zu greifen und lehnen sich auf ihn noch ehe der erste Schritt gethan ist!

»Ein Fürst braucht nur so viel Genie, die schlechte Umgebung von der guten zu unterscheiden und er würde groß in der Geschichte genannt werden.«

*Primas:* Ein Fürst der Freunde braucht ihn zu stützen, wird nie groß werden, denn seine Freunde sind seine Verräther! –

»Warum sollten Alle Verräther sein!« –

*Primas:* Ein Fürst kann keine Freunde sich schaffen, der Stoff ist zu schlecht den er dazu braucht Gott hat die einfache Erde gebraucht um den Menschen zu schaffen! – Einen Freund schaffen wäre ein Universum erzeugen in der Knospe, aus diesem Sinnlichen ein Geistiges emporsteigen lassen. – Alles für einander fühlen für einander thun, das Gewissen sein für den Freund, das ist erst die sinnliche Wärme für das Erdreich aus dem diese geistige Pflanze hervorsteigen könne, die

* Bis hier her die Unterhaltung mit dem Primas nachgeschrieben

neu, wirkend schaffend ins Blühen tritt, dann erzeugt sie tausendfältige Frühlinge in denen sie heiligend auf den Geist des Freundes wirkt.

»Warum sollte aber der Fürst diesen Freund sich nicht erzeugen können in dem Menschen der aus Erde gemacht ist, die allen Samen fruchtbar machen soll!«

*Primas:* Gott thut keine Wunder mehr, heißt: Er verzagt an seinen Werkzeugen den Menschen, das Große durch sie hervorbringen zu können. Ein Fürst aber, der mit Gold, mit unnützen Würden und Ehrenbezeichnungen meint die Freundschaft in diesen Boden zu pflanzen an dem Gottes Inspiration verzagte, erzeugt nur verborgne Ansprüche die zuvorkommend wollen befriedigt sein. Ja ein Fürst der Alles nur um der Größe willen soll verrichten – wie könnte der unter Heuchlern und Schmeichlern, unter eingebildeten übermüthigen Narren die mit genügsamster Überzeugung ihres Verstandes, Natur- und Völkerrechte menschliche und göttliche Gesetze nach ihrem Gutdünken unterdrücken, ausrotten, zermalmen; wie könnte der unter diesen einen Freund finden der nicht zum Verräther würde an ihm? – Und wenn er des Volkes Sehnen und Hoffen erfüllte, so konnten sie das nur närrisch finden, da sie selber vom Gemeinen zum Höheren keinen Beruf fühlen. Ja, so müßte ein Fürst auf sich selber nur sich stützen. Aber diese Geniuskräfte sind versiegt unter christlichen Fürsten! sie pflanzen dem Volke keine Treue ein, sie kreuzigen es und würfeln um sein Vaterland und reißen die Bande los mit denen es an den Füstenstamm gebunden war. Sie reißen seine Heimath in Stücke und jeder behält das meiste was er vermag, und meint sich den mächtigsten, und hat nicht Macht des Geistes sondern des Wahnsinns, und rottet aus im Volke allen Lebenstrieb und seine Kühnheit und edlen Willen, und nennt sich selber groß, ruhend wie eine Drache in der Wüste auf einem todten Schatz!

»O wär ich ein Geist! unsichtbar – und könnte meine Flügel schwingen, fort durch den stillen Äther, durchs dunkle Gewölk der Nacht, auf seines Thrones Fußschemel mich niederlassen und ihm verkünden die reifenden Zwecke alle auf die Gottes Wille hindeutete als er ihn erschuf!«

*Primas:* Ein guter Daemon wären Sie ihm da! – und was könnte der in seiner Unsichtbarkeit nicht alles wagen, und ihm ewig wiederholen was er mit verschlossenen Ohren mit Vorurtheilen gepanzert schon von weitem abweist und als Verbrechen straft, wenn das Glaubensbekenntniß der Vernunft den irrigreligiösen den irrigpolitischen Schleier der die Augen der Fürsten verhüllt, aufhebt! –

»Du wagst nicht Held zu sein unter Helden? würde ich ihm ins Ohr flüstern: Du nennst es Übermuth, was im Volk allein noch als Schöpfungskraft liegt! – Du trägst es nicht mächtigen Geistes zum alliebenden Vater, nicht an den Busen der Natur willst du es leiten – kein saatenvolles Grün, nicht ihre Frühlingsbäche, ihre Ruhe der Wälder, die reine Luft ihrer Höhen giebst Du Deinem Volk zu trinken und nicht die kühnen Gewitter die über ihm hinziehen. Alles bedeutet nichts vor Deinen verführten Sinnen; kein Blüthenregen der Hoffnung herabträufelt, reinigt Deinen verblendeten Geist. – Düsteres Grau unter dem Brausen des ungestümen Windes umwölkt ihn und die sanfte Luft die jetzt spielend über die Saiten Deiner Empfindung hinschwirrt in meinem Flüstern, die willst Du nicht achten? – Und jetzt würde ich ein kleines Weilchen harren daß er diese einfältige Rede könne bewegen in seinem schwermüthigen Herzen.«

*Primas:* Und das würde diese sanften lustzerfließenden Klagetöne mit keinem Wiederhall beantworten

»Vor liebenden Verlangen sein Herz zu schmelzen rede ich weiter. Du schlummerst gefesselt von Trug und Gewalt! Dein trauriger Daemon durchforscht die Öde! – Die Musen Deines

Thrones! O rufe sie zurück – *Weisheit, Muth* und *Mitleid* – süßes Mitleid mit den Menschen die Dein Volk sind.«

*Primas:* Da würde der schlummernde Fürst plötzlich erwachen bei diesem schwärmerischen Flüstern.

»Und dann seinen Daemon bitten: bleibe bei mir!«

*Primas:* Nein – Er wird sich von seinem Ruhepolster erheben und der kleinen summenden Mücke die Nachts wie eine Violine ihm vorgezirpt hat, einen Schlag versetzen.

»Aber der Daemon entwischt und kehrt wieder zur gelegneren Zeit!«

*Primas:* Da würde ich ihm doch rathen nicht wieder so fein zu summen sondern etwas derber.

»Jetzt ziehe ich die Wolken vor Deinem Geist weg! – horche auf die Geister der Finsterniß! wie sie mit derben ungeschminkten Wahrheiten Ball spielen, und Deinen Brüdern sie an den Kopf werfen und alles zertrümmern was Gewohnheit und Sitte heiligt! Indeß Du hier schlummerst, jauchzen verwegen, schrecklich Verblendete über dem Riß im bebenden Grund vom rauchenden Bluth, das mit Leichen Deines Volkes ihn füllt!«

*Primas:* Da hätte der Daemon schon sehr stark gesummt für ein Mückchen, man wird ihn für eine große Brummfliege halten.

»Ich habe ja selbst schon eine Brummfliege für eine Baßgeige gehalten und dachte träumend wer mir doch diese ernste Musik bringe!«

*Primas:* Eben so wird der Fürst im Traum diese feierlich prophetische Musik eines Daemon, der ihn bekehren will, für eine Brummfliege halten die ihn umschwirrt.

»Und dann – wie konnt ich nur so verwegen brummen!« –

*Primas:* Nun scheut sich der Daemon weil der durch seine eigne Prophetengabe sich selbst in Schrecken gesetzt hat! –

»Der Mond scheint, ich dehne meine Flügel und schwimme im duftigen Nachtschimmer! – ich wiege mich im Abglanz der

Gestirne und sammle ihr blühend Licht in meinem Geist um recht unwiderstehliches ihm zuzuflüstern!«

*Primas:* Da kommt Satan geflogen, in einer schwarzen Sturmwolke mit einer Botschaft, die schon im Voraus den Fürsten gegen das reine Licht erbittert! und hohnlachend berührt er mit schlängelnden Blitzen aus seinen Augen die Daemonsflügel, daß sie zu Asche zerfallen.

»Diese Lichtflügel sind unversehrbar, sie sind Luft die den ganzen Äther bildet, und nachdem der finstere Geist mit böser Botschaft des Fürsten Zorn aufregte, kommt der gute Daemon seine Stirn zu kühlen.«

*Primas:* Nun mit welchem Getön wird er angesummt kommen?

»Ach ich weiß es nicht! – – Ja ich weiß nicht was er da sagen wird.«

*Primas:* Ob im Baß oder Diskant! –

»Und mir wird bange!« – –

*Primas:* Weil Du den Teufel witterst – der in seinem Herzen Posto gefaßt hat! –

»Nein, weil dies herzliche Streben mich wie das wogende Meer dahin trägt und weil ich wie im Kampfspiel, zur Feier eines großen Gelingens, alles Bedenken wie einen leichten Blumenkranz in Händen schwinge – und weil ich das so sehr wollen muß, was im Herzen mir die Weisheit erschüttert, die mich sonst so sicher machte!« –

*Primas:* Muth gefaßt Daemon, seufze jauchze donnere! – ströme aus, was Sieg auf Sieg Dir erstreitet!

– – »Du schläfst – der Geist der Finsterniß hat eben Dir Gräuel vorgesagt, und ein, alles menschliche Gefühl, verschlingendes Maal mit frechem Finger auf Deine Stirne gezeichnet! Er hat Dein Wort Dir abgenommen seinem Willen Dich zu fügen! – Die Binde der Gnade hat er Dir zerrissen und der vermessne Stolz der meiner Wahrsagungen spottet, hält das Schwert über Dir! – Sieh eine neue Welt beginnt, verwirrende Räthsel sind ihrer Auflösung nah! Du brauchst nur die Hand aufzuheben mit göttermächtigem Schwur, das Land nicht dem Verderben, dem die eignen Kinder verschlingenden Gott nicht zu weihen.«

*Primas:* Mir scheint der Herrscher dem diese Pindarische Hymne gilt, schläft sehr fest und hört gar nichts davon.

»Lasse nicht Gewalt des Frevels Dich unterjochen, ertrage mein stürmisches Wehen, unter meinem Fittig will ich Dich tragen zu Thaten die immer kühn und stark Dir im Busen Licht anfachen!« –

*Primas:* Der Daemon schweigt? – –

»Es ist meinen Sinnen plötzlich alles verhüllt was er sagt!« –

*Primas:* Oder fürchtet vielleicht – er wird erwachen! – und im Zorne das Mückchen – –

»Der Daemon fürchtet nichts, – als die Gluth der eigenen Begeisterung!«

*Primas:* Da Du ihn doch nun beim Fittig hältst Daemon, so lasse ihn nicht so schnell wieder los, der Monarchen Ohr ist ein Talisman um die Welt zu regieren, und der ist ein Genie, der durch diesen Trichter die Wahrheit filtriert. –

»Er schläft so fest – sein Ohr ist seinem guten Daemon verschlossen.«

*Primas:* Ein König hört Alles nur wie im Traum! Schlafend dringt die Wahrheit heller ihm ins Ohr als wachend, wo ein Markt voll Unterthanentreue und Tugendideale sich ihm feilbietet; mich selbst regts daemonisch auf, seine Antworten auf Traumwellen Dir herbeizuschiffen.

»Er soll *revolutionär* werden.«

*Primas:* So muß das Mückchen Regententugenden in ihm wachsummen, die er im Traum selbst für Traum hält, und wenn er auch daran glaubt, Wahre Ideen sind Contrebande für Fürsten, die sie nie verwirklichen.

»Wie dem Albas der Schenke den Becher heimlich kredenzt wenn die Veziere das Antlitz dem vollen Mond zukehren; so in geräuschloser Mitternacht kredenze ich ihm den vollen Becher der Gedanken, sein Duft zerstreut die Täuschung wie Morgenluft den Höhenrauch verjagt!«

*Primas:* Fallen Sie ihm nicht mit der Tür ins Haus, daß seine magnetischen Traumwellen am diesseitigen Ufer heraufbrausen können. – Nun rede weiter Daemon!

*Daemon:* Ists wahr o träumender Fürst, daß Vorurtheile, denen die Menschheit längst schon den Laufpas gab, vor Dir noch Gehör finden? –

*Schlafender König:* So rede, wenn Du es besser weißt!

*Daemon:* Kein Weiser oder Unweiser, dem nicht der ein Ärgerniß wär, der es besser weiß! Keiner, der nicht einen solchen als Abenteuer verschreien würde vor Dir, als einen frechen aber unbedeutenden Strudelkopf, einen bloßen Brouillon von Mensch, auf dem alles verzeichnet ist, was im Vorüberfliegen an ihm hängen blieb!

*Schlafender König:* Ja! – man würde ihn als einen Verräther ausschreien.

*Daemon:* Und wie der aufgehetzte Gaul nach dem sanften Weisheitsfänger, würdest Du den Speer nach ihm schleudern. Eine Mücke will erproben an Dir was sie vermag, und die Seele auf Höheres Dir richten, so lange Du ihr Dein Ohr leihst. Nicht mehr sollst Du auf dem alten Fleck nach Grund wühlen in den Krümmungen unfläthiger Verwaltung die jedes Geschehen mit feiger Lüge bezeichnet und dann dem Herrscher darauf schwört, der daran glaubt und auch darauf schwört und endlich jedes furchtlose freie Gefühl von sich abweist woraus Volkshaß und Fürstenhaß entstehen – Das kann Dein guter Daemon nicht dulden. – Die Welt die Deiner bedarf kannst Du nicht verdorren lassen unter Dir, Deine Gedankenfluthen müssen niederregnen auf die Menschen; Du mußt sie erleuchten wie Apoll; wie Zeus sie erschüttern und beleben, sonst bist Du Deiner Macht nicht werth. – Sieh die ausgestoßenen Völker unter dem Bann von Machträubern in fremden Welttheilen von Sonne Regen und Wind den Tod einathmen – sie sind nicht schlimm, sie haben Dir nichts zu Leid gethan. – Kannst sagen: ich schäme mich dieses Stoffs? – Kannst Du nicht das Göttliche in Dir über sie ausbreiten? Zwar Du stehst allein, aber Einer der ein Mensch ist kann mehr als alle die Unmenschen sind. Mich deucht ich sehe Dein Volk schon die Schwungfedern seiner gewaltigen Jugend mustern und sein ungeblendet Auge im Glanz der Mittagsonne üben! Und als ein Mann der aus dem Schlaf erwacht Dein Antlitz erheben über Dein Volk, dessen jeden Tropfen Bluts Du weder vergießen wollest zu seiner Schmach noch zu Deiner Rache und an seinem großen Stamme keine Blüthe brechen. Frei und menschlich sollst Du selbst das Böse zum Guten wenden und alle großen Genien aus Einfluß des Himmels sollen Deine Lebensgeister stützen.

– – – – – – – – – – – – – – – – – – – – – – – – –
– – – – – – – – – – – – – – – – – – – – – – – – –
– – – – – – – – – – – – – – – – – – – – – – – – –
– – – – – – – – – – – – – – – – – – – – – – – – –
– – – – – – – – – – – – – – – – – – – – – – – – –
– – – – – – – – – – – – – – – – – – – – – – – – –
– – – – – – – – – – – – – – – – – – – – – – – – –
– – – – – – – – – – – – – – – – – – – – – – – – –
– – – – – – – – – – – – – – – – – – – – – – – – –
– – – – – – – – – – – – – – – – – – – – – – – – –
– – – – – – – – – – – – – – – – – – – – – – – – –
– – – – – – – – – – – – – – – – – – – – – – – – –
– – – – – – – – – – – – – – – – – – – – – – – – –
– – – – – – – – – – – – – – – – – –*

* Lücke eigener Censur

*Schlafender König:* Du sprichst von Erhebung des Volkes, von Abschaffung der Menschenplagen, von Abschaffung des Kriegs! Mit welchen Mächten willst du dies Feld ewigen Streites erkämpfen! –

*Daemon:* Nicht mit Deinen Staatspfeilern, die bedenklich die Finger an die Stirn legen um ihre Beschränkungsgesetze zum wenigsten ein kleines Jahrhundert noch dem Volk auf dem Nacken zu lassen; Du siehst es in der Ferne dahin stolpern über die Frucht ihrer Unweisheit in die der Wurm schon mitgeboren war. Die Verewigungssucht ihrer Thorheiten ist wie ein Räucherkerzchen was auf dem Papier über einem Glas Wasser seinen Rauch ausduftet! und durchbrennt ins Wasser. Alles glaubt sich schon befreit von dem Gebrechen ihrer kleinlichen Gesetzespolitik, da glüht das Kerzchen in vermindertem Maaßstabe zwar, doch wieder auf dem Papier über dem Wasser, sein guter Geruch verflüchtigt, aber peinlicher noch, hat es den papiernen Boden bald wieder durchgebrannt, – Willst Du noch einmal es aus dem Wasser hervorholen um es noch krüpplicher vor dem wachsenden Menschengeist aufzustellen, der nicht mehr wie müssige Kinder seine Langeweile daran zerstreut, sondern den schon zweimal durchlöcherten Boden des Gesetzes mit Füßen stampft! Und weil diese Volksankläger immer erbitterter Dich umstehen, willst Du Deinem Volk die Zuchtruthe fühlen lassen? – Könntest Du den Geist der Revolution in Dich aufnehmen, dann wärst Du auch Genius des Volkes der sich selber einsetzt und Gesetze ausströmt die den Geist befruchten!

*Schlafender König:* Kannst Du mich revolutionär machen, so sei es Dir erlaubt.

*Daemon:* Das weiß ich, daß es mir dann erlaubt sein würde. Doch flüchtig wie brausender Champagner kann ich Deinen Geist nur durchblitzen, wenn *der* aber wieder einschläft über den Wahrheiten die er mir Traumweise zugesteht, dann ist alles umsonst!

*Schlafender König:* Nein! ich will das hohe Pferd Deiner Ideale besteigen. Du hast mich lüstern gemacht – hilf mir in den Sattel!

*Daemon:* Sitzest Du fest, dann lasse Deinen Wolkenstampfer durchgehen mit Dir, – schleudre Deinen alten pergamentnen Staatsverwaltern den Nebelstaub seiner Hufen in die trüben Augen und steige auf wie der Roland den sie den Rasenden nannten als er zu den Sternen hinauf gallopirte, um denen abzufordern, was der Menschheit Heil brachte. –

*Schlafender König:* Wie? dies Roß ist beflügelt! – Und ich soll es besteigen, da es schon flatternd mit seinen Feuerhufen auskratzt – und mit seinen Nüstern die Wolkengebirge anschnaubt und die Winde zerpeitscht mit seinen ungeduldigen Schwingen – und keinen Augenblick zur Besinnung mir läßt? –

*Daemon:* Zaghafter König! – müssen Gewitter nicht rascher sich entladen von Winden durchpflügt? und ists nicht herrlicher, kühn und frei, die Stürme mit Sonnenspeeren durchschleudern die sich niederlegen zu Deinen Füßen, als Heer sein eines Haufen von Schergen, die mit ihren Marterwerkzeugen Dich angrinzen und Deine Befehle Dir in den Mund legen – und noch ehe Du wagst sie nachzusprechen ihnen zuvoreilen und dann ihrer Treue bei Dir sich rühmen? –

*Schlafender König:* Nein ich setze mich nicht auf, wo dies Roß mich über mich selbst zu tragen droht.

*Daemon:* Über Dich selbst? – Der Gaul *muß* über Dich selbst Dich tragen! – Wohin soll er mit Dir? –

*Schlafender König:* Du sollst mich belehren und ich will prüfen. –

*Daemon:* So lasse nach meinem Dünken Dich fragen und antworte Du ohne Rückhalt: – hältst Du Deine erbliche Krone für ein Produkt der Natur? – hat sie Kraft zu wirken unabhängig von Deinem Volk selbst? – hältst Du sie für ein geheiligtes Ding? –

*Schlafender König:* Es wäre möglich und daraus viel zu beweisen was man bisher ableugnen wollte.

*Daemon:* Hierzu gehört das Recht sich selbst einzusetzen, glaubst Du an dies Recht? –

*Schlafender König:* Sie muß und kann sich selbst einsetzen, und wenn Widerspruch da ist so muß sie ihm Trotz bieten können.

*Daemon:* Das würden die Menschen Despotie nennen! Aber der Begabte ist das Licht bei dem jeder findet was er sucht. – Dies ists womit der Erleuchtete Trotz bietet, denn seine Schritte geben dem Bewußtsein Widerhall in Allen; und wessen Schritte diesen Widerhall nicht geben, der kann sich auch nicht selbst einsetzen. Aber ein solcher kann sagen: ich habe die Macht Euch zum Trotz! Und es ist gleichgültig ob es ihm bestritten werde, da Alle fühlen, daß jeden seine Macht durchdringt.

*Schlafender König:* So wäre auch der Herrscher nicht unabhängig von dem Volkswillen, da nur, indem das Volk in des Herrschers Willen sich empfindet, es von ihm beherrscht ist! Gesetzmäßig wäre dann nur, was vom Volke mitgedacht wird und erbliche Folge wäre dann nicht Gesetz!

*Daemon:* Erbt denn der Geist nicht fort?

*Schlafender König:* Das möcht ich von allen Erbfolgen am ersten bezweifeln.

*Daemon:* Wie? – Du meinst die Wahrheit erbe nicht fort, und aber die von der Staatsbürgerschaft eingesetzte Krone? –

*Schlafender König:* Träumte ich, so ließ ich mirs eher weißmachen, aber bei wachen Sinnen kann michs nicht blenden. Nicht durch Staatsbürgerschaft sondern durch Gotteingebung die meinen Willen bildet ist meine Krone erblich. –

*Daemon:* Gotteingebung die Deinen Willen bildet ist Geist. – Ein Geschlecht geht hervor aus dem andern und schöpft für die Nachkommen aus den Quellen der Vorfahren. Bei jeder neuerscheinenden Kraft der Menschheit kann der nur König sein der dieser Kraft Träger ist. – Das Genie wählt sich selbst weil es der Ausdruck ist dieser Kraft und sie als Erbfolge für die Zukunft in sich reift! – Dies allein ist Recht der Volkskraft sich zu bemächtigen. So bemächtigt die Ausbildung des Leibes sich seiner Kraft zu wachsen, so verwandelt der Gesetzgeber sich in den Erblasser dessen letzter Wille sie Erhebung seines Volkes ist; es kann diesem Naturweg der Geschichte nicht ausweichen wie auch der reifende Jüngling nicht dem ausweicht, ein gereifter Mann zu werden.

*Schlafender König:* Du denkst das Volk als Phönix der aus eigener Gluth erneut im König emporsteigt. Du meinst Herrschen sei allein Vergeistigen der Menschheit.

*Daemon:* Du hasts gesagt!

*Schlafender König:* Du träumst Freund! Auch der Fürst ist gefesselt an ein anderes Wirken, durch alle Bande der Seele und des Leibes gefesselt an die Formen der Welt, die keinen Anziehungspunkt haben für das Volk, dem man vergeblich Empfindung seiner Würde und Pflichten sucht einzuflößen! – aber mit Leichtigkeit die Empörung anfacht in ihm. Findest Du dies den rechten Zeitpunkt die Ordnung der Dinge umzuwenden? Das Volk, so unwissend so dumm so fähig jedes übeln Eindruckes, so reizbar sich allen Ausschweifungen hinzugeben. Ist unter dieser faustgerechten Schreckenszunft ein Übergang möglich zu seiner Freiheit? – Und der Fürst der nur in der öffentlichen Meinung Entschädigung findet, so bedachtsam verfolgt durch bösen Leumund! Was könnte von dem noch erreicht werden da die Hand die er anlegt selbst Argwohn einflößt!

– – – – – – – – – – – – – – – – – – – – – – – – – – – – –

– – – – – – – – – – – – – – – – – – – – – – – – – – – – –

– – – – – – – – – – – – – – – – – – – – – – – – – – – – –

– – – – – – – – – – – – – – – – – – – – – – – – – – – – –

– – – – – – – – – – – – – – – – – – – – – – – – – – – – – – – –
– – – – – – – – – – – – – – – – – – – – – – – – – – – – – – – –
– – – – – – – – – – – – – – – – – – – – – – – – – – – – – – – –
– – – – – – – – – – – – – – – – – – – – – – – – – – – – – – – –
– – – – – – – – – – – – – – – – – – – – – – – – – – – – – – – –
– – – – – – – – – – – – – – – – – – – – – – – – – – – – – – – –*

*Daemon:* Das beweist, wie die Kräfte des Volkes auf einen höheren Punkt gerichtet sind als seine Peiniger verstehen. – Daß ein zweckwidriger Unterricht es ablenkte von jenen Pflichten und Würden die ursprünglich in ihm liegen, daß die Empörung eben nur in Flammen ausbrach gegen das Ankämpfen seines gelehrigen Geistes, der zu den edelsten erhabensten Handlungen aufgelegt ist sobald die Freiheit sie ihm zugesteht, die allein Anarchie ertödtet und befreit vom Druck der Formen, denen die Herrscher wie Du selbst sagst, Leib und Seele aufopfern und nichts davon haben, wie Du selbst erkennst, als bösen Leumund und den Fluch des Volkes, wie Du selbst empfindest, daß des Staates Mißgestalt auf Dir lehnt und seine bösen Zuckungen quer über Dir ausringt. – Den Ruf nach Freiheit, die Brandmale der Gewaltthätigkeit die das Volk aufweist, will der Staat lieber ersticken als der rechtfertigenden Vernunft nachgeben um den Lauf des Ungewitters zu hemmen, und doch seufzt er unter demselben Druck. Und der Druck des Gewissens der Berge versetzen sollte, ladet Berge auf sich, um den Teufel in die Flucht schlagen sollte, ladet den Teufel ein ihm die Zeit der Angst zu vertreiben – zu schwach ist es die Fesseln des Molochs zu brechen aber das Volk stark und frisch, hat Gefühl von dem was böse ist und gut, es wird keinen Blutgeboten mehr gehorchen wenn es in die Reihe denkender Wesen eintritt, es wird nicht seine Stärke mißbrauchen, es wird mild sich zeigen und dankbar wenn ihm Gerechtigkeit widerfährt mitten

* Lücke eigener Censur

in der Revolution seines Innern, was nur zu Freiheitsvulkanen sich ausbildete weil ihm das Gleichgewicht der Bildung und Anerkenntniß versagt ward. Ja es ist Revolution der Geistesnatur gegen den Moloch der Regierungsformen an dem das ganze Regiment zerschellt. Form ist nur da wo der Geist nicht ist. Form ist Gespensterwesen, vom Geist wie Nebel vom Sonnenlicht zerstreut.

*Schlafender König:* Mir wird wohl, die Heiterkeit der Jugend lacht mich an, heraus aus dem Gespensterverließ, mit des Geistes Sonnenstrahlen sie vor mir herzujagen.

*Daemon:* Die Gespenster – Die Kleinigkeitskrämer!

*Schlafender König:* Die so wichtig thun bei Allem was sie vollführen! – das wär wichtig wenn sie's unterließen.

*Daemon:* Dann wär der Begriff doch gerettet daß etwas geschehen müsse.

*Schlafender König:* Herunter erbend auf die Zukunft untheilbar unvernichtbar, übergehend in Fleisch und Blut der Geschichte.

*Daemon:* Recht soll forterben, es ist die Gesundheit der Welt. Unrecht ist Krankheit, an dem ersterben die Nationen.

*Schlafender König:* Sie ist das Ungeheuer das über den Pfad schleicht und aus der Völker Herzen Mördergruben macht. Wer kann die Volkstreue wieder herstellen.

*Daemon:* Ha du fragst? – Du ihr natürlicher Erzeuger? – Du der die Rechte des Volkes soll erweitern; und hinübertragen in ein Reich des Begriffs den es noch nicht hat? Der Gesetze soll gründen die den Schatten vor sich herjagen deines helleuchtenden Ruhmes? –

*Schlafender König:* Gesetze die keinen Schatten werfen? – Wie wär das möglich in dieser Zeit stürmischwandelnder Wolkenzüge, die herab brausen schwarzgeflügelt, und einen Schlund voll Gewitter ausspeien.

*Daemon:* Wenn der Sturm wühlt und mit Geschrei die Rathlosen an knarrenden Tauen sich halten – Wenn das Steuer kracht, und unter Wettern der Mast sich beugt; dann steht der Steuermann nahe den Göttern und legt ihren donnernden Willen aus.

*Schlafender König:* Könnt ich in diesen Stürmen nur mir den donnernden Willen meiner Staatspfeiler auslegen.

*Daemon:* Denen wolltest du Sclave sein müssen? Mißbraucht wie ein Pfeil der auf jeden Bessern losgeschnellt blindlings dahinfährt und keine Gewalt hat und kein Recht sich zu behaupten? –

*Schlafender König:* Was ist Recht das sich behauptet?

*Daemon:* Was nicht vom Gemeinwohl sich ablöst! Herrscherrecht ist Aller Vermögenheit Quell er entspringt dem Vertrauen des Volkes. –

*Schlafender König:* Vertraut mir das Volk? – und bin ich ihm Quelle des Heils? – Mir ist als träumt ich so schwer so athemversetzend! – Es ist doch alles nur Traum! –

*Daemon:* Du glaubst zu träumen beim ersten Erwachen aus dem Traum.

*Schlafender König:* Nein ich fühle mich selbst mitten im Kranksein der Welt und suche Hülfe! –

*Daemon:* Ja! – suche Hülfe Machthabender! –

*Schlafender König:* Spotte meiner in diesem vom Selbstdenken Selbsthandeln abgeschloßnen Verderben! –

*Daemon:* Als jener Ehrenmann seinen Thiergarten umzäunte um die Krähen einzusperren, da waren die Krähen nicht klüger als du, aber aus Naturtrieb flogen sie über die Hecke und ahneten nicht daß sie eingesperrt waren und dableiben sollten.

*Schlafender König:* Und der Ehrenmann, – was sagte der? –

*Daemon:* Danach fragten die Krähen eben nicht! –

*Schlafender König:* Fable mir nichts vor, – ich fühle mich leidend!

*Daemon:* Ein so rarer Vogel wie du! flöge der über die Ringmauer der *Resignation* das wäre Weltenerschütternd.

*Schlafender König:* Und die Bauleute der Staatenordnung und der Genius der Volksemancipation und die Pfeiler der Gottesfurcht – Die alle kämen dann mit Erbitterung aus ihren Fugen auf mich losgerutscht; und Europa käm aus dem Gleichgewicht.

*Daemon:* Was fürchtest du, wenn es auf deiner Seite den Schwerpunkt findet? regne Gedeihen auf es herab daß es dir zu Füßen wurzle; rotte den Schulmeister-Blödsinn aus, der mit Ruthen der Gottesfurcht den Löwengeist – den Titanen, den Volksgeist niederringen will; giebt es einen größeren Blödsinn als mißgeborne Gesetze die ihrem jedesmaligen Lohndiener wie eine Tressenliverei ganz lose auf dem unterthänigen Leib hängen, auch noch auf die unbegriffne Zeit übertragen wollen?

*Schlafender König:* Du meinst Gesetze müssen aus dem Volksgeist hervorgehen.

*Daemon:* Ein edles Gesetz erblüht aus dem Gesammtgeist des Volkes, es ist seine emporstrebende Kraft und befruchtet ihn zu der Tugend die durch dies Gesetz begründet wird!

*Schlafender König:* Was befruchtet den Abgrund trunkner Volksungeduld.

*Daemon:* Dem Abgrund ist das Erhabne die Grenze; ihre Klippen tragen über Rache und Verfolgung hinaus die Palme der Versöhnung, wo die Frevler niederknieen sorgsam ihrer unheiligen Tritte Spur verwischend, und mit zagendem Herzen sagen, wir wollen es nicht gewesen sein!

*Schlafender König:* Frevel, Bosheit Verwegenheit – wenn die den Weg betreten der Versöhnung dann sind es nicht reuige Herzen, es sind Heuchler die Gnade belügend um sie neuem Verrath Preis zu geben! – es wäre tollkühn solcher Gefahr sich auszusetzen.

*Daemon:* Das Unverhoffte das Gefahrvolle das Tollkühne selbst kannst du wagen, das Mittelmäßige allein macht rettungslos elend. – Göttlich frei die befleckte Schlangenhaut der Lebensfragen abstreifen mit streitbarer Seele, nie Rettung denkend nur Großseinwollen im Gefühl des Handelns – da fliehet Gefahr! – Du aber willst sicher gehen auf dem Weg des Alltäglichen des Gemeinen. Du willst das Große zu thun nicht wagen, offen, mit der Kraft des freien Willens! – Wer sich nicht erhebt über den Abgrund der muß ihm den Rachen ausfüllen.

*Schlafender König:* Nein, ich *will* das Gerechte, das Erhabne; ich will die Klippen hinansteigen die über Rache und Verfolgung hinaus zum Göttlichen den Geist heben.

*Daemon:* So komm herab von Deiner Höh' ins niedre Thal, um deiner Völker deiner Brüder Noth zu sehen. Geschicke ohne Hoffen ohne Wahl! Menschlich groß unter dem bleiernen Joche der Geduld.

*Schlafender König:* Die ist ihm gerissen und hat sich selbst verletzt. Wie Eisen das glühend aus dem Schmelzofen hervorbricht, tauchen wirs ins Wasser und hämmern darauf bis es kalt wird!

*Daemon:* Und macht es wieder glühend, und löscht es wieder ab, und hämmert wieder drauf los und endlich wird's die Feile die das edlere Metall zernagt.

*Schlafender König:* Jetzt wo die Geschicke ihm den Nacken beugen wär es da zu verantworten vor der drohenden Zukunft, sich zu ihm herabzuneigen und nicht erst ihm die Geißel fühlen lassen der Zucht.

*Daemon:* Des Lebens ungeheuern Bogen der ein Spiel ist in Eurer Hand, den hat des Volkes Arm gespannt, und hat gezielt nach Euch Unverlezbaren. So unversöhnbar scheint Euch dies? – mir im Gegentheil scheint, dies Wagniß hebt das Volk aus seiner Nichtigkeit und macht es würdiger deiner Gunst. Wärs nicht beleidigend für dich, wollte das Volk sich in die Nebelkappe verkriechen seines Verdrusses, statt deinen Muth herauszufordern sich seiner anzunehmen! – denn auch, wenn es mit Gedonner aus Klüften hervor an des Rechtes ewigen Vesten angeprasselt kommt, so ist es immer des Bedürfnisses Sprache die der Herrscher verstehen und achten muß lernen, selbst im wilden Ton des Aufruhrs! – durch den Strudel des Verraths, im Sinken, im Untergang selbst, leitet nur der Großmuth Steuer. –

*Schlafender König:* Diesem Scheusal – das den Wunden entkriecht der lockeren Erde, ausgestoßen von der Natur in der Verwesung Schooß – gesäugt von kranken Nebeldünsten, – nicht Schönheit fühlend, nicht sie in sich tragend; – diesem Pöbel des Aufruhrs, dem sollen die erhabnen Opfer fallen der Versöhnung der Herablassung? – Das ist Daemonenwahnsinn.

*Daemon:* Gedenkest du dessen der die Aussätzigen heilt? – Wo die Großmuth Grenzen hat da geht sie in Verwesung über. So lenke denn nicht ihre goldnen Zügel herab zum Volk; – geschieden ist's ja doch von Euch. – Ihm ward heißer Kampf indeß ihr kühl die Ätherstraße wandelt. – Einsam will es alles tragen, denn Fluch ist ihm die Nähe Derer die nicht mit ihm fühlen! – Verwandt seid Ihr ja doch der Verwesung – Ihr wohnet im goldnen Haus und die donnernde Axe Euers Triumphs die Länder erschüttert, wirbelt den Staub auf, der einst Eurer Ahnen Seele hat umkleidet. Nichtig ist Alles was nicht Göttliches ist! – Und dieser Wust alter und neuer Zerrüttungen, von dem führt keine Straße hinauf zu Ihm auf den du dich berufst.

*Schlafender König:* Du ahnest nicht den Streit meiner Gedanken! – Und was ich wähle das reuet mich, und dann reuet mich die Reue wieder! Zweifel ermüden mich daß ich nicht mehr das Böse von dem Guten unterscheide! –

*Daemon:* Dein eigner Geist hat so verborgne Winkel dir selber räthselhaft. Auch dein Volk ist nicht was es dir scheint, und wie es von deinen Hellsehern angeschlagen wird; sie hüten dich vor der Gefahr die Wahrheit zu erforschen. Willst du aber unter den Schutz göttlicher Gerechtigkeit denen Gehör geben die für das Volk streiten, so nehme mich zum Bürgen daß du nichts erfahren wirst, was dir besser wäre nicht zu wissen.

*Schlafender König:* Du meinst der Weltengang der erzern ist, ließ durch Weltverbessrung sich umbilden? –

*Daemon:* Ich meine der heilige Bezirk auf dem statt des blühenden Anbaus seiner Kräfte, Verwilderung und düstere Staubwolken niederer Gesinnung umher schweift, – ja ich meine dieser sollte Erkenntniß dir gewähren daß der edle Überwinder keine Berechtigung sich zuerkennt, als nur den Willen des Guten. Oft findet er im Überwundenen das was er zu hoffen und zu schonen hat, um nicht ihn fürchten zu müssen.

*Schlafender König:* Mir gilt das Gute nicht weniger als andern das Nothwendige; doch bin ich nicht weise genug, daß mir Anerkenntniß gleichgültig wär für das Gute was ich will.

*Daemon:* Dann fürchte nichts als was dir selber dich kann verächtlich machen! – Denn kann Einer der über Andre herrscht, verachtet werden, wenn er nicht selbst zuerst sich muß verachten? – Verächtlich ist, wenn die Gewalt beleidigend am Überwundnen sich versucht; Verächtlich, wenn das Große vom Gemeinen sich läßt überwinden. – Schlecht ist, wenn Ehrfurcht und Gehorsam durch Schrecken soll erzwungen werden. – Die Furcht hört auf wenn du verdorben bist durch ihre List, die Liebe aber bleibt durch Heilighalten deiner Thaten. – Bedenke auch daß manches zwar ruhmvoller, manches aber größer ist zu thun. Andre werden dich mehr loben je überlegter deine Schritte sind. Dich selber aber muß ich mehr lieben je argloser und rascher dein Gewissen handelt.

*Schlafender König:* Der Widerspruch der höheren Willen

hemmt, löscht auch der Begeisterung die Fackel! und wenn die Sterngebilde des Weltenschicksals selbst mich bei den Haaren herbeizögen, das Wesentliche werd ich nie durchsetzen gegen dies strafwürdige Bekämpfen des reinen gottgegebenen Wirkens der Könige.

*Daemon:* Der Feind deiner Ehre allein ist der den du zu strafen hast weil du Er *selber* bist! – Ein Anderer kann nicht deine Ehre schänden und kann nicht strafbar dir erscheinen.

*Schlafender König:* Und wenn ein Wunsch des Bessern meine Seele hebt – da hemmen noch ehe sie zum Spiegel des Bewußtseins kam, schwarze Schattenblitze ihren Flug, die dann den edleren Willen am Boden hin muß schleppen.

*Daemon:* Ein kühner Flug durchbricht die finstere Nacht zum lichten Tag, ihm wird ein klar Besinnen das mit regem Geschoß gerade zielt und in die Weite Machtverbreitend wiederhallt. – Gegen Tyrannenehrgeiz der diese Wogen bäumt und blitzt in diesem Wetterleuchten und an zerrissner Nationen Leichnam wie Hyänen sich mästet, erhebe den hochberufnen Fürstengeist, willst du ihn unbefleckt dem Volk erhalten.

*Schlafender König:* Mehr Verwirrung und Noth, mehr Gräuel würd ich anrichten, wollt ich des Himmels Zurüstung bekämpfen, der den Aufruhr der Völker in den flammenden Orkanen seines Zorns verbrennt! – Zuerst das eigne Heil! – Zuerst Rechtfertigung vor dem König der Könige! –

*Daemon:* Der Gott im Menschen, enthebe deine Seele verdumpfter Frommheitstyrannei; die mit Wolfsgruben Nationen einfängt und Fuchsfallen legt den Schutzflehenden und in der Öde die fliehende Todesangst mit der Fangschnur ereilt. Und an jedem Baum Marterstätten und in jedem Felsloch Grablöcher ihm bereitet, und Todtenfeuer zündet dem gejagten Seelenschmerz, den das Heer der Hinrichtungen in langen Trauerzügen nachschleppt dem Siegesheld der stolzgekrönt, nicht ahnt ein Gesetz der ewigen Liebe die im Sonnenäther der Barmherzigkeit das glühende Schiff der Gnade lenkt, allein und ohne Beistand! Es ist das Schiff der Absolutheit!

*Schlafender König:* Glaube daß auch mir der frohe Reigen beglückter Menschen wollustvoll im Busen wiederhallt, und daß ichs schmerzlich fühle wenn ich das Flehen an der Hoffnung Schwelle zurück muß weisen. – Heimlich verfügt mein Herz anders, und anders öffentlich der Königswille. –

*Daemon:* Und da vertraut er lieber als dem Gott, der Philisterwuth, die den Unschuldigen, dem zu helfen die Welt sich aus den Angeln dreht, verschüttet; und sein bibelfest Gewissen mahnt ihn nicht, daß um des einen Gerechten willen, alle sollen verschont bleiben.

– – – – – – – – – – – – – – – – – – – – – – – – – – – –
– – – – – – – – – – – – – – – – – – – – – – – – – – – –
– – – – – – – – – – – – – – – – – – – – – – – – – – – –*

*Schlafender König:* Auch gegen uns treibt man die Meute an die ins Garn der Irrsale uns hezt; und nach dem langen Tag der Mühen, mag wohl ein Abend kommen voll Seelenschmerz der uns erst recht verwundet und betäubt. All das fliegt wie Wolkenflocken mir ums Haupt und in meinen Siegen frohlocket nicht die Rache.

*Daemon:* Nur Furcht, des Sieges ungewiß, übt Rache. Dem Muth allein ist Gnade Siegestrophäe. Wo sie nicht leuchtet, blitzt der Haß auf. Laß sie dir leuchten; laß sie dir beistehen wider dich – dir selber mild dich versöhnen nach so blutigem Kampf, damit der Wahnsinn dich nicht überfalle der Blutvergossenheit, der ganz den Geist zerstückt und Trommel und Trompete sich ins Ohr läßt dröhnen um nicht zu hören und Siegeskränze sich ins Auge drückt um nicht zu sehen Alle, die dem Beil und Bleikugel und Strick verfallen in Lüften umhergleiten und Geisterodem schöpfen. – Wo aber Mord geschah

* Lücke eigener Censur

um den die Liebe jammert und die Blutspuren sucht von der Sonne aufgezehrt, da durchläutert der Gott im Born der Gnade den irdischen Schmerz – und dem Galgen der Richtstätte strömen Gelübde. – Da küßt der Mund inbrünstig den blutgetränkten Boden und mischt ihm bittre Tränen, die sind so feurig; und was veredelnd ist dem Geist, das neigt sich vor diesen Geschicken und sammelt um den Altar der Blutstätte sich – und in dem Weh an der Verzweiflung Rand, das nicht weiß wo ein noch aus, vergeistigen sich die Todeshelden und spiegeln den Himmel des Erbarmens nieder. Dahin wallfahrten die Gedanken, voll schüchterner Ehrfurcht umherspähend wo das Blut floß vom geheiligten Leib, von dem der Geist hinaufging zum Schöpfer seiner Seele, und wie sie seiner würdig das Elend dieser Wolfszeit wollen tragen. – Meinst du sein Weib mit wunden Sinnen könne Anderes noch als ewig dies Blut küssen! – und der Sohn strebe nach Anderem als nach dem Segen dieses Blutes vom Nachrichter vergossen? – glaube das ja nicht! – Der junge Baum der dem enthaupteten Stamm aus der Wurzel sproß, breitet verlangend die Zweige aus: »Hauptlos bin ich«, so klagt er, »keiner Rache kann ich mich unterwegen, weil ich mit dir sterbe mein Vater.« So spricht der Sohn und das Wasser rinnt ihm über die Wangen und schließt die Augen und stirbt mit ihm im Geist. – Nichts bleibt ihm in der Welt, als heilig Vaterblut das vom Scharfrichterbeil trieft. – Nicht Todtes ist es – es ist Lebendes – der reine Magnet der Schmerzen der alles Reine an sich zieht und Geschlechter aufs neue aus sich zeugt die das Große dann vollführen was sie besiegelten mit ihrem Blut, und was sie besser nun verstehen lernten, da sie über den Wolken schritten und den Ort der Sonne sahen und die Sterne berührten und vor Gott sich demüthigten; – der glüht in ihrem Menschengewordnen Geist jetzt wieder auf und trägt sie höher zum Menschlichen hinan daß sie göttlich sich in ihm bewähren. – Darum funkelt der Blick den jungen Söhnen stolz aus düsteren Wimpern wenn sie der Geist hinführt zu des Vaters Todtenwohnung und sein Blut spricht mit ihnen und steigt in sie herab, fortzuwirken am Werk der Erlösung, dem Wunderelement unsterblichen Lebens das jeden guten Keim aufnimmt in seinen Schooß. Oder kannst du sagen: »Dies Blut war schlecht! – darum ward es vergossen!« – War kein Tropfen des Guten in ihm? – um desswillen es nicht vergossen werden durfte? – bedenke das! –

*Schlafender König:* Bedenk auch du daß aller Anfang Kindheit ist, die verwächst mit dem Eindruck des Gewaltigen; und daß Gefühle ihr eingeprägt, forterben auf die Geschlechter, und daß Gedanken, Handlungen und der Trieb dazu, ihren Ursprung nehmen aus vererbtem Stammcharakter, der so tief gehend, auch in meinem Geschlecht bis auf mich vererbte, und mich bewacht, mich und das Wesen des Staats, vor dem zweideutigen Ruhm des Excentrischen und daß der Zukunft Sonnenstaub der mir im Auge flimmert mich nicht darf blenden vor dem Gott der Gegenwart, der den Blutacker den Fürsten anvertraut, aufs neu in grünende Gefilde ihn umzuschaffen.

*Daemon:* Wo wollt Ihr das grünende Gefilde ihnen anbauen, denen unsterblich doch die jammervolle Meduse voranschwebt, die Fittige trägt und hinweg fliegt über die verwaisten Lande, – im Hauch des Windes heranbraust – auf der Erde aufstampft vor Euch – den Schlaf vom Aug scheucht dem Frevler und ihn versteint über das was geschah! – kein vorgestreckter Berg, kein engend Thal, kein Wald, kein Strom zertrennt die Schlachtenreihen des tausendfachen Fluchs, wenn die Gorgone Euch anstarrt.

*Schlafender König:* Und wenn auch unter ihrem Fittig verruchte Geister des Vaterlandsverrathes sich sammeln, so werden sie fliehen müssen vor Gottentstammten Heldenfürsten denen die Gorgone nur Prüfung ist kühner Unsterblichkeit.

*Daemon:* Und das ganze Menschengeschlecht Gelübde ineinanderströmend mit jenen Opfertodten, die neu aufblühen, neu erschaffend alles Gedachte Empfundne, alles Erlernte Vorgestellte Erfahrne, in der Erinnerung Gegenwart zur Erkenntniß des Göttlichen sich ausrüsten. Das Unwesentliche ins Wesentliche umwandeln. Schuldlos sich erhebend über Euer Verdammungsurtheil, und ihr Blut aufs neue der Hoffnung grünenden Saaten, herabthauen aus Glanzverhüllendem Gewölk. Nur wenn ihr Blut vergeblich floß und ihre Hinrichtung nicht gebrochen hat den Wahnsinn der Tyrannei, dann schreit es um Rache.

*Schlafender König:* Du hasts so weit gebracht mit mir, daß ich mein Inneres möcht erforschen, Opfer zu bringen der ganzen Menschheit, nicht allein dem Vaterland.

*Daemon:* Über alles Opfer gilt die innere Stimme die dich erhebt vor dir und vor den Göttern! – Mit dir selber wetteifre daß nicht im Begriff der Menge du größer seist als in deinem Willen; größer und besser durch Zufall als durch Vernunft und Leitung – größer und besser in deiner Unerfahrenheit als jetzt da du dich selber fühlst. – Bewahre dich vor der Kränkung den Ruhm der dir voranging zu verletzen. Vor allem aber fürchte nicht daß was groß sein soll zu groß sein könne. – Verfolge diesen Faden den du sinnlich fortwirkend fühlst in deinem Geschlecht, und wenn er nicht ans Göttliche sich knüpft, so reiß ihn ab. – Und was die Fürsten antreibt zu entscheiden über Leben und Tod, – fühle es zurück von heut auf gestern, vom Sohn zum Vater – und weiter und immer weiter hinauf bis in die Urzeit wo die erste That geschah. – Sie war Brudermord. – Weite Kluft ins Herz gerissen dem Menschheitsstamm! – dies erste schauerliche Abschneiden des Lebensfadens. – Es war Bruderhaß, und wie du sagst: alles trägt den Charakter seines Ursprungs. Alles gewaltsame Tödten ist Brudermord. – Als Kain die Folgen sah des Bruderhasses, da erbleichte er, der Boden wollte ihn nicht tragen, er entglitt seinen Füßen. Flüchtig ging er über die Erde.

*Schlafender König:* Unheil! – grausender als wo auf Schlachtfeldern des Vaterlandes Heldengerippe bleichen. – Des Wahnsinns Abgrund erzeugte diesen Mord.

*Daemon:* Aus dem wühlt er noch heute sich hervor. – Die Bibel sagt der Neid sei es gewesen des Kain, daß die Opferflamme des Abel aufstieg zum Himmel weil seine am Boden hinleckte, und doch wars nur die Flamme seines Zorns die niederschlug vor dem Friedeathmenden Abel der die seine zum Himmel ließ wallen. – Kains Stirne war des Fluches Zeichen aufgeprägt und das Blut des Abel ward lebendig in ihm und jagte ihn flüchtig über die Erde und in den Geschlechtern der Erstgeborenen schleppt es im Gefühl der Rache sich ihnen nach. – Und in der Flucht vor sich selbst und in Gefangenheit der Reue die sie trennt und fesselt, sind Fürsten und Völker stetig geworden gegen einander. – Und immer noch schlägt der Kain den Abel todt, weil er sich rächen will am eignen strafenden Gewissen. – Hastig möcht er zwar vorüber eilen aber er schaudert vor dem Gemordeten, vor dem Ruf der Natur! *Kain Kain! du Erstgeborner, sieh deinen Bruder hier!* – Mit abgewandtem Blick ruft er: »Soll ich etwa trauern um ihn? der mich stets gehaßt? – Wollt Ihr mit Euerm Fluch mich niederwerfen? – An der Gurgel will ich Euch fassen und das Knie aufs Herz Euch setzen, Verderben und Elend über Euch!« – So fluchte damals der erste Mörder seinen Ahnen! – so flucht heute noch der Herrscher dem Volk aus dem er hervor ging. – Und wie Adam springt das Volk auf und streckt die Faust nach ihm, und stürzt zitternd zurück, und fällt nieder mit der Stirn am harten Fels und schreiet Weh!

*Schlafender König:* Du! Du! – greif nicht so hart in mich! –

*Daemon:* Herab Ihr Felssteine! – rollet nur herunter; begrabt die Tritte des Mannes der seine Hände wäscht im Bruderblut! –

so ruft das Volk. Aber bald wieder: Nein! Nein! Nein! Wir wollen seine Knie umfangen und bitten! – Und der Engel Gottes ergreift es und wirft es nieder aufs Angesicht und der Richter wandelt über ihm, und es schlagen die Wetter und die Wälder erbeben und ihre Wipfel sausen hinab ins schaudernde Thal. Da rollen die Donner im Aufgang. Im schlagenden Glanz der Gewitter ruft es: Heilig heilig du Jehovah! Du Retter! Du Richter mit entblößtem Schwerdt, zu richten das Blut das aus dem Staub zu dir schreit.

*Schlafender König:* Wer hat dir gelehrt die Saiten meines Innern durchstöhnen? – Schweige! schweige!

*Daemon:* Schweigen! Grauenvolles Schweigen! durchzittert das Volk im Jammer um den Erstgebornen, um seinen Fürsten. Du Gott und Schöpfer säuselst Erbarmen nieder und wie damals entfliehen die Gewitter vor deinem Athem, der du das Flehen erhörtest des ersten Menschen um seines Sohnes wegen! – Staub zu Staub! – sie bereiten das Grab dem volkgeliebten Leichnam dem Gemordeten! – Daß er verwese. – Daß Gottes Odem ihn herrlicher einst hervorrufe. –

*Schlafender König:* Es schweigt! – ja es schweigt! – – Ich höre nicht Getön der Fittige die der Schwan zum Äther hinauf breitet! – Ha! ich möchte mit einstimmen in den Hall seiner Flügel! – Laut aufschmettern ins Gesäusel – im Hymnengetön meine Seele mit versenden!

*Daemon:* Dort im Osten, im Dunkel harren gemeinsam am Ufer, Schwäne im sanft anwehenden Nachthauch, mit Flügelrauschen den Abschied zu feiern vom grünen Gestade des Vaterlandstromes! – Eljen a Haza! so erhebt sich die tönende Schwinge daß der Äther wiederhallt und die Brandung durchschüttert. – Starr horchen die Geschlechter und es schmettert der Olymp und die Chariten hallen hinein und die Musen stimmen ein in hohem Laut und Staunen ergreift die Herrscher wie er aus purpurnem Todtesblut sich erhob mit reinem Gefider! –

*Schlafender König:* Eljen a Haza! – Todeshymne! – Erzerntönende über den Weltenocean hin! – – – tiefe Stille! – Schauerverbreitend unter den Mördern! – Ach alles Großen entwöhnt ist meine Seele und aller Freude. – Laß den Schlummer ein Weilchen mein Ohr bergen vor deiner Rede. Ihre Wellen spühlen kalt mich an und böse Fehle die ich nicht aufhalten kann, seh ich hinabgleiten in den Völkerocean, – – –

*Daemon:* Ja schlummere über dem Allkampf deiner Sinne! – Du Mann des Glaubens vieler leeren Worte, wie sich nicht ziemt vor Fürsten sie zu reden – die deiner Seele Sicherheit geraubt und wie ein schneidend Schwert Botschaft dir brachten, die Stärke und Macht über dein Volk dir hat gebrochen. Und riefen Beifall dir zu, und bewegten deine Hände zu Werken die dein guter Stern nicht mag erwenden. – Und dein Aug ward dunkel, und führten dich in eine grauenvolle Höhle voll Schlangen böser Nachrede, die zischten dir ins Ohr von bösen Gedanken der Reinen, die nur Wahrheit hatten auf der Lippe und deren Sinn nur war, dich zu festen gegen Verrath daß du der erste solltest sein im Vertrauen deines Volks – der Wahre, und nicht ein Anderer. – –

Du liegst schlafend – – tief versunken – – wo kein Traumreden zu dir hinabreicht. – Ermüdet von Blut und bösen Zeichen des Mords in deinem Namen verübt, will deine Seele dir entfliehen. – Könnt' ich den helleren Tag dir herauf beschwören, und in Hoffnung dich baden neuer Frühlingsbeginne und dir lehren wie Gott der Sünde lohnt der Haß und Liebe hat geschaffen im rechten Sinn ihrer Macht – und aus edlen Stämmen von Fürstenrache niedergeschmettert, neue Geschlechter erzeugt, selbst sich beherrschend in schwerer Stunde die einst dem Racheübenden schlägt.

Ha, könnte ich das Haupt dir heben, daß du nicht unkundig seist wie Gott Kriegsrecht übt! – und nicht der Gewalt, aber der Weisheit würdest du weichen – und rein und fest dein

Wille. – Die Zauberer des bösen Rathes – zermalmt von denen die reinen Rathes sind und klug deine Schritte hüten vor Arglist, und nicht dich gefangen geben dem der sagt: »Mein Thron ist höher als alle! Tausendmal Tausend ist mein Heer, und fangt ihr Händel an, dann beschließ ich Züchtigung, über Euch, aus meines Zornes Brunnen erbraust die Quelle, die Euch alle verschlingt.« –

Wollt ich den Schleier der Geheimnisse zerreißen vor dir, dann wäre deine Seele in Furcht eingeklemmt vor dem reißenden Wolf der also dich anschreit. – Und die Zeichen seiner Bande an deinem Leib, Narben der Schande von seinen Strikken die deine Glieder zerbrechen! – Noch schwebt Streit in deinen Sinnen um falsches Gelöbniß nicht vom Volk bekräftigt. Noch hast du seine Freiheit verschworen und deine Freiheit! – Und Gesetze im Widerspruch ihrer selbst, langsam und schwermüthig dahingleitend vor dem auf Erden erkannten Recht was von allen Seiten zugleich den Fuß aufsetzt und mit dem Mächtigen den weniger Mächtigen hinabstößt. –

Ja so bekämpft der Fluch des Kain das rauchende Blut des Abel in der Willkür der Fürstengeschlechter, die wie Er, nach der That rufen: *»Was geht es mich an!«* So braust der Kainsfluch auf und verhängt neue Thaten ewig reuevollen Geschehens. – Aber heimlicher Klage voll, durchrauscht Abels Blut die Volkverwaisten Vaterlandströme, und durchsaust die Wälder und durch den Rauchfang der verlassenen Hütte findet es den Weg hinab zum Heerd, und seufzet auf in der erstorbnen Asche die es im Wirbel umherstreut. – Das ist das klagende Blut des Abel, dort wo die Gebeine bleichen der Vaterlandshelden: Ach kein Ruhebringender Tag mehr mit unverdunkeltem Glanz fließt den Menschen dahin, es strudeln nur Ströme des Jammerns in den Spuren der Verwüstung – Fremde Völker sollen da einziehen – fremde Laute die Mutterlaute ersticken –

fremde Sitten die Landessitte untergraben, die Wälder in Akkerland umwandeln, die Berge niederdrücken ins Thal, gleichwie die großen – den Nationen liebgewordenen Helden, an denen das Volk sich hielt, ihr Haupt dem Richtbeil müssen darreichen. – Und ihr Blut sammelt sich zum unschuldig vergossnen Blut des Abel, das sanft war als es noch in seinen Adern wallte und Versöhnung wollte mit dem Haße des Kain; – es sammelt sich zu diesem als zu seinem Ursprung, nicht um Rache, aber um den Kainsgeschlechtern die immer wieder zurückprallen vor den flammenden Thoren des Labyrinths, den Ausweg zu bahnen und den Fluch des Kainszeichen von der Stirne ihnen zu löschen. – Und wie der Nil die geborstnen Risse der erstorbnen Erde aufs neue befruchtet, so als Weltenspiegel alles Weh der Erde und seine verklingenden Laute in einen Brennpunkt zu sammeln und als lebendiger Brunnen der Geschichte seine kühlenden Fluthen ergießen überall wo der Zeitenstrom den Völkern ihr Bett bereitet im Namen dessen zu dem kein Gedanke hinanreicht; Herr der Geister und der Seele Herr! – –

Du Schlafender! – nicht deine Seele ist an ihrer Stelle, noch dein Herz an der seinen; – immer giebst du deinen Feinden Gehör, und läßt den Willen mit dem Netz ihrer Worte dir fangen. – Reue fühlst du und Zerknirschung über Alles worin sie Herr wurden über deinen Geist! – Du liegst im Staub vor Gott und wenn sie ein neues Werk beginnen so unterliegt dein gerader Sinn ihrem Trug! – Thäten sie Recht so sähest du Recht, und lebtest im Frieden, alle Großen dir unterworfen und die Gekrönten zu deinen Füßen, umgeben vom Ringplatz deiner Freunde und du selber verständig wie keiner je war auf dem Thron. – –

*Schlafender König:* Tief hab ich geschlafen, noch wallt mein Herzblut, daß die Wellen gen Himmel schlagen, denn mich verfolgte der Traum ausgerotteter Völker und daß Gott frage:

Wo ist das Löwenherzige Geschlecht an dessen Sitte und Mannheit ich Wohlgefallen habe? –

*Daemon:* Und wo die Helden seines Untergangs? –

*Schlafender König:* Wie der Sclave böser Eingebungen fühlte ich mich beschämt, der des tieferen Bewußtseins spottend, Triumphzüge hielt der Verachtung, weil es ihm gelungen das Volk wieder hinabzustoßen in die Erniedrigung.

*Daemon:* Dir aber Planet! dem sie mit Nebelwolken den Stand der Gestirne verhüllen, ein Heer der Verblendungen, der Vorurtheile, des Blödsinns, der Torheit und Bosheit, ja das Allerschlechteste des Schlechten von deinem Volk dir vormaledeien, dir glühte der Zorn auf im Traum, daß der gute Stern deines Volkes in deinem Herzen unterging.

*Schlafender König:* Ha ich dulde nicht die Bethörung! – ich weiß des Volkes Kräfte steigen höher als seine Beschwörer ihm nachträumen können, und daß es Zeit ist, ehe sie vorgreifen, zu höherer Ordnung es zu leiten.

*Daemon:* Das Volk emporheben ist Frucht freier furchtloser Gefühle; des Herrschers Geist wird frei in der Volkskraft. – Was kannst du höheres als deine Freiheit begründen, mit der Heroeneingebung eines Willens der das Göttliche vermag. Und was du deinem Volk an freiem Werden nicht gewährst, das raubst du dir an Weisheit und an Macht es zu beherrschen.

*Schlafender König:* Soll das Volk seine eigne Regierung bilden und seinen König erziehen?

*Daemon:* Die Wahrheitsfunken springen dir ins Antlitz.

*Schlafender König:* Kleine Mücke du! –

*Daemon:* Und Rechenschaft verlangt es, wie du seinen Geist und Muth lehrst Schöpfer werden an sich selber.

*Schlafender König:* So wäre meine Krone der Volkskraft Allumfassung und Einheit beider, des Volks und des Königs!

*Daemon:* Weisheit und Nothwendigkeit in einander greifend

ist beider Vortheil, sagte der Räthsellösende Ödipus zur Sphinx die schon die Pratzen ausstreckte ihn zu würgen.

*Schlafender König:* Wie lautet das Räthsel? –

*Daemon:* »Ob auch ein Mann mit scharfer Axt den erhabenen Eichbaum entlaubt; und schändet die herrliche Schöne des Baumes, dennoch giebt er, auch seiner Früchte beraubt noch seine Kraft ihm, wenn er ein winterlich Feuer ihm schürt, oder dem Walde entrissen, als Pfeiler im Hause, stützend die lastende Mauer ihn trägt.«

*Schlafender König:* Wie deutet Ödipus dies Räthsel?

*Daemon:* Drücke dein Volk noch so tief, beraube es seiner Rechte, schände sein Dasein, wie den Baum dessen Belaubung die Axt nicht verschont, es wird dennoch den Muth nicht verlieren dir zu nützen, und weiter sagt Ödipus:

»Der Ärzte weisester sei du ihm! Auf! – lindre mit sanfter Hand ihm die Wunde, dies ehrt deinen leuchtenden Ruhm! Denn leicht ists auch dem Schwächeren aus sicherem Port das Staatsschiff zu treiben, unter kämpfenden Wettern aber zum Hafen es wieder zu lenken ist schwer.«

*Schlafender König:* Seufze mit mir, denn zwischen mir und dem Volk ist das Vertrauen erschüttert.

*Daemon:* Dennoch verzweifelt es nicht an der Güte des Mannes der den verborgnen Samen reiner Herrschertugend ihm hegt. –

*Schlafender König:* Glaubst du daß etwas die Liebe des Volks nur kann fesseln so rede! –

*Daemon:* Wem Milde die Vernunft reift, dem wird auch ein Erntetag der Liebe und demüthiger Huldigung des Volkes.

*Schlafender König:* Wird es einsehen daß es sein selbst nicht mächtig ist? –

*Daemon:* Ob alle Wetter über ihm zusammen schlagen: des Schmerzes Andacht um den, der Treue ihm bewies, wird noch den kommenden Geschlechtern im Auge perlen. Es hat so schweren Kampf für Euch gewagt –. Was zweifelst du? –

*Schlafender König:* Ist ein so transcendentaler Geist, daß er einem verführten Volk seines Glückes verrauschenden Quell aus weiter Ferne herbei wieder leite? –

*Daemon:* Du selber, kein Anderer! – Laß es zu deinen Füßen erst Odem schöpfen, ehe es zu dir kann reden: »Ich bin ein Armer, flüchtig vor des Schicksals dunklen Losen, und da ich bei Menschen nicht Mitleid finde, so schweifte ich unter wilden Thieren umher, und die Verzweiflung stürzte aus ihrem Versteck und jagte den Hunden deiner Jäger das Brod ab: das ists warum man mit Feuer und Schwert ins Elend uns hezt.

*Schlafender König:* Was ist Wohlleben? – Seit die Welt steht, war sie dem Darben unterworfen! – Wer darbt nicht? – Auch ich bin dem Hungertod ausgesetzt, tiefer schmerzend als der nach der Spartaner schwarzer Suppe lechzt.

*Daemon:* Ja, ich weiß! – Von des Hungers Pfeil durchdrungen, regt sich nach reiner Kost ein Weh in dir dem Mann des Glücks, der ihm nie ins Antlitz sah, dem falsche Heuchler wehren den Gesunkenen einzuhüllen in deine Huld.

*Schlafender König:* Jammernswerther König der von einem Abgrund in den andern es sieht stürzen und alle Kräfte ertränkt um nur ihm zu helfen und alle Gedanken.

*Daemon:* Doch ist es zu beneiden weil du liebend sein Weh empfindest und auch Du der so im Verlassnen sich fühlt, über alle Zukunft strahlend winkt ihm dein Stern: »Ich bin's, geliebtes Volk! – dein liebender König ruft dir, der deine Liebe sucht – dein Heil!« – so sprich zum Volk und denk, *ein einzig Leben, es ist der Opfer alle werth die sein hartes Los in ein besseres ihm wandeln* – Aber du wirst so nicht zu ihm reden – so nicht handeln.

– – – – – – – – – – – – – – – – – – – – – – – – – – – – – – – –

*Schlafender König:* Was du mir zumuthest, werd ich wohl

auch mir zutrauen dürfen! – Warum sollt ich mich geringer achten, als ich dir scheine! –

*Daemon:* Manches greift weiter als einer denkt; und nur von kühnem Selbstvergessen fort gerissen, kann dirs gelingen das Rechte zu thun!

*Schlafender König:* Trunken von eigner Thatkraft, ihrem Erfolg sich überlassen? – Das wär gefrevelt. – Und das Unverantwortliche ist nicht das Rechte!

*Daemon:* Unsterbliches ist nicht Frevel, und wo eine Handlung die andere zu Grab muß tragen und nichts erzielt als ihrer eignen Bemühung Unwerth, da hat, was diese niedre Sphäre überbietet, keine Verantwortung; es ist göttliches Geschehen! – Du aber fürchte nichts: auch dein Wollen wird man anständig zu Grab geleiten.

*Schlafender König:* Was hast du gegen meinen Willen das Große zu thun?

*Daemon:* Ich zweifle nicht an deinem Willen, aber ich bezweifle ob du so unbefangen dich über die Hecke würdest schwingen, wie jene freien Vögel des Waldes, der umzäunt war ihre Freiheit abzusperren. Ja ich zweifle noch, wo andern längst ihrer Hoffnung schwankender Stern erlosch!

*Schlafender König:* Ist ihrer Hoffnung Stern erloschen, so wird die nächste Morgenröthe sie beschämen. Aber deine Zweifel? – Welche meiner Handlungen berechtigen dich dazu? –

*Daemon:* Nicht dein Vermögen Opfer zu bringen, wie reines Wirken sie heischt. Aber deine Kronenwächter – die hindern dich daran.

*Schlafender König:* Was du nicht alles ins Spiel bringst um gegen meine Staatspfeiler mich zu reizen. Und nun willst du, ich soll gegen sie unternehmen was dir obliegt.

*Daemon:* Du meinst, mir liege ob die abschüssigen Quellen des Volksglücks wieder herüberzuleiten in deiner Gnade Schooß. – Aber du traust mir nicht!

*Schlafender König:* Das mag sein; denn wie du willst daß ich mit dem Volk mich verständige, das scheint mir Thorheit.

*Daemon:* Thorheit ists, daß du so geitzig dein eigen Herz behandelst und nicht den Samen der Liebe ihm gönnst der dir doch reiche Erndte würde tragen. – Welche Huld kann *der* von seinem Freund erwarten der gegen ihn der eignen Hingebung sich wehrt? –

*Schlafender König:* – So spricht nicht ein Staatsmann! – Wär Anfangs gleich das Äußerste geschehen, so lebte alles Volk in Furcht und in Gehorsam. Wenn aber die Frechheit will der Freiheit den Hals umdrehen, so fang ich sie und beug sie meinem Willen.

*Daemon:* Warum sagst du das? – Es ist ja doch nur die Rede des Eiferers der nichts Klügeres vermag als die herabgedrückte Menschheit aufs neue der Schule zu überantworten, die aus Selbstdünkel sich blind studirte. Das Volk dem immer auf verkehrte Art und unter Vorbehalt nur zugewendet wird, was man ihm mißgönnt und heimlich wieder entreißt, es bleibt als blödsinnig gewordner Bettler unter einer noch abgestumpfteren Vormundschaft jeder übermüthigen Willkühr ausgesetzt. – Und so ein König spricht: »Ich liebe Gott« – und verachtet das Volk, der lügt.

*Schlafender König:* Davor sei Gott. Ich verachte nicht mein Volk, es ist meine schlaflose Sorge, wenn es wie ein rascher Sperlingzug sich umherschwingt, – wo es bleibe; und daß es in den Abgrund den es unter seinen Füßen aufwühlt, nicht stürze um ihn wieder auszufüllen.

*Daemon:* Wer hülfreich je die Hand geliehen, der kann sie nicht zurückziehen; er muß retten, niemals verderben; denn er weiß, es giebt keine Verdammniß als nur die eigene Ehre. – Alles Handeln was sie nicht befriedigt, zerreißt die Seele und verwirrt den Geist der die Urstoffe neuer Welten in sich trägt.

*Schlafender König:* Und nenne du mich Verräther an mir

selbst, ich erkenne, ich bewundre das Große – ich hasse mich selbst um mein Zagen, um meinen Wankelmuth. – Da ist kein Pfad der die Höhe hinanleite alle gehen abwärts.

*Daemon:* Du magst beständig oder wankelmüthig sein, den rechten Weg kann der nicht verlieren der die eigne Seele beherrscht. – Wohl kann sich mindern und bis ins Weh versinken; Weh kann in Wollust überströmen vom Geist berathen. – Und das Volk das jetzt ein sinnlos Wesen dir scheint was deinem Willen sich muß beugen, kann klug, voll Seelenadel durch deine Huld sich dir bekunden. Wohnt nicht der Segen bei dir der Natur dem ihre Geniuskräfte durch die Seele rauschen? bist du ganz einsam muß der Geist, der immer kühne immer freudige in dir dem Mächtigen sich umnachten und ins Ungewitter hinabstürzen mit dir? –

*Schlafender König:* Du beleuchtest der Seele Bettelstand der ihr den Anblick ihrer selbst verbittert.

*Daemon:* Im glorreichen Geisterhof, wo der Wahrheit Strahl, wie heut der Mond, den Geist der Nacht durchglänzt, lernt sie sich heben über die feigen Geschlechter die deine Krone mit falschem Lorbeer und vergifteten Mirten täglich frisch bekränzen.

*Schlafender König:* Und über Klippen die ihr Selbstdünkel hat ausgewaschen, tanzen sie keck auf der vorragendsten Spitze die dem Herrscher trotzt.

*Daemon:* Und ätzen die Wunde dem Volksunwillen und Scholle an Scholle hämmern sie Härte und Kälte zur Eisdecke zusammen die mit Wuth und Gedonner endlich berstet an den ewigen Ufern des Rechts! –

*Schlafender König:* Und dann schwankt Alles in seiner Hand, und sie säen heuchlerisch ihm Entmuthigung ins Herz.

*Daemon:* Drum halte deinem edleren Selbst zu lieb dem Volk etwas zu gut, dem sie so grausam die Weinberge des Herrn verwüsten.

*Schlafender König:* O Volk das ich des Glückes Stufen hinan wollte leiten, deine Felder mit des Vaterlandes Blut gedüngt! – gehetzt zu morden, zu plündern, zu verhungern, zu verderben! – vermag ich auch nur irgend dir zu bieten was seegenvoll nicht dein eigner Fleiß erwirbt? –

*Daemon:* Wie im Land der Pumpernickel und Schinken, in dem das Volk verhungert, und im Land der feurigen Weine von Schweiß getränkt, das jährlichen Tribut zahlt an verschmachteten Unterthanen und im Land der Leinweber, die arbeitmüde vom Abfall der Spindel ihr Leichenhemd sich weben. Denn zu viel sittlich Gefühl hat ja der Hemdlose, um unbehemdet seinem göttlichen Richter sich zu stellen, – und der Ritter vom eisernen Kreuz, vom Spinnrocken entlassen, weil im Arm der das Schwert fürs Vaterland einst führte, ihm nicht Kraft mehr ist den Faden rund zu drehen. Für alle diese vermögen deine volksärgerlichen Staatspfeiler nichts!

*Schlafender König:* Zuviel auf einmal der republikanischen Wirbelwinder erhoben sich. – Alles sollte dem Volk geschehen, so lags in meinem Willen. Aber das Unwetter war mir voraufgezogen; es überströmte mich, als ich am Platz stand es zu geloben.

*Daemon:* Das war die Morgenröthe deiner Vernunft. Um sie zur Mittagshöhe hinan zu treiben, brauchts Feuerhufen die leichteren Schwungs den Wolkenocean durchrennen und der Sonne goldenen Weitzen hinabregnen zum Volk das in Euch und Euern Nachkommen die Inhaber geliebter Throne anbetet. –

*Schlafender König:* Was kann der Herrscher, als seiner Entwicklung breiteste Basis ihm freigeben? – Denn der Adel meines Geistes, bei der Frage des Gerechten, will nicht das mit Füßen treten, was er nicht vermag zu retten.

*Daemon:* Doch die Heerde deines Rathes, weiß es anders auszulegen: »Volk ergieb dich nur dem Teufel, denn er hat sich uns verheißen, daß durch alle Weltenkrisis deine Kraft für uns soll frohnen.«

*Schlafender König:* Packe den schlafenden Löwen nicht bei dem gespitzen Ohr seiner Ehre.

*Daemon:* Ich habe ihn schon beim Ohr gepackt.

*Schlafender König:* Warum hast du ihn beim Ohr gepackt? und hat er dich nicht gebissen?

*Daemon:* Himmlisch beauftragt wie Demeter ins Feuer der Unsterblichkeit dich zu halten, wehrte ich aller witzlosen Satanstheorie deiner Schmeichler und hab es Gott geklagt daß deine Rahtsheerde ein so schwaches Ingenium dir zutraut, um wie ein Wickelkind in seine Ehrenkränze dich einzuschnüren.

*Schlafender König:* Wie? dem König der Könige hast du Klage geführt über die Rahtsherrn der Stadt, daß die mir Ehrenkränze wollten flechten? –

*Daemon:* Dem Gott hab ichs geklagt der viel dem Unsinn nachsieht, aber dem Geist beisteht ihm zu wehren, und dem nichts gleichgültig ist was dich angeht. –

*Schlafender König:* Was hast du für Rath eingeholt und welche Früchte hast du davon geerndtet?

*Daemon:* Mit sanften Mahnungen ihn anzugehen, war göttlicher Rathschluß. Schleen und Holzäpfel hab ich geerndtet. –

*Schlafender König:* Erzähle Alles.

*Daemon:* Es war an deiner Bürger Huldigungsfest. In deines Regierungslöwen Namen eingehüllt übermachte ich dem Rathslöwen ein Schreiben. »Wie?« schrieb ich dem Rathslöwen »ein thurmartig Gerüst bemalt mit transparenten Ahnen um bürgerliche Huldigung zu vertreten? – Wars nicht eure Sorge, der neue Herrscher werde den Adel euch vorziehen? und soll nun aus der guten Hoffnung dieser Zeit nur der fabelhafte Ahnenbaum ersprießen, besäet mit ungeschickten Bildern der Vergangenheit? – Wenn Durchsichtigkeit Verklärung ist dem schwachen Auge, so beweist sie zugleich dem scharfen Geistesblick daß nichts dahinter ist. Bemalt Euern Thurm mit Völkern aller Zonen, mit Menschen aus dem Mond, ja aller Sterne Wesen, die seines Scepters Freiheit huldigend, ihren Göttern dienen. Malt den Genius der Zeiten, beflügelt über den Abgrund setzend des Aberglaubens und der Lüge. Malt den frommen Helden, der unter Wettern die ganze Welt auf mächtiger Schulter durch die gepeitschten Fluthen trägt. Malt die Zukunft mit vollen Garben ihrer gottvertrauten Saat und alles Glücksgefühl seines noch im Keim schlummernden Berufes aber nicht den volkswidersinnigen, transluciden Baum verblichner Ahnen.«

*Schlafender König:* Und dies barbarische Schreiben, wie ward es aufgenommen? –

*Daemon:* Geblendet von deiner Regierungssonne aufgehendem Strahl, stand die Rathsheerde rathlos da! – Da sagte Einer: »Meine Herren, dies ist nicht eines Staatspfeilers Schreiben, es hat ein daemonisch Wesen.« – Dennoch hielt der Rath für rathsam den Ahnenbaum nicht aufzupflanzen. So ward der Anblick dir noch erspart deiner ölgetränkten Vorfahren.

*Schlafender König:* Das war gut. Warum aber sollte das Volk den Adel mißachten?

*Daemon:* Wie könnt es sonst dem Selbstgefühl sich retten, wollt es die achten, von denen die Volksverachtung ausgeht, die hochmüthig nach alten Geschlechtern forschend, jede reine Abkunft bezweifeln, die eigne aber aus Jovis Schooß herleiten; doch was des Volkes Herz zerschneidet, grausam tief, – was es duldet, – der Gleichgebornen herbe Qual, ihr schlagend Dasein, dem von Geschlecht zu Geschlecht aus kräftiger Wurzel treibend immer wieder das Recht des Bestehens abgedrungen wird, nicht achten.

*Schlafender König:* Dieselbe Blüthe der Volksvertretung die fürs Gemeinwohl sich entfaltet, ist Pflicht und Vorrecht der

Adelsbefähigung. Jede Bildung soll ins Allgemeine übergehen und die schlummernden Kräfte wecken dieser Zeit des Bedürfnisses und der Frage wie ihm zu steuern sei.

*Daemon:* Wo Klang und Jammer nicht hinanreichen, da erlischt auch das Mitgefühl und Erdenweh; da stimmt bald nichts mehr für das Volk. Da wirft man ihm nur vor, was es zwar vollbringen mußte, was sein Herz aber nicht ersann, was es nimmermehr verschuldet hat. – Den Scheidebrief des Lebens stellt ihr ihm aus, wo euer Wille zu ihm nicht ausreicht.

*Schlafender König:* Ich will in des Adels Vorrechten nicht den Ahnenbaum geschützt wissen, aber den Stammbaum der Verdienste, der die Quelle des Volksvertrauens ihm zuleite.

*Daemon:* Harre nicht darauf. Von Jovis Blitzen ungeblendet, wird es bald nichts mehr von euch fordern. In schwerer Erdenluft steigt keine Opferflamme auf. Nur wo die Gottheit den Menschen sich verwandt fühlt, kann Vertrauen Gelübde thun.

*Schlafender König:* Ein Volk das Freiheitsfahnen aus jedem Lumpen macht, – um republikanische Luft zu trinken, den Port des Vaterlandes verläßt und nur irdischen Vortheil für geistigen Fortschritt hält, dem wird sein Wohl nicht leicht begreiflich werden.

*Daemon:* Wirst du als geistige Macht dich ihm verständigen, so kann es auch den irdischen Besitz als Freiheitsbasis nicht mehr achten. Gieb die Republik des Geistes frei, dich selber an die Spitze stellend, und bald wird es dich überbieten.

*Schlafender König:* Die Undankbaren! die Thörigen! im Chorus ihres sogenannten Bewußtseins, Freunde und Brüder mit Mordgeschrei überfallend! Konnten sie in gesetzlicher Fassung es nicht stille abwarten? –

*Daemon:* Werfe nicht Empörung vor dem Märtyrer, den Fieberwuth befällt nachdem er so gelitten; nicht Undank werfe ihm vor, für das was man ihm zuwider als Wohlthat will aufdringen und nenne nicht Trotz dem Ernst des Ringers der unterliegend mit keiner Bitte mehr dir kommt, von keinem Segen mehr betrogen, mit keiner Hingebung sich Preis will geben –, allein mit sich in seiner Nacht, von allem Leben scheidend, von allem Glück, von allen Klagen und von der Gottheit Lichtgebiet! – Vertrauen ist ihm erstorben, und in gesetzlicher Fassung stille abwarten konnte es so wenig als der Damm, überfluthet von Wogen die das Erdbeben im Schooß tragen.

*Schlafender König:* Es stürzt ins Elend von Freiheitssucht bewältigt.

*Daemon:* Es nimmt neuen Anlauf, und ist der Sprung gelungen, dann gelingt auch was so lange ihm ersehnt war.

*Schlafender König:* Ja! es will das Ideal der Weltbürgerschaft aus sich erzeugen.

*Daemon:* Das über alles Sein und Werden sich erhebt und Dogma ist der Volksreligion und Keim der Gewissenspflege.

*Schlafender König:* Ideal wie die Sonne am fernen Horizont erleuchtet aber ergießt sich nicht in die Schranke der Erfahrung.

*Daemon:* Ideal, unberührt aus der Weisheit Schooß aufsteigend, ist Morgenröthe der Geistrevolutionen: – sie verkündet der Sonne entscheidende Gewalt im Volk. Weltenreligion – der Seele Eigenthum, Urboden des Positiven – nach ihr den eignen Schritt abmessen, ist Staatsklugheit des Prophetengeistes. Kein Vorrecht als nur des Muthes, im Ideal dich zu behaupten – und du beherrschst die Welt!

*Schlafender König:* Du willst die Vernunft herausfordern im Volk das doch nicht weniger unterdrückungslüstern als der Bevorrechtigte von Geburt nie sich erleuchten ließ durch seine Märtyrhelden die stets seine Lehrstufen mit ihrem Blut besiegelten. Nicht im Streit, nicht im gegenseitigen Kampf mit Waffen in der Hand, aber auf dem Blutgerüst, verurtheilt von Rechtsformen die das Volk unterstützte, denen es zujauchzte, sind die unterlegen, die seinen Geschicken sich vermählten.

*Daemon:* Dieselben gehässigen Leidenschaften die es gegen seine weisen und kräftigen Denker aufregen, hat es mit seinen Unterdrückern gemein die es in seiner Unmündigkeit bestehen lassen, um es aufregen zu können.

*Schlafender König:* Niemand Unrecht thun, ist Grundgesetz der Mündigkeit des Volkes. Alle Menschen müssen Organ sein des Gesetzes, alle Handlungen müssen Gesetz schützend, Gesetz übend und Gesetz auslegend sein. –

*Daemon:* Wenn aber die Lüge dem stummen Bedürfniß Verbrechen aufbürdet wozu es blos die Handhabe war, wo bleibt da dein Grundgesetz? Wird es nicht scheitern an eingebildeten Rechten aus denen die Volksunterdrückung hervorgeht? –

*Schlafender König:* Das Recht wird nie den Volksgeschicken eine Frucht reifen, wenn das Gesetz sich ihm nicht vermählt!

*Daemon:* Volksgeschicke! – Spiel doppelsinniger Gewalt, die das Volk stets preisgiebt, vor dessen Kräften sie immer zittert, dessen natürlicher Verstand ihr stets im Weg, und welches aus dem Paradies seiner Heimat zu jagen sie jede Wüste gut genug findet! –

*Schlafender König:* Nur Ausdauer, Abhärtung und anspruchlose Entbehrung zähmt seinen unbändigen Charakter, und befruchtet seinen Sinn; keine Bildung würde ihm anmuthen, die seiner Kräfte Maaß nicht ausfülle. *Mäßig, billig, unparteiisch!* – Darüber wird es aber immer hinaus stolpern.

*Daemon:* Aus sich selber würden diese Tugenden den Heroismus der Volksfreiheit entfalten, Ihr aber klagt es der Revolutionswuth an; als ob die Geburt seiner heroischen Anlagen könnte ohne Wehen von Statten gehen? oder wessen beschuldigt man es noch? – Kann es dafür daß Licht in seinen Versteck dringt und die Keime weckt einer Zukunft die allein auf seinen Kräften beruht?

*Schlafender König:* Ehe das Volk seine Leidenschaften niederkämpft, verblutet es in ihrem Aufruhr!

*Daemon:* Verworfen also der Kampf gegen sein Mündigwerden, zu dem seine Gewaltherren die Hand einander bieten, – deren Scharfblick nicht die Nebel weichen, deren Rathschlüsse nicht von guten Geistern geleitet werden. Nein! die Geister haben keinen Verkehr mit Euch, sonst würdet Ihr nicht die Allmacht des Nothwendigen unterdrücken wollen.

*Schlafender König:* Den breiten Weg seiner Entwicklung hat das Volk im Erdbeben seiner Leidenschaften unterwühlt.

*Daemon:* Nicht mit Vorbedacht aber aus natürlichem Beruf: und daraus geht hervor, daß unmittelbar auf diesem von Euch verdammten Volk das Gleichgewicht der Staaten beruhe, denn nicht politische Gewalt, aber sittliche Größe des Volkes selber ist Menschenführer und Schöpfer der Zukunft. Wie der Tag die Nacht verscheucht und gegen ihre zweifelhaften Schatten sein volles Licht behauptet, so wird auch Wahrheit nicht vom Widerspruch besiegt. – Wer kann dem Licht wehren daß es die Finsterniß verzehre? –

*Schlafender König:* Platon schrieb dem Tyrannen von Syracus: »Weisheit und oberste Gewalt sind für einander geschaffen und haben immerdar einander gesucht.«

*Daemon:* Aber nie haben sie einander gefunden weder in der Weltweisheit noch im Pferg der Religion die ihrer Heerden Eingeweide dem göttlichen Aug zur Prüfung darlegt. Des Geistes Brennstoff der wie am harten Kiesel bei jedem Stoß des Widerspruchs Funken sprüht ins ahnungsvolle Dunkel, der wird einst hervorspringen und selbst den Tag verbreiten um den es ringt. Lasse nicht Furcht dich entsetzen vor seinen Gluten, noch Stolz dich zum Meuchelmord verleiten dieser noch in der Wiege schlummernden Volkskraft die Nahrung sucht; lasse deinen Willen ihr das Lebensfeuer schüren, versage nicht deinem Genius der dich ihr vermählt!

*Schlafender König:* Sind wir deshalb mit der Freiheit in offner Fehde, weil keine Beschwörungsformel gegen ihr Anstürmen uns schützt? – Sollen wir feige die innersten Lebensquellen einer geistlosen Volksdespotie hinopfern, die selber ihrem grausamen Gegensatz verfallen ist?

*Daemon:* Und doch gebt Ihr die Gewalt dem Mißbrauch in die Hand der den Bogen bis zum Brechen gespannt hält? – Wen klagt Ihr an daß im Augenblick wo die Sehne riß, ihre Schnellkraft den Bogenführer nicht schonte? – O Unversicht, du auch zählst zu den Rachegöttern! – Siehe da den ersten Versuch das Volk blödsinnig zu machen; – und er gelingt! – Es spricht zu allem »Ja! mit Gott für König und Vaterland«. Und wär es mit dem Teufel gegen alle Rechte des Menschlichen; die eingewurzelte Heimathtreue durch Machtgebote plötzlich aufheben. – Sind sie noch dasselbe Volk unter fremden Herrschern die um sein Kleid würfeln und in drei Stücke es reißen? ein Gewand ohne Nath das nicht soll zerrissen werden. – Wie? – Soll es mit dem Halsband eines Hundes sich die Kehle zuschnüren lassen? seine Würde schänden, sein Vaterland mit Bruderblut beflecken müssen? – O daß in Euern Adern Erde wär statt Blutes! Wie ists möglich daß Ihr wie im Ballspiel es einander zuschleudert? – Wie kann es losgerissen werden von dem, worin es sittlich sich begründet fühlt! – Und die Schuld ungerechter Sache werft Ihr aufs Volk? – sein täglich Brod, die Scholle seiner Heimath macht Ihr zinsbar fremder Hand die schwer auf ihm liegt, und Treuebruch straft Ihr? – Wenn eine Kraft der Treue in ihm war, so mußte es sich losreißen von der Politik des Tauschhandels. – Und aber die Macht im Kampf gegen eine freie Nation, die bedarf der ganzen Menschheit; nicht ihres Verständnisses, – aber ihrer Abgestumpftheit. – In der Entmuthigung frei sein zu können, in seiner Entwürdigung wollt Ihrs bewältigen. – Wärs seines sittlichen Vermögens nicht beraubt, so wär es mächtig. –

*Schlafender König:* Und wer in den Strudel des Unerhörten sich stürzt, um nie wieder zu landen an den Küsten wo er seine

Eidschwüre niederlegte, Trotz zu bieten dem Ringen der Zeit, – welchen Fluch würde der auf sich laden aller Mächtigen? – Und die moralische Wirklichkeit, untergegangen in seinen fünf Sinnen! – Von welchen Leidenschaften zerrissen sein Volk, aus einer Hand in die andere stürzend, seiner Erlösung vergeblich harrend!

*Daemon:* Ein Gott der Jugendblüthe wär Der, alle Lebensfrühlinge in Einen erblühend, alle Sinne göttlicher Befruchtung hingebend; geistdurchdringend das Unsterbliche hier schon, was wieder ihn durchdringen wird jenseits. Große kühne Lebensfluthen dahinströmend, ein Meer zu Füßen weisheitsvoller Majestät.

*Schlafender König:* Und die Zeiten – sie sind nicht Ewiges, die vorübereilen und zerstören, was du meinst es soll alle ideale Lebensfrühlinge hervorrufen.

*Daemon:* Was Ihr Menschen Jahresalter nennt, was Ihr an den Fingern herzählt, es ist die Samenhülle nur, die abfällt wenn die Blüthe zum Licht treibt. Heimlicher Kräfte voll setzt sie Fruchtknoten an auch in der Könige Herzen. Aber die elend das Große in Händen halten und schüchtern es fallen lassen, sie sind nicht Könige, sie sind Schlacken einer finstern Zeit die aufs Volk niederregnet. – Wo aber die Seele ringt Göttliches zu gebären, Weltgeschicke im Schooß tragend: das sind völkerreinigende Revolutionen, denen im Kampf Himmelskräfte zujauchzen, in ihren Helden, in ihren Lehrern, in ihren Opfergestorbnen all, die da Göttliches sind.

– – – – – – – – – – – – – – – – – – – – – – – – – – – – –

– – – – – – – – – – – – – – – – – – – – – – – – – – – – –

– – – – – – – – – – – – – – – – – – – – – – – – – – – – –

– – – – – – – – – – – – – – – – – – – – – – – – – – – – –

– – – – – – – – – – – – – – – – – – – – – – – – – – – – –

– – – – – – – – – – – – – – – – – – – – – – – – – – – – –

– – – – – – – – – – – – – – – – – – – – – – – – – – – – –

– – – – – – – – – – – – – – – – – – – – – – – – – – – – – –
– – – – – – – – – – – – – – – – – – – – – – – – – – – – – –
– – – – – – – – – – – – – – – – – – – – – – – – – – – – – –
– – – – – – – – – – – – – – – – – – – – – – – – – – – – – –*

*Schlafender König:* Die Höhen, die Allweiten die du mir vorzauberst, die mahnen mich der Tempelzinne da Christus versucht ward aus Stein Brod zu machen.

*Daemon:* Möchtest du nicht groß sein wollen? – Möchtest du nicht der Größte sein von allen Menschen? – oder ist es Sünde der größte Mensch sein zu wollen?

*Schlafender König:* Sünde wär, nicht sein wollen was ich vermag. –

*Daemon:* Denn sie sagen: in deiner Hand liege es, die Zeiten zu lenken auf die Höhe ihres Berufs.

*Schlafender König:* So muß es sein, denn in mir liegt der Trieb zur Erfüllung dessen was die Zeit bedarf. –

*Daemon:* Und nennst du glorreich was deine Seele verlangt? – Erprüfe immer ob es Stein sei, was ich dir biete, Brod daraus zu machen. Christus, der den Versucher zurück wies, wußte alles Handeln hat einen Doppelgänger der ihm den Geist einblase der Beseelung. So hat Muth die Kraft der Wahrhaftigkeit; die Seele dieser Kraft ist, daß sie sich selbst besitze. – sonst wär er wilde Landschaft.

*Schlafender König:* So ist denn Muth Selbstunterwerfung unter eine begeistigende Macht.

*Daemon:* So ist Selbstbekämpfen höherer Muth als Anderer Herr werden: so ist Recht schützen größere Gewalt als Gnade gewähren und so trägt der voranschreitende Held auf Geisterstufen hinan, Alle die durch seinen Willen handeln. – Was nicht die Seele erhebt das zerreißt sie – alle Pfade leiten in den Abgrund die nicht Selbstheiligend sind.

* Lücke eigener Censur

*Schlafender König:* Und Christus der dem Teufel widersachte, that der dies auch aus Selbstheiligung? bedurfte dies der Sohn Gottes?

*Daemon:* Was führte ihn in die Wüste? – Verharrte er nicht vierzig Tage im Gebet? – War dies nicht Umgang mit dem Göttlichen? – Wars nicht Vorbereitung zum Opfertod für die Menschheit? – Und jenes Gebet am Oelberg: »Wende ab den bittern Kelch«, – der Angstschweis der sein Antlitz bedeckte, war der nicht Kampf sich zu reifen um Opfer für das Volk? –

*Schlafender König:* Wie hat das Volk ihn gewürdigt? –

*Daemon:* Wie hast du ihm gleich gethan, der du ihn bekennst und weißt: es ist nur groß wer das Göttliche vermag und alles ist Sünde was nicht nach Göttlichem strebt. – Christus stirbt nicht als streitender Held: – sieggekrönt; – nicht an lieblicher Stelle des Oelbergs: – er stirbt am verfluchten Ort der Schädelstätte. – Ihn führen nicht gerüstete Völker, ihn begleiten nicht gute Geister! – Er tritt allein die Kelter mit dornumwundenem Haupt. – Damals in der Wüste hatte er es erkämpft mit sich, die Welt durch sein Blut zu erlösen. Er legt nicht Hand an sie: – er leidet für Alle und vertraut scheidend dem Schooß der Mutter der Kinder Heil. Was ist dir dein Volk, daß du sagen kannst, sie sind deine Kinder? –

*Schlafender König:* Ja! sie sind Frucht meiner Angst und Sorge um sie.

*Daemon:* Verdorrte Frucht ohne Labung in der Hitze der Todtesängste, – verblüht, vertrocknet, unbeseufzt über ihren erbärmlichen Ausgang! Triumphirt habt Ihr, aber nicht es beklagt. –

*Schlafender König:* Gerechtigkeit, über die Menschennatur klar entscheidend und ihren Rechten den Triumph sichernd, übt nur Recht, wenn sie im Zorn des Waldes Stämme zerschmettert.

*Daemon:* Hat deine Seele nicht mächtigere Flügel als der

Gewittersturm der Wälder durchbricht und Felssteine zerbrökkelt? – Und wer über Recht entscheidet, der soll selber sich nicht Recht sprechen; – was nutzt dies ihm? – Gleich der Gottheit, die nicht kommt hinter dem Feuer, nicht hinter dem Donner, sondern die endlich kommt mit lindem Wehen wie die Thauwolke der es keiner dankt daß sie vorüberziehend auf die lechzenden Fluren träufelt.

*Schlafender König:* Würde das Volk dies begreifen das nur sinnlich erfaßt was ihm geschieht und immer pocht auf die Verheissungen des gelobten Landes?

*Daemon:* Handle um deiner selbstwillen, erprüfe nicht heimlich die Zeichen deines Wirkens, lasse dein Wirken dich selbst erprüfen von dem Urtheil des Volkes!

*Schlafender König:* Wenn das Volk urtheilt, so erwartet es von der Macht zugleich auch die Erkenntniß dessen was ihr doch erst im Einklang mit der Gesammtheit muß offenbar werden.

*Daemon:* Nun so ist's ein letztes Entscheiden den freien Blick in Eure Mißgriffe ihm zu gewähren. Denn wollt Ihr sie läugnen, so wär dies ein Bekenntniß, daß Ihr nie zu der Vernunft kommen werdet die sie beschwören könne.

*Schlafender König:* Wie? dem Volk sollte man die Rathlosigkeit bekennen, in die oft Unvorhergesehenes aus Gottes Zulassung uns stürzt? – Dem Volk, das nicht beurtheilen kann die Weltschickungen, Wagnisse die es begünstigt uns zum Vorwurf macht, wenn sie nicht gelingen und aus jeder Irrung die Versündigungen an ihm heraus buchstabirt?

*Daemon:* Das Volk ist der Zauberspiegel Euerer Mißgriffe. Es offenbart durch sein Verzweifeln, durch sein Verwildern und Wildwerden Euere Fehle und auch die Gefahren die Ihr damit heranbeschworen habt.

*Schlafender König:* Weltkenntniß und Erfahrung gehen dem Volk ab, und seine Ansprüche sind denen nicht angemessen.

*Daemon:* Des Volks Bewußtsein gründet sich freilich nicht auf Weltkenntniß die ihre wankenden Versuche nur berechnet auf den tiefen Schlaf dieser souverainen Kraft. Selbstständiges Gewissen des Volkes entscheidet aus Naturgefühl des Rechtes.

*Schlafender König:* Weltklugheit weiß die Linie der Gefahr zu beschreiten die das Volk aus Übermuth überspringt oder aus Feigheit verläßt und nie die Früchte erndtet, die Erfahrung ihm erbeutet.

*Daemon:* Stolz auf diese Früchte vergißt Weltklugheit daß sie selbst mit dem Verlust dieser souverainen Kraft erkauft ist, die das Volk noch unverletzt in sich trägt. – Sie bildet aus Anlagen Fehler und Laster; sie lehrt die rechte Hand von der linken unterscheiden, sie streckt die Waffen vor der Gewalt und wendet zur Zeit denen den Rücken die auf sie bauen; sie regiert Sclaven – aber sie erhebt nicht die Einfalt des Volkes zur Freiheit in sich; aus jeder Leidenschaft die sie ihm überspringen lehrt, entsteht Schlimmeres als wozu sie führen konnte.

*Schlafender König:* Vor allem der Undank, der Wohlthaten nicht anerkennen will.

*Daemon:* Was hätte das Volk dem zu danken der doppelt genießt was er gewährt?

*Schlafender König:* Dürfte das Volk des Dankes nicht achten, wie wenig würde es dann der Wohlthat gewahr!

*Daemon:* Wird es der Wohlthaten gewahr, so ist es nur durch die moderigen Lagunen des Nutzlosen in denen sie vereinzelt und verwittert herumschwimmen. Was weißt du vom Volksdank der mit jedem heißen Tag der Erndte seine Mühen verdoppelnd zum Himmel steigt, jeden nährenden Regen hoffnungsvoll ihm unterbreitet? was weißt du von des Volkes Ausdauer, die immer von neuem sich durchreißt, im Schweiß seines Angesichts von der Wiege bis zum Tisch des Herrn seine Nachkommen dem Herrscher erzieht und mit segnender Mühe den eignen Heerd ihnen baut? – Vaterlos, nimmt sich die Mutter allein ihrer an. – Da hält die Unermüdlichkeit Wache. – Einmal die Sonne auf und nieder – und sie hat in ihrem Lauf doppeltes Tagwerk vollendet das ihr Brod muß schaffen für Alle: scharfsinnig berechnet sie ihre Kräfte auf die Zukunft. – Eine Mutter aus dem Volk, die Niemand was zu danken hat. Keinen Besitz schmälert ihr Erwerb der nur Vortheil bringt dem Arbeitgeber und doch ihm den Dank zollt, der ihr Hülfsquelle war in Tagen der Noth.

*Schlafender König:* Und mehr soll das Volk auch nicht fordern als sich erhalten und Allen dadurch nützen.

*Daemon:* Des Volkes Stolz ist Selbsterhaltung. Ihr entspringt die glückliche Beschränktheit seiner Genüsse, wie aus der goldnen Sonntagsruhe auch die Kraft der schaffenden Woche ihm hervorgeht mit der es die nachkommenden Geschlechter dem Herrscher pflegt, der Vater und Mutter ihm sein soll, aber grausam das Unkraut der Verwilderung ihm ins Herz pflanzt und ihm lehrt die Waffen richten auf seine Pfleger und Gefährten der Noth. – Das bedenkt der nicht der Wohlthaten ihm zuzählt und den Dank dafür heischt. – Weltkenntniß und Erfahrung die leichtsinnig über das Unheil was sie bewirkend und tief nachforschend wie sie es bewirken können, alle reine Beweggründe verdächtigen, weil sie etwas ganz anderes suchen. Sie schleichen aus sich heraus, um sich in Anderer Begriffe zu versenken und da die Rechtfertigung heraus zu fischen für das was sie in ihrem eignen Selbst beschlossen haben, – Weltkenntniß und Erfahrung – Pfeiler aller Vorurtheile und Bemäntler ihrer philisterhaften Unthaten! Mehr kannst du ihnen gegenüber dem Volksbewußtsein nicht zuerkennen. Aber es steht in den Sternen geschrieben: das Philisterthum der Weltklugheit ist die Mördergrube des Herrschergeistes.

– – – – – – – – – – – – – – – – – – – – – – – – – – – – – –

– – – – – – – – – – – – – – – – – – – – – – – – – – – – – –

– – – – – – – – – – – – – – – – – – – – – – – – – – – – – –
– – – – – – – – – – – – – – – – – – – – – – – – – – – – – –
– – – – – – – – – – – – – – – – – – – – – – – – – – – – – –
– – – – – – – – – – – – – – – – – – – – – – – – –*

*Schlafender König:* Könnte ich nur heraus vernehmen was eine Regierung ohne Weltklugheit beginne mit dem noch in der Wiege schlummernden, schon souverainen Volk, aber nicht wie Merkur aus den Windeln sich lösend, bereit seine große Weltbeamtung anzutreten.

*Daemon:* Es würde bald seine göttlichen Kräfte bethätigen, könnte es wie Er in sicherem Gleichgewicht seiner Anrechte auftreten, unberührt in seiner Natur, wohlgezeichnet und scharf umschrieben – selbst in colossaler Erscheinung die schönen menschlichen Verhältnisse unverschoben, einfach ausgerüstet vom Vater des Vaterlandes, wie Merkur von dem der mit der Wimper die Welten bewegt. – Aber es hat erst eine lange schmachvolle Geistunterjochung zu bewältigen – durch Erkenntniß dessen was es vermag. – Dies auch war dem Merkur göttlich eingeboren, – das Tag- und Nachtbewußtsein dessen was geschah: er war Staatspfeiler und Bote seines Vaters und absoluten Herrschers und diente ihm unermüdlich, aber er selbst war Volksfreund, er geleitete die Seelen in die Unterwelt und war der Gott der Beredsamkeit.

*Schlafender König:* Des Volkes Beredsamkeit hat bisher noch keine Wunder vermocht. Und wie erkennst du dem Volk zu, als Merkur die Seelen zum Acheron zu geleiten? –

*Daemon:* Wenn seine Beredsamkeit nicht Wunder vermöchte, so würdet Ihr nicht so ängstlich ihm den Mund verbieten; – und die Seelen führt es zum – Acheron: wie der Götterbote wirft es den Strick dem um den Hals der nichts vermag, festgerannt im Begriff, wie Stein. Der aber dem Volk die Zunge

* Lücke eigener Censur

löst, und dem von der Erde sich trennend es wehmüthig schmeichelt: *»Du gehst und läßt uns in Sorgen und Trauer zurück«* zu dem der Herrscher dann wieder sagt: *»Nicht aus Lust gehe ich diesen Weg, ungern scheid ich von dir, doch es ist mein Loos also vom Verhängniß bestimmt; du denke aber mein im Gebet«*, – zu dem wird das Volk dann sagen: *Immer war Gott dein Helfer!* – Diese innigen Wechselreden zwischen Euch beweisen, das Volk sei nicht weniger beredsam als du, und daß es wie der Götterbote die Seele zur Unterwelt geleite und den Strick um den Hals werfe seinem Verläugner, aber mit seinem Segen zurückgeleite seinen Retter angehaucht von der Sonne auf schattigen Wegen des Lorbeers.

*Schlafender König:* Du verherrlichst das Volk mit allen Göttereigenschaften deines Vergleichs, aber läugne auch nicht seine zweideutige Natur, in der List täuschender Ueberredung und schadenfroher Lust zu vergöttern, zugleich auf Schleichwegen der Verläumdung schlittschuhlaufend! Läugne nicht das göttliche Talent des Uebervortheilens der Verstellung und falscher Auslegung seiner Eide, die auch dem Merkur die Verbannung aus dem Olymp zuzogen, wo er die schmutzige Rinderheerde mußte hüten um gar geringen Lohn und, wie mir nun einleuchtet, Vater und Schützer war des pfiffigen Volkes.

*Daemon:* Und läugne du nicht die göttlichen Anlagen der Treue die dein Volk in dieser Wüste dir bewahrte und daß die dir näher gehen als der Kammern Vermittlung auf dem Tüpfel des I's auf dem sie versteint ohne Strick um den Hals; und läugne nicht des Abschieds rührende Gewalt im Volkssegen der dich begleitet, und deine Unsterblichkeit nicht geschieden durch irdischen Tod, niederthauend auf dein Volk, wie der Abendthau es reinigend vom Staub der Erde, wie der Morgenthau es erfrischend: – und vom Morgen bis zum Abend duftet es seinen glühenden Geist in die Sonnenlüfte deiner verklärenden Bahn!

*Schlafender König:* Du sagst Unendliches, wie die schnaubenden Winde an mir dahinfahrend, daß ich mich vor ihnen decken möchte, – dann sanft mir an die Brust spielend, daß das Herz voller Tränen mir steigt. – Dann dies Hohngesäusel im Nachtschauer! – – Doch diese Stimme – ist sie die meine? – seufzt und rast sie aus mir selber nicht hervor? – ist es mein Geist dort in der Ferne, der heranbraust auf mich, – auf mein Denken, auf mein Wollen und Streiten mit dir? – Du bist treulos. – Anmuthvoll wie die Mutter dem Kind, schmeichelst du mir, daß ich ein liebend Sehnen wähne in deinem Flüstern, – ein Anhauchen wie von zitterndem Gefühl dich herüber zu laden in meine Seele. – Es schmilzt das Erz in meiner Brust, – dein Feuerauge sprüht mich an. – Dann wars die Thräne nur im Mondglanz! – Und aufgelöst im Wind dein Haar das mir die Wange streichelt, – streifst nicht dort über die Haide – über die Wipfel hinweg, wo Echo herüber schreit, es sei alles mir aus der Seele geredet?

*Daemon:* Echo! – ja Echo deiner Uebereinstimmung mit dem Weltengeist: er wiederhallt aus dir was du als Fremdes vernimmst.

*Schlafender König:* Nur Licht in meinen Kämpfen für die Menschheit, wie Ajax in der Schlacht, meinen regierenden Stern zu begrüßen; denn es ist mit der Fahrt der Völker wie zwischen Felsklüften die immer enger sich einbauen: die trüben Wasser murren zwischen Bergkerkern unaufhaltsam mit den drängenden Schiffen hinab in den Schlund den die Tiefe öffnet.

*Daemon:* Aber der kühne Schiffer umsteuert die Felsecke, und Himmel und Fluren und heitere Wohnungen der Menschen breiten sich aus, indeß im Herzen das wie ein altes finsteres verlassnes Bergwerk keine Schätze mehr zu Tage fördert, lange Sternröhre blasse ferne Sternbilder auffangen; über dessen Einfahrt böse Wetter und Blutgüsse zu ihm hinabrinnen statt Freiheit und Religion und Wiedergeburt.

*Schlafender König:* Die Sternröhre sammeln das Licht der Kirche über dem trauernden Herzen, und die Blutgüsse die zu ihm hinabrinnen opfert es dem Gott der die Seelen vom Verbrechen reinigt.

*Daemon:* So lange die Kirche nicht durch den Geist ist wiedergeboren, ringt sie in Finsternißen, unreif im Leib getragen vom Hause Jacob. Der Geist soll sie reifen den Völkern, sagt der Prophet; und Könige sollen ihrer pflegen und Fürsten sollen der Völker Säugammen sein, die Völker sollen gesäugt werden von den Brüsten der Könige, sie sollen Mutter und Vater sein dem Volk und wie die Mutter ihr Leben einsetzt für des Kindes Leben, so sollen die Könige mit eigener Gefahr der Freiheit Kirche bauen zur lauteren Nahrung dem Volk. – Paulus ruft seinen Gallatern zu: »Meine lieben Kinder die ich mit Ängsten gebäre!« Gleichwohl treibt ihn sein heftig Weh, daß er laut schreit: »O Ihr Unverständigen, wer hat Euch verzaubert, daß Ihr der Wahrheit nicht gehorcht!« – Der Gemeine zu Corinth schreibt er: »Milch habe ich Euch zu trinken gegeben!« und den Hebräern: »Ihr bedürft daß man Euch Milch gebe.« – Sind aber unter Euch säugenden Müttern des Volkes nicht solche die ihren Kindern einen Scorpion geben statt der Milch liebender Weisheit? – Wie werden die sich verantworten die ihre Gesetze mit Menschenblut schreiben und die Säuglinge ihren blutigen Anschlägen hinopfern?

*Schlafender König:* Gegen was kannst du diesen daemonischen Unsinn nur aufbringen?

*Daemon:* Gegen die frivolen Vergehen an des Volkes Ehre, an seiner Natur und der im Blut der Nationen modernen Geschichte.

*Schlafender König:* Was sind diese empörenden Vergehen an Ehre und Natur und Blut der Völker?

*Daemon:* Vielleicht unter Anderm – Euer frivoles Kriegführen.

*Schlafender König:* Wie? – Hat das auch Sinn? – Welche Kriege bezeichnest du als frivol? und welcher Trost wärs dem Staat, den eignen Leib zu zerfleischen?

*Daemon:* Alle Kriege gegen Volksempörung sind frivol.

[...]

Eine vom Duft des Weines betäubte Bacchantin,
Zeichnung

# BRIEFE

## BRIEFE BETTINES AN FRIEDRICH WILHELM IV. VON PREUSSEN

[April 1843]

Königliche Majestät.

Heute geht es scharf her in dem was ich zu sagen habe! Euer Majestät haben gnädigst erlaubt daß ich vor Ihnen erscheinen dürfe, ich aber kann das nicht wollen, denn, in des Königs Gegenwart *gewesen* sein, das sagt mir die innere Stimme ich solls mir nicht zu Schulden kommen lassen.

Ich hab mich nicht hinzugedrängt, ja, es hat mir vielmehr Ueberwindung gekostet, daß ich jetzt vor Euer Majestät vernehmen lasse:

»Was von Menschen nicht gewußt oder nicht bedacht,
Durch das Labyrinth der Brust wandelt in der Nacht«.

Allein weil ein so eigner Weg der nur von der ernsten Göttin Verschwiegenheit bewacht ist so fühle ich mich von ihr die mir winkt auch bewogen ihr mein Geheimniß zu vertrauen. *Die Welt umwälzen.* Denn darauf läufts hinaus, das macht mich gar nicht stutzig, die Typen meines idealen Willens ihr aufprägen, das kommt mir ganz anwendbar vor, und so werd ich davor nicht zagen, das werd ich dem Gott klagen, der jenen Mann berufen zum Vollführen höherer Dinge, daß Euer Majestät dem entgegen sind.

»Seh ich in hoher Luft die Sterne hangen, und weiß doch nicht, wer sie da droben hält, so fühlt nach ihnen ich ein zärtlich Bangen. Doch schwindelt nicht mein Geist, denn er umfaßt die Welt.«

Und ich muß lachen hier in meinem Bett wo eben der Nachtwächter 2 Uhr dazu bläst daß ich dies an Euer Majestät in so tiefer *Nachtschlafender Zeit*, in der Euer Majestät wohl eben auch sich den Träumen des Gelingens hingegeben haben, ausspreche, denn was wird sein? – Euer Majestät werden glauben, das auch sei ein Traum und werden die eigne Täuschung verwechseln mit der Wahrheit. Denn Sie werden es ja doch nicht glauben, und wers wüßte von jenen Trabanten die den Nebelkreis um das Gestirn bilden das unsern Zeiten leuchten sollte, der würde es Frevel nennen, und doch ists die Wahrheit, daß ichs vermöge vor Jenen, (die alles wollen und nichts vermögen weil sie das Licht scheuen und es verläugnen) besser vermag ichs, und allein, das Rechte in seiner ernstesten und reinsten Form durchzusetzen wie es den edlen, den genialen Beziehungen zwischen Fürst und Volk geziemt.

Ich vermags, mit dem Volk zu reden, von seiner Entfremdung dem angestammten Herrscher es zu erlösen, daß es sich frei in der Liebe zu ihm bewege und nicht blos als Chorus auf dem Welttheater. Ich habe den Begriff vom Rechten, und auch den Muth, den Schlüssel dazu, allen geharnischten Riesen und Schwefelspeienden Drachen zu entreißen, so bald mein König mit diesem Schlüssel das Paradies Deutschlands zu erschließen geneigt sein wird. Hab ich das doch schon lange gewußt und habe geschwiegen, und mußte belächlen, wenn die Philister, die sich Staatsmänner nennen aber keine sind ihren Hochmuth so hoch aufzäumten daß sie den Boden unter den Füßen nicht mehr sahen, und also vom Volk nichts wissen konnten, nichts wissen wollten, wenn sie, in ihrem kalekutischen Koller die Welt regierten. Die Welt? – heißt das auch ein guter Schütze sein wenn man selbst die große urgroße Weltscheibe, die nach allen Richtungen seinen Zielen gutwillig sich darbietet, dennoch gänzlich verfehlt? – Narren sind diese schlechten Schützen die mit Fuchsschlingen und Wolfsgruben ihre Jagd verfolgen, aber nicht mit edlem Speere werfen, die Macht und Kühnheit eines Heldencharakters verrathen. Aber sie werden in jenen Schlingen selbst sich verwirren. Und jener arme Mann der mit des »lieben Herr Gotts Hülfe« diese Schlingen vermeiden soll, dem würde ich einen andern Rath geben als Euer Majestät. Eine Religion würde ich in mir begründen an seiner Stelle, die alle Willkühr in mir bezwingen würde, und doch mich zum Ueberwältiger des ganzen Menschengeschlechts machte. Er ist das Gewissen dem ich alle Macht in Händen gäbe meines höheren Ichs, dieses würde ich zum Herrn in mir setzen, denn es ist das Prinzip der ganzen Menschheit, es ist das verbindende Element, die Gemeinschaft des Heiligen zwischen Fürsten und Volk, es hebt alle Entfremdung zwischen beiden auf, aus ihm sind alle Prinzipien hervorgegangen die dem Evangelium unsern Glauben zugewendet haben. –

Ich weiß nicht was man für Umstände macht, um die Menschwerdung des Sohn Gottes, der Menschheit plausibel zu machen. Das menschliche Herz ist die Krippe in der das Kind gebettet liegt, Ochs und Esel sind der dunkle Instinkt der bisher nur den Weg des Bedürfnisses und der Unfreiheit ging, sie werden bewegt von dem Geist, dem Erzeuger des Kindes, mit ihrem Hauch es zu erwärmen und sein Gedeihen zu befördern. Gottvater aber ist die Macht die sich selbst, der Mensch sezt, sobald der Sohn das Gewissen in sein Herz die Krippe, geboren ist. Da habt Ihr die Dreifaltigkeit! Ja sie sind, diese drei! – Der Sohn ist das Gewissen, der Geist ist der Genius des Selbstbewußtseins, der Vater ist das beide erzeugende Gefühl der Unsterblichkeit.

Die Menschheit ist so dumm in dem Reichthum ihres Besitzes – spricht von der Unsterblichkeit, hat das Wort für sie und also den Begriff, und fühlt nicht daß sie Eins und Alles ist. – Zweifelt an der eignen Fortdauer! Warum? – weil sie sich nicht bequemt, zur Unsterblichkeit, nemlich zur Freiheit, denn Fesseln schmieden ist auch Fesseln tragen, der unfreie Geist kann nicht unsterblich sein, erbetet das Geheimniß an der Dreifaltigkeit, nur äußerlich nicht innerlich, kann das Geheimniß nicht anders sein, als dies Selbstbewußtsein das im Geist zur Unsterblichkeit sich entwickelt. *Selbst* Gott werden das ist Religion, und sonst ist nichts Religion.

Drum! König zu sein, Selbstherrscher! Das ist, dieses Gewissen frei und offen, hoch vor aller Welt Angesicht und Begriff auf den Thron zu stellen. Was wär Regieren, wenn es das nicht wär, wenn nicht jede Handlung der Inbegriff der drei Personen in der Gottheit in der Selbstheit wär.

Wär ich König so würde ich Selbstherrscher sein, ich würde mit jeder Handlung diesen drei Personen in der Gottheit dienen dem Gewissen dem Geist und der Unsterblichkeit.

Wir haben eine ungeheure Furcht vor dem Gottvater, vor der unsterblichen Selbstheit. Wir sind so dumm, wir fürchten uns *Selbst* zu werden; Wir umgehen uns, wie könnten wir an unsere persönliche Fortdauer glauben, da wir noch keinen Anfang in uns genommen haben.

Sollten Euer Majestät dies alles für Wahnsinn halten, was ich gewagt habe auszusprechen und aus Gnade mir alles verzeihen wollen so werd ich diese Gnade dankbar anerkennen. Zu widersprechen ist dem nicht was ich sage dies würde den Begriff voraussetzen und der das Prinzip. In der Idee des Schiffsbaumeisters liegt das Prinzip des Kriegsschiffes, wer diesen Gedanken nicht hat vermag ihn nicht zu verkörpern, allein er vermag sich mit der Idee des andern zu armiren und die Meere zu erobern. Wird mein Kriegsschiff hier nicht vom Stapel laufen wird kein königlicher Geisteshauch in seinen stolzen Segeln wie der Morgenwind in der Blüthe wühlen, nun so werden andere Regungen meinen Geist in Bewegung setzen, und spätere Zeiten werden die Gewißheit meiner Ueberzeugungen meines Bewußtseins nicht verläugnen.

Der reine ideale Wille muß allein alles durchsetzen, und alles Recht und Alle Gewalt wird allein diesem idealen Willen zuströmen, und das philisterhafte elende Gebot das keine Macht mehr hat, das darf nicht ausgesprochen werden, denn es beschämt den Machthabenden daß seine Befehle nur in sich selbst vernichten; und daß Jener den ich vor Euer Majestät mit Wehmuth den Mann des Duldens nenne, und der doch Herrscher sollte sein, daß der sollte die Willkühr brechen durch seinen idealen Willen; das vermuth ich wird nicht geschehen. Der edle Mensch aber kann Willkühr und Gesetzlichkeit nicht vertragen und thut auch recht; denn er bedarf ihrer nicht, er will zart behandelt sein. Er hat ein unendliches göttliches Sein, und das muß respectirt werden in ihm. Und anders möcht ich nicht Herrscher sein als blos in der Voraussetzung daß eine höhere Macht auch in mir dadurch gereift werde die das noch unbegriffne verwirkliche durch mich. Denn sonst wär es ein niederes Prinzip in mir das auf die Höheren lasten würde durch meine Gewalt und dies müßte ja am End mich selbst vernichten.

Ich könnte mir denken daß ein Unberechtigter diese gewagten Anschauungen läse und ihrer spottete zur Strafe meines Uebermuths. Hof- und Staatsmänner, die keine sind weil sie eben keine Idee fassen die können mich darin nicht beurtheilen und nicht beschämen, sie werden nächstens mit sich selbst nicht können fertig werden, eben weil nur Ideen die ihnen mangeln, *wahrhaftig* werden, Chimären aber, die Asche sind oder vielmehr der leichte Flugsand der ihr Dasein verscharrt. Daß sie nur scheinbar thun als hätten sie Verstand das weiß ganz Deutschland. Wenn diese also meiner lachen und spotten so lache ich mit, sie sind wahrhaftig eine ganz abnorme Gattung, die Natur muß sich selber über sie verwundern; Ich bin nicht einen Augenblick geeignet für ihre Gesellschaft, für den König aber bin ich nur zu großen Dingen außerdem aber bin ich gar nicht da! –

Wenn man diesen Staatsmännern eine der Zeit und ihrem

Inhalt (der Geschichte), ganz wesentliche Anforderung machen würde, so würden sie diese Forderung ideal nennen und daher unmöglich. Daher weils nicht in ihres Kopfes engen Grenzen Raum hat, als ob sie je etwas hervorgebracht hätten was nicht in lauter Verwirrung untergegangen wär? als ob je eine Möglichkeit des Realen in ihnen gelegen habe, dieser ihr närrischer Wahn, Einfluß zu haben auf ein Volk das weit über sie hinausragt, und zwar nicht durch Geist den sie nicht haben, sondern durch usurpirende Macht, das macht sie noch ganz blödsinnig.

O Majestät! Was liegt an Monumenten für die Vergangenheit, grade in so gewichtigen Augenblicken der Gegenwart! Und: wie sollte noch etwas zum Luxus des Geistes geschehen, während er noch in so harten Fesseln liegt. Welche Schmach ihn zu feiern, diesen Goethe, dessen heiligstes Prinzip es war die Geistesfreiheit zu vertreten.

Und wenn die Frage wär, ob ich andre beschuldige und Euer Majestät aber, oder vielmehr jenen Mann für unschuldig halte, so ist das nicht. Nein die Schuld muß der tragen der den Geist hat der allein ist verantwortlich, denn er allein kann die Schuld auch wieder sühnen. Und mißverstanden werden das ist gar nicht bei des Geistes naturgemäßen Prinzipien möglich, denn sie sind so einfach daß sie in jedem gerechten Willen widerhallen. Und die Schuld auf sich nehmen das ist auch immer größer als sie abwälzen. Und die einzige Weise wie der Gott uns erscheine ist, daß wir in die eigne Seele hinein unsre Beweggründe erforschen, und wenn diese im Vergleich mit dem Göttlichen nicht aushalten, sie verwerfen, so kann etwas ein moralischer Grundsatz sein und muß von einem Genialen sich lassen in die Flucht schlagen, ein religiöses Prinzip kann mit einem göttlichen Begriff vernichtet werden und so muß es sein, sonst werden Dir die heiligen Quellen, aus denen die Kraft der Macht Dir zuströmt nemlich der Geist Dir nie sich erschließen. – Was doch fürchtest Du, ist der Gott ein unlebendiges Wesen das man wie eine Puppe auf dem Postament befestigen muß? – oder hat er Leben, und dann! – übergreift sein Leben nicht tausendfach das Deine? –

Der Gott den man anbetet, ist allemal das goldne Kalb, aber der Gott, der handelt in uns mit kühner *Selbstvergessenheit* der ist immer der wahre Gott, und der die Welt an den Busen drückt, in jedem Begriff sie seelig machen will. Der die Verheißungen versteht der Menschheit und ihnen entgegenschreitet, der ist mir geliebt.

Die Welt ist rund es kann ihr nichts aus dem Mittelpunkt weichen denn der ist überall drum gieb jed Verlangen zu! Nur so hast Du Herrschergewalt, und kannst Deine eigne Gewalt in Deinem Volk auf Dich zurückwirkend empfinden. Was Dir zukommt, das gönne auch den Deinen. Nur das ist vollkommne Großmuth. Geistesfreiheit im vollsten Sinn des Wortes kommt dem Herrscher zu, frage Deine Räthe und sie werden es bejahen die Elenden, frage aber ob diese Geistesfreiheit auch Deinem Volk zukomme, so werden sie es verneinen. Siehst Du so kannst Du die Bösen von den Guten unterscheiden denn die so es bejahen die fürchten nicht den freien Geist weil sie selbst ein reines Gewissen haben was nicht durch ihn vernichtet wird, denn der freie Geist vernichtet das Böse, aber über den unfreien Geist wächst das Unkraut hinaus. Und siehe doch, wie sehr muß Dir das schaden denn da das Unkraut auch in Dir aufschießen würde, so wollte ich doch lieber von der Egge der Kritik die Kreuz und Quer durchfurcht sein als das Unkraut über mein besseres Selbst hinaus wachsen lassen. Jede ermangelnde Tugend in Dir ist Deinem Volk ein Abbruch! Wie viel bist Du ihm also verschuldet! – Nicht wahr? – Alles, bis Du ganz erleuchtet sein würdest! Und das kannst Du nur werden durch den eignen Ruhm der Dich erleuchtet, denn die helle That erleuchtet, die finstere That verdunkelt

Deinen Geist, so daß Du Rath brauchst, und ihn annimmst ohne zu wissen wohin er führe, und Du folgst dem Rath der aber keiner ist denn auch der entspringt nicht aus dem Selbstbewußtsein, sondern tappt im Dunkel, und sucht nur eigne Interessen zu wahren, aber das Licht kann dieser nicht verstehen. Und das ist eine finstere That wo man ohne Geistesfreiheit handelt.

Eurer Majestät
Unterthänige Bettine Arnim

[ohne Datum 1843]

Allergnädigster König!

Es ist nicht wahrscheinlich, daß die Bitten der Schwester des Mierosławski* sollten zu Ew. Majestät gedrungen sein, da sie unausgesetzt den Mißhandlungen der unteren Polizei-Behörde Preis gegeben ist, die ohne Schonung, wenn der Tag kaum graut, keiner Abwehr sich fügend, bis zu ihrem Bette dringt, ihr Befehle vorzeigt, den Bruder zu sehen und dann augenblicklich die Preußischen Staaten zu verlassen. Aus Schreck ist sie krank geworden. Am letzten Sonntag, während sie in der Kirche war, drang die Polizei in ihre Wohnung, bedrohte die Frau, bei der sie ein Unterkommen hat, daß sie staatsgefährliche Subjekte herberge. Ich habe auch anderweit erfahren, daß man diese arme Schwester des auf den Tod gefangnen Bruders staatsgefährlicher Anschläge verdächtigt. Wie kann man solchen Behauptungen eine decente Wahrscheinlichkeit geben? Während anderen Fremden, die den Bruder zu sehen Gelegenheit gehabt haben, nie ein solcher Verdacht zur Last gelegt wurde! Wie kann man sichs vor Gott aufbürden, daß man die Menschheit

* Anmerkung am Schluß der Briefe, S. 298

so schwer beleidige in diesen beiden Geschwistern? Welche Beschämung vor aller Welt, den Preußischen Staat gefährdet zu sehen durch den Besuch einer jungen Schwester durch den auf den Tod gefangenen Bruder, der dem Leben entsagt und die Hinrichtung achtet als den Heldentod, der ihn befreie von der Einkerkerung! Fürchtet man sie könne ihn anweisen, daß er dem Leben wieder nachtrachte und einen Versuch wage um Gnade? Oder warum will man ihm das Einzige versagen, was seine Sehnsucht noch reizen könnte mit dem einzigen Wesen, was ihm treu ist, dem er seine Sorge noch zuwendet? Ach! wer könnte ihm verdenken, daß ihm die Lebenslust vergangen ist. Der Tag ist so trostlos wieder vorbei für den Geächteten! Diese Verletzungen, die ins Tiefste gehen und eine Lebensfaser nach der andern zerreißen, wer vermag ohne Gewissensbisse sie an dem Unglücklichen auszuüben? Wer kann sie vernichten? wer sie dulden? wer kann abwägen die erlittene Unbilde? des Menschen Freiheit, das Element des Geistes und der Seele solchen Händen überlassen, die einen argen Mißbrauch machen ihrer angemaßten Gewalt: Polizeicommissäre und Sergeanten!

Der preußische Staat sei gefährdet durch den Besuch der Schwester bei dem Bruder! Man habe die tristigsten Gründe des Verdachts, weil sie aus Versailles komme, wo eine Centralisation sei; wo die Flüchtlinge zusammenkommen, ihre Geschicke besprechen, einander beistehen, mit einander trauern, Hoffnungsgründe wieder auffrischen.

Ist es dies, was dem Preußischen Staate gefährlich scheint in dieser armen jungen Frau?

Ist es, weil sie ohne Paß herkam? Da der Pariser Arnim die Pässe schon anderwärts versagte, so fürchtete sie, er könne ihn ihr auch versagen und dann würden ihr doppelte Schwierigkeiten hier gemacht werden. – Was es auch sei, die Ansicht und Absicht, die hier gewaltsam durch alle den Menschen gesicherten Rechte greift, ist nicht ehrenhaft, ist keine Sicherheitsmaßregel, sondern gefährdet die höchsten Interessen des Staats, nämlich seine Ehre und öffnet dem unheilvollen Verderben den Weg durch kleinlichen Unverstand solcher Menschen, die kein weiteres Feld haben, ihren Verdiensten den Acker zu bauen, als in feiger Fürsorge um den Staat wehrlose und hülflose Naturen zu verfolgen und dadurch ein Feld voll wuchernden Unkrauts hervorzubringen, das sich nicht ausrotten läßt.

Ew. Majestät haben keinen Glauben, auch nicht an mich. Ich auch bin ein Spiel kleinlicher Verfolgungen. Aber wo kann Gerechtigkeit walten unter einer Heerde Krähen? Eine hackt der andern die Augen nicht aus. Man kann nur flüchten vor dieser Heerde, denn auf die hellen muthigen Augen des Gewissens ist sie erpicht. Ich aber bin eine Dornhecke, die an ihren schwarzen Federn zerrt, das brauchen sie ja nicht zu leiden. Also wird sich der arme Dornbusch, der heute noch das Lamm zu schützen sucht, nächstens außer Landes verpflanzen müssen. Aber Ew. Majestät mögen dem Dornbusch beistehn, in diesem letzten Versuch das Lamm zu schützen gegen die Krähen und Raben, die in weiten Kreisen ihr Opfer suchen. Der Dornbusch trägt keine Blüthen, die ihn würdigten, sich zu den Füßen eines geliebten Königs zu bekennen; er zählt unbedingt auf die huldvolle Nachsicht Ew. Majestät.

am 2. Weihnachtstag 1847 gez. Bettine Arnim

Aus der Antwort Friedrich Wilhelms IV.

Ich wünsche um Ihretwillen, gnädige Frau, daß dies Blatt von Niemand gesehen werde; darum schreibe ich meine Antwort auf dasselbe. Dies Blatt und ein anderes beweisen mir, daß Sie, wie es dem Weibe wohl ansteht, sich fern von der Tragödie des großen Prozesses gehalten haben, ja von demselben gar nichts wissen und daß nur der edle Drang Leiden zu mildern Sie in Bewegung setzt. Das lob' ich beides aufrichtig. Mein Amt verurtheilt mich, der wirren Untreue dieser Zeit nahe zu treten. Erfahren Sie denn von mir, daß von Mierosławski aus Versailles entsendet worden, um der frevelnden Thorheit einer allgemeinen Polnischen Rebellion vorzustehen, sie zu dirigiren, anzufeuern, aus Versailles, von wo aus 5 mal Mörder gegen Kaiser Nicolaus entsendet worden!! Er hat viele 100 um Freiheit, Gut, Ehre und viele andre an die Stufen des Blutgerüstes gebracht! und was für Menschen? Hat einer gesagt: »Ja, nach meiner Ueberzeugung geht das Vaterland, auch das gestorbne über Alles. Ists ein Irrthum, so bekenne ich ihn hiermit. Ich wollte seiner Wiedererweckung Blut, Leib und Gut opfern. Der Irrthum ist, das weiß ich, ein schöner, kein edles Herz wird mich Lüge strafen. Euren Gesetzen ist mein Haupt verfallen; ich weiß es, aber mein letzter Ruf wird mein Vaterland sein?« Keiner! nicht Einer!! – Alle haben *gelogen*. Meineide bezahlt, sich so als Feiglinge erwiesen. Sie sind Alle überführt, durch den Mord Preußischer Offiziere, Soldaten und Beamten einen Triumph weniger Tage, weniger Stunden erringen gewollt zu haben. Polnische Sieger-Großmuth predigen, Ihnen gnädige Frau? Die verstümmelten Leichen in den Straßen Warschaus am 29. Nov. 1830, die feigen Ermordungen von Weibern sogar, welche diese Großmuth in den Räumen dieser alten Königsburg aufgespeichert gegen jedes Völkerrecht und auf die der Pöbel als Henkersknechte gehetzt worden am 15. August 1831. Sie wissen natürlich nicht, daß auch in den Straßen Posens Blut geflossen und daß nur die ungeheure Freiheit der Rebellen ein Mehreres hintertrieben hat. Gott weiß, daß ich Ihnen diese Unwissenheit nicht zum Verbrechen mache. Im Gegentheil sie thut mir wohl. Daß ein intrigantes Weib Sie bezaubert, *weil sie sehr unglücklich ist,* begreife ich ganz und tadle es nicht, daß Sie aber meine pflichttreuen Diener, hohe und niedre, beschimpfen, daß Sie die Frau des Vorstehers der Polnischen Revolutionärs (der kaisermörderischen Brut von Versailles) daß Sie den Mann, der an dem Unglück so vieler 100 Familien schuld ist, Lämmer nennen, die aber, welchen die Wacht über Ordnung und Recht anvertraut ist, Krähen schelten, das, meine gnädige Frau, ist Ihrer nicht würdig. Es ist Ihrer unwürdig! Sie lieben und fordern Offenheit und Wahrhaftigkeit! Da haben Sie Beides. Es hört Offenheit und Wahrhaftigkeit nicht auf, Offenheit und Wahrhaftigkeit zu sein, *auch wenn Sie aus dem Munde eines Königs kommt.* Wehe aber dem König, der treue Pflichterfüllung der Lästerung Preis giebt. Dies thue ich nicht, ja nicht einmal Frauen gegenüber, aber allerdings nur dann, wenn sie edel und gut sind und ich sie lieben und achten darf. Rathen Sie Frau von Mazurkiewicz, *sich der Ordnung zu fügen,* kein Aufsehen zu machen oder zu veranlassen. Dies ist ein echt weiblicher Rath in so unweiblicher Zeit als die Jetztzeit; der Rath paßt nicht zur Zeit; er ist ganz originell und ungehört. Darum kommt er Ihnen, gnädige Frau, ich möchte fast sagen von Rechtswegen zu. Sie lieben das Gemeine und Alltägliche so wenig als ich. Ich bleibe der Polen Sache fern und fremd, bis mir die Sentenzen vorgelegt werden. Ich weiß aber, daß der Minister v. Bodelschwingh in den beregten Dingen thut und thun wird, was seine Pflicht befiehlt und zuläßt. Er hält zwar intendirtes Blutvergießen und Rebellion und überführten Landesverrath 1. Klasse für lobenswerth und belohnungswürdig als ich selbst. Aber die gestattete Erlaubniß, daß die Schwester den Bruder sehe, sollte Ihnen schon beweisen, daß er kein steinernes Herz hat, denn die Gründe *dagegen* waren sehr stark.

Wie traurig übrigens, gnädige Frau!, daß ich in der Christzeit mir an Ihren Dornen die Schwingen schädigend als Krähe blute, da ich im Sommer und Herbst Ihnen und Ihrer Lammsgestalt so treulich zur Seite stand im Geist! Hier ist wahrlich Ursach zu klagen: ich Unglücksvogel. Der Brief von der Frau Mazurkiewitsch liegt bei.

Charl. am Tage des h. Evangel. Johannis [27. Dez.]

Allergnädigster König!

Die von Euer Majestät mir zugekommene Zeilen bezeichnen eine so große Nachsicht in der herablassenden Warnung und Rüge meiner Versündigungen, daß ich der Hoffnung auf Verzeihung nicht entsagen würde, selbst wenn mein eignes Gewissen mich anklagte.

Die edlen und einfachen Wahrheiten, welche Euer Majestät über die Polensache aussprechen und in dem Munde der Verurtheilten aber vermissen, lassen mich schließen, daß die Dornen, welche durch den Lorbeer der Heldenkronen sich winden, leicht auch die Stirne von Euer Majestät wund drücken könnten und daß in einem Charakter wie der unseres Königs als in einem reichhaltigen Schacht, das Helden-Erz der Vaterlandsbegeistrung ohne Schlacken zwar, aber vom Berggeist gereizt, leicht in Flammen ausschlagen und siegreich sich den Weltereignissen entgegenstelle. Aber es ist siegverherrlichend, in die Lage des verstörten, verwilderten, sieguntedrückten Volkes sich denken und von diesem Standpunkt aus erst die ermildernden und sühnenden Gründe im eignen Gewissen geltend zu machen. Gott erhalte Euer Majestät und lenke die Hand des Königs und der Seegen, den Sie über verschuldetes und unverschuldetes Marthyrthum ergießt, ströme zurück auf sein eignes Haupt.

Und welcher Vergehen ich mich auch schuldig gemacht habe, so war es doch gewiß keines an meiner Wahrhaftigkeit. Denn alles was in der Blüthezeit meiner idealen Begriffe in mir erwachsen ist, das lebt noch ungestört fort in mir, ich bin nicht besser und nicht schlechter als in dem ersten Augenblick meines erwachenden Bewußtseins. Und wie man einem Mohren auch nicht zumuthet, daß er sich erst weiß zu waschen versuche, so werden Euer Majestät auch mir nicht zu strenge anrechnen, wozu diese eingeborne Natur mich bewegt. – Wie eben auch dazu, daß ich hier den Brouillon von Mierosławskis Vertheidigungsrede beilege; sie entspricht dem Sinn und den Ausdrücken, welche Euer Majestät als Beweggrund zur Milderung ihrer Strafwürdigkeit in den Verurtheilten vermissen.

Also dieser Strafwürdigste von allen hätte den Anspruch an die mildernde Gnade von Euer Majestät in den öffentlichen Bekenntnissen seiner Vergehen und Beweggründe bethätigt. Mein Gewissen würde mir keine Ruhe lassen, würde ich zagen, diese einem verschuldet Unglücklichen zu Gunsten sprechenden Beweiße Euer Majestät darzulegen. Was dürfte ich sonst noch sagen? – Die Geschicke tragen ihre Bausteine zusammen und fügen sich in einander ohne Zauberspruch und die Zukunft wird durch die Ereignisse selbst in ihren heiligsten Angelegenheiten sich einst mit Euer Majestät glorreich verständigen.

Es war eine Dichterlehre der alten Griechen, in ihrem poetischen Verkehr mit Göttern nicht die Klage zu berühren, noch die bittern Täuschungen und dunkeln Schicksalsloose. So hab ich auch den Abgrund von Vergehen und Untergang mit Schweigen übergehen wollen, bei einer Nation, für die ich wagte, in den sturmbewegten, wider einander arbeitenden Interessen Euer Majestät anzuflehen.

Wenn Unglück Menschen läutert, so wollen wir bedenken, welche Leiden auf diese gehäuft sind und wie mancher Wahn schon dadurch geschwunden [...]

(am 31. Dezember 1847)

Möge Euer Majestät mir Glauben schenken, denn Alles ist wahr, was ich vor dem König ausspreche und wenn ich eines Mangels an Respectsformen vielleicht mich schuldig gemacht könnte haben in meinen Reden vor dem König, so war es weil meine Seele darauf gerichtet ist, sich lebendig auszudrücken und nicht durch Formen sich einzuengen vor ihm; und so ist die wahre Ehrfurcht vor dem König die, keiner Lüge Raum zu geben, und diese Ehrfurcht ist in meiner Brust eingewurzelt. – Der König kann mir nichts geben, – gar nichts – als sein Vertrauen. Und dies Vertrauen kann ich zu nichts benützen, zu gar nichts als zu des Königs eignem Besten.

Einfluß haben ist mir nichts. Obschon ich Talente der Einwirkung habe nach jeder Seite hin, so hab ich sie nie auf die Gesellschaft geübt. Nur wenn mein guter Daemon mich trieb, mich des Höheren und Besseren anzunehmen, hab ich mich oft in Stellung versezt, die andre gewagt nennen, aber nie, daß ich hätte eine Rolle spielen wollen. Meinem geistigen Trieb nach würde ich vorziehn, in der Einsamkeit dem Genuß und der Uebung der Kunst mich zu widmen: dies würde meine Welt ausmachen. Nur das Erhabne befriedigt mich; nur dann fühl ich mich Sündenlos, wenn ich von einem Geist bewegt bin, der mich belebt; die Griechen nennen ihn Genius, und was ich wohl früher dem König sagte, es war dieser Geist, der es mir auftrug. Und ich hätte wohl fortgefahren in diesen Mittheilungen, aber man sagte mir, der König halte dies alles für ungeeignete Schwärmerei und achte dessen nicht. Und er war auch so in seinem Verhalten, daß ich wohl sagen konnte mit David: »Herr, warum hast Du mich verlassen?« ich verlor den Glauben, daß meine Liebe und Begeistrung in ihm einen Anklang fände. Doch ist diese Begeistrung mir alles, ich steh dem König näher in ihr wie jedes andre Wesen, in dieser Begeistrung begründet sich die Entwicklung seiner höhern Natur, die keiner kennt, die jeder mißversteht und er selber. – Wer wird ihn erzeugen in sein eignes Selbst, wenn er nicht der Begriff ist dieses Selbst, es *ist etwas leichtes,* den König in liebender Umarmung zu verschwistern mit seiner Zeit, aber es ist die höchste Zeit, denn ein edler Keim, dem sein gedeihender Boden lange entzogen ist, der welkt. Ich muß es dem König sagen und ihn anflehen, er wolle das Ungewöhnliche darin nicht verdammen! – ich muß ihn bitten, jezt wo die Bahn gebrochen ist, daß er mich auf dieser fortschreiten lasse, daß ich an seiner Seite darf bleiben und alle Kräfte für ihn verwenden. Ich allein kann es ihm erleichtern, daß er seinem Volk in sich gerecht werde, das heist, daß er aller Ungerechtigkeit entgegenwirke und nimmer sie in politische Verzweigungen auslaufen lasse, so sehr auch die falschen Politiker darum schreien. – Was sollen diese höchst trübseeligen genielosen nur der Sünde verschwisterten Gründe der Politik, dem *Gesalbten des Herrn?* der nur die Verantwortung hat, daß sein Geist gehoben werde durch die innere Befriedigung des Gewissens, daß er keinerlei Gründen, keinerlei Zwecken die Gewalt dieser Stimme unterwerfe. Dies Eine nur ist es, was die Energie der Selbstheit in ihm erweckt, um wirklich König zu sein seinem Volke. – Dieser König ist dem Volke geboren und kein anderer. Er war der Erste in seiner Mutter Schoos, und er soll vor allen seinen Geist und Charakter seinem Volke vermählen; und die Zeit soll seinen Einfluß in sich aufnehmen! – Zu was wäre er doch König, wenn nicht seinem Volke? – doch wahrhaftig nicht seinen Ministern? die seines Volkes Peiniger sind und ihres Königs Betrüger und Verläumder, ich kann Zeugniß davon geben: was gelingt, damit brüsten sie sich; es mag gerecht sein dem Volke oder nicht; was ihnen mißlingt oder böse Folgen hat, das schieben sie auf den König; dann sagen sie, der König hats gewollt, es war sein ausdrücklicher Befehl oder: der König hat keinen festen Charakter; das ist das Unglück, daß er immer auf der einen Seite etwas verspricht, auf der andern das Gegentheil. Oder aber: der König ist eigensinnig! – man denke nur, daß seine Minister ihm etwas vorlegen und er ist so eigenwillig seine Unterschrift zu versagen. Oder aber in die Ferne witternd, denn im Gefühl ihrer Versündigung gegen das Volk witterten sie Revolutionen, das sind Kunstgebilde ihrer Intrigue um rechtfertigende Gründe für ihre unerhörte Ungerechtigkeiten zu finden. Alle Tirannen sind feige und Feigheit ruft die Gefahr selbst hervor. Ungerecht grausam aber sind sie vor allem, was ihnen Zweifel erreget, ob sie darin oder in was auch sie Gefahr fürchten für den Staat. Staat aber nennen sie ihre eigne Position, der Besitz ihres Portefeuilles, ihr Ansehen, die ihnen verliehene Machtvollkommenheit, das ist der Staat, der Gefahr läuft und dem sie jedes ungerechte Opfer schlachten. (Ich kann die entschiedensten Beweise geben.) Und weil sie weder den Geist haben, noch den Seelenadel den rechten Weg einzuschlagen, so erregt ihnen in der Angst um ihre Stellung alles Argwohn und alles, was ihnen Argwohn erreget, das opfern sie ihrer Sicherheit und diese Sicherheit glauben sie dadurch am ersten zu gewinnen, wenn sie eine rücksichtslose Strenge, ja eine unbarmherzige Grausamkeit ergehen lassen über Einzelne, die ihrem Hochmuth ein Dorn sind und die sie als Exempel statuiren, um die Masse einzuschüchtern, allein die Masse fühlt sich beleidigt im einzelnen Mißhandelten; Und es sammelt sich eine Bitterkeit im Herzen des Volkes. Und über wen ergießt sie sich? – Ich will es nicht aussprechen, denn es würde dem zu weh thun, den es trifft. – Wenn Einer aber seinem Herrn Lieb und Treue schwört und geisselt hinter dem Rücken des Herrn dessen Kinder bis aufs Blut, um sich zwischen sie (die nächsten dem Vater) und den Herrn zu drängen; ist das Lieb und Treue oder ist es Verrath? – Ist aber Dein Volk nicht Dein Kind? – Und wen verfolgt, wen mißhandelt man denn ärger im geschlagnen Kinde, das Kind oder den liebenden Vater? – O Weh über Weh! Sie machen den liebenden Vater dem Kinde verhaßt und bilden aus dem Kinde dem liebenden Vater einen Feind!

Weil ein Herrscher nicht alles vermag, so braucht er Minister; zum Rathen zum Helfen und zum Vollziehen. Wenn diese aber ihre Leidenschaften regieren lassen statt ihrer Ergebenheit, wenn sie sich als Mitregenten betrachten, so werden sie auch bald kein Maß mehr halten. Und endlich werden sie es für Uebel befinden wenn der Herrscher auch in der geringsten Sache auch nur einen Willen haben will. Euer Majestät steht unbewußt auf diesem Standpunkt, die Minister sind empört wenn der König eine andre Willensmeinung als die ihrige äußert; sie bilden eine Phalanx um zu verhindern daß er irgend gegen ihren Willen etwas durchsetze, statt daß sie mit der Begeistrung des wahren und treuen Dieners den Willen ihres Herrn als ein Forum sollten respectiren fühlen sie sich compromitirt durch seine Befehle; sie haben keinen Begriff daß der

König ein Gottgegebner Charakter sei, der den Ereignißen und Entwicklung der Zeit angemesssen ist, und daß ihr Beruf der ist, diesen Charakter in seiner schönsten Würde geltend zu machen. – Gott wie sollten diese nur eine solche Idee fassen können? –

O mein König! ich bin weit von meinen eignen Interessen abgekommen! Was läg mir auch an diesen, wenn sie nicht die ersten Belege mir an die Hand gäben des Ungerechten und intriganten Verfahrens, selbst in so unwichtigen Dingen? – Wenn es mich nicht am sichersten leitete in der genauen Abwägung, des Mangels an Welterfahrung, der Beschränktheit des Geistes, und des gränzenlosen Hochmuthes, der auf jahrelang über Glück oder Unglück von Millionen entscheiden kann; der bald die Gerechtigkeit zum Deckmantel der Ungerechtigkeit braucht, bald zum Schattenspiel für den Herrscher, um ihm jede Ahnung damit auszulöschen.

Verweise mich der König des Landes, und heiße mich umherirren in der Ferne. Ich kenne den König nicht, ich sahe ihn ja nicht, er weiß nichts von mir, und was er über mich erfährt ist falsch. Und doch wenn es heißt »der König geht fort« so zähle ich die Tage bis zu seiner Wiederkehr, und die Straßen sind mir verwaist, weil er nicht da ist. – Ja er verweise mich wo der Wind nicht mehr den beflügelten Saamenstaub seiner Länder hinträgt, weil ich einen kleinen Theil der Wahrheit ihm gesagt habe, das heißt: der schrecklichen Lügen die ihn umstricken. Verurtheile mich der König weil ich Dinge gesagt habe die ein reines und gütiges Herz unvermögend ist zu beglaubigen.

Vielleicht auch weil der König nicht weiß wie es zu ändern sein würde! – ich weiß es wohl! – Wie es so leicht ginge daß das Volk zum wenigsten Zutrauen zu ihm fasse.

Ich weiß es wie Er heute noch dem Volk den Beweiß seines ächten Herzens könnte mit goldnem Griffel in die Brust schreiben; und wie diese von den Ministern gebildete Phalanx mit dem er seine Beschlüsse durchzusetzen droht mit oder ohne Willen des Königs sich beugen würde sich beugen müßte vor diesem genialen *einfachen* naturgemäßen Willen und wie sie nichts mehr wagen würden dagegen! – Alle Tage bietet der Baum der Geschichte Blüthen des Ruhms, jeden Tag bietet er süße reifende Früchte eines beglückenden Selbstbewußtseins.

Wenn diese Minister manchmal *meinen,* man braucht ihn nur hinzuhalten ein Weilchen, so wird er schon nachgeben; so ward mirs oft grün und blau vor den Augen. Denn Beschlüsse die das blühende Deutschland in Haft nahmen, das eben auf seinem glänzenden Wendepunkt steht, der seinen Herrschern die reichste Erndte des Glücks und des Ruhmes bringen sollte; solche Beschlüsse von ganz unwürdigen mechanisch beschränkten Köpfen gefaßt, die weder die Höhe der Entwicklung begreifen, noch ihre Richtung respectiren eben weil sie selbst sich nicht verstehen und keinen Muth haben, noch Selbstverläugnung, um sich dem Interesse des Königs im Volke selbst zu widmen, und also diese hohen Zeichen der Zeit diesen Elenden zum Spott würden das erschüttert den besten Muth.

O hätten mich diese Minister in ihrer Gewalt, sie würden des Hochverraths mich schuldig befinden; und möchten sie doch mich den Weg des Hochverräthers gehen heißen, es wär ein schönes Zeugniß für meine Liebe, aus reiner von einem höheren Genius gepflegten Liebe, desselben Geschickes Theilhaftig werden, daß dem Verräther zusteht.

Ich erinnere mich hier eines Helden aus den Niebelungen, er war so stark, daß die Verräther die seinen Tod geschworen hatten, sich seiner nicht bemächtigen konnten, denn er zerriß die stärksten Bande; als man aber ein Haar brachte von seiner Geliebten, um ihn zu binden, da hielt er willig die Hände hin, und litt daß man ihn zum Richtplatz führte, denn er konnte aus Liebe dies schwache Haar nicht zerreißen. O möchte doch auch meine Treue so stark und so rein sich bewähren, daß ich dem leisesten Berühren von dem Willen des Königs gern mich hingebe so bald es mit der Wahrheit sich verträgt; die mein erstes Gelübde für ihn ist.

[1847, ohne Datum]

Allergnädigster König

Ich weiß nicht, ob es darauf ankomme, den Lutherischen Glauben und Luthers Gesinnung auf die mögliche Begnadigung eines Verurtheilten anzuwenden; daß aber Euer Majestät Gewicht darauf legen, bezeichnet mir das zuletzt empfangene Schreiben, es wird daher nicht unschicklich sein, hier anzuführen, was in dieser Beziehung den Willen der Begnadigung in Euer Majestät unterstützen kann.

Das Ruhmwürdigste im Preußischen Lande, besonders unter Euer Majestät Regierung, ist die vollkommene Religionstoleranz; in diesem Lande begleitete Kinkel* kein Amt, was ihn an irgend ein Symbol, irgend ein Verstandesjoch fesselte. Mit Luther einstimmig über das Recht mit eignen Augen auch in Religionssachen zu sehen, verließ er eine Laufbahn, in welcher Einförmigkeit des Glaubens und seiner Auslegungen Gesetz sind, er genießt folglich wie jeder Andersglaubende das Recht, auch über Gegenstände der Religion zu denken, wie er kann und öffentlich zu sagen, was er denkt, – wieviel mehr in einer Privaterklärung an seinen Freund! – Erlauben Ew. Majestät hier Stellen aus Luthers Schriften anzuführen, in denen ich nicht unbewandert bin und die das Obige unterstützen.

»Da ich jung war, gewöhnete ich mich zur Biblia; danach erst las ich die theologischen Scribenten, aber ich mußte sie zuletzt alle von mir thun und mußte mich mit der Bibel würgen;

* Anmerkung am Schluß der Briefe, S. 298

denn es ist viel besser mit eignen Augen sehen als mit fremden.«

»Es wird niemals ein Concilium, da die Leute zusammenstimmen sollten, das lässet Gott nicht zu, weil er selbst will Richter sein und will nicht, daß Menschen richten, noch entscheiden, noch einander Rügen geben sollen!«

»Es muß zulezt noch dahin kommen, daß man einen jeglichen lasse glauben, wies er in seinem Gewissen weiß zu verantworten vor Gott.«

Von einem Prediger Witzel sagt Luther: »Er hält hinterm Berg, darum sind seine Reden kälter wie Eis. Wie es einem ums Herz ist, so soll ers sagen.«

»Denn wer Gott fürchtet in allerlei Meinung und Volk und seiner sich annimmt, der ist Gott angenehm.«

Klopfstock in seinem Greisenalter. »In dem, was dem Menschen am theuersten ist, in seiner Verbindung mit seinem Erzeuger, darin erkühnest Du Dich, mir meine Freiheit zu nehmen.« – Die Worte aus der Bergpredigt Matth. 5: »Seelig sind die Barmherzigen« und »Richtet nicht, auf daß ihr nicht gerichtet werdet«, sollten im christlichen Sinne das ganze Thema erledigen, auch hat die katholische Kirche, die doch sonst nicht blöde ist und viele Menschen selig gesprochen hat, der ewigen Gnade nie so weit vorgreifen wollen, einen bestimmten Menschen verdammt zu sprechen und Christus hat selber gesagt, daß viele, die seinen Namen anrufen, von ihm nicht erkannt werden, woher aus von selbst erfolgt, daß viele, die seinen Namen verläugnen (eben weil es nur der Name ist) von ihm aufgenommen werden.

Könnte ich die sämtlichen Evangelien und Episteln des Neuen Testaments zusammenschmelzen zur wahren Feuertaufe der Begnadigung in Euer Majestät für alle Bedürftigen, dann hätte ich die Ueberzeugung, auf die christliche Gesinnung in Euer Majestät in rechter Weise gewirkt zu haben. Ich vermag es nicht und muß abwarten, ob Gott die Gluth der Barmherzigkeit in Ihnen anfache! – Was mich bewegt, dies Alles zu berühren, ist das Bewußtsein, daß höhere Naturen sich nie herablassen, dessen, was ihnen stöhrend sein kann, durch Verfolgung und Vernichtung sich zu entledigen. Auch weiß ich, daß Todesurtheile denen, die sie zulassen oder von denen sie ausgehen, eine Härte und Ueberreitz zurücklassen, der die Seele ängstigt und endlich zum Blutdurst reizt, aber wer sie abwehrt, der gewinnt an Kraft, seiner Leidenschaften Meister zu bleiben und die Seelenruhe und die Milde sind seine steten Schutzengel, die jeder Ueberwältigung des Bösen wehren.

Was ich hier zu Gunsten des Mannes anführe, den ich weder persönlich näher kenne, noch seinen Principien anhange oder seinen Talenten huldige, ist aus menschlichem Interesse geschehen, denn ich möchte alle Menschen gerettet sehen und aus geistigem Intresse für den König! – Zweimal nur hab ich jenen Mann gesehen, von seinem Verhalten in den Kammern weiß ich wenig, da ich keine Zeitungen lese! von seinen revolutionairen Bewegungen weiß ich nur, was ich jezt im möglichen Rettungsversuch zu erfragen suchte, nemlich, daß er im Mai steckbrieflich verfolgt wurde wegen revolutionairer Umtriebe im Siegeskreis, daß er um diesen Steckbriefen auszuweichen, nach Baden gerieth, wo er in den unglücklichen Aufstand sich verwicklen ließ. Andere wissen ihm noch mehr Böses nachzusagen, die sind aber nicht mit dem Gott der Gnade, der diese in des Königs Hände legt und ihm Gelegenheit giebt, der Reaction die Stirne zu bieten, die hinter die Königsliebe sich verschanzt, um den König in seiner höchsten Würde der Begnadigung zu überwältigen. – Diese sind nicht mit Gott, so sehr sie sich an seinen Richterstuhl anlehnen. Schergen sind sie, die Gott verachtet! Ich aber erkühne mich in seinem Namen diese Begnadigung von Euer Majestät zu fordern. Kein Menschenblut soll mehr der rächenden Strafe geopfert werden! Auf wen fällt denn das Unseelige dieser schrecklichen Ueberwältigung moralischer Anforderungen? – Wenn ich Euer Majestät recht verstehe, so fällt sie schwer auf das Herz des Königs – in die Wagschaale seines Gewissens. Wer wagt diesem entgegenzutreten? Dem Königsgewissen etwas aufbürden wollen, wer wagt das? Ja im Namen Gottes fordere ich Euer Majestät auf, die Schwierigkeiten allseitiger Begnadigung zu beseitigen, dieser reactionairen Königsliebe zum Trotz, die des Königs Gewissen antasten will, und ihm Schwierigkeiten machet, das Herrscheramt, die Königswürde, wie es seiner Aufgabe entspricht, zu behaupten! Heute wo ein heiligster Act, ein Uebertritt in die glänzendste Zukunft von Euer Majestät gefordert wird, von Gott und soviel durstenden Herzen! – Versagen Euer Majestät es nicht um irgend eines irdischen Grundes willen! – Den himmlischen Grund, den hier Gott als Strahlenkranz um Ihr Haupt flechten will, um frühere Leiden zu vertilgen, den wollen Euer Majestät nicht mit Füßen treten! –

Lasse doch jene verstockten reaktionairen Königsliebenden die den König aus großem Aberwitz selbst zermartern, indem sie seine Feinde verfolgen, sich wundern, daß man endlich das Unmenschliche, Unsinnige verwerfe und der Weisheit, der Menschlichkeit huldige! – Alles, ja Alles könnte durch die Hand des Königs geschehen, was das Schicksal jetzt mit furchtbarer Gewalt in einer Sündfluth des Blutes erringen muß! – Ja heute! – nach dem Sieg könnte der erste Morgenstrahl einer ersehnten Zukunft aufgehen! – geweckt durch die Macht der Gnade, die im König ruht! – Was wissen jene Reactions-Menschen, welche mit ihrer Ehre prahlen, wie mit ihrem klappernden Degen und mit ihrem Gewissen, wie mit ihrem hölzernen Gesetz und von Gnade sich einbilden, es seien nur Vortheile, die ihnen gebühren für ihre Königsgnade! – die dem Herrn des Weinbergs auf die Finger sehen, daß er ihnen das Meiste gebe und nichts den andern! und doch sind diese grad an allem schuld! – Diese Menschen, denen kein Gefühl ins Herz geschrieben, weder der Kinder- noch der Gattenliebe, sie sollten statt die Königsgnade zu bekämpfen, doch lieber jener Gans gedencken, die sich in Jupiters Schoos flüchtete, als die beiden Alten sie dem Gott schlachten wollten. – Der Gott versagte sich die Mahlzeit und rettete die Gans, dem gastlichen Paar aber schenkte er langes Leben und spät erst einen sanften Tod, Einer in des Andern Umarmung. – Diese aber, die den Tod eines Menschen (dem man mit kühnem Vertrauen einen Schutzort unter des Königs Gnadenmantel fand) durch Zeitungs-Artikel herbeihetzen, diese haben keine Liebe, weder zum König, noch als Gatten, noch als Eltern, da sie es als nichts achten, ein Familienhaupt durch ihre übermüthigen Einwendungen zum Schaffot zu drängen! – Wenn ich mir nun den Arnim denke, der früh seinen Kindern und mir entrissen ward. Und der läg im Kerker getrennt von seinen Kindern und jeden Tag rückte ihn seinem blutigen Ende näher! – einmal ist er ohnmächtig geworden, da er ein Kind fallen sah, so zart ist die Vaterliebe, so tief greifend, daß ein starker Mann die Besinnung verliert, wenn er fürchtet, das Kind habe Schaden genommen!

O ich mag von diesen Königsfreunden nichts wissen, die so hoch stehen, im Vertrauen des Königs, daß sie durch zweideutige Reden und böse Auslegungen ihn seinen bessere Freunden abgewendet haben und ebenso leichtsinnig ihn von seinem bessern Besinnen, von seinem Großgefühl zu unköniglichen Thaten, die ebenso gewöhnlich sind, herabdrücken wollen!

Gott bewahre mich vor meinen Freunden, gegen meine Feinde will ich mich schon selbst schützen, kann auch der Unglückliche sagen, dessen Christgewordner Freund, unterdessen er im Kerker liegt, solche vertrauliche Reden preißgiebt? die da nachweißen, daß er Christo verlassen habe; während Kinkel im Kerker den dritten Theil der Christlichen Kunstgeschichte vollendet, woran nur noch wenig fehlt – ebenso ist der zweite Band ganz fertig. Er hat sich also doch mit christlich wissenschaftlichen Fragen beschäftigt, *dieser Gottesläugner,* während der Christgewordne Freund ihn verrieth, was eben so unchristlich ist als nicht an Gott glauben! –

Dies Alles wage ich hier vor Euer Majestät auszusprechen, weil ich in Ihre Menschlichkeit einen bisher noch nicht erschütterten Glauben habe! – Dies Werk der Gnade, in Euer Majestät Hände gegeben, hat seine große Bedeutung, seine heiligen Zwecke, für deren Wahrheit bürgt die ganze Zukunft! – – Oestreichs übereilte Hinrichtungen waren kein Werk der kalten Vernunft, von religiösen Gründen war dabei nicht die Rede, es war nur ein Fehlgriff gegen die Fortdauer der Revolution, die schnell mit dem vergossenen Blut sich einwurzelte. Aus Rohheit, aus Leidenschaft und Furcht hat man diese mörderischen Hinrichtungen begangen; ein starck und kühn und schnell wollender Monarch würde einen glorreicheren Zweck erreichen, wollte er den Mantel der Gnade so weit ausbreiten, als er sich Macht fühlte, dazu! Sein Ruhm würde wahrlich nicht zerfallen, wie der von Oestreich! –

Ich glaube nicht, daß ich das Recht habe, vor Euer Majestät so zu sprechen, ich weiß auch nicht, wie ich dazu komme! – Alles Geschehen wird von selbst wie die Gestirne wandlen, wie die Zeiten hinter einander herbei und vorüberschreiten. Hinter Euer Majestät wird ein Anderer Kommen und möge er die Fußtapfen seines Vorgängers küssen! – Aber die Zeit von heute ist die Zeit der Ideale und keine anderen staatlichen Ansichten sind mehr pracktisch. Das Ideale ist allein thunlich und Wurzelfassend, weil es allein nach allen Seiten hin gerecht und auch nachsichtsvoll vermittelnd ist! – Und Euer Majestät waren dazu berufen, diese höhere Epoche anzubahnen. Es ist nicht geschehen, weil keine Männer da waren, die dies pracktisch fanden, ihre Operationen waren Maschinenmäßig, statt lebendigen Gefühls. – Ich breche ab! – Wie komme ich dazu, so vertrauliche Reden vor Euer Majestät zu führen, die aus der Mitte des Herzens hervorkeimen? Da man vor Fürsten doch nur auf hölzerne Weise zu sprechen erlaubt findet, und auch nur das Hölzerne als Vernunftgemäß anerkennt! Es ist nicht Ambition, ich habe von Natur keine Ambition – nein gar keine! – ich habe nie nach Verhältnissen getrachtet, die mir Glanz gewährten, meine Verhältnisse zur Menschheit waren viel heimlicher, viel inniger in ihren Beziehungen. Meine Lieb zum Goethe war nicht, weil ich ihn mir als großen Mann dachte, sie entsprang daher weil er vor mir verläumdet ward und sonderbar genug – bestand diese Verläumdung darin, daß man ihm nachsagte, er glaube nicht an den Teufel – und weiter sagte man, er sei ganz schlecht und solle doch nicht verlangen, daß man ihn für einen Christen halte und er verdiene gar kein christliches Begräbniß. Ich hörte dies alles sagen in einem Kreis wo es für mich nicht schicklich war mitzusprechen! ich war damals 13 Jahre alt. – Was hätte ich auch sagen sollen! – Ich hörte da zum ersten Mal ihn nennen, ich wußte nicht, daß er Dichter war – ich wußte gar nichts von ihm! – ich war eben aus dem Kloster gekommen, wo man auch nichts von ihm wußte, – aber an den Teufel glaubte man – es war ja dort eine Bank zu sehen mit einem Brandmahl von des Teufels Pfote, als er eine abtrünnige Nonne in die Hölle entführte! Von mir kann ich nicht sagen, was ich über diesen Gegenstand des Glaubens dachte! Denn wer nicht zweifelt, der denkt nicht! Nur eins bemerke ich hier, daß diese Verläumdung, er glaube nicht an den Teufel, mir keine Sorge machte. Als man aber weiter sich erzählte, er habe ein böses Herz, er sei ganz häßlich geworden und habe ein gemeines Ansehn, der Adel seiner Gestalt sei verlohren gegangen, da sagte ich zu mir selber: Es ist nicht wahr, was die dort sagen! – Von der Zeit an war er der Gegenstand meiner heimlichen Betrachtungen! – Und viel ließe sich darüber noch sagen! – Euer Majestät werden es auch so verstehen!

Mein Charackter entwickelte sich durch dies Phenomen, einen Mann so herzlich zugethan zu sein, blos weil ihm war Unrecht gethan worden in meiner Gegenwart. Seitdem fragte ich mich bei Allem, was ich unternahm, ob es ihm auch gefallen würde!

Als ich Euer Majestät zum ersten Mal sah – Sie waren noch sehr jung – ich dachte gar nicht, daß es der Kronprinz sei, der dort zwischen hölzernen Adjutanten, wie ein junger Blüthenbaum, zwischen zwei Stangen schwankend dem Orgelspiel des Abbé Vogel zuhörte, ich sah nur die anmuthige heitere Lebhaftigkeit – und ohne darüber nachzudencken – meine Phantasie spielt hier der Wahrheit keinen Streich – ja ohne zu denken wer es sei, war ich eben so plötzlich, ebenso unabweißlich ihm hingegeben, wie damals dem Verläumdeten Goethe! Was ich von andern erwähnen hörte, war ein Widerspruch von meinem Begriff von ihm und erregte meinen Unwillen! – Es ist immer frech, einen Fürsten zu loben! Lob ist Geringschätzung der Kräfte desjenigen, dem man dies Lob zollt. – Es heißt soviel als: Du hast meine Erwartung übertroffen und beweißt also wieder, daß der Lobende eine niedrige Seele hat, die sich auf keinen erhabnen Standpunkt des Wirkens zu schwingen vermag. Und so war mir denn alles Lob im Munde der Speichellecker zuwider, bei einer Natur, wie die des Kronprinzen.

Wie lieblich war mir Berlin damals! Wie heiter wenn die Sonne hochstand und ich ging durch den Schloßhof, wo ich mir dachte, dort wohne Einer, der frei und groß sich über alle Schicksallagen erhebe! und damals in den ersten Regierungsjahren waren Tage, wo ich dem nicht widerstehen konnte, in seiner Nähe mich zu befinden, begleitet von irgend einem bescheidnen Freund durchwandelte ich an Mondabenden die

Gärten von Sanssouci. Da hatte ich Gedanken, die mich ergötzten, und Schicksalsahnungen, von denen dachte ich, es sei mein Beruf, Gedanken auszutauschen mit dem König! – Was war dies Alles! – War es ein böser Engel, der diese Gedanken in mir weckte? – Wer durfte das behaupten! Hatte ich Böses im Sinn? – So gering auch meine Berührungen waren mit dem König – mir war nichts gering – es nährt meine Seele und war mir Ersatz für Alles. An den Hof wollte ich gar nicht gehen, ich hatte den festen Glauben an eine Sympathie des Königs mit mir, es sollte nichts feindlich dazwischen treten durch böse Nachreden, die mir allerdings auf dem Fuß gefolgt sein würden.

Heute wie ich eben nachdenke über die Bemerkung im letzten Schreiben von Euer Majestät, von dem Pantheistischen Hang des Mannes, der seiner Begnadigung Eintrag thut. Daß nemlich Ihnen das Mark in den Knochen erfriere, wo bei mir wahrscheinlich mein Herz erwärme, fällt mir diese schimmernde Vergangenheit wieder ein – So sehr bin ich also fehlgegangen in meinem Denken und Wollen!

Wie gut wars, daß ich meine Sehnsucht bezähmte! Dann würden diese Träume noch viel früher geendet haben! Und der Hallo über mich, dem König mich zu nahen?

Im Traum, da hatte Er Lust zu gewähren, mit leichter Hand schüttelte er den Zweig, der über ihm schwebte. Er machte keine Bedingung, er frägt nicht, soll ich oder soll ich nicht? Er giebt mit leisem Lächeln und meint nicht Dank zu verdienen. Nein, er will nichts Verletzendes thun, wenn er gewährt. Das ist so mein leztes Träumen, das eben beim anbrechenden Tag verschwebt! – Die ganze Nacht geschrieben und gedacht! Geliebter König! – so redete ich in vergangner Zeit Euer Majestät an. Ich fühle – es hat sich seitdem manches dazwischen gedrängt und wird auch zukünftig manches anders erscheinen, als es wirklich ist! – Wenn aber Euer Majestät meinen, daß ich je ein andres Interesse gehabt als das Ihrige in allen Anliegen, so geschieht mir Unrecht. – Weil auch das Geringscheinende auf große Weise geschehen soll, so war es mir immer am wichtigsten für den König und die Bitte für den Gefangnen um Gnade ist auch für das Gewissen des Königs, daß es hell und Wolkenloß zum Himmel hinansteige – Und nicht dieser Gefangne, aber Allesamt sollten die Glorie Ihrer Großmuth Schütz und stützen. Und ich dachte das Leben sei nur ein kurzer Tag und wie bald die Nacht hereinbricht, die einem andern Tag vorangeht und ich dachte, es wäre schöner als Alles, wenn der Nachruhm einer verzeihenden Milde das Andenken Euer Majestät verkläre!

Es ist mir nun nach dem letzten Schreiben von Euer Majestät sehr problematisch, ob sich der *Zug Ihrer Seele,* auf den Sie es ankommen lassen wollen, von Gott zum Guten bewegt werde! und wenn es nicht geschieht, dann fühl ich mich in tiefster Seele betrogen, in allem, was ich so lange hegte! – Und das ist auch sehr traurig!

am 29sten Juli 1849

Euer Majestät
unterthänigste
Bettine Arnim

An Bettine v. Arnim

Sanssouci, 31. Juli 1849

Als ich meinem letzten Billet die Nachschrift von K's Unterredung hinzufügte, gnädige Frau, war ich auf dem Punkt, ein neues zu schreiben und die Nachschrift fortzulassen »denn sie könnte mißdeutet werden«. – Ich that es nicht, da ich mir sagte: »Sie« kann mich nicht mißverstehen. – Was soll ich nun sagen? Der ganze Zuschnitt Ihres langen Briefes vom 29t ist Mißverständniß. Die Sache ist zu *erschrecklich ernst* um hier nicht volle Wahrheit auszusprechen. Ich *glaube nicht,* daß Sie mich mißverstehen. Ich *glaube nicht,* daß Sie glauben, das *Bekenntniß zu Glaube oder Unglaube könne mich vom Vollstrecken des Rechts oder von Gnade abhalten.* Ich glaube, *daß Sie es vollkommen richtig verstehen,* ich habe mit der Nachschrift nichts bezweckt, als Ihnen eine interessante Notiz zur Kenntniß eines Mannes liefern wollen, den *»nicht zu kennen«,* Sie sich besonders rühmen. Ihr Brief aber nimmt eine Maske vor, Sie wenden, *wider ihr richtiges Verständniß der Nachschrift,* dieselbe so, als hätte ich Alba – und Inquisitions-Velleitäten. Das ist *nicht schön und nicht recht* von Ihnen! Könnte ich bei *Ihnen* wirklich solchen groben Irrthum annehmen, so würde ich durch denselben recht schmerzlich betroffen sein. Das sicherste Pfand für die Richtigkeit meiner Auffassung, meiner Ansicht von der *Maske* ist aber der Umstand, *daß Sie mir dennoch geschrieben haben* – denn gewiß, einem Menschen von dem Sie wirklich glauben, *»er könne seine Gnade dem Gottesläugner entziehen und dem Lutheraner zuwenden«* würden Sie gar nicht schreiben und unmöglich *so* schreiben. Hätt' ich übrigens Ihr Bekenntniß von dem Ursprung Ihre Goetholatrie gekannt, so hätt' ich den Nachsatz dennoch ungeschrieben gelassen. Der Mann den Sie nur gesehen und gesprochen aber nie kennengelernt haben, muß Ihnen durch meine Mittheilung erst recht lieb und werth *werden.* Und das bei Gott ist meine Absicht bei der Nachschrift *nicht* gewesen. Sie sollte, im vollsten Gegentheil, Ihnen grade deutlich machen, *warum* dieser Mann der Freund eines Ungeheuers wie d'Ester sein kann, (der feige Mörder wider mich dingt) warum er ein Feind seines Königs und – Wohlthäters ist –!!!– warum er, dessen Blut Ihnen so theuer, *das Blut* meiner treuen, rührend-tapfern prächtigen Jungen im Heere, *in unehrlichstem Kampfe vergossen hat.* – Ich glaubte, gnädige Frau, daß Sie im vollen Besitz des heiligen Vorrechtes wären »den Seegen des Entsetzens zu fühlen, wenn ein Sterblicher das Bekenntniß ablegt, er sei wissentlich vom Fürsten des Lebens abgefallen«. – –

Verzeihung, gnädige Frau! daß ich mich geirrt habe und Schuld an der Marter bin die Sie sich angethan, einem »blutdürstigen Christus-Anbeter« 8 Seiten zu schreiben.

Das »geseegnete Entsetzen« ist bei mir vorhanden und riesengroß und dasselbe treibt mich allein, ohne meinen Ekel vor dem Blutvergießen: zur Gnade; *aus Gründen* die Ihnen vielleicht noch aus der Zeit erinnerlich sind, in der man Ihnen im Kloster den Brandfleck des Teufels zeigte.

Aber ich habe es Ihnen schon einmal und zwar, vollster Wahrheit und Ehrlichkeit entsprechend gesagt »Ein Gnaden Brief bedarf zur Gültigkeit (Kraft der Verfassung) der Gegenzeichnung (wenigstens) eines Ministers« und den finde ich nicht das weiß ich und ich tadle die Herren darum nicht, denn was Preußen, Deutschland und die Zeit vor Erst und vor Allem braucht ist das, was Sie gnädige Frau in schwerster Verblendung verdammen: die energischte Reaktion der heiligen Treue wider die *wirre Untreue* dieser Zeit. Ueberdem (wie ich bereits berichtet) hab' ich wohl erwogen, all diese traurigen Dinge lediglich in die Hände der commandirenden Generäle geleg[t].

Dennoch ist ein Leben Rettendes Mittel vorhanden, aber weder Kinkel noch ein andrer dieser Menschen des Verderbens werden es ergreifen *wollen – aus Stolz des Falles*. Und Sie werden auch nicht dazu rathen und helfen. Hier ist das Mittel.

Eine eigenhändige, an mich gerichtete und für die Oeffentlichkeit bestimmte Erklärung Kinkels in folgenden 3 Sätzen: 1. Er bekennt feierlich und *öffentlich wie sein Verbrechen,* daß er seine *geschwornen Eide, seine Unterthanen Treue, seine Amts-Pflichten und seine Ehre gebrochen* und nach göttl. und menschl. Gesetzen den Tod verdient.

2. Er bekennt feierlich und öffentlich, daß er das Alles nicht blos erkenne sondern, daß er es *wahrhaftig und aufrichtig bereue.*

3. endlich. Er *bittet* mich, um dieses Bekenntnisses und um seiner Reue willen, *ihm das Leben zu schenken.*

Ich weiß alles, was Sie dagegen donnern, gnädige Frau. Es ist aber ein Donner der lauter als der Ihres Tadels spricht – Mein Gewissen. Begnadigen wie Sie wollen, um Nichts und wider Nichts ist schön und warm im weiblichen Herzen; bei den Männern die ein gegebnes Amt zu verwalten haben, ist es pure Thorheit. Man hat mich diese Thorheit im Gräuel Jahre 48 viel 1000fach begehen lassen und ich habe mit Recht, die Früchte der Thorheit geerndte[t]. Ich frage Sie, die Hand aufs Herz, Frau von Arnim, hab' ich Einen Dankbaren mit den vollen Gnaden-Ströhmen von 48 gemacht? und sind nicht Ströme Blutes der Dank der »Gottähnlichen«! gewesen? Persönliche Beleidigungen *kann* ich umsonst vergeben und vergessen und thue es fast täglich. Das Antasten und Umwerfen der göttl. Ordnung darf ich *so nicht* vergeben. Gottes Wort verkündet Vergebung nur allein dem Reuigen. So und nicht anders muß nach ihrer gebundnen Pflicht eine Obrigkeit von Gottes Gnaden verfahren. Erfüllt Kinkel *eigenhändig* und *ohne einige* Auslassung und Zusätze die oben gestellte Bedingung und zwar *ohne Allen Zeitverlust,* so glaube ich versichern zu können, daß sein Leben verschont bleibt. Ich weiß nicht ob und von wem er vor Gericht gestellt wird, zweifle aber nicht, daß es geschehen wird. Vielleicht setz ich auch unter den angedeuteten Umständen die Contrasignatur eines Gnadenbriefes nicht durch. Dagegen darf, wenn nach meiner Vorschrift gehandelt wird, auch das Urtheil nicht vollzogen werden. Darin liegt die Rettung. Auch irren Sie sich nicht über Folgendes: Eine Berufung auf den König ohne Bekenntniß der Schuld, ohne Reue und ohne Bitte *verwerfe* ich.

Verzeihen Sie mir noch eine Bemerkung, meine gnädige Frau! Die heilige Schrift, die Sie citiren glaub' ich, die Hand auf's Herz besser zu verstehen und zu deuten als Sie. Ihnen ist sie zum Theil interessantes zum Theil verwerfliches Menschen-Werk. Mir ist sie wirklich, zum Gehorsam verpflichtendes Gottes-Werk.

Der hochbegabten, Geistsprudelnden Frau werde ich meine Neigung, mein Interesse treu bewahren auch wenn dieselbe mir beides entzieht, denn der heilige Trieb, *»hülfreich zu sein«* ist ihr unschätzbarer Besitz. Sie sehen gnädige Frau, daß wir nicht mit gleichen Waffen kämpfen.

gez. F.W.

[6. Aug. 1849]

Allergnädigster König

Ich weiß nicht ob meine Beantwortung vom 3. August auf Euer Majestät Schreiben vom 31. Juli, welches aber erst am 2. August, in meine Hände gekommen war, an Euer Majestät gelangt sein mag! – Beifolgendes Gnadengesuch, welches ich eben erhalte, um es Euer Majestät zu Füßen zu legen und das an mich gerichtete Schreiben der Frau werden Euer Majestät beweißen, daß die Todesangst derselben auf das Aeußerste getrieben wird und der Rettungswille Euer Majestät durch die, welche Licht darüber geben könnten, vollkommen geläugnet wird.

Was die unterstrichne Worte betrift der König habe *versprochen,* sich für Kinkels Leben zu verwenden, so ist das von mir blos in Folge des am 4. Juli an mich ergangnen Schreiben von euer Majestät noch an demselben Tag an die Frau Kinkel gemeldet worden (also noch vor dem Verbot irgend etwas zu versprechen) und bezieht sich auf die Stelle in Euer Majestät Schreiben:

»Ich habe nicht Unrecht und vor Ihnen habe ich Recht, wenn ich auf Mittel der Rettung denke, ich weiß keins, aber ich suche es.«

Ich schrieb dies aus Furcht, es könne noch zwischen den Willen der Gnade sich eine Uebereilung des Kriegsgerichtes drängen! Denn ich konnte nicht ahnen, ob diese Hinrichtungen mit Bedacht oder übereilt geschehen, da Euer Majestät in demselben Schreiben mir äußerten:

»In diesem Augenblick wird mir der Staatsanzeiger gebracht und mir wurde Eiskalt, wie ich die Nachricht von Kinkels Ende darinnen gelesen! Aber ich erwärme mich wieder, da ich mich bestimmt zu erinnern glaube, daß Frau Kinkels Brief an Ihre Tochter von späterem Datum ist.«

In Folge von dieser Euer Majestät ausgesprochenem Zweifel schrieb ich damals an die Frau jene omineusen Worte: Der König hat versprochen, sich für Kinkels Leben zu verwenden. Verzeihung, wenn es übereilt war. Indessen sagt ja auch das Schreiben der Frau, daß die Offiziere, in deren Händen das Urtheil sei, nichts davon wissen wollen, daß der König sich auf irgend eine Weise für den Aufschub des Urtheils erklärt habe. In diesem verwirrenden Dunkel sehe ich mich gezwungen, der Frau beifolgendes Schreiben in diesem Augenblick zu übersenden. Euer Majestät werden darin erkennen, daß es immer noch in Euer Majestät Händen liegt, auf eine beschwichtigende Weise diese Sache zu beenden.

Euer Majestät
unterthänige
Bettine Arnim

Allergnädigster König!

Ja es giebt eine Sünde, aber nur der Verantwortliche sündigt! – Sünde bezeichnet schon eine Geltung des Seins. Feigen kann man nicht von den Disteln erndten, noch Trauben lesen von den Dornen! – Der Feigenbaum aber, der nicht gute Früchte bringt, der ist verflucht! – Ein hochgelehrter Geistlicher, gütig und mild und über Vorurteile erhaben, der sagte: »Dem Feigenbaum ist Unrecht geschehen, denn es ist nicht an der Zeit gewesen, daß die Früchte an den Bäumen hingen, denn die Erndte war vorüber.« Das war der Fürst Primas, der das sagte: und man solle von der Zeit nicht fordern, was nicht aus ihrem Schoos hervorgehe!

Der Bischof Sailer, der im Jahre Neun an der Landshuter Universität theologischer Professor war und manche meiner jugendlichen Ansichten berücksichtigte, sagte von der Sünde: »Der ist nicht unschuldig, der sich nichts vorzuwerfen weiß, sondern der, welcher sich sehnt nach Unschuld, wenn auch von der Schuld der Sünde gefesselt!« »Die Lippe, die um Gnade fleht, ist unschuldig« – sagt der Orientale.

In diesem Augenblick werde ich durch Euer Majestät zweites Schreiben unterbrochen! – Was den schwarzen Fleck anbetrifft, den ich hier unvorsichtig kann gemacht haben, so hab' ich ihn gleich damals wieder ausgelöscht. Die Frau weiß genau, daß ein Reuebekenntniß höchstens den Eingang zur Gnade finden würde. Ich habe es ihr damals deutlich auseinandergesetzt und gestern noch einmal wiederholt! aber im Kampf der Verzweiflung lehnt sich der Mensch selbst an den freien Willen und hofft von ihm, und in dieser Verzweiflung klammert diese Frau sich an das eine Wort, um das Fallbeil aufzuhalten, das eben niederfällt.

In einem Augenblick, wo jeder der auf offner Straße ihr begegnet, ihre Angst steigert, jener, den sie um Hülfe fleht, ihr als einer Ueberlästigen ausweicht, jedes öffentliche Blatt ihr die Hinrichtung ihres Mannes verkündet – da ists natürlich, daß sie in ihrer Angst sich zu helfen, ruft: »Der König hats versprochen!« und wenn sie für jeden Schritt, den sie that und noch thun wird mich verantwortlich machen wollte, ich würde darum nicht streiten, selbst wenn mich dies der Nachsicht des Königs verlustig machte! – Und noch viel mehr würde ich ertragen, um ihr diese lange und schwere Folter zu erleichtern! – Der es am nächsten bedarf, liegt mir der nächste am Herzen. – Arme Mutter, die ihre Kinder in der Dürftigkeit nährte, keine Stunde Nacht und Tag, die nicht mit Sorgen erfüllt wär! – – zwischen rauhen Klippen sich durchkämpfend mit warmem Kunstgenie! – Wer hat ihr Hülfe gewährt in so schweren Lebensaufgaben! sie hat allein mit der eignen Energie sich durchgerissen! Und jetzt, wo sie ihrem Schicksal unterliegt? – jeder scheut sich ihr zu nahen und hält in seinem kalten Eifer es für Recht, sie mit Hohn abzuweisen und legen wie Schlangen sich an den Busen, in dem Barmherzigkeit sich regt!

So verstehe ich die Christuslehre nicht vom Samariter, der des Israeliten Wunden pflegt, während der Pharisäer kalt vorübergeht! – Ich will dem Samariter gleichen! – Ich will nichts anders von Gott, als daß mein Herz nicht zu Stein werde in meiner Brust, wenn er mich zum Werkzeug ausersieht seiner unmittelbaren Barmherzigkeit! und daß die eigne Energie mir nicht fehle selbständig zu wirken und zu handlen, wie es einem göttlichen Anregen entspricht. Ich will auch nicht feilschen und Bedingungen stellen; ich will mich ganz vergessen; wo Elend, Schmach und Verzweiflung sich mir entgegendrängen, da will ichs als höchste Gnade von Gott annehmen, diese lindern zu können! und will kein menschlich Urtheil oder Gesetz mich darin beschränken lassen und immer weiter dringen in dieser großen göttlichen Eigenschaft der Barmherzigkeit, der Gnade, die unsterblich macht! [...]

## Anmerkungen zu den Briefen

Ludwik Mierosławski (1814-1878) war Mitglied der »Polnischen Demokratischen Gesellschaft« und 1846 führende Persönlichkeit des geplanten Posener Aufstands für ein unabhängiges Polen; er wurde nach seiner Verhaftung in Preußen zunächst zum Tode verurteilt, dann zu Kerker begnadigt und in Moabit bis 1848 inhaftiert. 1849 Führer der badischen Revolutionsarmee.

Johann Gottfried Kinkel (1815-1882), Schriftsteller, gehört zu den Begründern des »Demokratischen Vereins«, war 1848 Mitglied der preußischen Nationalversammlung und beteiligte sich 1849 am badisch-pfälzischen Aufstand; er wurde nach seiner Gefangennahme vom preußischen Kriegsgericht zu lebenslänglicher Festungshaft verurteilt, dann zu einer Zuchthausstrafe begnadigt. Durch einen Handstreich von Carl Schurz wurde er 1850 aus der Festung Spandau befreit; lebte später als Professor und Publizist in den Vereinigten Staaten von Amerika, in England und der Schweiz.

# BETTINE
# IN DER BESCHREIBUNG
# VON ZEITGENOSSEN

*Alois Bihler*

Aus Jugenderinnerungen

1808

... Ihre ganze Erscheinung hatte etwas Besonderes. Von kleiner, zarter und höchst symmetrischer Gestalt, mit blassem klarem Teint, weniger blendend schönen, aber interessanten Zügen, mit unergründlich dunklen Augen und einem Reichtum langer schwarzer Locken, schien sie wirklich die ins Leben getretene Mignon oder das Original dazu gewesen zu sein. Abgeneigt modischem Wechsel und Flitter, trug sie fast immer ein schwarzseidenes, malerisch in offenen Falten herabfließendes Gewand, wobei nichts die Schlankheit ihrer feinen Taille bezeichnete ...

Fast immer traf sie der Eintretende auf niedrigen Fenstertritten oder Fußbänken sitzend, bequem zusammengekauert, einen Band aus Goethes Werken auf dem Schoße haltend. Mit weiblichen Arbeiten scheint sie sich wenig befaßt zu haben. Wer diesem eigentümlichen Wesen jemals nahegetreten war, konnte es im Leben nicht mehr vergessen. Ihr reicher Geist, ihre sprudelnde Regsamkeit voll poetischer Glut und Phantasie, verbunden mit ungesuchter Anmut und grenzenloser Herzensgüte, machten sie im Umgange unwiderstehlich. Großmut, diese gemeinsame Eigenschaft genialer Naturen, trat auch bei ihr in glänzender Weise hervor. So brach sie einmal, da sie veranlaßt war, eine unbemittelte Person zu unterstützen, rasch eine Rolle Geldes mitten auseinander und reichte, ohne zu überlegen oder nachzuzählen, der Betreffenden die eine Hälfte dar ...

Hast Du noch nicht von ihr gehört? Es ist ein wunderliches Wesen, eine wahre Bettine (aus den venetianischen Epigrammen) an körperlicher Schmieg- und Biegsamkeit, innerlich verständig, aber äußerlich ganz thöricht, anständig und doch über allen Anstand hinaus, alles aber, was sie ist und thut, ist nicht rein natürlich, und doch ist es ihr unmöglich anders zu seyn. Sie leidet an dem Brentanoischen Familienübel: einer zur Natur gewordnen Verschrobenheit, ist mir indessen lieber als die andern. In Weimar war sie vor 1-2 Jahren, Goethe nahm sie auf wie die Tochter ihrer Mutter, der er sehr wohl wollte, und hat ihr tausend Freundlichkeiten und Liebe bewiesen, schreibt ihr auch noch zuweilen ... Hier kam sie mit ihrem Schwager Savigny her ... blieb aber ohne ihn, um singen zu lernen und Tieck zu pflegen, der seit Weihnachten an der Gicht kläglich danieder liegt und viel zartes Mitleid erregt. ... sie tändelt mit ihm in Worten und Werken, nennt ihn Du, küßt ihn, und sagt ihm dabei die ärgsten Wahrheiten, ist auch ganz im Klaren über ihn, also keineswegs etwa verliebt ... Unter dem Tisch ist sie öfter zu finden wie drauf, auf einem Stuhl niemals. Du wirst neugierig seyn zu wissen, ob sie dabei hübsch und jung ist, und da ist wieder drollicht, daß sie weder jung noch alt, weder hübsch noch häßlich, weder wie ein Männlein noch wie ein Fräulein aussieht ... Bettine sagte ihm einmal, da von Göthe die Rede war, den Tieck gar gern nicht so groß lassen möchte, wie er ist: Sieh, wie Du da so liegst, gegen Goethe kommst Du mir wie ein Däumerling vor – was für mich eine recht anschauliche Wahrheit hatte ...

(Brief an Pauline Gotter vom 1. März 1809)

... Mit Rahel ... hatte Frau von Arnim sehr Ähnliches, ja Gemeinsames: das Sprunghafte, Wirbliche, Flatterhafte, Funkensprühende, Feuerwerkartige, Explodierende, Enthusiastische, Excentrische, Elektrisierende, Kokett-Geistreiche, Jungherzig-Frisch und Erfrischende – und auch das gute ehrliche, menschenfreundliche Herz und die unermüdliche hilfreiche, wohltätige Hand. In schnell aufflammendem Mitgefühl für Notleidende und Unterdrückte konnte Bettina ebenso mitleidig klagen und zornvoll anklagen – aber auch ebenso geschäftig für die Unglücklichen laufen, schreiben, bitten, betteln, schier gewaltsam exekutieren, das Beste und Letzte hingeben und in den Hütten der Armen und Kranken selber die helfende und pflegende Hand anlegen.

Auch hatte Bettina dasselbe liebeglühende und liebesehnende Herz, wie Rahel – und dasselbe Unglück in der Liebe. Das Herz des schon recht anständig erwachsenen »Kindes« Bettina flammte und flackerte lichterloh – daß es rings umher glühroten Schein und weit, weit das größte staunende Aufsehen gab – für Zeus-Goethe in Weimar ...

Als ich Bettina bei Rahel kennenlernte, war sie schon vierzig Jahr, aber noch eine anmutige Erscheinung voll Jugendlichkeit, Leben und Grazie. Sie war klein, zierlich und hatte in ihrem Aussehen und in ihrer wirbelnden Beweglichkeit etwas Knabenhaftes.

Dazu stimmten ihre kurzen dunklen Locken, die das Köpfchen frei umflatterten, ihre blanken großen italienischen Augen und starken Augenbrauen, ihr dunkles einfaches Kleid mit dem altdeutschen weißen Klappkragen, ihre naive Kindlichkeit und ihre kecken jungenhaften Manieren. Sie hüpfte trällernd durchs Zimmer, spielte mit einem Apfel Fangeball, voltigierte kühnlich über einen Sessel, versteckte meiner Mutter das Strickzeug, warf mich beim Tee mit Brotkügelchen und machte einen Heidenlärm. – …

Der ganze Eindruck war fremdartig, halb Puck, halb Sylphe. Man konnte sich lebhaft denken, daß Bettina in ihrer Jugend bei der Frau Rath und bei Goethe das Kind »Mignon« reizend spielte, ja daß sie sogar mit Grazie kindlich und mindisch unartig sein konnte, – nach ihrem Motto:

> Ich bin so froh und heiter,
> Meine Stimmung ist so rein,
> Und wenn ich einen Fehler beging,
> So kann es keiner sein!

Bei der vierzigjährigen Frau aber erschien für schärfere Augen und Ohren diese ewige Kindlichkeit und vordringliche Naivität doch etwas forciert, ja kokett – und man begriff Rüchers Spottwort:

> Bettina macht mir Angst
> Und Rahel macht mir bange …

Den Hauptunterschied zwischen Rahel und Bettina, die so viel Ähnliches und Gemeinsames hatten, versuche ich in den Worten auszudrücken: Bettina war ganz ewig gärende Poesie, die mit dem Klärungsprozeß nie völlig fertig wird und immer am Gefäß haftet, – Rahel ganz ewig gärende klärende Philosophie voll größter Selbständigkeit, im Leben und Denken.

Rahel selbst urteilt über die Bettina meiner Berliner Tage: »Frau von Arnim ist von allen, die ich kannte, die geistreichste Frau. Man möchte sagen: ihr Geist hat die meisten Wendungen. *Ihr Geist hat sie,* nicht sie ihn. Was wir Ich nennen können, ist nur der Zusammenhang unserer Gaben, und die Regierung derselben, die Direktion darüber. So wie Frau von Kalb jeden Gesichtskreis als solchen verlassen und in der Gewißheit, einen neuen zu finden, freudig sein kann, so leuchtet oder blitzt wenigstens bei Frau von Arnim Mißvergnügen gegen das eben gefundene hervor und dieses spornt sie an, um jeden Preis Neues hervorzufinden; – dies Verfahren aber kann nicht immer ohne Störung vorgehen.«

*Rahel Varnhagen*
Tagebuch Juli 1812

Nun will ich meine fünf Träume aufschreiben, in der Folge, wie sie mir träumten ...

Vierter Traum: Ich lag auf einem breiten Lager mit einer grauen Decke zugedeckt. Auf dem selben Lager mir gegenüber, ohne mich zu berühren, die Füße auch unter der Decke, mir etwas rechts, lag Bettina Brentano und in Bettinas Richtung, ihr rechts, mir aber links, die Mutter Gottes. Deren Gesicht ich jedoch gar nicht deutlich sehen konnte; wie über alles zu Sehende eine äußerst feine, ganz dünngraue Wolke zu sein schien, die aber am Sehen nicht hinderte, nur auch – wie eine Luftart – gesehen wird. Dabei war es mir, als hätte die Mutter Gottes der Schleiermacher ihr Antlitz

Wir waren am Rande der Welt. Dicht rechts neben dem Lager war eine sehr große Chaussee; darauf liefen kleingesehen Menschen hin und her und trieben der Welt Gewerbe; nur flüchtig und als nach einer sehr bekannten Sache sah ich dahin. Wir waren die Mägde der Erde und lebten nicht mehr; oder vielmehr wir waren vom Leben geschieden, – auch ohne Verwunderung für mich noch Trauer noch Gedanken an den Tod – und sollten nach meinem dunklen Wissen nach einem Ort: unser Geschäft aber auf diesem Lager, nämlich unsere Beschäftigung war, uns abzufragen, was wir gelitten haben, – eine Art Beichte!

»Kennst Du Kränkung?« fragten wir uns zum Beispiel; und wenn man nun diesen Schmerz im Leben empfunden hatte, so sagten wir: »Ja! die kenne ich«, mit einem lauten Schmerzensschrei und dieser Schmerz eben, wovon die Rede war, riß sich hundertfach schmerzhaft aus dem Herzen: man war ihn aber los auf ewig, und fühlte sich ganz heil und leicht. Die Mutter Gottes war immer still, sagte nur »Ja!« und weinte auch; Bettina fragte: »Kennst du Liebesschmerz?« Wimmernd und wie heulend rief ich unter rinnenden Tränen, ein Schnupftuch vor dem Gesicht, ein langes, langes »Ja!« – »Kennst du Kränkung?« – »Ja!« wieder so. »Kennst du Unrecht dulden, Ungerechtigkeit?« – »Ja!« – »Kennst du gemordete Jugend?« – »Ja!« wimmerte ich wieder in langem Ton, in Tränen zergehend.

Wir waren fertig, die Herzen rein, meines aber noch mit schwerer Erdenlast gefüllt; ich richte mich auf, sehe die Weiber erregt an, und will meine Last mir entnehmen lassen; mit schwer gesprochenen Worten, überdeutlich, um auch ja hierauf die Antwort Ja zu erhalten, frage ich: »Kennt Ihr – Schande?« Beide rücken vor mir zurück wie in Entsetzen, noch etwas Mitleid in der Gebärde, sie sehen einander flüchtig an, bemühen sich trotz des engen Raumes, sich von mir zu entfernen. In einem an Unsinnigkeit grenzenden Zustand schrei ich: »Ich habe nichts getan! Getan hab' ich nichts. Ich habe nichts getan. Ich bin unschuldig!« Die Weiner glauben mir, das sehe ich an dem starren, nicht mehr unwilligen Liegenbleiben, aber sie verstehen mich nicht mehr. »Wehe«, schrei ich unter Tränen, die mir das Herz wegzuschmelzen drohen, »die verstehen mich auch nicht. Also niemals! Diese Last muß ich behalten; das wußte ich. Ewig! Gnädiger Gott! Wehe!« Außer mir, wie ich war, beschleunigte ich das Erwachen. Und auch erwacht blieb mir die Last, denn ich trage sie wirklich; und könnte es Menschen geben, die es ganz verständen, so würde mir auch leichter …

*Ludwig Rellstab*
Aus meinem Leben (1821)

... Beachtenswert ist mir besonders eins gewesen: die Art und Weise, wie er Frau von Arnim, welche eines Abends von Frankfurt a. M. auf der Durchreise in Weimar eintraf und gerade an einem Gesellschaftsabend Goethe sprechen wolle, aufnahm. Es entstand eine kleine Unruhe: ein Diener trat herein, Goethe wurde hinausgerufen. Er ging offenbar ungern; nach einiger Zeit kehrte er in Begleitung zweier Damen zurück, die den Abend in der Gesellschaft verweilten, und von denen eine als die Frau von Arnim vorgestellt wurde. Allein es geschah sehr obenhin, und Goethe unterhielt sich auch wenig mit ihr. Irrte ich nicht, so war es der nämliche Abend, wo Zelter zugegen war; indessen mag es auch ein anderer gewesen sein. Was ich nachmals durch dritte Hand von den geheimen Verhandlungen hörte, die beim Hinausrufen Goethes gepflogen wurden, war seltsamster Art. Frau von Arnim war in der ernstesten Spannung mit Goethe; sie hatte ihn durch diesen Besuch nur versöhnen wollen. Er dagegen mochte sie gar nicht in seinem Hause sehen, und die Zulassung war nur in einem Augenblick erwirkt worden, wo sie ihn überrascht hatte.

*Marianne Willemer*

... Frau von Arnim, die ihre beiden Töchter zu ihrem Bruder George brachte, wird einige Tage hier bleiben; sie ist so geistreich und liebenswürdig, wie sie immer war, nur wo möglich noch lebhafter. Ich habe sie nur einmal gesprochen, und leider wird es wohl dabei bleiben ... Es müßte den wunderlichsten Eindruck machen, *alle* die verschiedenen Personen, die jetzt zur Familie Brentano gehören, in einem Raum beisammen zu sehen, unähnlicher könnte man sie aus fünf Weltteilen kaum zusammensetzen; jedes ist in seiner Art ein wo nicht bedeutend, doch scharf ausgesprochener Charakter, und sie versetzen sich gegenseitig so viele Püffe und Hiebe, daß sie es nicht lange mit einander aushalten ....

an Goethe, den 9. November
1829 (Frankfurt/M.)

... Bettine Arnim war hier und brachte durch eine wirklich geniale Zeichnung, die sie dem König von Bayern bestimmt, unsre kleine Künstlerwelt in Verwirrung; jeder mochte wohl fühlen, daß er nicht im Stande sei, etwas Ähnliches zu machen, die Komposition ist ganz herrlich. Versäumen Sie nicht, sie bei Bettines Durchreise sich zeigen zu lassen, ich bin überzeugt, Sie lassen ihr Gerechtigkeit widerfahren ...

an Goethe, den 27. Oktober
1830, Frankfurt a. M.

*Rudolf Baier*

Aus dem Tagebuch vom 16. 11. 1844

... Neulich einmal äußerte Frau von Arnim scherzend, wenn sie Cultusminister wäre, würde sie vor allem folgende Gesetze geben:

1. Kein Betrüger soll geduldet sein und das kann Gesetz sein, weil das Betrügliche doch bald von jedem Menschen herausgefühlt werden kann;
2. aber wird sonst Jeder angewiesen seinen Leidenschaften keinen Zwang anzuthun und allen Unfug, den er nur will, öffentlich zu treiben, um nicht etwa durch Strafe, sondern durch Lehre und Überzeugung allein gebessert(zu) werden;
3. Redefreiheit im weitesten Sinne; die Kirchen gehören in der

Frühpredigt der Lehre der alten Religion; am Nachmittage dem Vertreter einer neuen Religion und Volksredner sollen da die Kanzel besteigen;

4. Die Schule muß so organisiert sein, daß das Kind schon als Erwachsener angesehen wird; schon in der Schule muß es seine Selbstheit erkennen, damit sein Verhältnis zum Lehrer ein frei gewähltes werde. Die Versetzung von einer Classe in die andere geht nicht nach der Gesamtheit seines Wissens, sondern nach dem Maaße des Wissens in jedem Zweige, für die es den Unterricht in verschiedenen Classen erhalten kann. Hauptgegenstand des Unterrichts ist Politik.
5. Volksfeste.
6. Ackerbauschulen für die Bauern mit wissenschaftlicher Unterlage ...

## *Eduard Wiß*
## Eine Erinnerung an Bettina v. Arnim
## 1847

... Sie wohnte unter den Linden und hatte eine Einrichtung von aristokratischer Eleganz und gewählten Geschmack, in der oft eine kleine poetische Unordnung oder Seltsamkeiten für jene Zeit, wie in einer feinen Vase ein großer Strauß von wilden Blumen, Gräsern und blühenden Fruchtzweigen auffiel, den sie auf einem Spaziergange gesammelt hatte.

Wir waren gewöhnlich gegen Abend bei ihr; sie war beim Sprechen – den Frankfurter Dialekt hatte sie beibehalten – stets in Bewegung, bald stehend, bald umhergehend, bald hier, bald dort sitzend. Wenn aber die Dämmerung hereinbrach, und sie traulich und traumhaft von alten Erinnerungen erzählte, saß sie oft auf einem Fauteuil zusammengekauert, aber nicht auf dem Sitz, sondern oben auf der Lehne mit den Füßen auf dem

Sitz, ein schwarzes, seidenes Tuch um den Kopf geschlungen; der Gesichtsausdruck war dann bald wie der einer wahrsagenden Zigeunerin, bald, wenn sarkastische Raketen in ihrem Redestrom aufleuchteten wie der eines Mephisto in weiblicher Verkleidung. Vom »Kinde« war aber nichts zu spüren, weder in ihren Worten noch in ihren Bewegungen; die wahre Natur des Weibes tritt immer am deutlichsten in Haltung und Bewegung hervor ...

Bettina hatte die Laune, uns ihre »Demokraten« zu nennen und so vorzustellen. Eines Abends klopft es stark an der Tür; sie eilt selbst hinaus; wir hören rasches Gespräch, da stürzt sie auf einmal mit lautem dämonischem Gelächter herein, läßt aber die Tür halb offen, so daß der Draußenstehende alles hören kann: »Denken Sie sich nur, da kommt der Savigny, um meine Töchter zum Hofball abzuholen; ich sag ihm, er solle hereinkommen, ich wolle ihn mit meinen Demokraten bekannt machen; aber da bekam er Angst; und nun wartet und trippelt er draußen im Finstern herum.« ...

Mit ihrem satirischen Mutwillen, dem einzigen Zauber, der vom »Kinde« übrig geblieben war, verschonte sie auch Männer nicht, von denen sie sonst mit Verehrung sprach .... Ihre reformatorischen Ideen ... gipfelten in dem Ziel einer innigen Vereinigung des Königtums mit der Demokratie. Das Königtum, ganz in der poetischen Apotheose der Romantik – die Demokratie mit dem frischen jugendlichen Streben nach ungemessener Freiheit des Individuums, nach Erringung unveräußerlichter Menschenrechte; alle Gegensätze, die in diesem einen großen Gegensatze verborgen lagen, hat sie darin kinderleicht übersprungen; ... wie konnte auch eine Frau mit ihrer Eigenart daran denken, zwei gewaltige Gegensätze zu vermitteln, die in ganz Europa auf einander stießen, wie zwei den ganzen Himmel bedeckende Sturmwolken blitzschwangerer Gewitter?

*Herman Grimm*
1880

... Viele energische Naturen, die ein höheres Alter erreichen, sehen wir endlich neuen Zuständen und Generationen gegenüber, die sie nicht mehr verstehen. Sie vereinsamen und ziehen sich mit Bitterkeit in die Betrachtung des Vergangenen zurück. Bettina ist dies erspart geblieben. Ihr Geist war so reich, ihre Interessen umfaßten so viel, daß ihr genug Domänen blieben, auf die sie sich zurückziehen konnte. Bis zuletzt hat sie hoffnungsvoll und begierig neuen Ereignissen und Erlebnissen entgegengesehen. Sie hatte immer zu schreiben. ... Jeder Buchstabe ihrer Handschrift war deutlich, ausgeschrieben und energisch. Sie schrieb unaufhörlich wieder ab, was ihr nicht gefiel, bis es die Leichtigkeit des Stiles empfing, als sei es flüchtig nur so hingeschrieben worden. Ihr Stil in den rasch geschriebenen Briefen ist von viel schwererem Gefüge als der in ihren Büchern. ...

Es erscheint mir selber seltsam, daß sich aus den unendlichen Erlebnissen in Bettines Nähe kaum ein einziges darbietet, daß sich rund erzählen ließe, um zu zeigen, wie man mit ihr lebte. Ich habe gefunden, daß es unmöglich war, denen, die sie nicht kannten, eine Idee ihrer Persönlichkeit zu geben. Wie soll man die Macht eines Menschen beschreiben, jeden Moment inhaltsreich zu machen, den man mit ihm zubringt? Die Anziehungskraft, der niemand widerstand? Die Gabe, vor allen Dingen die Gefühle jüngerer Leute zu begreifen und auf sie einzuwirken? Sie brachte Licht in die Menschen und machte sie froh und zutraulich. ... Ich habe gefunden, daß bei Naturen ersten Ranges darin der letzte Grund ihrer belebenden Anziehungskraft liegt, daß sie den Wert des Daseins stärker empfinden, daß sie die Wichtigkeit der großen Gedanken, für die die Menschheit da ist, immer vor Augen haben und selbst in den der Erholung gewidmeten Momenten still daran weiter arbeiten.

# ANHANG

## GERHARD WOLF

## DIE SEHNSUCHT HAT ALLEMAL RECHT, ABER DER MENSCH VERKENNT SIE OFT

### Fragmentarisches über Bettine

I

*Sie nennen mich überspannt, das ist der Bannspruch, durch den ich landesverwiesen bin. Warum nennt man überspannt, was nicht der Gemeinheit, den gewohnten Vorurteilen sich fügt?*

Sowenig ihre Zeit mit ihr fertig wurde, sowenig will es heute gelingen, sie mit ein paar treffenden Zügen zu zeichnen, sie: »... halb Hexe, halb Engel; halb Prophetin, halb Lügnerin; halb Sybille, halb Amazone; halb Kind, halb Schauspielerin; halb Diplomat, halb Unschuld vom Lande; halb Jakobiner, halb Katholik, halb schwärmende Mänade, halb gelehrtes Weib«. Aber welchen Ton müßte man anschlagen, welche Sprache finden, um ihr Wesen – »das wunderlichste Wesen von der Welt« (Goethe) – ganz und gar und sie wirklich und lebendig sichtbar werden zu lassen? *Bizarrerie* ist ein Lieblingswort der Bettine – *Mutwillen ist mir ein himmlisches Element, am meisten, wenn ich selbst der Gegenstand bin*. Wir haben mit solchen Elementargeistern kaum noch Umgang.

Es gibt für sie kein endgültiges Wort, dem man nicht auch widersprechen, keine Meinung, die man nicht auch widerrufen müßte – *wer mich kennt, wer mich fühlt, will nicht urteilen* –; widerspricht sie sich doch immerfort und mühelos selbst, ohne sich je zu verleugnen oder gar unwahrhaftig zu sein. Und zu denen, die alte Vorurteile durch neue befestigen, möchte man nicht gern gehören.

Die Rätsel, die sie ihren Zeitgenossen aufgegeben hat, bestehen fort, und wir werden sie kaum lösen; trotz aller notwendigen, ausführlichen Biographien, trotz aller klugen Studien und Aufsätze, die sie zu erklären und deuten versuchen. Erfassen sie doch meist nur eine Seite ihrer Person, kaum die Aura, die sie umgibt; und von ihrem Treiben und Schreiben oft nur, was man mit einer Theorie vereinbaren, für eine Ideologie beanspruchen will. Aber je mehr man sich ihr nähert, scheint mir, dies alles lesend, desto gewandter entzieht sie sich allen Zugriffen und Einordnungen und gewinnt, mit jedem unbekannten Blatt von ihr, das noch gefunden, mit jedem Zeugnis über sie, das noch hervorgeholt wird, verwandelt wieder Gestalt. *Wozu ein Prinzip? Ein solches ist nur ein Pfosten, an dem man die Gedanken anbindet, um keine zu verlieren. Man lasse die Gedanken laufen. Es kommen immer neue. Mein Prinzip war stets, keines zu haben.*

Ihr Werk – da scheut man schon die herkömmliche Bezeichnung – ist uns in seinem gesamten Umfang mit Romanen und Briefen, mit Sendschreiben und Pamphleten, losen Blättern und Fragmenten, mit Zeichnungen und graphischen Entwürfen, Scherenschnitten, Plastik, mit Notenheften – sie hat Verse Goethes und Achim von Arnims vertont – noch immer kaum überschaubar und schwer zugänglich; eine halbwegs umfassende Ausgabe ihrer Schriften ist unvollständig und längst vergriffen.

*Landesverwiesen* ist sie freilich längst nicht mehr. Ihre zugänglichsten Bücher, *Goethes Briefwechsel mit einem Kinde – Die Günderode – Clemens Brentanos Frühlingskranz,* haben schließlich ihre Lebensdauer bewiesen und sind in den letzten

Jahren in Neuausgaben wieder erschienen; Archive sammeln und verwalten ihren Nachlaß; denn Bettine Brentano, in Frankfurt am Main zur Welt gekommen und ohne Rheinluft kaum zu denken, lebte fast die Hälfte ihres Lebens in Berlin; Weimar hieß ihr Wallfahrtsort, und im märkischen Wiepersdorf liegt sie begraben; Tochter eines aus Italien stammenden Kauf- und Handelsherrn, Frau eines preußischen Adligen und Gutsherrn, *eigentlich zum Weltumwälzen geboren*.

Daß Bettine ihre Gedanken rein mutwillig, unkontrolliert, ja prinzipienlos zu Papier gebracht hätte, ist kaum zu glauben; denn die kunstvollen Verschlingungen ihrer weitläufigen Sätze sind nur Ausdruck des phantastischen Kommens und Gehens ihrer Empfindungen und Ideen, die sich erst gar nicht auf die Ebene simpler Logik und praktizierbarer Rationalität begeben, sondern, selbst in ihren politischen Traktaten, nach verschiedenen Richtungen hin ausschwärmen, zuwiderlaufen, kreisen und kaum ein beruhigtes Ende finden wollen. Ist »ausschweifend« für ihren Stil und ihr Wesen ein passendes Wort?

Sie kannte ihre weitgesteckten Ziele. Jedenfalls hat sie nicht nur an ihren Briefen für diesen König, wie man weiß, tage-, ja wochenlang gesessen und an Fassungen gefeilt, um ihnen die betroffene Beredsamkeit zu geben, von der sie sich für ihre beherzten Absichten, Wünsche und Hoffnungen Erfolg versprach. Sicher hat sie dabei manchmal die Aufnahmefähigkeit, den geistigen Horizont ihres Adressaten generös überschätzt oder auch, vom Fluge der Feder getragen und hingerissen, einfach nicht mehr beachtet. Wenn man vergleicht, wie sie ihre einstigen Originalbriefe für die Briefromane verändert und durcheinanderwirbelt, mit Begebenheiten, Personen und Fakten großzügig umspringt, sich anspornt, begeistert und auslebt, ihr ungezügeltes Temperament unmittelbar in den Text überträgt, dann spürt man etwas von dem Geist, der sie beflügelt. Er heißt Poesie und ist ihr selbstverständlich.

*Poesie,* schreibt sie der Günderrode, *ist, daß der Mensch nach seinem* (Gottes) *Ebenbild geschaffen ist, daß er also geborner Dichter ist; daß aber alle berufen sind und wenige auserwählt, das muß ich leider an mir selber erfahren; aber doch bin ich Dichter, obschon ich keinen Reim machen kann; ich fühl's, wenn ich gehe in der freien Luft, im Wald oder an den Bergen hinauf, da liegt ein Rhythmus in meiner Seele, nach dem muß ich denken, und meine Stimmung ändert sich im Takt ...*

Dieser Rhythmus bestimmt den scheinbar regellosen Gang ihrer Prosa. Den sich aufdrängenden Stoff in vorgegebene oder gebändigte Form zu bringen, ihn nach klassischen Maßen zu bilden, ist ihr versagt. Ihre Verse, sie hat nur wenige versucht, sind Vorbildern nachgeeifert. *Der poetische Vortrag vom Sonnabend,* gesteht sie der Günderrode im Roman zu einem selbstverfaßten Gedicht, *hat mir seinen wechselnden Rhythmus wie eine Orgelwalze eingehämmert, der sogar meine Rede einschnürt;* und sie besinnt sich im gleichen Atemzug der Kunst, auf die sie sich versteht wie kaum einer: *Meine Briefe an Dich sind wie das Bett der Quelle, alles muß durchströmen, was in mir ist.* Quelle und Strom sind die ihr vertrauten Elemente, denen sie sich willig überläßt, wie dem Himmel die Vögel sich überlassen, denen – sie weiß es – ihre Gedanken verwandt sind; schüchterne Vögel, träumende Vögel, ruhelos, kühn. *Das deucht mich die Art, wie der Gedanke sich dem Geist vermählt. Nun kann ich mir wohl denken, daß der Rhythmus eine organische Verbindung hat mit dem Gedanken, und daß der kurze Begriff des Menschengeistes, durch den Rhythmus geleitet, den Gedanken in seiner verklärten Gestalt fassen lernt ...*

Sie, zum Verseschreiben nicht talentiert, hat eines der schönen romantischen Gedichte geschrieben:

*Nichts ist's was mir den Blick gefesselt hält.*
*Auf diesem Hügel überseh ich meine Welt.*

*Ich schäme mich,* schreibt sie dem Fürsten von Pückler-Muskau, der ihr »Raserei aus bloßer Gehirnsinnlichkeit« vorwirft, *mich zu rechtfertigen in Dingen, die eigentlich meine Stärke sind, nämlich ohne Argwohn dem, was ich liebe, mich zuzueignen.* Sie gibt uns damit das Wort, nach dem wir gesucht haben. Nicht Sympathie, nicht nur Verstehen, Liebe allein verlangt uns die Sprache ab, in der wir uns ihr nähern, wenn wir sie nicht verfehlen wollen. Liebe, die Schwächen nicht übersieht, sondern im biblischen Sinne erkennt. Verstehen ohne vorgefaßten Argwohn, ohne falschen Anspruch, gegen die sie sich immer verwahrt hat, weil sie es darauf anlegte, mit ihrem Gegenüber, also auch mit uns, sich ins menschliche Einverständnis zu setzen, und allen, die sie einst und jetzt noch der Überspanntheit bezichtigen, sagt: *Sie sollten am wenigsten gegen meine Überspanntheit einkommen, da auch in Ihnen die Sehnsucht nach Ungewöhnlichem nicht unterdrückt werden kann, sondern in leidenschaftlichen Aufregungen beinah das einzige heimliche Gegengift gegen ihre Schwächen ist ...*

Bettines ungewöhnliche Prosa hat die konspirative Kraft, die aufregen und zur Selbsterkenntnis verführen kann.

2

> *Die Gesellschaft wunderte sich, über meine naive Art, damit meinen sie Unart, ich merkte es; sie halten mich für einen halben Wilden ... der Herzog von Gotha sagte: »Ein allerliebstes Kind«. – Nun ich gefall mir selbst gut.*

Bettine das Kind.

Das Etikett ist sie nie losgeworden. Es wird sie oft geärgert haben, manchmal hat es sie vor Anwürfen geschützt; dann sah sie die Verkennung nicht mehr als Makel, sondern als Vorzug, benutzte sie als Rolle, trieb damit ihr Spiel und geriet selbst in sein Räderwerk. Noch als alte Frau, wird erzählt, hockte sie lieber auf der Lehne, nicht, wie eine Dame, auf dem Polster des Sessels. Sie konnte zeitlebens naiventwaffnend aussprechen, was andere sich nicht trauten: als Kind gegenüber den Erwachsenen, als Frau gegenüber den Mächtigen. Sie wurde aber auch nicht gebührend ernst genommen, wenn sie sich in Staatsgeschäfte einmischte und mit vorlauter Stimme – *wenn mein guter Dämon mich trieb* – Wahrheiten verkündete, die man nicht hören wollte: *Der Ruf nach Freiheit, die Brandmale der Gewalttätigkeit will der Staat lieber ersticken als der rechtfertigenden Vernunft nachgeben ... und doch seufzt er unter demselben Druck ...*

Sie ist als Kind elternlos gewesen; die Mutter starb, als Bettine erst acht Jahre alt war; sie wurde – eines von acht Geschwistern – zur Erziehung ins Kloster gegeben und war schon früh auf sich selbst verwiesen, *was mir der Tag gewährte, das verträumte ich, und in der Nacht weckte mich der Traum.* Sie war noch nicht zwölf, als der Vater starb und sie ins Haus der Großmutter, der Schriftstellerin von schon verblichenem Ruhm, Sophie La Roche, nach Offenbach kam, in deren Salon berühmte Leute aus ganz Europa, Literaten, Künstler, politische Emigranten aus dem Frankreich nach der Revolution, sich trafen; Bettine rettet einen Soldaten der französischen Revolutionsarmee vor seinen Verfolgern, er küßt sie dafür, sie erzählt später Goethe im *Tagebuch* die Geschichte von ihrem ersten Kuß. Als sie dreizehn ist, wird sie von ihrem älteren Bruder, dem Dichter Clemens Brentano, entdeckt: »Spiele brav Klavier, singe, zeichne und lerne, wo Du kannst, liebes Kind«, schreibt er ihr und fordert sie zu Antwortbriefen heraus: »Der Schreiber muß zugleich an sich selber schreiben, denn er selbst muß durch den Brief mit sich bekannt werden.« Der Hinweis wird ihr zum ästhetischen Prinzip.

Anschmiegsam und gelehrig, in dieser Umgebung längst gewitzt, Konversation zu machen, erwidert das altkluge Kind: ... *daß Du meinen Brief hast, er ist ja bloß eine Liebkosung meiner Seele, von der Du willst, daß sie durch ihre harmonische Bildung in das Gewebe der Weltereignisse sich mit als notwendiger Faden einwirke, und Du meinst, es ist schwer für mich, das zu verstehen?*

Und sie, ein frühreifes, scharf beobachtendes Mädchen, kommt dem Bruder mit einem Erlebnis, daß er sich nicht hinter den Spiegel stecken kann; sie erzählt ihm von Veilchen, dem armen Judenmädchen, bei der sie das Sticken lernt, sich mit ihr anfreundet und sie besucht, um ihr zu helfen:

*Da kam so früh schon ... der Hofmeister vom Eduard Bethmann vorbei, der mußte es der Tante gesagt haben, daß er mich vor der Haustür eines Juden auf offener Straße kehrend fand – ... ich will dir die derbsten Ausdrücke von der Tante ihrer Mercuriale ersparen, sie meinte nur, ich sei verloren, für ein besseres Dasein verloren, ich habe mich gänzlich weggeworfen! ... Wir waren so vergnügt zusammen beim Sticken ... jetzt wirds aber die Tante nicht erlauben, denn weil ich die Gasse gekehrt hab – und sollt ichs heimlich tun, das wirst Du mir nicht erlauben, und sollt ichs gar unterlassen? das will ich nicht ... Und ich wollte da ein kleines unschuldiges Fädchen spinnen ins Gewebe der Welt ... und – nein, ich solls abreißen, weil sichs nicht schickt. Ach! wo soll ich in der ereignisvollen Welt meinen Faden anknüpfen, wenn das Einfachste gegen den Anstand ist! – Wer hat diese Lügen gemacht?*

Bis zum Tode wird sie nach Antworten auf diese Kinderfragen suchen, wenn andere schon vergessen haben, solche Fragen überhaupt zu stellen. Selbst wer nichts darauf gibt, daß in der kindlichen Seele vorgeprägt werde, was im Verhalten des Erwachsenen sich zeigt, wird der Szene ihre Tragweite nicht absprechen können. Bettine hat Selbstüberhebung, Dünkel und

Anmaßung gehaßt; sie hat von Intoleranz und Antisemitismus, wie er später in aristokratischen Kreisen Preußens, auch an Achim von Arnims und Clemens Brentanos Tischrunde, aufkam, nie etwas gehalten; den armen Leuten gilt immer ihre Anteilnahme und Hilfsbereitschaft, darin läßt sie sich von niemand beirren, selbst wenn man ihr das Gegenteil einbleuen will: *denn das sind die wirklichen Lügen, nach denen ich mich niemals richten werde.*

Zwischen dem, was um sie vorging und sie zum Anteilnehmen zwang, und dem, was sie darüber dachte und schrieb, konnte sie nie eine wohlbehütete Grenze ziehen. Sie hat andere Vorstellungen von der Kunst als der Dichter Brentano, andere Anschauungen von der göttlichen Macht der Poesie, sie trägt sie ihm unbefangen vor:

*Da sagst Du ... »Die Kunst aber ist ein ungelebtes Leben und daher im Leben unmöglich«. – Ach darauf hab ich mich stark besonnen ... Wie die Lichtstäubchen dort den Sonnenstrahl hinantanzen, in denen aller Geist sich einwebt oder auflöst. Ist das die ungelebte Kunst, die nicht möglich ist im Leben, – so lebt doch der Geist einzig in ihr ... Das einzige Wissen ist der liebende Geist, die einzige Kunst ist das des zu liebenden Göttlichen, was des Geistes Streben an sich reißt durch seine magnetische Kraft ... Ach, in der fernsten Ferne meines Lebens sehe ich, fühle ich diese Magnetkraft mich beherrschen, – sie ist Kunst in sich ...*

Bettines Briefwechsel mit dem Bruder Clemens – obgleich nur vorwiegend in ihrer sicher sehr freien Version überliefert, entspricht er wohl weitgehend der Originalkorrespondenz – liest sich noch heute als frischer Dialog, aus dem uns ihr frühes Selbstbewußtsein entgegenspringt: Züge einer sinnlichen Ästhetik, fern theoretischer Blässe, werden in kindlichem Übermut entworfen, daß man unschlüssig ist, welche von ihren quicklebendigen Einfällen aus der Fülle ihres Angebots man auswählen soll. *Es ist aber ebenso dumm, irgend eine Macht anzuerken-*

*nen über uns als nur das Leben selbst, und leg Dir's zurecht, wie Du willst, ich kanns nicht weiter ausdrücken, ich kann nur sagen, was auch in der Welt für Polizei der Seele herrscht, ich folg ihr nicht, ich stürz mich als brausender Lebensstrom in die Tiefe, wohin michs lockt ...*

*Was hab ich alles erfahren in jenen Kinderjahren; – Wurzeln und Kräuter, eine Blumendolde, aus der bei leisem Druck der Same aufsprang – waren mir Unterpfand und Beteurung vom Gegenteil alles Aberglaubens, sie sagen mir immer dasselbe: Frei sein, und jeder Glaubensbefehl leugnet mir das ...*

*Eines Strebens bin ich mir bewußt, weil sich alle meine Kräfte darin bewegen. Das ist innere Unantastbarkeit. Du nennst das »die Kunst mit sich selbst genug zu haben« – mir ist das keine Kunst, weil ich alles mein nenne, weil alles mein ist, was ich anrede, was mich erregt ... Nur in der Freiheit, in dem Fürsichbestehen gefällt mir das Leben; und ich werde nie etwas an mich reißen. Ich werde mich hinneigen, aber ich werde mich nicht gefangen geben ...*

Bettine hat die Mahnung: »Du sprichst Kinderei, Du lügst ... Du extravagierst« schließlich hingenommen und als Impuls für ihre Arbeit empfunden und gelten lassen, als *Eigenmacht,* sich auf dem *Sklavenmarkt der Gesellschaft* zu behaupten. Sie hat sich dadurch Unvoreingenommenheit, Spontaneität und Menschlichkeit bewahrt. Als die ungebärdige Jüngere, Ungebildete gefällt sie sich neben der nur fünf Jahre älteren Freundin Günderrode, hockt sich als »kleine Brentano« zu Füßen von Goethes Mutter Frau Rath, um mit ihrer Hilfe dem verehrten Dichter näherzukommen – »so was ist mir noch nicht vorgekommen. – Sie wollte als Knabe sich verkleiden, zu Fuß nach Weimar laufen.« Sie erreicht ihr Ziel. Goethe nennt sie »mein artig Kind«, da unterscheidet er sich nicht vom Gothaer Herzog, sie übernimmt den Part als *liebe Tochter,* weil sie weiß, daß sie bei ihm gar keinen anderen Platz einnehmen kann. Und hätte es ihr überhaupt freigestanden, sich anders zu benehmen?

Als sie 1807 zum ersten Mal nach Weimar fährt – verkleidet, *gelbes Westlein, graue Beinkleider und brauner Überrock* – in Obhut ihrer Schwester, von Wieland als Enkelin der Sophie La Roche an Goethe empfohlen –, ist sie zweiundzwanzig – klein von Figur wird sie immer bleiben – und längst kein Kind mehr. Aber ihr Stiefbruder Franz, der nach dem Tode des Vaters als Familienoberhaupt das Budget der Brentanos verwaltet und einteilt, behandelt sie wie eine Unmündige: »Du mußt in 8 Tagen ... zurückkommen und Dich unter keinem Vorwand, er seye auch welcher er wolle, Dich länger in Weimar bei irgendjemand, es seye wer es wolle, aufhalten wollen.« Der Stil ist der Mann; selbst Clemens hat unter der Kaufmannsmiene zu leiden; Bettine – ein zweiter Aufenthalt in Weimar wird ihr glatt abgeschlagen – konnte sich nur einen Freiraum schaffen, wenn sie ihre Mittel als »verwöhntes Mädchen«, als kapriziöse Kind-Frau ausspielte. *Den Kreis, der sich durch meine Ansichten nach und nach im stillen um mich bildete, zerstörte ich oft schnell und kalt, bis endlich die Empörungsflamme wieder in Asche versank, dann fing ich von neuem an ...*

Exaltiertheit, Schauspielerei, Diplomatie? »Das ist bald gesagt«, konstatiert Jahre später der nüchterne Jacob Grimm, »daß sie übertreibt, überladet, nach Frauenart hindert, stört und einiges verwirrt. Aber das ist ihr auch schwer nachgetan, so viel treuen Anteil warm und unermüdlich zu erweisen ... Die rücksichtsvollen, verhältnisscheuen Männer sind zu solcher hingebenden Freundschaft viel unfähiger.«

Bettine stürzt sich in Leidenschaften und gibt sich ihnen in ihren Beziehungen zu Menschen, in geistigen Abenteuern überschwenglich hin; den befriedigenden Genuß männlichen Besitzergreifens kennt sie nicht, nicht Schuld und Katzenjammer der Selbstbezichtigung und Selbstzerstörung, wie sie ihr Bruder

Clemens durchlebt. Für eine bürgerliche Existenz untauglich und ruhelos wie er ist sie auch. *Ich war so freiheitsbedürftig wie des Atems, keine Erziehung wollte an mir gedeihen, was nur an mir zur Gewohnheit werden wollte, vernichtete ich sogleich ...*

Heilserwartungen durch eine Religion bleiben ihr fremd; mit ihrem Schöpfer steht sie auf vertrautem Fuß; göttlich heißt ihr menschlich und menschlich göttlich; ihre Götter schafft sie sich selbst – nur leben sie auf dieser unzulänglichen Erde.

*Ich umschwärme Dich, und daß ich meine eigentümliche Natur hierin begreife und ans Licht bringe, das ist wie ein verborgener Traum,* schreibt die über fünfzigjährige Bettine an den jungen Philipp Nathusius, den sie sich zum Helden ihres letzten Romans wählt: *Eine glückliche Eingebung, daß ich dein Spielkamerad will sein.* Sie, längst Mutter von sieben Kindern, in Alltagsdingen wie in Angelegenheiten der großen Politik versiert und tatkräftig, kann sich von der Gestalt nicht lossagen, *die als Kind im Spiegel erkannte, daß sie alles mit sich abmachen müsse.* Sowenig sie sich von diesem Kinde in ihr trennen kann, sowenig von seinem Traum nach Vollkommenheit. Man wird diese Obsession hysterisch nennen, wird dieses An-Sich-Raffen von Lebendigem als Selbstinszenierung betrachten und hat doch damit nur die psychologischen oder ästhetischen Formeln benutzt, die leeren Hülsen gleichen, sie selbst aber nicht erreichen, nicht diese Stimme, die spricht: *Hier auf diesem Erdenrund, wo die Menschen auseinandergleiten, als ob es mit Glatteis überzogen wär, wo sie nicht die Macht haben, einen Atemzug lang einander zu halten, und doch immer von der Macht der Leidenschaft schwindeln. Wär Liebe wahrhaftig, so zeigte sie sich nicht als Gespenst in Form von Leidenschaften, sondern sie wär unser Element ...*

Bettines sehnsüchtiger Kindertraum – was haben wir bis heute auf unserem Erdenrund von seiner Herausforderung begriffen?

3

*Wie oft hab ich in früheren Jahren das Rätsel meines Lebens gesucht und mich gefreut, warum ich auf der Welt sei. Nun wohl, diese Chimäre, Goethes Monument, ist das Rätsel meines Daseins.*

Bettine und Goethe.

Trugbild und reale Gestalt, Geliebter und Gott, sinnlich gegenwärtig oder fern wie ein Idol, Mensch und Monument muß Goethe für Bettine gewesen sein. Als sie ihre Briefe an ihn wiederliest, dazu seine sparsamen Repliken, Briefe an die Frau Rath und ihr eigenes Tagebuch sich vornimmt, zwei Jahre nach dem Tode ihres Mannes, an dessen Seite sie zwei Jahrzehnte geschwiegen hatte, kaum ein Jahr nach Goethes Tod, erblickt sie endlich das Gestirn, an dem sie sich entzünden, das Phänomen, das sie bewundern, die Person, mit der sie sich austauschen kann.

*Die Korrespondenz mit Goethe übertrifft doch alles Frühere,* schreibt sie dem Fürsten von Pückler-Muskau, in dem sie vergeblich einen kongenialen Gesprächspartner für alle in ihr gestauten, aufgestörten Gefühle sucht, *wer ihre Geheimnisse versteht, wird sie würdigen.*

Der gesuchte Anlaß, das Buch dann auch zu schreiben, ist, wie oft bei Bettine, ganz profan und praktischer Natur. Seit Jahren beschäftigt sie der Plan eines Goethe-Denkmals; sie zeichnete Skizzen, die selbst den Bildhauer Rauch dafür einnehmen – »Goethe sitzend mit einer nakten, jugendlichen weiblichen Gestalt und Lyra gruppirt« –, arbeitete an einem Modell in Gips und erhofft sich – »Sehr selten, das eine fixe Idee zur Blüthe und Reife kommt« (Goethe) – nun vom finanziellen Ertrag des Buches eine Realisierung des Projekts.

*Goethes Briefwechsel mit einem Kinde* löst lebhafte Debatten aus; schon diese erste Publikation macht sie berühmt; selbst die nächsten Freunde nehmen sie für Dichtung.

Uns, denen inzwischen die authentischen Briefe und Dokumente zugänglich sind, welche dem Roman zugrunde liegen – sie wurden erst 1922 bekannt –, offenbart sich, wie Bettine, um sich selbst zu finden und in Verkörperung dessen, was sie sein möchte und liebend erstrebt, Goethe als Medium und Sinnbild braucht. Der nahezu sechzigjährige Geheimrath, der erst im Januar zuvor seine Ehe mit Christiane Vulpius legitimiert hatte, konnte die Liebeserwartung und Begeisterung der jungen Bettine weder gebührend erwidern noch erfüllen. Das exzentrische Geschöpf mag ihn fasziniert, zugleich mehr verwirrt und verunsichert haben, als daß er wirklicher Gegenliebe fähig gewesen wäre. Seine Tagebucheintragungen sind meistens nichtssagend knapp, seine Briefe steif und konventionell. Ihn deswegen der Kälte zu bezichtigen erscheint ungerecht, so richtig es ist, wenn ihm ein späterer Dichter ganz anderer Veranlagung, Rilke, den Vorwurf nicht ersparen kann, daß er in Bettine, in ihren Geständnissen nichts von der »Sinnlichkeit der Seele« wahrzunehmen vermochte, »die seit Sappho eine von den großen Verwandlungen war, durch die die Welt langsam wirklicher wird«.

Wenn man zusieht, wie Goethe aus Bettinens enthusiastisch-inniger Prosa einzelne Wendungen in wohlgesetzte Sonette überträgt, springt einem in die Augen, wie sich da zwei durch Geschlecht und Generation voneinander geschiedene Autoren begegnen, zwei Kunstauffassungen, die zugleich trennt, was sie bindet. Bettine schreibt:

*Ich wollt, ich könnte meinen Brief mit einem Blick in Ihre Augen schließen, schnell würd ich Vergebung der Kühnheit heraus lesen, und diese noch mit einsiegeln, ich würde denn nicht ängstlich sein, über das kindische Geschwätz, das mir doch so ernst ist; O Sie wissen wohl, wie übermächtig, wie voll süßen Gefühls das Herz oft ist, und die kindische Lippe kann das Wort nicht treffen: den Ton kaum; der es wiederklingen macht.*

Goethe dichtet:

Die Liebende schreibt

Ein Blick von deinen Augen in die meinen,
Ein Kuß von deinem Mund auf meinem Munde,
Wer davon hat, wie ich, gewiße Kunde,
Mag dem was anders wohl erfreulich scheinen? . . .

Man hat aus Vergleichen ziemlich genau erschlossen, welche Zeilen aus Bettines Briefen in Goethes Sonetten um 1807 frei verwendet werden, hat nachgewiesen, welchen Anteil sie oder Minchen Herzlieb oder Marianne Willemer daran hatten, seine Lyrik zu inspirieren. Man vergißt dabei nur, daß in Bettines Briefen – selbst wenn man vom poetischen Roman zunächst einmal absieht – eben nicht nur eines seiner Geschöpfe dem Genius wie Echo antwortet, »Frauen um Goethe«, sondern daß hier eine Dichterin schreibt, der der Kanon klassizistischer Literatur wohlvertraut, aber für die eigene Sprache überhaupt nicht maßgeblich ist. »Denn eigentlich kann man dir nichts geben, weil du dir alles entweder schaffst oder nimmst«, gesteht ihr der Meister in einer seiner kurzen Episteln zu. Sie geht mit seinen Versen und Gestalten um, sieht sich in ihnen auch gespiegelt – in Mignon aus dem »Wilhelm Meister«, auch im Zwiespalt der Ottilie aus den »Wahlverwandtschaften« – und vergewissert sich in diesem Austausch der eigenen Schöpfergabe: *Gegen das Nichts, das einem beinah überall erstickt.* Ihr *Tagebuch* – es ist zunächst unabhängig von dem *Briefwechsel* erschienen – hat man oft nicht als autobiographisches Zeugnis für die Entstehung ihres Goethe-Buches gelten lassen; es erhellt aber einige Motive dazu – und ist doch zugleich Dichtung: *Ja, ewiger Rausch der Liebe und Nüchternheit des Verstandes. Ihr stört einander nicht, die eine jauchzt Musik, die andre liest den Text ...*

*Was meinst Du das diese Liebe will ... Göttlich will ich sein! göttlich und groß wie Du.* Alle ihre Bücher sind von der irdischen und geistigen Liebe für ein höheres Prinzip getragen, das sie in allen Lebendigen, die ihr begegnen, inständig sucht. Als Clemens sie – noch vor der Veröffentlichung des Goethe-Buches – warnte: »Ich kenne ganz dieses Leiden, sich einen Götzen schaffen zu müssen und, mit allen Kräften der Seele und der Natur liebend, ihn zu belegen und anzubeten ...«, formulierte er nur, was sie längst reflektiert hatte. In einem Brief vom 13. Dezember 1809 schreibt sie an Goethe: *Ich will den Götzendienst abschwören! Ich spreche nicht von Dir: denn welcher Prophet hat gesagt, daß Du kein Gott seist? Ich spreche aber von groß und kleinem, was die menschliche Seele irret ...* Sie war in einer verzweifelten Situation, denn sie weiß ja, daß Goethe ihr unerreichbar ist und Arnim ihr nicht entgegenkommt, ... *aber ich dachte oft: hätt ich nur jemand!* Ihr Bild, das sie Goethe sendet – »ja es ist ein liebes Kind, wer kann sie wohl malen« – schickt sie gleichzeitig auch an Arnim, dem sie getreulich alle ihre Träume von dem einzigen beichtet; Arnim, der sich, herausgefordert, schon mit Goethe zu messen beginnt: ihm haben die »Wahlverwandtschaften« keine schlaflose Nacht bereitet wie der Bettine, sondern der Roman ist ihm auch ein wenig langweilig, so als ob Goethes Faktotum, der trockene Riemer, »mit fragendem Blick zu ihm über manche recht hellpolierte Stelle ein ledernes Futteral« gezogen habe. Arnim – er kennt die Bettine nun über Jahre und beichtet ihr seinerseits seine unglückliche Liebschaft – erklärt sich ihr endlich und heiratet sie; kein Idol, sondern ein Mann mit allen Vorzügen und Schwächen für eine handfeste, sinnliche Liebe und Ehe. Bettine sah sich nie veranlaßt, über diese Verbindung – ihre Liebe zu Arnim, der ja eine lange Freundschaft vorausging – nachzudichten oder sich ihren Briefwechsel – sicher ihr umfangreichster überhaupt – gar als Roman zu denken. Arnim verdankt ihr seine unmittelbarsten und schönsten Liebesgedichte:

Mit jedem Druck der Feder
drück ich Dich an mein Herz …

Mir ist zu licht zum Schlafen …

Sie wird durch ihn mitten ins verantwortliche Leben hineingezogen, ein bürgerliches Leben mit Haushaltung und Kindern, mit Familienfreuden, -gewohnheiten und -sorgen, in die sie eingebunden ist, aus denen sie aber auch einen Zuwachs an praktischer Menschlichkeit erhält. Aus den notwendigen Zwängen und Fesseln solcher Lebensbedingungen befreit sie sich nach Arnims Tod in ihrem ersten Buch, dessen Übersteigerungen, kennen wir nun die Hintergründe, uns kaum noch befremden, weil wir nur die Anstrengung nachvollziehen können, der es bedurfte, daß sie sich endlich selbst als Schöpfer akzeptiert. Das ist dann die reife Frau Bettine, die zurückblickt und sagt: *So außerordentlich war ich gar nicht in Goethe verliebt; ich mußte nur jemand haben, an dem ich meine Gedanken usw. auslassen konnte.*

Wir nehmen diese distanzierte Äußerung nur als eine ihrer Reminiszenzen. Allen Nachforschungen abgeneigt, die aus Indizien schließen wollen, was denn nun tatsächlich zwischen ihr und Goethe sich abgespielt habe, stellen wir an den Schluß dieses Kapitels eine Szene, die Bettine weder in ihren Briefen erwähnt noch in ihr Buch aufgenommen hat. Diese Diskretion spricht für Authentizität, zugleich ist es eine der schönsten Liebesszenen deutscher Literatur.

Bettine hat Goethe 1810 in Teplitz getroffen. Er schreibt unter dem Datum vom 13. August an Christiane: »Bettine ist gestern fort. Sie war wirklich hübscher und liebenswürdiger als sonst. Aber gegen andre Menschen sehr unartig. Mit Arnim ists wohl gewiß.« In sein Tagebuch trägt er nichts dazu ein. Sein Sekretär Riemer notiert: »Gestern besuchten uns Savignys und Bettine, die nach Berlin reisen. Sie ist noch so klug und unklug wie sonst und gleich unbegreiflich.«

Bettine schreibt:

*Es war in der Abenddämmerung im heißen Augustmonat, er saß am offenen Fenster, ich stand vor ihm und hielt ihn umhalst, der Blick, scharf wie ein Pfeil ihm ins Auge gedrückt, blieb drin haften. Vielleicht weil er's nicht länger ertragen mochte, frage er ob mir nicht heiß sei, und ob ich nicht wolle, daß mich die Kühlung umwehe; ich nickte, so sagte er: ›Mach doch den Busen frei, daß ihm die Abendluft zu gut kommt.‹ – Da ich nichts dagegen sagte, obschon ich roth ward, so öffnete er meine Kleidung und sah mich an und sagt: ›Das Abendroth hat sich auf Deine Wangen eingebrannt‹ – und küßte mich auf die Brust, und senkt die Stirne darauf. Kein Wunder, sagt ich, meine Sonne sinkt mir ja im eigenen Busen unter. – Er sah mich lange an und waren beide still. – Er fragt: ›Hat Dir noch nie jemand den Busen berührt?‹ – Nein, sage ich, mir selbst ist's so fremd, daß Du mich anrührst. – Da drückte er viele viele und heftige Küsse mir auf den Hals; mir bangte, er solle mich loslassen und war doch so gewaltig schön, ich mußte lächeln in der Angst, daß mirs galt, diese zückenden Lippen, dies heimliche Atemsuchen, wie der Blitz wars, erschütterte das mich, meine Haare, die sich natürlich locken, hingen herunter .... Dann sagte er, so leise erst: ›Du bist wie das Gewitter, die Haare regnen, die Lippen wetterleuchten und die Augen donnern.‹ – Und Du wie Zeus winkst mit den Brauen und der Olymp erzittert. – ›Wenn Du künftig abends Dich entkleidest und die Sterne leuchten Dir in den Busen wie jetzt, willst Du da meiner Küsse gedenken?‹ – Ja! – ›Und willst denken, daß ohne Zahl wie die Sterne ich tausendfach das Siegel meiner Liebe Dir in den Busen drücken möchte?‹*

Die Frage nach Dichtung oder Wahrheit verstummt vor solchem Text. In Bettines *Tagebuch* findet sich der Satz:

*Der Genius allein kann die verletzte Unschuld herstellen.*

## 4

*Die Gabe des Eros ist die einzig genialische Berührung, die den Genius weckt; aber die andern, die den Genius in sich entbehren, nennen sie Wahnsinn.*

Hölderlin.

Bettine hat Hölderlin nicht zu Gesicht bekommen. Es ist nicht einmal dokumentarisch zu belegen, daß sie Isaak von Sinclair, den Freund und Vertrauten Hölderlins, tatsächlich gesprochen hat. Sie erwähnt ihn in ihrem Briefwechsel mit Clemens, und auch im Günderode-Buch tritt er als St. Clair auf. Gute Gründe sprechen dafür, daß beide Frauen ihn gekannt haben; er richtet eins seiner Gedichte an »Tian«, weiß also um das geheime Pseudonym der Günderrode, und auch die anschaulichen Schilderungen von Hölderlins Situation als Bibliothekar in Homburg stammen sicher von Sinclair, der wie keiner mit dem bereits verstörten Dichter Umgang hatte; wenn auch Isaak von Gerning als weiterer Informant in Frage kommt, ein wohlhabender, als Schriftsteller dilettierender Bekannter der Bettine, den sie in Briefen lustig verspottet, der ihr aber, es ging als Gerücht herum, die Verlobung antrug.

Wer der Bettine Hölderlins Dichtungen gab, ist kaum noch

auszumachen. In ihren Aufzeichnungen schieben sich die verschiedenen Zeitphasen so in- und übereinander, daß man den wirklichen Sachverhalt von den späteren Erinnerungen an sie kaum noch trennen kann. Hölderlins Ödipus-Übertragungen, von der sie der Günderrode im Roman schreibt, bekam sie sicher erst 1838 in die Hand, eben als sie an dem Buch arbeitet; die Freundin gab sich schon im Juli 1806 den Tod.

> Hunger nennen wir Liebe: und wo wir
> nichts sehen da glauben wir unsere Götter.

Diesen Satz aus Hölderlins »Hyperion« schrieb sich die Günderrode in ihr Studienheft; wie Bettine kennt sie den Roman; Clemens Brentano nennt ihn »eines der trefflichsten Bücher der Nation, ja der Welt«; zusammen mit der Bettine liest sie Hölderlins Gedichte, die *zerstreut in einzelnen Kalendern* aufzutreiben sind, die vermutlich auch in Manuskripten und Abschriften unter ihnen kursieren, denn Achim von Arnim bringt in seiner »Zeitung für Einsiedler«, an der die Bettine mitarbeitet, Versvarianten Hölderlinscher Gedichte, die sonst nirgends bekannt und deren Vorlagen inzwischen verschollen sind; möglicherweise besaß nicht nur Varnhagen von Ense, sondern auch Arnim Hölderlinsche Autographen. Während der Dichter im Turm zu Tübingen schon fast in Vergessenheit gerät, spricht man im Kreise der Heidelberger Romantiker ständig von ihm. Als Clemens Brentano in Seckendorfs Musenalmanach auf das Jahr 1807 die erste Strophe von Hölderlins Elegie »Brot und Wein« entdeckt – »das ganze Leben, der Mensch, seine Sehnsucht nach einer verlorenen Vollkommenheit und die bewußtlose Herrlichkeit der Natur ist darin« –, dichtet er diese Verse mit eigenen Strophen weiter.

In den Briefen Bettines mit Goethe fällt der Name Hölderlin nicht; kein Wort über den »Hyperion«, zwischen beiden Dichtern stehen Welten, welche Bettine so erfaßt: ... *ach, was ist doch die Sprache für ein heilig Wesen. Er war mit ihr verbündet, sie hat ihm ihren heimlichsten, innigsten Reiz geschenkt, nicht, wie dem Goethe, durch die unangetastete Innigkeit des Gefühls, sondern durch ihren persönlichen Umgang.* Als sie 1849 von Christoph Theodor Schwab, der ihr seine Ausgabe der gesammelten Gedichte Hölderlins bringt, danach befragt wird, wie Goethe zu Hölderlin gestanden, antwortet sie nur: »Goethe konnte einen superioren Geist nicht ertragen und stieß ihn daher zurück.« Den jungen Leuten, mit denen sie umgeht, empfiehlt sie ständig Hölderlins Gedichte; Philipp Nathusius besucht mit seiner Frau Marie 1841 den Dichter auf der Rückkehr von seiner Hochzeitsreise; Bettine teilt uns in *Ilius Pamphilius und die Ambrosia* späte Verse Hölderlins mit, *in denen sich die frühere Tiefe und Anmut des Geistes spiegelt aber jäh unmittelbar in, dem Verstande unzugänglich, Wort-Rhythmen übergeht ... indem sie an die Kluft führen, wo das Wort sich dem Verstande entzieht und nur noch unmittelbarer Rhythmus des innern Seelenlebens scheint.* Eine Kluft, die Goethes Dichtung nicht kennt.

Hölderlin ist ihr kein Gott, aber sie spürt sofort sein Genie, zu einer Zeit, die noch kaum Verständnis dafür aufbringen kann. Muß man hellsichtig nennen, was sie auf ein paar Seiten in ihrem Günderode-Buch entwickelt?

Von Frankfurt her weiß sie um die Affäre Hölderlins mit Susette Gontard, seiner Diotima – *da schreit man die fürchterlichsten Dinge über ihn aus, bloß weil er eine Frau geliebt hat, um den Hyperion zu schreiben* –, und am liebsten möchte sie – *wenn ich wüßt, wie ichs anfing* – mit Sinclair nach Homburg, ihn zu pflegen: *St. Clair sagte ... er würde gesund werden, denn es ist doch gewiß, daß er der größte elegische Dichter ist, und ists nicht traurig, daß nicht ein solcher behandelt werde und geschützt als ein heiliges Pfand Gottes von der Nation ...* Die Familie hindert sie daran, den Plan auszuführen. *Der Franz sagt: Du bist nicht recht gescheut, was willst Du bei einem Wahnsinnigen? Willst Du auch ein Narr werden?*

Vielleicht versteht sie Hölderlins *Leidensprache* ganz, weil sie selbst unter Unterstellungen leidet, die sie als Ausnahmeerscheinung behandeln, sie beruft sich auf die berühmten Verse:

Wirf aus dem Lande mich, so schnell du kannst,
Wo ich mit Menschen ins Gespräch nicht komme.

Über Hölderlins Krankheit, ein Zustand, der ihn seiner Mitwelt zusehends entfremdet, ist seitdem viel geschrieben, vermutet und theoretisiert worden. Der Streit hält an. Bettine war vielleicht die erste, die intuitiv etwas vom Zusammenhang seiner Entrückung mit den Zuständen in einer ver-rückten, zerrissenen Welt begriffen hat: ... *daß das Krankheit ist, das fühlen wir nicht, und daß wir so wahnsinnig sind und mehr noch als jener, dessen Geistesflamme seinem Vaterland aufleuchten sollte ...*

Eine Nation, die ihre großen Dichter erkannt und geschützt hätte, gab es für die Deutschen nicht. »Handwerker siehst du, aber keine Menschen, Denker, aber keine Menschen ...«

An Verständnis für Hölderlins Verhalten übertrifft Bettine, liest man nur ihre Texte genau, Generationen deutscher Professoren und Schulpsychiater. *Glauben Sie,* läßt sie St. Clair feststellen, *daß Hölderlins ganzer Wahnsinn aus einer zu feinen Organisation entstanden; wie der indische Vogel in einer Blume ausgebrütet, so ist seine Seele, und nun ist es die härteste raube Kalkwand, die ihn umgibt, wo man ihn mit den Uhus zusammensperrt; wie soll er da wieder gesund werden. Dieses Klavier, wo er die Saiten zerrissen, das ist ein wahrer Seelenabdruck von ihm; ich hab auch den Arzt darauf aufmerksam machen wollen, aber einem Dummen kann man noch weniger begreiflich ma-*

*chen als einem Wahnsinnigen.* Bettine versucht nicht nur einfühlsam eine vorsichtige Diagnose seiner Krankheitssymptome zu stellen, sie empfiehlt statt falscher Behandlung auch eine mögliche Therapie, die, so frappierend es klingt, unorthodoxe Methoden moderner Psychologie ahnungsvoll vorwegnimmt: *Ich wollt schon Gespräche mit ihm führen, die mich tiefer orientieren in dem, was meine Seele begehrt, gewiß weiß ich, daß die zerbrochnen unbesaiteten Tasten seiner Seele dann wieder anklingen würden ...*

Man sollte sich vom idealischen Schwung bilderreicher Sprache nicht ablenken lassen: Bettines psychologische Prosa hat – anderthalb Jahrhunderte im Fluge überspringend – nichts von ihrer heillosen Beunruhigung eingebüßt: *Aber wir sind uns der eignen Krankheit nicht mehr bewußt ... und das ist unser Wahnsinn.*

## 5

> *Aber wir können und sollen Menschen werden! und für den maladen Staat selbst ist's der einzige Weg der Rettung, den Menschen in ihm gedeihen zu lassen ... ich dachte, wäre das mein Ziel, Beschützer der Unterdrückten, das wollt ich so gerne sein.*

### Königsebene.

Wann und warum schreibt eine Dichterin an ihren König? Während Bettine an ihrem Günderode-Buch arbeitete, wird sie – soll man sagen, jäh? – in die öffentlichen und politischen Angelegenheiten ihres Staates und ihrer Gesellschaft – soll man sagen, hineingezogen? Jedenfalls zeichnet sich in ihrem Schaffen und Tätigsein eine Wende ab, wie man sie sich in der Mitte eines Lebens kaum schärfer und einschneidender vorstellen kann. Was sie bis dahin nur dachte und dichtete – *Regierungsgedanken – In Feenmärchen ist die heiligste Politik* –, will sie nun auch, selbst handelnd, angewendet sehen; und was sie tut – Hilfe für die Armen, ständige Intervention für politisch Verfolgte –, will sie durch Denkspiele und Visionen in Dichtung rechtfertigen: *Erleuchtung, die den freien Blick aufs Ganze richte, und philosophischen – nicht theologischen – Sinn für die Weltereignisse!*

Der erste Anlaß dazu war, wie immer bei ihr, ganz persönlich und direkt; er betraf die Freunde, die Gebrüder Grimm, die mit den anderen Professoren der »Göttinger Sieben« 1837 wegen ihres demokratischen Protests gegen die Aufhebung der Verfassung vom König von Hannover gemaßregelt, einige von ihnen, wie Jacob Grimm, des Landes verwiesen wurden. Bettine will nichts weiter, als daß man ihnen Gerechtigkeit widerfahren läßt, und tritt für ihre Berufung an die Akademie in Berlin ein. Sie wendet sich in einem Brief – man kennt die abwägenden Konzepte – über ihren einflußreichen Schwager Savigny an den preußischen Kronprinzen: *Ist doch ein großer Fürst zu sein nur dies: die Rechte der Menschen vor dem inneren Gewissen geltend zu machen.* Von ihm, dem als freisinnig geltenden künftigen Monarchen, erwartet sie Unterstützung.

Wilhelm IV. kommt nach seinem Regierungsantritt 1840 auch wirklich ihrer fordernden Bitte nach; er erläßt zudem eine Amnestie für oppositionelle »Demagogen« und trägt sich mit Plänen für Reformen und eine Verfassung, ist aber überhaupt nicht in der Lage, sie in die Tat umzusetzen; Heine sagt es, nicht ohne ironische Sympathie für den rückwärtsgewandten »Romantiker auf dem Thron«, heiter voraus:

> Kronprinz, der jetzt auf dem Throne sitzelt.
> Es ist ihm seitdem der Spaß vergangen,

Und den Kopf mit der Krone läßt er hangen.
Ich hab ein Faible für diesen König;
Ich glaube, wir sind uns ähnlich ein wenig.
Ein vornehmer Geist, hat viel Talent –
Auch ich, ich wäre ein schlechter Regent ...

Bettine, die nicht nur ein Faible für diesen König hat, sondern große Hoffnungen auf ihn setzte, ihm – anders kann sie es nicht – mit verehrender Liebe entgegenkommt und nicht den absoluten Herrscher, sondern den Bürger, den Volkskönig in ihm sehen möchte, »ist« wie Varnhagen, der getreue Chronist jener Tage, notiert – »außer sich über die Wirtschaft, die hier beginnt ... sie will Konstitution, Preßfreiheit, Vernunft und Licht«. Und sie läßt es bald nicht nur bei privaten Briefen bewenden, in denen sie sich als besorgte Vermittlerin sieht – *Ich vermags, mit dem Volk zu reden, von seiner Entfremdung dem angestammten Herrscher es zu erlösen* –, sie schreibt ein Buch, in dem sie sich als »kühne Vorrednerin« in die große Politik einmischt, sie gibt ihm – auch um Zensurenschwierigkeiten aus dem Wege zu gehen –, an seine Großmut appellierend, den Titel: *Dies Buch gehört dem König*. Es ist aber ein Buch, hervorgegangen »aus einem excentrischen, an Fanatismus grenzenden Eifer für die abstrakte Idee des Rechts«, wie es das preußische Innenministerium protokolliert; Disputation, der die konservative Kritik »eitle Zweifel, müßige Grübeleien ... und Kokettieren mit der Wahrheit« nachsagt; »eine Tat, die weit über den Begriff eines Buches hinausfliegt«, wie es von allen freiheitlich Gesinnten begrüßt wird: »Es sagt Dinge, die noch niemand gesagt hat, die aber, weil sie von Millionen gefühlt werden, gesagt werden mußten.« – »Das Genie ist an die Stelle des Hofnarren getreten.« – »Sie will einen revolutionären König, nicht einen constitutionellen.« – »Es steckt darin freilich der Geist der Zukunft.«

Das historische Umfeld, in welchem dieses Buch der Bettine – so ganz anders gestaltet als ihre Herzensromane – seinen Stellenwert hat, kann hier nur markiert werden: Jahre verschärfter Zensur und Verbote, die sich vor allem gegen die Autoren des »Jungen Deutschland« richten – Heine, Gutzkow, Laube, natürlich auch Georg Büchner –, um nicht nur in Preußen, sondern im Zeichen der Metternichschen Restauration in allen Ländern des Deutschen Bundes »die Verbreitung dieser Schriften, sei es durch den Buchhandel, durch Leihbibliotheken oder auf sonstige Weise, mit allen ihren gesetzlich zu Gebote stehenden Mitteln zu verhindern«. Es sind zugleich Jahre, die das Ende der klassischen Kunstperiode und den Beginn einer politischen Literatur im Vorfeld der Revolution von 1848 bedeuten. Herwegh, ein Poet der neuen Generation, wird von Wilhelm IV. sogar in Audienz empfangen – »ich liebe eine charaktervolle Opposition« –, wird aber, nur Tage später, als er einen Beschwerdebrief an den König richtete, der durch Indiskretion in die Zeitung geriet, ohne viel Federlesens ausgebürgert. Er lebte seitdem, wie viele namhafte Schriftsteller, im Exil, von Heines Schicksal hier gar nicht zu reden.

Hatte Bettine, nur weil sie eine Frau war oder als Arnims Witwe Beziehungen zu den Kreisen am Hofe pflegte, Narrenfreiheit? Ihre Post wurde wie die anderer Verdächtiger ständig visitiert; so unterbrach die Zensur ihre Korrespondenz mit der französischen Schriftstellerin George Sand, weil man aus ihr kommunistische Gleichheitsgedanken herauslesen wollte. Der Minister des Inneren, ein Graf von Arnim-Boitzenburg, läßt ihr Buch *Clemens Brentanos Frühlingskranz* nicht wegen seines Inhalts, sondern wegen ihres Umgangs mit unliebsamen »habitués ihres Salons« zunächst einmal konfiszieren. Ihr Mitarbeiter Grunholzer, dem sie das Material für die Berichte über das Berliner Armenviertel – das »Vogtland« – verdankt, wird vom Justizminister, ihrem Schwager Savigny, prompt der Entstellung bezichtigt, eben wegen der nackten Tatsachen über die ärmsten Untertanen des Staates, mit denen sie ihr Königsbuch – alle literarische Form sprengend – abrupt schließt. Der Fabrikant Schloeffel, der ihr Informationen über das Elend schlesischer Weber gibt, wird verhaftet, und Bettine muß wieder zur Feder greifen, um vom König die Freilassung des *unbescholtenen Mannes* zu verlangen. Ihr geplantes *Armenbuch* schließlich muß sie nach der blutigen Niederschlagung des Weberaufstands von 1844 abbrechen; sie wagt auch nicht, es im Ausland drucken zu lassen, Fragmente dieses Buches sind erst in unseren Tagen publiziert worden; eine Akte »Bettina in der Verfolgung«, die Alexander von Humboldt an Varnhagen übergab, ist vermutlich verlorengegangen.

Es sind keine Zeugnisse darüber bekannt, daß Bettine sich ernsthaft mit dem Gedanken geplagt hätte, das Land zu verlassen, etwa um nach Frankfurt zurückzugehen. Sie wußte, hier war ihr Platz, und sie kannte die Grenzen und den Spielraum, die ihr als Schreibende und Handelnde gesetzt waren; es entsprach zugleich ihren philosophisch-literarischen Ambitionen, mit dem König als möglicher Instanz über pragmatische Fragen hinaus ins Gespräch zu kommen, um auf diesem ungewöhnlichen Wege grundsätzliche, ethisch-moralische Maximen frei zu verkünden: *Mir schwebte eine Fabel vor, wie sich der Volksgeist deutlich bezeichnen lasse gegenüber jener Scheinmacht der Staatskunst* ... Kein Wunder, daß Flugschriften und Broschüren Sätze dieser »fast visionären Explikationen der Wahrheit« aufgriffen, um sie als Thesen und Argumente in die Sprache direkter Anklage gegen das monarchische System zu übersetzen; Bettine hat nichts dagegen. Aber in seinem schwärmerischen Pathos unterscheidet sich ihr Königsbuch von anderer politischer Tendenzliteratur, wie sie damals an der Tagesordnung war. Nicht, daß man ganze Passagen als gesellschaftskritische Traktate zitieren könnte, »worin sie die Mutter Goethes die tiefsinnigsten, kühnsten, schlagendsten Sachen über Hof und Fürsten, Kirche und Glauben, Regieren und Volkswesen aussprechen läßt«, hat sie doch eigentlich im Sinn, »daß hier mit der Wahrheit auch Dichtung sei, und daß sie den Anspruch auf buchstäbliche Wirklichkeit nicht mehr machen wolle« (Varnhagen).

Stößt man sich damals wie heute zuerst immer an »Weitschweifigkeiten, Mangel an Ebenmaß und Überfülle« dieses Buches, die niemand leugnen kann, so negiert man nur zu leicht den großen Entwurf, weit über die Zeitereignisse hinaus Probleme aufzuwerfen, mit denen wir es nach wie vor zu tun haben – Zweifel und »Hoffnungen anderer Art«. Eine Debatte, ob Bettines Buch nur der »Fürstenerziehung« gegolten habe – sie bemüht sich nach der Revolution von 1848, für die sie sich erklärte, in ihren *Gesprächen mit Dämonen* noch immer um einen »schlafenden König« – oder ob sie nun als frühe Sozialreformerin, ja Sozialrevolutionärin zu definieren sei, scheint müßig und rein akademisch, stellt man sich nicht dem Anspruch ihrer idealistischen Vision von einer dem Menschen würdigen Gesellschaft, einem ihm wirklich gemäßen Staatswesen, einem seiner Natur entsprechenden, sinnvollen Dasein.

Sie macht sich zum Anwalt der »Verbrecher«, die erst ein kranker Staat hat schuldig werden lassen, und sie stellt sich natürlich auf die Seite der Schuldigen. Sie nennt das Volk den einzigen Souverän: *Alle Kriege gegen Volksempörung sind frivol.* Sie verkündet ihren Glauben an Gott und wendet sich gegen die christliche Theologie, indem sie vom Menschen sagt: *Das Geborenwerden in die Unsterblichkeit ist das Sichselbstdenken, das ist Wirklichwerden.*

Bettines philosophische Prosa provoziert durch ihre visionäre Utopie noch immer jede Wirklichkeit.

6

*Naturrecht! Einzige Straße der Menschheitsverklärung, Berge gesetzlichen und sittlichen Unrechts haben sie verschüttet ...*

Bettines Begriff von der Natur.

Sind wir ihr nähergekommen, nicht nur ihrem Erscheinungsbild, sondern auch der Vorstellung, die sie von sich hatte?

Was man ihre Naivität oder Jugend genannt hat, es ist nichts als der phantastische Versuch, sich über die scheinbar unveränderlichen Gegebenheiten einer Epoche hinwegzusetzen, durch eine andere Art zu fühlen und zu denken, zu leben und zu schreiben, um nach anderen Alternativen Ausschau zu halten als denen, die durch die Verhältnisse und Konventionen nun einmal vorgegeben sind: *Klug sein, den Brunnen nicht verlassen, aus dem du selber schöpfst und weißt, daß es lautere Natur ist, was du trinkst, daß sie zur Sprache werde, die aus deinem Herzen quillt und deinen Geist nährt, der von ihr bewegt die Fesseln sprengt, die seiner geheimen Kraft der Erkenntnis angelegt waren.*

Nein, den Vorbehalt, daß Bettine »ihr Leben lang über dies Jugendliche nicht hinauskam« (Ernst Bloch) lassen wir nicht gelten. Denn was in ihren Schriften so ungezügelt und unübersichtlich sich darbietet, immer der lebendigen Berührung, der momentanen Situation entsprungen – »Reinentsprungenes«, lautet Hölderlins Metapher –, hat doch seine beständige Motivation im Nachdenken über die eigene Existenz inmitten des Weltganzen; man hat es »symphilosophieren« genannt.

*Gewiß ists* – schreibt Bettine in einem ihrer fingierten Briefe – *das Leben hat mich fort und fort nur in ungekränkter Natur berührt. Wie wars möglich, frag ich mich, daß ich in dem be-*

*engenden Unsinn jener Zeit allen Vorurteilen, die ich für das bösartigste Gift der Lüge halte, so glücklich entkommen bin?* Wenn wir ihre Frage ernst nehmen, macht sie es uns nicht leicht, denn ihre prompte Antwort: *Ein lachender Mut! ein unverzagtes Herz waren meine sicherste Schutzwehr* – begründet ja nicht allein, woher sie den Mut nahm, sich über die herrschenden Vorurteile der Zeit zu erheben. Aber sie führt es in ihren Büchern aus, macht man sich nur die Mühe, aus ihren fortwährenden Zwiegesprächen es wie eine Beweiskette hervorzuziehen. Da tritt das verspielt Kindliche plötzlich zurück, wir sehen ihr Leben von Geburt an, im Wechsel von Kinder-, Mädchen-, Frauen- und Mutterdasein, und wie sie selbst ins Nachdenken darüber gerät, was sie am eigenen Leibe erfahren hat und was ihr – *ungekränkter Natur* – da in Gestalt von regierender Macht mit Staats- und Gesellschaftsdoktrin gegenübertritt:

*Ich habs mit Mutterleib schon gespürt, was aus meinem Kind wird werden, und hab auch keinen Augenblick dran gezweifelt, seit er auf der Welt war, daß es zu ihrem Heil werde sein. Warum? Meine Gedanken waren immer aufs unverschuldete Naturleben gerichtet, wo ich den Verkehrtheiten aus dem Weg rücken konnt, denn nie hab ich heller empfunden, wie sehr das Geschick des Menschen ins Gedräng kommt bei dem Lehren und Predigen verkehrter Grundsätze, als während ich auf meinen Sohn gewartet hab …*

Es wird der Bettine zur natürlich geübten Abwehrgeste, daß sie die falschen Grundsätze, durch welche die Menschen in diesem Staatswesen sich selbst fremd werden, an Handlungen mißt, in denen sie sich kritisch verhalten; sie hält der verkehrten Welt vor, woran es ihr mangelt, und sie baut auf die Vernunft der Leute, an die sie sich richtet: *Hierin liegt zum Teil ein Aufschluß über das, was du mich von respect humain fragst, nämlich warum und wie es komme, daß ich weniger davon befangen bin als andere; es ist dies meiner Natur angeborne naive*

*Treuherzigkeit oder Einfalt. – Und wenn ich hundert Beispiele der Verkehrtheit vor mir sah, so war mirs im Augenblick, wo mein Geist so hell über jenen Vorurteilen schwebte, unmöglich zu glauben, daß man mich mißverstehen könnte, ich wendete mich an die, so im Kerker aller Vorurteile festgekettet lagen, und wollte mit ihnen über diesen Wahnsinn mich verwundern und sie anreizen, wie muntere Vögel ihre Schwingen frei zu bewegen ...*

Bettine entfaltet ihre poetische Philosophie so ungeordnet und ungehemmt, daß man leicht verkennt, wie sie die Ideen des Naturrechts, die von der Aufklärung entwickelt worden waren, für sich nutzbar macht, um auf ihren Spuren zu wandeln, um an sie ihre Träume zu heften: *Naturgesetz, Naturrecht – wie viel tiefer geht es doch, wie innig schließt es sich an Geist und Herz, wie nährt es die Seele, wie strömt es fortwährend Mitgefühl, das heißt schaffendes Leben ...*

Sie wußte schon, woher ihr Beistand kam, wenn sie sich mit diesem König – sie spricht, am Ende ihrer *Dämonengeschichte* angekommen, von einem *schlafenden träumerischen Madensack* –, mit diesem Gott und mit dieser Welt in Streit einließ. Wenn sie sich über diesen *maladen Staat* entrüstete, fragte sie mit Rousseaus »Contract social«: »Wie kann ein Staat geschaffen werden, worin es keinen einzigen Unfreien mehr gibt, worin der einzelne in der Gemeinschaft nicht das geringste vom Urrecht seiner Freiheit opfert?« Bettine weiß von den unveräußerlichen Menschenrechten nach den Erklärungen der bürgerlichen Revolution, die sie miterlebt hatte und die für alle Revolutionen, welche jener *auf der Ferse* folgen, auf der Tagesordnung stehen: *Die Freiheit aller macht den einzelnen frei.* – Dialektische Entsprechung zu dem berühmten Satz aus dem Kommunistischen Manifest, daß an die Stelle der Klassengesellschaft einst die Assoziation treten wird, »worin die freie Entwicklung eines jeden die Bedingung für die freie Entwicklung aller ist«. Bettine fordert: *Alles Übel soll der Staat vermeiden, verhindern, zum Besten wenden, und wo ein Mißverständnis entsteht, da ist es allemal seine Schuld, das Volk muß regiert werden, aber nach volkstümlichem Sinn, von ihm geht die Lehre aus über seine Bedürfnisse …*

Sicher, Bettine war mit den Sozialutopien weniger gut bekannt als mit denen des Naturrechts. Die Armut des Proletariers – er erhält am Schluß ihres Dämonen-Buches seine Stimme – bringt sie zwar in Zusammenhang mit dem aufkommenden Industriekapital, beurteilt sie aber unterm Einfluß moralisierender Schriften des schwedischen Nationalökonomen Svederus; mit Marx hat sie sicher einmal diskutiert, von seinen frühen Theorien kaum etwas aufgenommen. Als Verfechterin des »Rechts auf menschliche Würde« (Bloch) aber bringt sie einen hellen Ton, ein menschliches Pathos in die deutsche Literatur, dem man sich bis heute kaum entziehen kann.

Dabei hatte sie wenig von einer überzeugten Prophetin und verwahrte sich vor *den Belferern der Literatur* gegen jede ihr zugemutete »legitime« Autorität: … *besser, alles Lobpreisen, alles Hochschätzen hätte sich in ein stilles Vertrauen verwandelt, in das, was ich tue und lasse, und wär besser, man nähme mich hin …*

Varnhagen von Ense hat, nur ein paar Jahre vor ihrem Tod, in seinem Tagebuch festgehalten: »Bettine findet alle Todesfurcht albern … hält Tätigkeit für die große Hauptsache und nichts für verloren, was Geist und Seele gewirkt haben; glaubt an Persönlichkeit, die über das irdische Leben hinausreicht … *und meine schlechten Eigenschaften,* setzte sie lachend hinzu, *von denen wird kein Mensch mehr was wissen, die werden nicht fortwirken, die werden verschwunden sein.*«

## *Bibliographie zum Nachwort*

Aus der umfangreichen Sekundärliteratur zu Bettine von Arnim werden hier nur die Titel genannt, die vor allem Anregungen und Hinweise gaben, dazu die Quellenangabe zu: Bettina in der Beschreibung von Zeitgenossen:


Karoline Bauer: *Aus meinem Bühnenleben,* Hrsg. K. v. Hollander, Weimar 1917

Alois Bihler: *Jugenderinnerungen*

Ernst Bloch: *Das Prinzip Hoffnung und Naturrecht und menschliche Würde,* in: Gesamtausgabe Bd. 5 u. 6, Frankfurt a. M. 1978

Clemens Brentano: *Gesammelte Werke* in 4 Bdn., Hrsg. Heinz Amelung und Carl Viëtor, Frankfurt a. M. 1923;
Katalog der Ausstellung Clemens Brentano. Freies dt. Hochstift, Frankfurter Goethemuseum, Bad Homburg v. d. H. 1970

Gisela Dischner: *Bettina von Arnim – Eine weibliche Sozialbiographie aus dem 19. Jh.,* Berlin 1977

Ingeborg Drewitz: *Bettine von Arnim – Romantik Revolution Utopie,* Köln 1969 (dort auch weitere Angaben zur Sekundärliteratur)

Annette Fraling: *Zum Verhältnis von Kunstproduktion und Lebenspraxis in den Schriften Bettina von Arnims,* Examensarbeit, Marburg 1980

Kurt Gassen: *Bettina von Arnim und Rudolf Baier,* Greifswald 1937;

*Goethe-Gedichte in zeitlicher Reihenfolge,* 2 Bde., Hrsg. Heinz Nicolai, Frankfurt a. M. 1978

Hermann Grimm: *Minna Herzlieb und Bettina Brentano,* in: Preußische Jahrbücher XXX, H. 5, Berlin 1872

ders.: *Bettina von Arnim (1880),* in: *Goethes Briefwechsel mit einem Kinde,* Cottaesche Handbibliothek, Stuttgart/Berlin o. J.

Karl-Heinz Hahn: *Bettina von Arnim in ihrem Verhältnis zu Staat und Politik,* Weimar 1959

Heinz Härtl: *Briefe Friedrich Carl von Savignys an Bettina Brentano,* Wiss. Zeitschr. d. Univ. Halle XXVIII 79 G, H. 2

Friedrich Hölderlin: *Sämtliche Werke* in 7 Bdn., Stuttgarter Hölderlin-Ausgabe, Hrsg. Friedrich Beissner, Stuttgart 1944-1972 *Sämtliche*

*Werke* – Frankfurter Ausgabe, Hrsg. D. E. Sattler, spez. Bd. 9, Dichtungen nach 1806 – Mündliches, Frankfurt a. M. 1983

Herbert Levin-Derwein: *Die Geschwister Brentano in Dokumenten ihres Lebens,* Berlin 1927

Gertrud Meyer-Hepner: *Der Magistratsprozeß der Bettina von Arnim,* Weimar 1960

Werner Milch: *Bettine und Marianne,* Zürich 1947; *Die junge Bettine 1785-1811,* Hrsg. Peter Küpper, Heidelberg 1968

Waldemar Oehlke: *Bettina von Arnims Briefromane,* Berlin 1905

Max Preitz: *Karoline von Günderrode in ihrer Umwelt,* in: Jahrbuch d. Freien dt. Hochstifts 1962 und 1964

Ursula Püschel: *Bettina von Arnims Polenbroschüre,* Berlin 1954

Ludwig Rellstab: *Aus meinem Leben,* Berlin 1861

Rainer Maria Rilke: *Die Aufzeichnungen des Malte Laurids Brigge,* Leipzig 1983;
*Briefe an seinen Verleger 1906-1926,* Leipzig 1934;
*Briefe aus den Jahren 1907-1914,* Leipzig 1933

Caroline Schlegel-Schelling: *Caroline – Briefe aus der Frühromantik,* 2 Bde., Hrsg. Erich Schmidt, Leipzig 1913

Rahel Varnhagen: *Ein Buch des Angedenkens für ihre Freunde in drei Theilen,* Berlin 1834;
*Jeder Wunsch wird Frivolität genannt – Briefe und Tagebücher,* ausgew. und hrsg. von Marlis Gerhardt, Darmstadt und Neuwied 1983

Karl August Varnhagen von Ense: *Tagebücher,* 14 Bde., Hamburg 1861-1870

Marianne und Johann Jacob Willemer: *Briefwechsel mit Goethe,* Hrsg. Hanns-J. Weitz, Frankfurt a. M. 1965

## *Werke Bettine von Arnims*

Hier werden nur die für unsere Auswahl genutzten Ausgaben angeführt:

Bettina v. Arnim, Bibliographie von Otto Mallon, in: Imprimatur IV (1933)

Bettina von Arnim: *Sämtliche Werke,* Bd. 1-7, Hrsg. Waldemar Oehlke, Berlin 1920-1922

*Werke und Briefe* in 5 Bdn., Hrsg. Gustav Konrad u. Johannes Müller (5. Bd.), Frechen 1958-1963

*Die Günderode,* Leipzig 1981

*Clemens Brentanos Frühlingskranz,* Hrsg. Heinz Härtl, Leipzig 1974

*Bettina von Arnims Armenbuch,* Hrsg. Werner Vordtriede, Frankfurt a. M. 1969

*Achim und Bettina in ihren Briefen,* 2 Bde., Hrsg. Werner Vordtriede, Frankfurt a. M. 1961

*Bettinas Briefwechsel mit Goethe,* Hrsg. Reinhold Steig, Leipzig 1922

*Bettinas Leben und Briefwechsel mit Goethe,* Hrsg. Fritz Bergemann, Leipzig 1927

*Bettina und Goethe in Teplitz,* Hrsg. Werner Vordtriede, in: Jb. d. Freien Dt. Hochstifts 1964

*Die Andacht zum Menschbild.* Unbekannte Briefe von Bettina Brentano, Hrsg. Wilhelm Schellberg und Friedrich Fuchs, Jena 1942

Reinhold Steig: *Achim von Arnim und die ihm nahestanden,* Hrsg. R. Steig und Herman Grimm, in drei Bdn.: 1. *Achim v. Arnim und Clemens Brentano,* Stuttgart 1894; 2. *Achim von Arnim und Bettina Brentano,* Berlin 1913; 3. *Achim von Arnim und Jacob u. Wilhelm Grimm,* Berlin 1904

Ludwig Geiger: *Bettina v. Arnim und Friedrich Wilhelm IV.* Ungedruckte Briefe und Aktenstücke, Frankfurt a. M. 1902

Achim von Arnim: *Tröst Einsamkeit* (Zeitung für Einsiedler), Heidelberg 1808

Werkauswahlbände:

*Bettina – ein Lesebuch für unsere Zeit,* Hrsg. Gertrud Meyer-Heppner, Gerda Berger, Lore Mallachow, Weimar 1953

*Du wunderliches Kind* ... Bettine und Goethe, Hrsg. Alfred Kantorowicz, Berlin 1950

*Bettine – eine Auswahl aus den Schriften und Briefen der Bettina von Arnim-Brentano,* Hrsg. Gisela Kähler, Berlin 1952

## *Zu dieser Auswahl und zur Textgestaltung*

Das Werk der Bettine von Arnim ist mit zahlreichen Neupublikationen, besonders durch ihre Romane »Clemens Brentanos Frühlingskranz« und »Die Günderode«, über das rein literarische Interesse hinaus, wieder bekannt geworden; ihr Leben und ihr politisches Wirken wurde in Monographien, Essays und Aufsätzen neu diskutiert.

Da es kaum möglich ist, im Rahmen einer solchen Auswahl einen ihrer umfangreichen Briefromane vollständig zu bieten und gleichzeitig ihr vielfältiges poetisches und politisches Bestreben zu zeigen, habe ich mich entschlossen, Auszüge aus verschiedenen, vor allem den weniger zugänglichen Büchern zu bringen.

Die Texte werden, dem Prinzip der Auswahl folgend, nach den Erstdrucken gegeben:

»Tagebuch« (ohne Verfasserangabe), gedruckt bei Dümmler, Berlin 1835 (also in einer ersten Separatausgabe, die in »Goethes Briefwechsel mit einem Kinde« im gleichen Jahr als dritter Teil erscheint).

»Dies Buch gehört dem König, Bd. I und II«, Berlin 1843.

»Gespräche mit Dämonen – Des Königsbuches zweiter Band«, Berlin 1852.

Bettine von Arnims Bekenntnisse zu Hölderlin entnahm ich den Büchern »Die Günderode« und »Ilius Pamphilius und die Ambrosia« in der Ausgabe »Bettina von Arnim – Werke und Briefe«, herausgegeben von Gustav Konrad (siehe Bibliographie), nach der auch die meisten der hier versammelten Gedichte der Autorin wiedergegeben werden.

Die Briefe an den preußischen König fand ich in dem Band Ludwig Geigers »Bettina von Arnim und Friedrich Wilhelm IV. Ungedruckte Briefe und Aktenstücke«, Frankfurt a. M. 1902. Die Quellenangaben zu den Stimmen von Zeitgenossen finden sich in der Bibliographie. Mein Dank gilt der Wissenschaftlichen Allgemeinbibliothek Schwerin für die Überlassung der seltenen Erstausgaben. Den Nationalen Forschungs- und Gedenkstätten der klassischen deutschen Literatur in Weimar danke ich für Genehmigung zur Wiedergabe der Zeichnungen der Bettine, dem Brentano-Haus in Winkel a. Rhein für die Scherenschnitte.

# *Bettine von Arnims Lebensdaten*

1785 Am 4. April wird Bettine Brentano in Frankfurt als Tochter des italienischen Handelsherrn Anton Brentano und seiner Frau Maximiliane La Roche, Tochter der Schriftstellerin Sophie La Roche, geboren.

1794-1796 Erziehung im Kloster Fritzlar bei Kassel, danach im Hause der Großmutter in Offenbach

1801-1804 Briefwechsel mit dem sieben Jahre älteren Bruder, dem Dichter Clemens Brentano, und Beginn der Freundschaft mit Achim von Arnim, beide Dichter unternehmen 1802 ihre erste Rheinfahrt

1804 Beginn der Freundschaft und des Briefwechsels mit Karoline von Günderrode, die 1806 in Winkel am Rhein in den Freitod geht

1806-1808 Herausgabe der Volksliedersammlung »Des Knaben Wunderhorn« durch Clemens Brentano und Achim von Arnim, Mitarbeit Bettinas an Arnims »Zeitung für Einsiedler«

1807 Erste Begegnung mit Goethe

1810 Begegnung mit Beethoven

1811 Bettine heiratet Achim von Arnim und lebt mit ihm auf dem Gut Wiepersdorf. Reise nach Weimar, Bruch mit Goethe

1812 Geburt des Sohnes Freimund; die Brüder Grimm widmen ihre »Kinder- und Hausmärchen« der »Frau Bettina von Arnim für den kleinen Johannes Freimund«

1813 Geburt des Sohnes Siegmund

1814 Bettine lebt meist in Berlin, während sich Achim von Arnim ganz auf sein Gut Wiepersdorf zurückzieht

1815 Geburt des Sohnes Friedmund

1817 Geburt des Sohnes Kühnemund; Bettine würdigt den Roman »Die Kronenwächter« von Achim von Arnim

1818 Geburt der Tochter Maximiliane

1821 Geburt der Tochter Armgart, Begegnung mit Heine im Salon der Rahel Varnhagen

1824 Entwurf eines Goethedenkmals, dessen Zeichnungen sie Goethe vorlegt, dessen Modell nach Weimar kommt (Ausführung des Denkmals durch den Bildhauer Karl Steinhäuser, 1855 in Weimar aufgestellt)

1827 Geburt der Tochter Gisela

1828 Freundschaft mit Rahel Varnhagen bis zu deren Tod 1833

1831 Am 21. Januar stirbt Achim von Arnim; Bettine wird zum Herausgeber seiner »Gesammelten Werke«, die unter dem Patronat von Wilhelm Grimm von 1839-1856 in 22 Bänden zum Teil in einem von der Bettine begründeten Verlag erscheinen.
Bettine besucht, nach dem Ausbruch der Cholera in Berlin, das Armenviertel (»Vogtland«) im Norden der Stadt; sie nimmt lebhaften Anteil am Aufstand der polnischen Befreiungsbewegung, der von Preußen niedergeschlagen wird.

1832 Briefwechsel mit dem Fürsten Pückler-Muskau

1835 Bettines erste literarische Arbeit »Goethes Briefwechsel mit einem Kinde« erscheint und hat großen Erfolg. Ihr Sohn Kühnemund verunglückt tödlich.

1837 Mutiger Einsatz Bettines für die »Göttinger Sieben«, die wie die Brüder Grimm vom König von Hannover entlassen werden und deren Anstellung an der Berliner Universität Bettine in Schreiben an ihren Schwager Karl von Savigny und den Kronprinzen (später König Wilhelm IV.) fordert

1840 Erscheinen des Briefromans »Die Günderode«

1841 Einsatz für den geschmähten Operndirigenten Spontini

1842 Begegnung mit Karl Marx in Bad Kreuznach

1843 Erscheinen von »Dies Buch gehört dem König«; Beginn der Studien zu einem geplanten »Armenbuch«, das 1846 nach der Niederschlagung des schlesischen Weberaufstandes abgebrochen wird

1844 Erscheinen von »Clemens Brentanos Frühlingskranz«

1846 »Der Magistratsprozeß« der Stadt Berlin gegen Bettine endet, nach Verurteilung zu zwei Monaten Gefängnis, durch Intervention ihres Schwagers Savigny, damals preußischer Justizminister, mit Freispruch. Bettine setzt sich beim König Wilhelm IV. für den verurteilten polnischen Freiheitskämpfer Mierosławski ein.

1848 Bericht Bettines über die Barrikadenkämpfe der Märzrevolution in Berlin; ihre Wohnung In den Zelten 5 ist ein Zentrum der Demokraten. Erscheinen des Briefromans »Ilius Pamphilius und die Ambrosia«, der im Jahr zuvor beschlagnahmt war. Flugschrift »An die aufgelöste Preußische Nationalversammlung« zur Polenfrage

1849 Bettine setzt sich für den zum Tode verurteilten Schriftsteller und Demokraten Gottfried Kinkel ein.

1852 Erscheinen von »Gespräche mit Dämonen – Des Königsbuches zweiter Band«

1853 Erscheinen von Bettine von Arnims »Sämtliche Schriften« in elf Bänden

1854 Reise Bettines über Weimar und Frankfurt nach Bonn, erster Schlaganfall

1859 Am 20. Januar stirbt Bettine von Arnim, sie wird im Park von Wiepersdorf begraben.